Mário Gusmão

Um príncipe negro na terra dos dragões da maldade

Jeferson Bacelar

Mário Gusmão

Um príncipe negro na terra dos dragões da maldade

PALLAS

Copyright© 2006, by:
Jeferson Bacelar

Editora
Cristina Warth

Preparação de originais
Eneida Duarte Gaspar

Produção editorial
Cindy Leopoldo
Fernanda Barreto
Silvia Rebello

Revisão
José Iorio de Moura
Paulo Teles
Marcos Roque
Silvia Rebello

Capa
Fernanda Barreto

Projeto gráfico de miolo
Bruno Cruz

Todos os direitos reservados à Pallas Editora e Distribuidora Ltda. É vetada a reprodução por qualquer meio mecânico, eletrônico, xerográfico etc., sem a permissão por escrito da editora, de parte ou totalidade do material escrito.

CIP-BRASIL. CATALOGAÇÃO-NA-FONTE.
SINDICATO NACIONAL DOS EDITORES DE LIVROS, RJ

B117m   Bacelar, Jeferson Afonso
Mário Gusmão: um príncipe negro na terra dos dragões da maldade / Jeferson Bacelar. - Rio de Janeiro: Pallas, 2006
Inclui bibliografia

ISBN 85-347-0386-8

1. Gusmão, Mário, 1928-. 2. Atores negros - Salvador (BA) - Biografia. 3. Negros - Salvador (BA) - Condições sociais.
4. Cultura - Salvador (BA). I. Título.

05-4054.   CDD 927.91
                                 CDU 929:7.071.2
20.12.05   26.12.05   012699

Pallas Editora e Distribuidora Ltda.
Rua Frederico de Albuquerque, 56 – Higienópolis
CEP 21050-840 – Rio de Janeiro – RJ
Tel./fax: (021) 2270-0186
www.pallaseditora.com.br
pallas@pallaseditora.com.br

A Ieda Machado, guerreira que,
junto com Mário Gusmão,
está em outras terras,
criando um mundo de solidariedade e justiça.
Aos "filhos" de Mário Gusmão,
o elenco do Cabaré da Raça,
meu Cao e minhas Danga e Suzy.

Agradecimentos

Muitas foram as pessoas que, de uma forma ou de outra, me ajudaram a realizar este *Um príncipe negro na terra dos dragões da maldade*. Inicialmente, gostaria de agradecer ao meu orientador, Dr. Ordep Serra, pelo acompanhamento constante das minhas dúvidas e inquietações, além do substancial auxílio, com sugestões e correções, na resolução dos problemas teóricos e metodológicos surgidos durante o desenvolvimento do trabalho. Mas não só isso: orientação implica empatia, em interação que, no caso, redundou num profundo respeito mútuo e na consolidação de uma fecunda amizade.

Gostaria também de demonstrar a minha gratidão à Banca Examinadora da Tese de Doutorado, formada pelos professores doutores José Carlos Sebe Bom Meihy, Carlos Hasenbalg, Jocélio Teles dos Santos e Renato da Silveira. Todos, com pertinência e profundidade, analisaram criticamente o trabalho, com sugestões em vários planos, o que provocou inúmeras mudanças para esta publicação.

Agradecimentos especiais também para as pessoas que interferiram diretamente, de variadas formas, na feitura deste trabalho: Adenor Gondim, Luiz Orlando e Martha Rocha dos Santos. A Antônio Sérgio Guimarães, pela leitura e crítica de alguns capítulos da tese. No mesmo plano situa-se o cineasta Luis Umberto, que realizou uma revisão crítica do capítulo *A Derrocada*. Menção especial deve ser concedida a Cláudio Pereira, pela revisão completa de todo o texto e valiosas sugestões incorporadas ao trabalho.

Aos colegas do Departamento de Antropologia, do Departamento de História, do Curso de Pós-Graduação em Ciências Sociais e do Centro de Estudos Afro-Orientais, órgãos da Universidade Federal da Bahia, bem como aos membros do *Council on International Educational Exchange* pelo apoio constante, em variados níveis, em todos os momentos da realização da Tese de Doutorado que originou este livro.

Aos funcionários da Biblioteca Pública do Estado da Bahia, a Aninha Franco, Márcio Meireles, Chica Carelli e também aos funcionários do arquivo do Teatro Vila Velha, pelo auxílio concedido no acesso aos jornais, livros e documentação referentes a Mário Gusmão.

A Solange Mattos, pelo auxílio na organização das Referências bibliográficas; a Núbia Ramos que, compartilhando o espaço em que eu escrevia, com o seu silêncio, ajudou-me a elaborar este trabalho; e a Alberto Mussi que, com seu incentivo e amizade de toda uma vida, jamais me deixou desanimar. A Paulo Gaudenzi, Josete Maria de Oliveira, Sonia Bastos e Júlio Braga, amigos de sempre, que possibilitaram com seu apoio esta publicação. A Eneida, que construiu, com paciência, humor e muita perspicácia, a versão final deste livro.

Aos co-autores

Este trabalho não teria sido realizado sem a participação e cumplicidade dos familiares, amigos e conhecidos de Mário Gusmão. Através dos seus depoimentos, sem "estrelismos", eles me ajudaram a "inventar" o Mário Gusmão apresentado neste livro. São eles: Júlio Braga, Osvaldo Nascimento, Otaviano de Jesus Gusmão Filho (Batuta), Carlos Antônio Borges (Toninho), Cid Teixeira, Ericivaldo Veiga, Gabriel Teixeira, Jota Bamberg, Ieda Machado, Maria Auxiliadora Minahim, Sérgio Fialho, Anísio Félix, Antônio Jorge dos Santos Godi, Antônio Pitanga, Armindo Bião, Carlos Betão, Carlos Petrovich, Clyde Morgan, Deolindo Checucci, Gilson Rodrigues, Haidil Linhares, Harildo Deda, Jaime Sodré, Jackson Costa, José Umberto, Juana Elbein dos Santos, Jurema Penna, Luciano Diniz, Márcio Meireles, Maria Muniz, Mário Gadelha, Piti Costa, Roland Schaffner, Sílvio Robato, Yumara Rodrigues, Alba Cristina, Arani Santana, Edvaldo Mendes Zulu Araújo (Zulu), Hamilton Vieira, João Jorge Rodrigues, Jônatas Conceição da Silva, Luiz Alberto Silva dos Santos, Raimundo "Bujão", Rui Póvoas, Valdélio Santos Silva, Valdina Pinto, Valmir França e Wilson Batista Santos (Macalé).

Além dos entrevistados, colaboraram, com importantes informações sobre Mário Gusmão ou assuntos correlatos, através de conversas rápidas ou demoradas, pessoalmente ou por telefone, ou concedendo material sobre o ator negro, figuras como os antropólogos Vivaldo da Costa Lima e

João Baptista Pereira Borges; a socióloga e militante Luiza Bairros; as professoras da Escola de Dança da UFBA, Suzana Martins e Lia Robatto; o museólogo Luis Roberto Dantas; os ex-vereadores da Câmara Municipal de Salvador, Edinaldo Santos e Paulo Fábio; o ator, produtor e dirigente da Fundação Cultural do Estado da Bahia, Nilson Mendes; o professor de Lingüística da Universidade da Flórida, Olabiy Yai; o professor Femi Ojo-Ade; o ator do Bando de Teatro Olodum, Jorge Washington; o Presidente do Ilê Aiyê, Vovô; o sociólogo e militante negro Manoel de Almeida Cruz; a professora e dançarina Laís Salgado; o estudioso da capoeira Frederico Abreu, e a cientista social Elisa Larkin do Nascimento. Não poderia deixar de citar também a acolhida do Grupo de Capoeira Angola Pelourinho (GECAP), dirigido por Mestre Morais, durante a realização do evento em homenagem a Mário Gusmão.

Minha gratidão a todos eles. Considero que os méritos, porventura existentes neste trabalho, a eles também devem ser atribuídos.

Sumário

Prefácio, 13

Introdução, 17

O negrinho no porto da Cachoeira, 21

Descobrindo a cidade grande, 41

Encontro com o mundo artístico, 57

Uma estrela negra nos céus da Bahia, 87

A derrocada, 119

O admirável mundo novo, 159

As últimas batalhas do guerreiro negro, 201

Epílogo, 235

Referências bibliográficas, 273

Apêndice: Cronologia de Mário Gusmão, 289

Prefácio

A obra de Jeferson Bacelar se destaca pela

multiplicidade de temas que cobriu ao longo de sua vida de pesquisador. Ele já escreveu sobre prostituição, identidade negra, presença galega na Bahia, sobre baba[1] de praia e hierarquias raciais, entre outros assuntos. Em todos os casos, seja manipulando a documentação escrita, seja fazendo observação direta ("participante"), seja participando ele próprio do coletivo observado (como no caso do baba de praia), ou ainda na utilização da bibliografia, sempre encontramos um intelectual sério, atento às possibilidades das fontes e atualizado na literatura pertinente. Neste livro, essas características e virtudes se confirmam, e a elas se acrescentam outras, entre as quais destacaria uma especial paixão, uma singular ternura pelo personagem central do estudo.

Trata-se de um livro difícil de ler, como deve ter sido difícil escrevê-lo. Mas não no sentido de que se trate de uma maçaroca acadêmica indigesta como muito do que ainda se produz na universidade brasileira. Não é isso, apesar de se tratar, originalmente, de uma tese de doutorado. O leitor sensível, e mesmo o apenas curioso, encontrará aqui matéria de interesse e mesmo empatia. O livro é difícil porque, a muitos títulos, é a história de uma tragédia brasileira do recém-acabado século XX, uma tragédia chamada Mário Gusmão.

A história deste personagem e ator se repetiu muitas vezes e ainda se repete na biografia de um número enorme de pessoas negras, homossexuais e, por que não dizê-lo, daqueles que fazem a vida artística no Brasil fora do circuito comercial do teatro e da TV. As dificuldades são imensas em cada uma dessas experiências – negro, homossexual, ator – e podem ser trágicas quando combinadas, mais ainda na maior parte do tempo de vida de Mário. O esforço para superar os limites socialmente criados a cada uma dessas vivências pode ser considerado o fio da meada ao longo deste livro. É quase doloroso ver a luta de Mário para ascender e ser aceito no mundo dos graves homens brancos, as concessões que teve de fazer, os apadrinhamentos buscados, as negociações sob estruturas ideológicas paternalistas de controle social. A aplicação nos estudos, o enorme esforço para acertar, a dedicação ao trabalho repetem a labuta de milhares de negros que, como ele, precisam ser sempre os melhores para sobreviver. Seus poucos momentos de conquista e glória não bastam para dirimir o aspecto densamente trágico da história de vida desse ator negro baiano.

A biografia é um gênero difícil, ainda mais quando o biografado não é da elite, seja ela política, intelectual, econômica ou outra. Quando é da elite, deixa papéis, gravações e imagens, ou tem sua vida registrada das mais diversas formas pelos meios de comunicação ou por indivíduos que privaram de sua companhia, de maneira mais duradoura ou efêmera. Jeferson não contou com quase nada disso, exceto, é claro, o pouco que em geral cabe a um ator que poucas vezes esteve no centro da cena. Empreendeu, então, um trabalho cuidadoso de levantamento de fontes, sobretudo fontes orais, inclusive depoimentos do próprio biografado, para superar essa dificuldade.

Um outro problema da biografia é quando o entusiasmo de quem a escreve pelo personagem leva este a ficar solto no mundo em volta, a flutuar sem contexto e em ilusória liberdade das estruturas sociais, mentais, e outras que inevitavelmente limitam suas ações. Dessa limitação este livro não sofre. O esforço pela contextualização aqui se desdobra em numerosas frentes: Cachoeira, a cidade do Recôncavo onde Mário Gusmão nasceu e cresceu; Salvador, para onde se mudou nos anos 1950; o complexo círculo familiar em que ele cresceu; os diversos ambientes por onde circulou como trabalhador, ator, perseguido político (porque foi isso a sua prisão em 1973) e figura emblemática do movimento popular. Com isso, Mário se torna personagem de uma interessante história social da Bahia no século XX, uma Bahia que vai muito além do meio artístico.

A recriação dos diversos contextos do ator permite que o leitor aprenda muito sobre a história da industrialização, do teatro, da contracultura, do ensino, da universidade, da negritude na Bahia, entre outras histórias. Aqui temos narrados, por exemplo, os meandros, muitas vezes os conflitos, e até as fofocas, do mundo do teatro baiano no início da década de 1960, em especial o que girava em torno da Escola de Teatro da Universidade Federal da Bahia. Mais tarde, já nas décadas de 1970 a 1990, vamos conhecer o universo da militância negra em que Mário seria acolhido como "herói da raça", conforme o definiu Jefferson. Na reconstrução desses ambientes todos, impressiona o trabalho de pesquisa realizado e, além disso, as muitas pistas deixadas para serem depois seguidas pelo próprio autor ou por outros pesquisadores mais jovens.

Um outro problema com as biografias, especialmente aquelas escritas com sentimentos de amizade e lealdade que unem biógrafo e biografado, é a tentação de evitar os aspectos mais intimamente conflituosos da vida contada. No caso deste estudo, vários são os aspectos dessa ordem, porém a homossexualidade de Mário talvez seja o mais saliente. A personalidade do ator não foi formada numa época em que se assumia publicamente a homossexualidade, muito menos se fazia militância em torno da diversidade sexual e do homoerotismo em particular. Sua homossexualidade, ele procurou manter no âmbito de sua vida privada. Por isso, Jefferson teria a opção de passar por cima dessa questão, de simplesmente ignorá-la até, devido àquele compromisso acima mencionado que certamente teve com Mário em vida, e continua a tê-lo na morte. Mas o assunto era grande demais, na trajetória profissional e de vida de Mário, para ser abandonado. A própria opção pelo teatro, que o tirou do anonimato, estava algo imbricada na sua opção sexual. Sabendo da importância disso na formação de seu personagem, Jeferson Bacelar não podia, honestamente, deixar de discutir esse lado delicado de sua biografia. E trata do assunto com uma objetividade e, às vezes, uma literalidade raramente vistas em obra acadêmica. Aliás, não se pode falar de pouca inclinação acadêmica nessa passagem do livro, pois, tal como em outras (e sobre outros assuntos), o autor se faz acompanhar de boa dose de erudição antropológica e sociológica para enquadrar mais amplamente a matéria.

Mas o aspecto da biografia de Mário Gusmão que atravessa o livro de ponta a ponta é certamente o racial. A começar pelo título. Jefferson argumenta, às vezes clara, às vezes implicitamente, que sua pele negra foi uma das maiores barreiras à sua ascensão e movimentação sociais. Mesmo como ator, vivendo num ambiente mais tolerante em muitos aspectos, ainda assim foi só em avançado ponto de sua carreira que veio a fazer uns poucos papéis mais destacados, apesar de ser muitas vezes figura marcante dos bastidores das produções. Mas, segundo a ladainha de sempre, havia pouco papel destacado para atores negros desempenharem.

No Cinema Novo fez pontas, e continuou a fazer pontas quando o cinema envelheceu. Eu recordo o embaraçoso papel que desempenhou no filme de Bruno Barreto, *Dona Flor e seus dois maridos*, baseado na obra de Jorge Amado, no qual ele aparece em duas ou três cenas, quase como uma sombra, reduzido a elogiar e servir o personagem branco Vadinho, protagonizado por José Wilker. Em duas cenas, ele diz como Vadinho era "porreta"; noutra acende, diligentemente, o cigarro de Vadinho. É um desses filmes que fazem o elogio da mestiçagem, arrasando a auto-estima do negro. O fato de Mário precisar daquele "trampo" para sobreviver torna ainda mais dolorosa a experiência. Não havia então – meados da década de 1970 – um discurso identitário e uma militância negra influentes o bastante, e até informação mais acessível, para despertar Mário para essas formas sutis de racismo nos meios de comunicação de massa. Nessa época, o Ilê Ayiê acabava de nascer, o Movimento Negro Unificado estava para ser fundado, e Mário ainda não tinha feito sua memorável viagem à África.

Quando Mário Gusmão despertou politicamente para a negritude, quando descobriu que esta podia ser transformada em capital simbólico, pelo menos em certos meios, ele já tinha tomado muita chicotada na vida.

Teve amigos e admiradores que o ajudaram aqui e ali, mas em geral morreu esquecido pelo Brasil, na miséria. Felizmente, ele não morreu sem ter um dia sido um maravilhoso rei negro. Lembro-me dele assim, belamente aparatado para a ocasião, protegido por um pálio colorido, à maneira dos reis africanos, cercado de bonitos cortesãos, deslizando com elegância sobre a passarela numa Festa da Beleza Negra do Ilê Ayiê.

João José Reis

NOTA

[1] Baba é a pelada carioca, um jogo de futebol de amadores na praia, nas ruas, nos terrenos baldios, nos campos dos bairros. O baba é o futebol do povo.

Introdução

Este livro é a história da vida de um personagem do povo brasileiro: Mário Gusmão. Nascido baiano, negro e pobre, teve a região de origem, a raça e a classe como marcas constantes na sua caminhada. Poderia ter sido apenas Mário do Nascimento e, provavelmente, seria como os tantos brasileiros e baianos que nasceram e morreram anônimos.

É verdade que Mário Gusmão nasceu e morreu pobre, o que traz à tona a forma como são tratados muitos negros na sociedade brasileira; porém, a sua *performance* artística permitiu-lhe a construção de uma visibilidade e luminosidade que transcenderam os habituais limites impostos aos dominados na vida social.

Podemos, de certa forma, dividir seu roteiro de vida em dois tempos-espaços. O primeiro vai da partida de uma pequena cidade importante do Recôncavo baiano até a sua chegada à "cidade da Bahia", a metrópole regional, para, na sua vertente ascensional, através da educação, nos limites prescritos pela assimilação, tornar-se Mário Gusmão: um dos maiores atores da vida artística da Bahia. Tempo em que se pensava no estado-nação como promessa de redenção, tempo em que se acreditava que o desenvolvimento era um caminho para a igualdade, tempo de muitos sonhos e muita esperança, tempo da arte como ofício e não como profissão, tempo de abertura para sexualidades não-convencionais e com tantos homens e mulheres inteligentes a construir o conhecimento cosmopolita da cidade provinciana que se transformava. Mário Gusmão viveu como nunca esse momento e acreditou na sua inclusão, mas, sem consciência dos seus limites de classe e raça, "pisou fundo no acelerador", pensando que podia deixar de ser um "negro bem-comportado" e permanecer triunfante no "mundo dos brancos". Embarcou na contracultura e cedo "caiu do cavalo", ficando sozinho no seu calvário, na prisão, como traficante de drogas. Descobriu a sua exclusão e os limites do exercício da sua liberdade.

Vem o segundo tempo-espaço da sua trajetória: da metrópole regional ao sul do estado, com passagens pela África, descobriu o "admirável mundo novo" da juventude negra e tornou-se um dos ícones da sua luta. Momento em que já começavam a se apresentar as leis frias do mercado, momento em que o sonho já tinha acabado de há muito e em que começavam a ganhar realce as "comunidades" (naturais) como uma reação aos riscos da vida moderna. Na "comunidade negra", Mário "navegou" até os seus últimos dias; porém, não se encastelou na sua segurança, mantendo a sua abertura para o universal, o que revelou ainda mais a imensa desigualdade em que ele – como tantos outros – estava imerso.

Esta é a síntese da história da vida de Mário Gusmão, que é contada aqui de forma heterodoxa, por vezes teatral – tinha razão um dos meus primeiros críticos a formular tal argumentação, afinal eu sempre tive a fantasia de escrever para o teatro –, em relativamente longos sete capítulos. Porém, a narrativa procura cingir-se aos modelos da história e da antropologia, sendo evitada a tentação ficcional. Neste livro, o contexto foi mantido somente quando se vinculava diretamente à trajetória do personagem, sobretudo para não cansar ou desviar o leitor do objetivo fundamental, ou seja, os caminhos da vida de Mário Gusmão. Assim, foram retirados ou resumidos, do texto original da tese de Doutorado, vários trechos que apresentavam em detalhes um panorama, nos vários momentos históricos, de Cachoeira e Salvador, bem como da história dos negros no país. Entretanto, o leitor poderá remeter-se a esses temas através da bibliografia, onde os títulos fundamentais sobre os mesmos foram mantidos.

No Epílogo, faço uma leitura crítica e sintética da trajetória de Mário, mostrando o seu caráter plural como indivíduo. Aí aparecem temas como a necessidade da integração e comunhão entre as raças, e a hibridez e comunicação das culturas, que se apresentam tão atuais nestes tempos pós-modernos de tanto fundamentalismo, das doenças da identidade e da intolerância em relação ao diferente. Através do protagonista, abre-se a discussão sobre o homossexualismo – tão ausente nas falas dos personagens que fizeram o livro – e as posições sobre as nuances do "ativismo", bem como sobre a questão das drogas. No seu percurso, delineia-se a problemática do artista, seja sob o ponto de vista regional, seja sob a perspectiva da arte como mercadoria. Para concluir, estabelece-se a discussão sobre a sua condição como herói do povo negro, dela advindo, a partir da materialização do livro, outro problema: mesmo com a visão crítica proposta, não estarei auxiliando a mitificação do personagem Mário Gusmão? Ora, convenhamos, este é um livro autobiográfico, embora eu me esconda algumas vezes. Portanto, nada tem de neutro, nem de imparcial. Aliás, isso lembra Margaret Mead ao dizer que, quando alguém não está satisfeito, nem consigo mesmo nem com a sociedade, torna-se antropólogo. Na verdade, eu tentei mostrar o meu descontentamento "criticando" a sociedade e, ao mesmo tempo, procurei falar por um brasileiro injustiçado. Embora sem o aval ou procuração de Mário Gusmão, espero que a minha "recriação" não o decepcione, nem aos seus amigos e leitores.

ced
O NEGRINHO NO PORTO DA CACHOEIRA

A família de origem: avó, mãe e irmãos

> Nossa genealogia é submersa numa escuridão vergonhosa, datas e nomes são tão incertos como os dos reis e rainhas apreendidos automaticamente na escola, e estamos tão inseguros de onde viemos como para onde vamos. (BOTTON, 2000, p. 55)

O tamanho do universo de parentesco, de acordo com WOORTMANN (1987, p. 170), pode depender dos seus significados diferenciais para as várias classes sociais e das possibilidades de controle da genealogia. Segundo esse autor, a elite tem maior consciência genealógica, seja porque o parentesco é um importante indicador de *status*, seja porque seus membros têm maior conhecimento de laços genealógicos.

As considerações do autor se aplicam perfeitamente ao caso de Mário Nascimento: ele pouco sabia sobre a sua genealogia. Em minha pesquisa, consegui entrevistar apenas três dos seus parentes – um tio paterno, um irmão materno e um primo – e o único documento utilizado foi a certidão de nascimento do meu personagem, feita quando ele tinha 11 anos de idade[2]. Segundo essa fonte, às 20 horas do dia 20 de janeiro de 1928, nascia Mário do Nascimento, preto retinto, em Cachoeira, cidade do Recôncavo baiano. Constava na certidão de nascimento que era filho de Mirandolina Nascimento, também natural de Cachoeira, tendo como avó materna Odília Maria de Jesus.

Segundo Osvaldo Ferreira Nascimento, seu irmão,

– Mário era mabaço[3], ele nasceu com minha irmã Marina.

Essa informação foi confirmada por Ieda Machado, a quem Mário contou que tinha uma irmã gêmea, que morreu muito jovem.

Da família materna, o ramo com o qual viveu na cidade de Cachoeira, o parente mais longínquo de que Mário se lembrava era sua avó Odília. Sabia que ela era da Irmandade da Boa Morte[4] – "uma das mais antigas" (infelizmente, nenhuma das atuais componentes da Irmandade a conheceu ou ouviu falar dela) –, pertencia ao candomblé e vendia comida na rua. O neto não sabia quando ela nascera. Entretanto, a certidão de nascimento de Mário revela que, em 1939, Odília já era falecida. Sendo, como referenda o já citado Osvaldo, "uma das mais veteranas" da Boa Morte e "quase nagô", provavelmente ela viveu ainda no período escravista, na segunda metade do século XIX. Teria sido uma escrava ou liberta? Eles não o sabiam. Porém, seria muito difícil, mesmo com os poucos anos que Mário e Osvaldo passaram com a avó – respectivamente 11 e 13 anos –, não terem ouvido relatos da sua condição de escrava, se ela o tivesse sido. Daí, presumo ter sido Odília Maria de Jesus uma crioula liberta. Gente que encontrava no comércio, nas ruas de uma cidade afluente e de economia dinâmica (como era então Cachoeira), a possibilidade de sobrevivência e a vivência comunitária com os de sua "nação".

Mário relembra que

- Ela trabalhava muito e ela tinha uma coisa, tinha que vender na rua, e eu não entendia por que era, mas era uma das obrigações que ela tinha que vender uma ou duas vezes por semana.

Tabuleiro da economia, mas também tabuleiro da preservação das suas raízes étnicas e religiosas. Livre para circular, dona do seu tempo, no seu próprio trabalho, ela recriava, no espaço urbano, a cozinha dos homens e dos deuses, mantendo viva a África ancestral[5]. E no seu tempo livre, lá estava na Boa Morte ou no candomblé, mantendo acesos os costumes, hierarquia e religião dos povos africanos.

Mário se lembrava bastante dos vínculos existentes entre ambos e do carinho da avó por ele. A velha Odília seria o seu referencial do passado familial para a construção de sua afro-brasilidade. Com efeito, o depoimento de Mário revelou que os elementos mais importantes na sua formação, na infância e juventude, foram a avó e a mãe, estando inteiramente ausentes os seus parceiros. Portanto, Mário viveu nesse período em uma família matrifocada (AGIER, 1996, pp. 189-203), modelo que se contrapõe ao conjugal, considerado o "normal" na nossa sociedade – também chamado de "nuclear", mas a que prefiro dar a primeira denominação, na medida em que a última pressupõe insularidade e individualismo, o que não se apresenta como uma das características das classes trabalhadoras negras, sobretudo naquele período histórico.

Por não poder recorrer, no caso de Mário, às fontes privilegiadas pela atual historiografia para a análise da formação das famílias, que são as significações e perspectivas de vida dos sujeitos históricos, recorro a conjecturas, como mecanismo capaz de oferecer pistas à compreensão dessa característica da sua família. Odília viveu num período em que a presença africana tinha muita vitalidade em Cachoeira. Momento marcante da influência iorubana e jeje na constituição de padrões culturais e organizatórios dos negros baianos, os quais continuaram tendo, desde então, prestígio em Cachoeira, sobretudo no plano religioso do mundo afro-brasileiro (WIMBERLY, 1994).

WOORTMANN (1987, pp. 270-271), analisando as influências africanas na formação da família baiana, percebeu que as instituições africanas eram patrifocais no nível jurídico, na definição da linhagem, mas que a poliginia praticada trazia consigo um componente matrifocal intrínseco ao plano das relações de parentesco reais, no nível de cada unidade doméstica. E se a instituição jurídica não operava no Brasil, essa ideologia o poderia fazer, quanto mais se reforçada pela escravidão, no que concerne ao componente matrifocal. Torna-se evidente que tal situação poderia ser perfeitamente aplicável ao caso de Odília, na medida em que ela era um membro do povo-de-santo, onde se privilegia a matrifocalidade e a dominância feminina. Tal perspectiva era ainda corroborada pela sua condição de irmã da Boa Morte, instituição onde homem não entrava e muito menos mandava.

A trajetória de Mirandolina Nascimento, mãe de Mário, foi muito diferente da de Odília. Ela era uma mestiça, de cabelos lisos e bonita[6]. Segundo Mário Gusmão,

- Ela era muito alegre, gostava muito de passear e cantar, e também de namorar.

Mário recordava ainda que

- Lá em casa, minha família era muito complicada. Eu tenho, do lado de minha mãe, três irmãos e tem eu.

Osvaldo, irmão de Mário, relatou com mais detalhes um pouco da história da família materna e dos relacionamentos da mãe. Embora fosse nascida em Cachoeira, Mirandolina estava morando em Salvador, na década de 20 do século XX:

- Interesseira, trabalhadeira e não era feia, aí já viu. É como tá acontecendo hoje em dia. Ela conheceu meu pai, João Ferreira Nascimento, e teve meu irmão mais velho, Juan Ferreira, depois eu nasci, em 23 de maio de 1926.

Ainda em Salvador, ela veio a conhecer Elói Gusmão, que seria o pai de Mário. Este relatou que assim se criou uma situação deveras interessante:

 - Na minha família aconteceu uma coisa muito engraçada, é que minha mãe teve uma oportunidade, que é rara, de ter se relacionado com dois irmãos, de forma que meu irmão mais velho é o filho de meu tio e eu sou filho do irmão do meu tio, então o meu irmão é meu primo.

Deixando Juan Ferreira com o pai, em Salvador, Mirandolina retornou com Osvaldo para Cachoeira, grávida de Mário. Mais tarde, já em Cachoeira, Mirandolina teria outro relacionamento com um homem de prenome Artur, sendo gerada Maria Aleluia,

 - [...] mais clara, como a mãe e o padrasto [de Osvaldo e Mário].

Ao contrário de Odília, Mirandolina estabeleceu uma grande aproximação com o mundo das famílias importantes de Cachoeira[7]. A sociedade local era estruturada à volta de determinadas definições político-legais de privilégios, articuladas por meio de sistemas culturais de diferenciação. Já no século XIX, REIS (1986, p. 175) mostra a cumplicidade entre os afro-baianos e os Senhores, pois as relações sociais, com grande cunho paternalista, excluíam o afro-descendente que não abrisse mão de sua herança africana. Uma nota de jornal, no início do século XX, demonstra a permanência de tal perspectiva: "Ante-hontem, à tarde, quando a população da cidade se enojava à passagem de um troço de mulheres do povo, precedidas de um detestável terno de barbeiros e representando um dos ignóbeis costumes africanos para aqui infelizmente transplantados há umas boas dezenas de anos [...] (SABACK, 1913, p. 1)."

Portanto, um dos pré-requisitos para a aproximação do mundo dos brancos era o afastamento ou, ao menos, a ocultação das relações com a africanidade. Mas não só: na condição de trabalhadores e pobres, a possibilidade de acesso à elite, às suas concessões, do emprego aos favores, implicava lealdade e obediência.

Mário relata:

 - Minha mãe era lavadeira, lavava roupa e, quando tinha casamentos, batizados, essas festas assim, sempre chamavam minha mãe e ela lavava muita roupa de família. Tinha muita roupa de renda, aquelas coisas brancas assim, e minha mãe era uma pessoa que sempre lavava e passava, lavava e passava, então as pessoas faziam questão de chamar ela. Lembro também que ela dava leite aos filhos dos brancos. Então, ela tinha um relacionamento muito bom com essas famílias lá em Cachoeira.

Assim, Mirandolina uniu-se às famílias da elite local por dois tipos de laços. Um foi a função de lavadeira, cuja importância para as famílias das elites brancas foi discutida por GRAHAM (1992, pp. 54-55). O segundo laço foi o papel de ama-de-leite. PRIORE (1993, pp. 242-243) salienta a união entre leite e sangue no Ocidente cristão, o que determina que, ao amamentar, a ama sai do seu papel passivo e forja a criança à sua imagem e semelhança. Evidentemente, a intimidade nascida do aleitamento criava laços entre Mirandolina e as famílias brancas de Cachoeira. Isso provocou a assimilação dos padrões culturais dominantes que modelavam as hierarquias sociais, fenômeno observado no seu modelo de família: um sistema baseado fundamentalmente sobre relações pessoais assimétricas, onde predominavam, por um lado, exploração e controle e, pelo outro, gratidão.

Evidentemente, entretanto, essa é uma imagem redutora e reificadora da vida de muitas pessoas – homens e mulheres – pretas e mestiças, pobres, que viveram em Cachoeira. No meio desses papéis, inúmeras vezes adotados a contragosto, freqüentemente existia muito de resistência cotidiana – do boicote à dissimulação –, bem como de estratégias para conseguir a ascensão ou melhoria de condição de vida, sua própria ou da família. Por exemplo, AGIER (1996, p. 197) chama a atenção para o fato de que a mãe-de-leite dos senhores brancos – como foi o caso de Mirandolina –, ao estabelecer relações face-a-face na família patriarcal, podia colocar em xeque a autoridade do senhor branco e de sua esposa legítima, utilizando micropoderes derivados do controle das atividades domésticas (como as da cozinha), da sedução exercida sobre o senhor ou da dependência em que dela ficava seu filho-de-leite.

Assim, foi a capacidade de sedução de Mirandolina, deixada nas entrelinhas por Osvaldo, que possibilitou que este arranjasse um emprego no vapor de Cachoeira:

- Também minha mãe tinha muita amizade com o segundo maquinista do navio Paraguaçu. Essa camaradagem assim era para aproveitar, porque minha mãe não era feia.

Evidentemente, afasto qualquer pretensão em focalizar as relações da mãe de Mário sob o prisma da promiscuidade, bem como da idéia de desorganização familiar, verificando-se, sim, uma alternância de momentos conjugais com a permanência contínua da mulher na condição de chefe da unidade doméstica. Pode-se presumir que Mirandolina tentou por três vezes submeter-se ao modelo cultural dominante na sociedade brasileira, segundo o qual a família se constituía através do casamento, sendo o chefe do grupo doméstico o marido-pai, e tendo essa posição de chefia como contrapartida, como ressalta WOORTMANN (1987, p. 65), a obrigação de sustentar a família. Entretanto, em nenhum dos casos foi possível a manutenção da sociedade conjugal. A partir de então, Mirandolina desistiu do modelo ideal.

Trabalhando ainda com hipóteses, tal fenômeno seria derivado de sua entrada na maturidade, do seu envelhecimento, que traz novos papéis para as mulheres (BROWN, 1982, pp. 143-153), ou do crescimento dos seus filhos, o que geraria problemas em torno da autoridade no grupo doméstico. Mas também poderia sugerir que a conjuntura após 1940 – período em que não teria mais parceiros na sociedade conjugal – se caracteriza pela decadência da cidade e o desemprego, sobretudo do sexo masculino. COSTA PINTO (1998, p. 128), nos inícios da década de 1950, apresenta um quadro chocante da situação: "Chega-se, às vezes, a formar a impressão de que ali a operária tem dois patrões: o patrão e o seu homem; e a mulher, não raro, dois homens: o seu e o patrão. [...] A intensa utilização da mão-de-obra feminina na indústria fumageira, aliada ao conhecido padrão de uniões conjugais extralegais, de puro amasiado, tão freqüente entre as classes pobres brasileiras, especialmente no interior, são fatores que, nas áreas urbanas da zona do fumo do Recôncavo, quase institucionalizaram a prática da mulher operária sustentar o companheiro, que passa o dia nos bares e bilhares, jogando dama ou jaburu, pegando, aqui e ali, um ou outro biscate, quando não, simplesmente, vadiando."

Iniciar uma união, nessa época, não traria vantagens para a mulher. Mirandolina morreu com 72 anos, no final da década de 1960 ou início da de 1970; portanto, na década de 1940, teria cerca de 40 anos. Já sem os encantos da juventude, com filhos crescidos, sem boas opções no mercado conjugal, manteve-se sozinha. Mas as raízes do modelo ideal da sociedade conjugal já estavam plantadas. Por exemplo, optou pelo sobrenome do seu primeiro parceiro, como uma forma de reconhecimento do significado do parentesco conseguido por afinidade, valorizando a linha masculina. Por outro lado, não deixava de lembrar aos seus filhos – seja a Osvaldo, seja a Mário – a existência dos pais. Evidentemente, vários são os fatores que explicam a importância do pai para os filhos, extrapolando conjunturas e famílias; porém, não posso deixar de reconhecer que os valores derivados do modelo ideal de família vigente, com a predominância masculina, tiveram repercussão sobre a formação de Mário.

Infância e juventude

No fundo do mato-virgem nasceu Macunaíma, herói de nossa gente.
Era preto retinto e filho do medo da noite. (ANDRADE, 1970, p. 9)

O pouco que se sabe sobre a infância e juventude de Mário Nascimento advém do seu próprio relato. E ele oferece pistas significativas.

Pertencendo a uma família de negros, pobre, Mário compartilhou os valores e padrões culturais atinentes ao seu estatuto social. Numa sociedade fortemente hierarquizada, o direito ao privilégio era reforçado pelas diferenças culturais. Se, por um lado, existia uma cultura hegemônica (THOMPSON, 1998, pp. 78-79) adotada pelos ricos e brancos, por outro, para os negros e pobres, de forma diferenciada, evidenciava-se uma forte cultura popular, marcada pela presença afro-brasileira. Trocas assimétricas múltiplas e desiguais sempre marcaram os grupos, com cruzamentos biológicos, religiões mistas, costumes cruzados, modos alimentares miscigenados, mas nada disso impediu que se desenvolvessem representações e práticas relativamente autônomas.

Mário vivenciou, na sua infância e juventude, o estilo de vida dos negros pobres de Cachoeira.

Ele experimentou a ideologia familiar sobre a alimentação, com a preponderância de "comidas fortes" (ZALUAR, 1985, pp. 105-108). Relata que sua avó vendia na rua e ele

- Ficava sempre esperando ela chegar, que ela vinha com uns quitutes gostosos, aqueles escaldados, aquelas comidas bem negras.

Lembra também que sua mãe dizia:

- "Dona Zulina, vamos sustentar os meninos bem, dá bem comida pra eles, porque quando chegar uma crise estão bem alimentados." Eu não sabia por que era, por que ela queria que comprasse tudo do bom, era carne de baleia, carne-de-sol da boa, essas coisas que tinha em Cachoeira.

Comida em abundância, como uma preparação para os possíveis tempos de carência e até miséria, mas não se pode deixar de ressaltar o aperfeiçoamento da alimentação, com a criação de uma cozinha popular, típica, sedimentada na herança ancestral dos africanos. Cozinha que viajou e que aqui se transformou, sofisticando-se com novos produtos e condimentos. Cozinha de azeite, saída dos candomblés, incorporada ao cotidiano do povo e que progressivamente chegou a toda a sociedade regional[8].

Mário cresceu junto aos candomblés, perto da cultura do povo-de-santo.

- Eu assistia quando era menino uma série de cerimônias, que era uma coisa bem secreta, bem fechada. Eu ficava com minha avó e eu não podia dormir, aí depois eu fui ver que era alguma cerimônia assim, ligada a axexê[9], coisa assim da morte.

Porém, Mário, embora acompanhasse a sua avó, não esquece que ela dizia:

- Menino, não ouve nada, não presta atenção.

E não deixa de refletir sobre o momento histórico do candomblé no seu depoimento:

- Nessa época também não se falava muito, como hoje, não se falava assim dizendo o que significava as coisas litúrgicas do candomblé.

A década de 30 do século XX, em Cachoeira, foi marcada pelo fechamento de vários candomblés e por uma ativa perseguição policial aos cultos afro-brasileiros[10]. Daí, provavelmente, a sua família – e mesmo a sua avó –, tão interessada em inseri-lo no mundo dos brancos, procurar afastá-lo da religião ancestral.

Mário também conheceu, nas ruas de Cachoeira, a doce liberdade da infância:

- Menino de rua, moleque de rua, conhecia a cidade toda, a de baixo, a de cima, da rua da Feira à Praça Maciel, da Fonte Nova ao Caquende.

E ali fazia suas amizades, correndo ou nadando no rio, descobrindo a sociabilidade genérica que sedimentava os territórios e a vivência das crianças do passado, sobretudo nas pequenas cidades[11].

Mas nas mesmas ruas iria ver o sofrimento causado por um dos flagelos de Cachoeira: a cheia periódica do rio Paraguaçu, cujas águas ultrapassavam o seu leito, inundando as cidades de Cachoeira e São Félix, em conseqüência das cheias na cabeceira do Paraguaçu e seus afluentes, determinadas pelas fortes chuvas. Sobre a enchente de 1930, SILVA (1952, pp. 431-432) diz: "era um espetáculo deveras desolador o êxodo das famílias desabrigadas procurando os pontos mais altos da cidade, debaixo de aguaceiros torrenciais que têm desabado nestes últimos dias. Homens, mulheres e crianças de trouxa às costas, procurando lugar onde se abrigarem, nos davam a idéia do infortúnio que pesa sobre esta pobre gente, com as repetidas cheias do Paraguaçu."

Mário viveu três das grande enchentes – 1930, 1940 e 1947 – da história da cidade, e relembra o que viu:

- Tinha aquelas enchentes horríveis, as piores enchentes que eu vi, morava na casa, quando eu via começar a encher e não ter escoamento, então a gente começava a mudança. Estava chovendo nas cabeceiras, a maré estava enchendo, então a gente se mudava, se perdia muita coisa, mas as pessoas já estavam habituadas.

Mário também conheceu, em sua infância, as festas populares, várias de raiz africana. Cachoeira sempre foi uma cidade de muitas festas, religiosas, cívicas e populares. Assim como em todo o Brasil, as festas exclusivas dos ricos e brancos eram nos sobrados, palácios e teatros, cenário de seus bailes e saraus, tendo por base a civilização européia. Por exemplo, no ano do nascimento de Mário, o jornal A Ordem noticiava uma soberba líteromusical no Cine Teatro Cachoeirano, tendo no programa Verdi, Haydn, Copée, Vallo, Rossini e Beethoven. E que um dos grandes números do programa seria "a ouverture de La Gazza Ladra, de Rossini, a 6 mãos, executada pela sra. Alice Mettig, a senhorinha Stella Fróes e o sr. Alberto Mettig."

Já as festas do povo negro eram realizadas nos seus "territórios" e nas ruas, com seus "incivilizados costumes". Cachoeira se pretendia, assim como Salvador (ALBUQUERQUE, 1996, pp. 103-124), republicana, higiênica e civilizada, com seu novo calçamento, seus chafarizes e praças arborizadas, o telefone introduzido em 1920 e a inauguração festiva da luz elétrica em 1930, com a presença do governador do estado e outras personalidades (A INAUGURAÇÃO... 1930, p. 1). E toda essa inovação e progresso continha, em si, a perspectiva de regeneração dos "bárbaros" hábitos vigentes na população ignara. Doce ilusão: apesar dos protestos e mesmo da repressão, eles não foram capazes, na sua "ânsia civilizatória", de deter as "caretas a pé, lavagens, jogo do sete em frente aos templos, sambas atordoadores no perímetro da cidade e outras belezas" (NASCIMENTO, 1995, p. 42). O mesmo autor lembra que as "manifestações populares em que o negro estava inserido, como a festa da Ajuda, eram alvo de repreensão por parte da polícia e de denúncia dos jornais que traduziam e legitimavam a ideologia da elite" (NASCIMENTO, 1995, 40).

Mário lembrava bem da festa da Ajuda (NASCIMENTO, 1995), sobretudo devido aos mandus[12]. Segundo ele,

- Na festa da Ajuda tinha uns ternos e tinha umas bandas e, nos dias da festa, apareciam uns mandus, umas pessoas vestidas lá com uma roupa muito estranha, era muito curioso, eles ficavam com uma roupa assim parecido que eram três arupemba ou três coisas de cipó. Não tem cabeça, ficava com aquele rolo grande dançando ali dentro. Eu ficava com medo pra ver, eles metiam muito medo nos meninos, mas a gente sempre queria ver.

E ele, ao matar a sua curiosidade, não deixa de revelar um certo desencanto:

- Aí um dia eles estavam na praça e eu fui lá abrir o pano, quando eu olhei e vi que tinha um homem lá dentro, eu fiquei tranqüilo porque eu queria saber como é que aquelas coisas andavam, mas eles perderam todo o encanto, porque eu imaginava que era alguma coisa ligada ao candomblé.

Mas Mário sofreria outras influências nas suas condições de menino negro e pobre, o que o afastaria do cumprimento da trajetória modal prevista para o seu grupo. Com grande desigualdade na estrutura de poder, os brancos utilizavam-se da discriminação, tácita e objetiva, de forma material, para impedir a ascensão dos negros. Grupos desiguais e distintos, regulados por uma ordem estamental que os diferenciava em todos os aspectos da vida econômica, política e social, com "cada um no seu lugar". Numa sociedade com tais características, imperava o paternalismo das relações entre o trabalhador e o patrão, pautado na construção de uma ética pessoal e doméstica. O trabalhador, como pessoa física e moral, devia ter força física e ser obediente, pois o *status* do empregado resultava diretamente de sua posição no mundo paternalista, cujas agências e instituições constituíam, para ele, a esfera global onde sua vida decorria (PINTO, 1998, pp. 165-166).

Como já vimos, foi exatamente sob o prisma paternalista que se desenvolveram as relações da mãe de Mário com as "senhoras da sociedade" de Cachoeira. E foram essas relações que permitiram, entre outros aspectos, a presença de Mário em uma escola particular, uma escola de brancos:

- Naquela época, existia o relacionamento entre minha família e as famílias brancas, era muito mais assim de trabalho, [quem] era boa cozinheira era bem tratada, quem trabalhava bem [os patrões] davam presentes. No colégio que eu estudava, era um colégio de uma senhora branca, que era particular, mas eu estudava porque minha mãe era amiga dessa senhora e era uma espécie de bolsa. Depois que eu cresci foi que eu vi que não era escola de gente preta, eu também não sabia, não existia muitas escolas como hoje, as pessoas estudavam mais em casa. Só sei que terminei estudando numa escola de brancos.

Sendo a escola um dos instrumentos essenciais para garantir a reprodução da hegemonia da classe dominante, a tendência seria a manutenção das desigualdades, marcando os destinos dos negros e pobres. Foi o que aconteceu, por exemplo, com seu irmão Osvaldo, que foi para o mesmo colégio de Mário, mas cedo se diferenciaria dele. Como o próprio Osvaldo narra:

- Ele era mais quieto, ficava lá com os estudos dele. Eu é que não sabia viver no meio dele, quando menos pensava eu tava molecando. Até na escola mesmo de professora Celina, as meninas gostando e tudo mais, eu quando saía da escola com giz, eu escrevia pornografia no degrau da escada da escola. Eu era danado, eu pegava o dinheiro de mamãe, aquelas moedas de quatrocentos réis, eu fazia farra com os outros e depois ainda pegava umas moedas pra jogar no campo de futebol. Aí jogava lá, quando o pessoal via, corria todo o mundo e acabava o baba.

A trajetória de Mário foi muito diferente da dos destinos do irmão. Enquanto Osvaldo cedo já estava trabalhando no vapor de Cachoeira, ele se manteve nos bancos escolares e sem trabalhar, na sua juventude em Cachoeira. O professor João Baptista Borges Pereira, em gentil carta, comentando o meu artigo sobre Mário Gusmão, em que dizia haver sido ele o escolhido da família para ascender socialmente, tendo a escola como trampolim, adicionou que essa "é uma estratégia de mobilidade social adotada pelas populações pobres para alcançar a classe média na expectativa de que os investimentos dos membros que foram sacrificados, para que apenas um fosse vitorioso, viessem reverter em benefício de todo o grupo familiar, expectativa que raramente se concretiza".

Mas não só. Havia dois mecanismos que propiciavam a ascensão social dos negros numa sociedade marcada por grandes distâncias sociais e patentes desigualdades materiais. O primeiro era o embranquecimento genético, através da mestiçagem (AZEVEDO, 1966, p. 1-29): quanto mais o indivíduo se afastasse dos traços negróides, maiores seriam as suas possibilidades de ascensão socioeconômica. Esse não foi o caso de Mário, um preto retinto.

O segundo processo, usando a terminologia de Florestan Fernandes, era o "branqueamento social", referente a papéis e posições sociais, e não à aparência física (FERNANDES, 1978, v. 2, p. 187). Sustento a concepção de que o primeiro mecanismo, por si só, não era suficiente para a ascensão e integração no mundo dos brancos, na medida em que, sem os valores simbólicos advindos da Europa, colocada como o centro da humanidade, não seriam apagados os traços dos seus padrões originais. Considero que era indispensável a assimilação[13] (ou branqueamento social) como uma confirmação da hierarquia das formas de vida existentes. Porém, o convite para escapar à classificação estigmatizante era feito aos indivíduos – e não ao grupo –, indicando que deviam abandonar a lealdade aos grupos de origem e "desafiarem o direito desses grupos a estabelecer padrões próprios e impositivos de comportamento". Como assinala ainda BAUMAN (1999, pp. 118-119), a "assimilação era, portanto, um exercício de descrédito e de enfraquecimento das fontes potencialmente competidoras", anulando-os como força viável.

Com a Abolição e, logo após, com a República, sendo extinguida a diferenciação e estabelecendo-se a igualdade de todos perante a lei, tornou-se indispensável uma distinção assegurada pela estrutura de poder da dominação social e cultural. Os negros pobres, diretamente discriminados e estigmatizados, coletivamente sem poder, tinham apenas como alternativa a ascensão social feita de forma individual, apagando os seus traços originais e adotando os padrões dominantes. Evidentemente, muitos reagiram e mantiveram vivos os padrões originais, conseguindo, inclusive, em muitos casos, crescimento econômico, porém não atingindo a ascensão social.

O que tornava o processo de assimilação mais sedutor era que vinha disfarçado de benevolência e tolerância, sobretudo pela incapacidade material dos negros e as gritantes distâncias sociais. Mário assumiu inteiramente os "bons costumes e os modos civilizados", de acordo com o código de comportamento vigente na sociedade ocidental e no Brasil (ELIAS, 1990, pp. 195-205, e SCHWARZ, 1998, pp. 195-205).

Numa cidade marcada pelo catolicismo, este era uma das formas – desde o período colonial – do indivíduo promover a sua integração nos valores do mundo dos brancos. E ele marcou fortemente Mário, com o catecismo que sabia "de có e salteado", sedimentado na sedução dos bombons distribuídos pelos padres, com a arquitetura e o imaginário barroco que o deixavam extasiado.

- Eu ia, ia sempre à igreja católica. Era muito bom de catecismo, tinha facilidade de aprender, então eu era um dos melhores alunos do catecismo, sabia tudo de có e salteado. Mas também tinha uma coisa, que eu era interesseiro, eu descobri isso quando eu era grande, todo mundo que soubesse tudo do catecismo ganhava uns queimadinhos que a igreja dava, então toda quinta-feira o saco era meu. [...] Eu gostava muito da igreja, eu achava bonita, ficava olhando aquelas imagens e gostava, mas eu adorava também os cânticos.

Mário não revela, no seu depoimento, qualquer pretensão de precocidade ou grande capacidade intelectual acima da média, mas sim o comportamento dos negros e pobres que buscavam a ascensão e o reconhecimento no mundo dos brancos, ou seja, o afinco nos estudos.

- Me lembro quando eu era menino na escola que eu aprendia, eu terminava minha aula, ficava no corredor ouvindo as outras aulas, história, aquelas coisas que não era ainda de minha área. Ficava ouvindo e depois a professora perguntava e eu dizia, respondia. E ela: "Tá vendo aí? Mário sabe." Eu ficava orgulhoso.

Naquele momento histórico, o fundamental no aprendizado era a capacidade de memorização – o que chamávamos de "decoreba" – e Mário desenvolveu tal processo com rigor. Aprender a ouvir – indispensável a um negro no mundo dos brancos – significava contenção de impulsos e, sobretudo, respeito aos guardiães da sabedoria:

- Eu gostava de estar ouvindo, porque era muito bom ouvir coisas de história, mas também porque havia o medo de não ouvir com intensidade, de não prestar atenção à forma e ao que estava sendo dito.

Saber ouvir, mas também saber falar. A linguagem era uma das formas de inserção no mundo refinado ou um mecanismo de adoção dos padrões das camadas superiores. Assim, Mário aprendeu a falar com pronúncia e entonação perfeitas, a denunciar o vernáculo escorreito.

- Me lembro bem que tinha minha professora que gostava muito de mim e quando ela passava dizia: "Mário Gusmão, como é meu nome?" Eu então dizia: "Celina Brito Nogueira Passos." Ela dizia: "Somente Mário sabe o meu nome" e me elogiava muito.

Mas, se foi na sociedade de corte, como assinala ELIAS (1990), que a "etiqueta", os novos hábitos civilizadores à mesa se impuseram, esse comportamento serviu de modelo a todo o Ocidente. Adotado no Brasil pelas camadas dominantes, tornou-se um padrão de polidez, urbanidade e um marco de distinção social. E Mário, cedo, menino ainda, o iria experimentar:

- Então essa professora me levava muito na casa dela, me lembro, quando era menino, ela branca, clara, me levava pra almoçar. A gente almoçava na mesa com os meninos, os filhos dela, eu me lembro que ela dizia: "Mário não é a mesa que vai à cadeira não, é a cadeira que vai à mesa." Sabe por quê? Porque eu botava a cadeira longe da mesa. Me lembro até que ela me dava um pouco das noções básicas de etiqueta. Eu não sabia comer não, ela queria que eu comesse bonitinho, ela gostava muito disso.

Atente-se à valorização por ele concedida à cultura da mesa das classes dominantes, a ponto de dizer que não sabia comer. E tudo isso recomendado e estimulado pela mãe, que acreditava ser "preciso certo cuidado se for estudar". Elementos que, acertadamente, ela via como complementares para a inserção e ascensão no mundo dos brancos, ou seja, os valores eurocêntricos da escola, complementados pelos padrões comportamentais "civilizados".

Mário, na Cachoeira de "muito mais negro que branco", pelos vínculos familiares e o paternalismo, conviveu com membros de todas as categorias raciais e nacionais. Porém, embora dizendo que "não foi orientado pra entender essas coisas", foi capaz de recordar questões concernentes à sua condição racial e ao racismo imperante na sociedade cachoeirana. Ele lembra de um incidente com um rapaz branco:

- Me lembro bem que tinha muitos camaradas. Naquela época, eu não sabia o que era branco nem preto, mas lembro que uma vez um rapaz branco perguntou: "Oh, Mário Gusmão, você não tem vergonha de ser preto, não?" Eu não sabia o que ele estava dizendo, eu olhei para mim e olhei para ele, e eu não sei o que foi que senti na hora. Muito mais tarde foi que eu vim perceber que ele se incomodava com minha presença, mas na época eu não estava percebendo, pela pergunta que ele fez.

E ele narra também uma situação ocorrida com a sua madrinha branca:

- Quando eu era pequenininho, ela disse à minha mãe: "Mário é tão bonitinho, mas você corte o cabelo dele escovinha baixo e todo dia de manhã, quando você acordar, você bote a mão assim no ovo quente; depois, pegue o narizinho dele e fique assim apertando que é para ficar mais afiladinho." E eu ficava olhando pra ela e eu não entendia nada, só vim entender isso depois.

Portanto, na impossibilidade de clarear a pele de Mário, ou mesmo alisar os seus cabelos, sua madrinha buscava elementos compensadores, como afilar o nariz, denotando o imperativo do branqueamento como valor estético absoluto. Em outras palavras, a assimilação ia além dos aspectos sociais, exigindo também uma adaptação física, com a possível escamoteação dos traços negróides.

Vale lembrar que, durante a Segunda Guerra Mundial, Mário conheceu outras formas de expressão de preconceitos. Com o rompimento do Brasil com o Eixo, em 20 de janeiro de 1942, verificou-se, a partir de agosto desse ano, uma escalada de torpedeamentos de navios brasileiros, chegando a guerra às portas de Salvador, com o afundamento dos navios Itagibá e Araras. Desenvolveu-se então uma virulenta campanha, estimulada pelos jornais, contra os inimigos da pátria, "os quinta-colunas" (segundo GARCIA [1990, pp. 5-6], um termo de significado amplo, abrangendo qualquer um que fosse considerado inimigo). Considerados agentes de espionagem no Brasil (HILTON, 1977), os principais "sabotadores e traidores" do país, que sofriam o confisco dos seus bens e constante apedrejamento de suas casas, eram os alemães, italianos e japoneses. A campanha estendeu-se a Cachoeira, sobretudo em relação aos alemães, que possuíam significativa participação na vida econômica e social da cidade, desde o século XIX. Sensível diante do comportamento irracional, Mário, já com 14 anos, não foi capaz de esquecer a xenofobia e intolerância reinantes durante a Segunda Grande Guerra:

- Me lembro que, na Segunda Guerra Mundial, tinham muitas depredações lá em Cachoeira, nas casas dos alemães. Eu não entendia por que eles estavam jogando tantas coisas bonitas que tinha nas casas das pessoas pelas janelas: piano, pratos e tantas outras coisas. Me lembro que existia em Cachoeira uma série de armazéns que tinham mercadorias que eram todas vindas da Alemanha, "isso aqui é da Alemanha". E quando eles maltratavam esses meninos, que eram meus camaradas, eu não entendia por que era inimigo. "Ele é alemão, ele é alemão." Não deixavam eles jogar bola, não brincavam com eles, eu também não brincava com eles, mas eu ficava com pena daqueles rapazes. Eles começaram a não sair, eu não entendia nada. Até os frades dos conventos foram perseguidos, diziam que eles botaram rádio nas torres das igrejas, teve até blecaute em Cachoeira. Foi muito triste ver aquilo.

Portanto, Mário participou de dois mundos diferenciados, com prioridades e princípios distintos, contrastantes, muitas vezes conflitivos, mas, pelo caráter tradicional e hierarquizante da sociedade, implicados e complementares. Vale considerar, porém, que as escalas de valores de sua família e do "mundo dos brancos" não eram antagônicas: ambas eram rígidas e direcionadas para sua educação. A sua família escolhendo-o para promover a ascensão, e os dominantes visando a "domesticação" do "negrinho inteligente".

Mário não indica, no seu depoimento, qualquer independência em relação às perspectivas em que se vê lançado; antes, cambia entre elas e por elas é empurrado: forças e circunstâncias que é incapaz de transformar. Se, por sua condição social, não se exclui dos vínculos comunais de origem, fica explícito o seu desejo de ser assimilado, através do aprendizado e melhoria pessoal, tornando-se um sujeito cultural intermediário, liminar.

Assim, o primeiro tempo da vida de Mário, na sua propensão ascendente, foi marcado pela ambivalência, na medida em que experimentava as possibilidades de conversão para ser aceito individualmente no mundo dos brancos, mas não afastava de si integralmente o estigma que marcava o seu grupo de origem. Continuava negro e pobre – inteligente e educado, mas sempre um negro. Entretanto, uma certeza ficou: a educação era o seu caminho para melhorar de vida e, quem sabe, superar as barreiras de raça e classe estabelecidas para os negros e pobres da cidade.

NOTAS

[2] A certidão de nascimento, uma segunda via datada de 1993, indicava o seu registro no Livro de Notas do município em 24 de agosto de 1939, no Cartório de Registro Civil das Pessoas Naturais da Comarca de Cachoeira. O registro feito posteriormente – e no caso muito após – ao nascimento era uma característica das camadas baixas da sociedade brasileira, seja pelos custos, seja pela desimportância atribuída à documentação oficial.

[3] Mabaço significa gêmeo. É preciso ressaltar que a gemelaridade apresenta o paradoxo de uma realidade fisicamente dupla que é estruturalmente única, sendo fonte de muitos tabus em várias sociedades. Um excesso e uma deficiência, uma bênção e uma maldição, divindade (mais que humanos) e animalidade (menos que humanos), sendo a morte dos gêmeos, em muitas sociedades africanas, uma solução para a contradição estrutural. Portanto, a presença de gêmeos indica uma presença marcada pelo mistério e o sobrenatural. Sobre o assunto ver TURNER (1974, pp. 61-115).

[4] O culto da Boa Morte era muito popular na Bahia, com várias irmandades realizando, em Salvador, festejos no mês de agosto, nos dias consagrados à morte e ascensão da Virgem Maria. Irmandade católica, assim se manteve até hoje, com rituais e cerimônias públicas, missas e procissão; entretanto, desde o século XIX, estes elementos coexistiam com componentes simbólicos do candomblé. No início desse século, um grupo feminino Ketu já constituía a Irmandade da Boa Morte na Igreja da Barroquinha, onde também estavam os nagôs da Irmandade do Senhor dos Martírios. Foi possivelmente em torno de 1820 que a Irmandade, juntamente com o terreiro jêje Bogum, se expandiu para Cachoeira (sobre os candomblés em Cachoeira, ver WIMBERLY, 1994). A partir de então, foram consolidados os vínculos entre o candomblé e a Irmandade. As relações entre a instituição religiosa católica e o culto afro-brasileiro foram estudadas pelo historiador Luís Cláudio "Cacau" NASCIMENTO (1999). Segundo esse autor (op. cit., pp. 20-27), para pertencer à Irmandade a pessoa precisava ter mais de 40 anos de idade, ser adepta do candomblé e consagrada a um orixá ligado ao nascimento ou à morte. O singular da Irmandade da Boa Morte em Cachoeira foi o fato dela sempre ser formada exclusivamente por mulheres. A Irmandade atuou como elemento de conciliação entre o poder dominante e as manifestações religiosas de origem africana, princi-

palmente durante o período em que foi proibida sua realização nos espaços públicos da cidade.

⁵ Sobre a relação entre o comércio ambulante e o candomblé, ver LIMA (1999, pp. 319-325); SOUSA JÚNIOR (1999, pp. 327-346).

⁶ Tive acesso a uma fotografia de Mirandolina Nascimento ainda jovem que, entretanto, não pôde ser incorporada ao trabalho pela negativa de ordem religiosa – "contraria o espírito" – de seu proprietário, Osvaldo Nascimento (seu filho).

⁷ É preciso lembrar que, nos séculos XVIII e XIX, esta foi a cidade mais importante da Bahia após Salvador, devido à sua produção de açúcar e fumo, além da sua importância como pólo de uma rede de tráfego, irradiada a partir de sua condição portuária e ferroviária. Somente no século XX, sobretudo a partir de 1940, é que Cachoeira entraria em declínio, pois, além de ser afetada pela decadência da produção e comercialização do fumo, sofreria duramente com a construção de estradas de rodagem e novas interligações férreas que tornaram desnecessária a passagem por ela.

⁸ "Fora do candomblé esta cozinha marcadamente africana – nos elementos constitutivos como nas técnicas do preparo e na terminologia correspondente – está presente na comida cotidiana do povo – por alguns dos seus pratos mais ligeiros, ou secos – mas também nas celebrações e nas festas populares, na hospitalidade ocasional a visitantes de fora; nos almoços e jantares comemorativos de aniversários e nos restaurantes turísticos da comida chamada típica" (LIMA, 1999, pp. 323-324).

⁹ "Termo que designa o ciclo dos ritos celebratórios da morte de um indivíduo e reequilibradores de vínculos comunitários abalados pela perda" (SODRÉ, 2000, pp. 186-187).

¹⁰ No limiar da década de 1940, o jornal *A Ordem* insistia, no mesmo tom de escárnio e ironia, em admoestar "as coisas de preto". Na edição de 9 de março, levava a público uma nota com o título de "Desordeiras" que "honte, a polícia teve que tomar conta do mulherio inflamado [...] por causa de ovos quebrados, à guisa de 'feitiço', na casa de algumas madamas, foram muitas para a cadeia, onde receberam visitas em grande quantidade, e afinal se retiraram, deixando[...] o seu cartão de despedida [...]" E concluía: "pobre terra, onde o feitiço ainda faz barulho. Oh, poder da ignorância" (NASCIMENTO, 1995, p. 40).

¹¹ Segundo ARAGÃO (1983, p. 141), "Extravasando as fronteiras do privado, vive-se muitas vezes no espaço público uma sociabilidade a que chamávamos 'cordialidade do povo brasileiro.' E que me parece ser mais, estrutural e concretamente, o modo de ser doméstico transposto para a rua do que um traço de caráter nacional substancializado, como se pretendeu".

¹² Nelson de Araújo descreve o mandu da seguinte forma: " [...] leva sobre a cabeça uma arupemba (peneira confeccionada com fios de palha) recoberta de pano, o que constitui a máscara propriamente dita. A deformação se completa com uma vara estendida à altura dos ombros do mascarado; sobre esta armação, veste-se um paletó, cujas mangas pendem das pontas da vara. Assim paramentados, os mandus percorrem as ruas com um acompanhamento de pessoas que cantam (ARAÚJO, 1986, p. 116). O que se sabe sobre os mandus – embora merecendo estudo específico, pelas controvérsias que ainda suscitam – é que teriam nascido à sombra dos candomblés (SOUZA, 1937, p. 242, e ARAÚJO, 1986, pp. 116-118). Cacau do NASCIMENTO (1995, p. 49) reforça tal perspectiva dizendo que em "terreiros de Cachoeira e Governador Mangabeira, de linhagem do candomblé de Menininha do Gantois, em Salvador, cultua-se anualmente o mandu no fim do ciclo religioso." Em matéria jornalística, datada de 14/04/1987, na página 12 da Tribuna da Bahia, é demonstrado que, em Governador Mangabeira, no terreiro Ilê Oió Mecê Alaketu do babalorixá Leopoldo Silvério da Rocha, filho-de-santo de Nezinho e neto de Menininha do Gantois, é preservada a tradição dos mandus: "Enquanto o pessoal do samba anima os participantes, dentro da casa,

longe dos olhos de curiosos, uma pessoa iniciada é preparada com uma roupa especial e apetrechos para tomar forma de uma figura estranha, com o rosto totalmente coberto. É o mandu, ou melhor, a figura que simboliza Exu, o escravo de Ogum, que possui ligação com os eguns." Além das análises dos estudiosos, é interessante a versão romanceada, mas também histórica e cachoeirana, oferecida por ARAÚJO (1997, p. 122) sobre a origem dos mandus. Segundo *ela*, "a origem dos caretas na festa de Nossa Senhora da Ajuda – começou pai Dudu, compenetrado – é graças aos escravos de um tal José Adorno, que no começo de vida dessa cidade, se fez dono de uma fazenda e engenho, ao lado desse rio, que corre por aí, o Paraguaçu. Esse senhor de engenho deixava seus escravos em liberdade para fazer essas brincadeiras em homenagem à devoção da Santa. Eles então inventaram os caretas."

[13] "O conceito evocava a imagem de um corpo ativo, a injetar seus próprios conteúdos e a gravar sua própria forma em algo diferente dele e fazendo isso por sua própria iniciativa e com seu próprio objetivo (tendo que fazê-lo para permanecer vivo): de um processo durante o qual a forma e conteúdos da outra entidade passavam por uma mudança radical, enquanto a identidade do corpo 'assimilante' era mantida e, com efeito, permanecia constante através da única maneira possível – pela absorção" (BAUMAN, 1999, p. 116).

DESCOBRINDO A CIDADE GRANDE

DISCORRENDO A CIDADE GRANDE

> Frente ao porto esboçara-se a cidade,
> Descendo enlanguescida e preciosa:
> As cúpulas de sombra cor de rosa,
> As torres de platina e de saudade.
> (SÁ-CARNEIRO, 1973, p. 128)

Após a Segunda Grande Guerra (1939-

1945), a cidade de Cachoeira entrou em completo declínio. Mário lembra desse momento:

> – Foi depois da guerra, logo depois da guerra, me lembro disso porque foi uma coisa marcante. Aí se começou a falar muito da guerra, dos alemães, e a cidade foi indo, foi indo e parou. Não tinha mais transporte, o vapor não navegava mais no mar, era aquela tristeza, sabe. Não tinha a chegada do navio, aquele movimento todo. Pararam as fábricas, mas essa parada eu só vim a sentir quando a cidade começou a ficar vazia, as pessoas começaram a se mudar, quem podia mudar, mudava. Não tinha o que fazer na cidade e foi nesse período que eu vim pra Salvador. Eu vim com minha mãe, veio todo mundo pr'aqui.

Mário chegou com sua família a Salvador no ano de 1948. Portanto, ele chegou à capital baiana já com 20 anos: não era mais um menino. Qual realidade Mário encontrou na "cidade da Bahia", e com que "olhos" ele viu essa realidade?

Salvador, no período que vai de 1930 a 1950, guardou, em vários aspectos, uma linha de continuidade com a situação existente na República Velha. A cidade mantinha e reforçava as suas funções seculares de centro portuário e praça comercial, assim como sua condição de capital administrativa e sede do poder político. Até 1940, a cidade se circunscrevia à área situada entre o Comércio e Itapagipe, na cidade baixa; de Santo Antônio ao Campo Grande, com os bairros próximos como Barris, Nazaré, Saúde,

Barbalho, Vitória, Graça e Barra, na cidade alta. Nos arrebaldes, já com uma relativa povoação, existiam a Liberdade e Brotas, sendo parcamente ocupados os bairros de Lobato, Plataforma, Rio Vermelho e Amaralina. A cidade começava a se estender, inclusive para a orla marítima, mas a modernização se concentrava basicamente no centro antigo, espaço do poder, do comércio e da vida social. Centro que se modernizou através da remodelação do porto, com o alargamento das ruas e avenidas para os novos meios de transportes, e os primeiros "arranha-céus"; cidade alta que recebia novas repartições públicas, hotéis, jornais, e consagrava a sua rua chique, a rua Chile.

Mário Nascimento saiu de uma cidade de 10.000 a 15.000 pessoas, que cortava a pé em uma única manhã, para uma cidade espacialmente grande, com uma população de mais de 300.000 habitantes. Havia nela muitos componentes conhecidos, como a subordinação dos negros e pobres na sociedade local e a discriminação racial. Mais: o que já vivenciara em Cachoeira se repetia, ou seja, para ascender tornava-se indispensável embranquecer fenotípica ou socialmente. Havia muitos negros na cidade e eles, para conviver com os brancos, precisavam adotar as regras de etiqueta que moldavam as relações com os "superiores", marcando as distâncias sociais. Nada disso era novidade, mas as diferenças entre a nova realidade e Cachoeira eram significativas e teriam grandes efeitos no percurso de Mário. Ele passou de uma realidade onde todos o conheciam, com o caráter marcante da coerção externa sobre o seu destino, para uma situação com grande variabilidade e diversidade das relações institucionais e pessoais.

Na chegada, como forma de enfrentar as dificuldades materiais da migração, sua família buscou o apoio no grupo de parentesco. Embora vindo com a mãe, Mário foi morar na Saúde[14], com a tia materna, Júlia.

- Eu fui morar na Saúde, na rua do Alvo. A Saúde era muito parecida com Cachoeira, talvez por isso não tomei um choque grande. E essa casa de minha tia era uma coisa interessante, era uma coisa de comunidade, quase todo mundo era amigo na rua. Nessa casa que minha tia morava, era uma casa de locação, tinha três andares, e tinha muitos negros que moravam lá há muito tempo. Lembro que tinha uma senhora que se chamava Das Neves, chegava a ser azul de preta. Na rua tinha um grupo grande de negros, mas só que não era como hoje, não existia essa coisa, é um bairro negro, é um bairro de negro. Existiam eram negros que moravam naturalmente, há muito tempo, no bairro.

Lembra também que nos primeiros tempos não saía muito, ia apenas da rua do Alvo para a escola, no bairro contíguo de Nazaré (Mário mantinha a distinção estabelecida pelo imaginário popular entre Saúde e Nazaré):

- Acho que era porque não deixavam.

Assim, eu diria que o primeiro impacto foi contrabalançado por uma relativa encapsulação social, com membros do mesmo grupo social e racial, com muitas relações humanas, o que lhe permitiu inicialmente escapar às dificuldades de coexistência resultantes das diferenças entre as realidades.

A tática familiar estabelecida desde a infância, de torná-lo um negro douto, mantinha-se através da tia Júlia:

- Ela era uma pessoa muito boa, tia Júlia. Ela tinha um capricho muito grande, ela queria que eu estudasse. Fazia tudo, tudo pra eu estudar. E meus parentes me incentivavam muito.

AZEVEDO (1996, p. 109) explicita que os negros, considerando a instrução mais importante para propiciar ascensão social que para dar conhecimentos, esforçam-se para colocar e manter os filhos na escola. Até os mais pobres fazem todos os sacrifícios para que eles freqüentem o curso secundário, embora já tendo idade de ajudar a família com seu trabalho. Mário era um exemplo típico dessa situação, já que a família buscava sua ascensão através dos canais educacionais.

- As pessoas davam muita força às pessoas que estudavam, negro que estudava, aí que eu comecei a perceber um pouco mais da coisa, vou ter que estudar e tal, então todo o tempo que eu tinha era pra estudar, não que eu fosse um bom estudante, eu diria que era muito curioso.

Portanto, Mário não se afastou da perspectiva do grupo, sobretudo na medida em que começou a entrar em sua vida aquele que seria a sua influência mais significativa: o pai.

A descoberta do pai

E Adão viveu cento e trinta anos; e gerou um filho à sua imagem
e semelhança e pôs-lhe o nome de Set. (GÊNESE 5:1)

Se, de forma positiva, os estudos sobre a nossa formação social têm relativizado as interpretações mais totalizadoras sobre a família, creio, sobretudo no caso baiano, na conveniência da utilização analítica da figura-modelo de Gilberto Freyre. Segundo ALMEIDA (1987, p. 55), a família patriarcal, rural, escravista e poligâmica é descrita, por Freyre e por Sérgio Buarque de Holanda (em sua obra *Raízes do Brasil*), como a célula básica da sociedade brasileira, no sentido de ser a matriz que modela as relações políticas clientelistas e populistas, as relações de trabalho e poder, baseadas no favor e na violência, e as relações interpessoais marcadas pelo desrespeito pela privacidade e independência dos indivíduos.

ALMEIDA (1987, pp. 55-56) vai além, ao dizer que esse modelo patriarcal impôs sua ética a todas as formas de organização familiar existentes no país, tanto as dos escravos e cidadãos livres no passado, como as famílias conjugais da atualidade. Portanto, numa sociedade tradicional e hierarquizada, como a baiana do período estudado, seja em Cachoeira, seja em Salvador, a figura patriarcal estava internalizada nas representações e práticas de homens e mulheres da região. Assim, para Mário, desde cedo, há uma longa busca do pai perdido. Lembrando de sua infância em Cachoeira, diz:

- Tinha lá em Cachoeira, mas eu não tinha conhecido meu pai, tinha um senhor alto, bonito, eu chamava de meu pai, uma carência que eu tinha de ter um pai. Chamava de pai, mas não sei se era porque ele tinha um namoro com minha mãe, só sei que era a pessoa que eu chamava de pai. Me lembro que meu pai passou em Cachoeira, meu irmão disse que ele me viu e passou, acho que para Muritiba. Aí minha mãe me disse: "Ah, seu pai passou aqui." Ora, fiquei num sentimento.

O seu encontro real com o pai se daria em Salvador, com o "herói" subjugando o até então estranho:

- Ele começou a descobrir o filho e eu o pai também, eu não tinha pai, então, no período de um mês, eu comecei a chamar meu pai de "meu pai". Não era papai não, era meu pai, meu, possessivo, e ele ficava muito orgulhoso disso.

Porém, antes de mostrar a influência do pai sobre o seu percurso, torna-se indispensável apresentar a sua figura paterna: Elói Gusmão. Um primo por afinidade de Mário, o antropólogo e especialista em religião afro-brasileira Júlio Braga, conviveu durante bastante tempo com Elói Gusmão, tendo em vista ser este casado com Marieta, sua tia materna, branca, com quem vivia no Curuzu, bairro da Liberdade[15]. Ali, na residência do "tio Gusmão", Júlio tinha generosa acolhida:

- Nós, filhos de dona Ruth, irmã de tia Marieta e esposa do tio Gusmão, passávamos por dificuldades gerais, e uma das maneiras, naquela época, não de superar as dificuldades, mas de atenuá-las, era a distribuição dos filhos pelos parentes, supostamente mais bem aquinhoados. E nesse plano aí, era tio Gusmão o mais bem aquinhoado, porque tinha um emprego permanente na Penitenciária, na Baixa do Fiscal. Eu me lembro muito bem porque muitas vezes eu fui até a Penitenciária, e me lembro muito bem, se não me falha a memória, que ele dirigia, assessorava ou administrava o setor de confecções, de alfaiataria. E era muito bom para a gente, porque roupas e sapatos da Polícia Militar não nos faltavam. Eram os presentes, ele ganhava aquelas coisas e distribuía conosco, que vivíamos lá debaixo das mangueiras da casa de tio Gusmão. (Júlio Braga)

O perfil de Elói Gusmão é traçado por ele da seguinte forma:

- Tio Gusmão era um homem circunspecto, absolutamente fechado, que não batia em ninguém, mas nos amedrontava com muita facilidade somente com um olhar. E Mário tinha por ele também muito respeito. Tio Gusmão era, naquela época, uma espécie de intelectual de nossa gente, ele nos colocava para ler; me lembro que Machado de Assis foi ele que colocou para a gente. Obrigava Mário Gusmão também a uma permanente leitura. E tinha uma coisa muito particular, lia o jornal todos os dias, segurando pelas pontas dos dois dedos dos pés, num gesto quase olímpico, e era uma hora sacrossanta. Nem eu, nem meus irmãos, nem Mário, ninguém poderia incomodá-lo. Eu nunca vi figuras tão parecidas quanto Mário e tio Gusmão; acho, até do ponto de vista da personalidade, guardando as devidas proporções. Ambos eram altos, tio Gusmão era um homenzarrão, na época era maior ainda, porque nós meninos olhando para ele, era muito alto. (Júlio Braga)

Além das explicações psicanalíticas porventura existentes sobre a função paterna, no caso em pauta, prefiro evidenciar os aspectos sociológicos da influência exercida pelo pai sobre Mário. Primeiro, seu pai possuía uma situação economicamente estável – ao contrário de sua família de origem (mãe e irmãos) –, além de um relativo prestígio social[16]. Segundo, seu pai possuía formação intelectual e valorizava a educação como mecanismo de ascensão social. Portanto, considerando a realidade vivenciada por Mário até então, o seu pai se consagrava como modelo a ser seguido. Mais: integrava-se perfeitamente no seu desejo de mobilidade social.

Em várias sociedades, o nome aparece como um princípio de classificação e identificação social. Nas sociedades ocidentais modernas, assim como no Brasil, a regra se mantém; no entanto, com suas devidas especificidades. Nelas, o estabelecimento dos registros civis, pelo Estado, obrigou as pessoas a inscreverem sua identidade na forma de um sobrenome familial, associado a um nome individual. Portanto, o sobrenome familial se impôs como a marca básica de identificação nas sociedades ocidentais.

No Brasil, entre as elites tradicionais e os grupos dominantes, a nominação sempre enfatizou os laços paternos, sendo inclusive um símbolo de *status*. Em muitos casos, por exemplo, o nome de batismo do filho é seguido do nome de batismo do pai. Já entre os grupos desfavorecidos, não obstante a vigência do modelo dos dominantes, a nominação assumiu outras configurações. Durante a escravidão, muitos negros livres, pela dominância do paternalismo, assumiram o nome familial dos seus ex-proprietários. De forma muito comum, outros colocavam, como sobrenomes, nomes de santos ou elementos religiosos. WOOTMANN (1987, p. 114) assinala que na Bahia, entre os negros pobres, a nominação privilegiava a linhagem materna.

Como já vimos, Mário, como era comum entre os pobres, só teve a sua certidão de nascimento 11 anos após a sua vinda ao mundo. Nela, nosso personagem, tendo como declarante apenas Mirandolina do Nascimento, é identificado como Mário do Nascimento. Ele próprio conta:

– Meu nome é Mário Nascimento porque minhas papeladas foram tiradas por minha mãe. Mas quando eu cheguei aqui e ele já estava perto, ele resolveu tirar meus outros papéis, carteira de identidade, título de eleitor, eu não tinha nada disso. Ele queria mudar, botar Mário do Nascimento Gusmão. Mas terminou oficialmente não sendo possível. Mas eu sempre considerei assim, tanto que eu fiquei conhecido como Mário Gusmão. Ficou mesmo Mário Gusmão.

Assim, embora oficialmente jamais tenha existido, o lado paterno foi priorizado socialmente, como reflexo de sua escolha individual. Ele tornou-se o outro significativo da sua vida, estimulando-a em vários aspectos. Os estudos de Mário ganharam um novo incentivo com a presença paterna:

– Eu levava as notas para o meu pai ver, ele ficava muito alegre, daí foi indo, foi indo, que comecei a estudar bastante.

Por sua vez, cresciam o seu mundo, os seus inter-relacionamentos, o seu círculo social:

– Tinha os relacionamentos do meu pai, que ele sempre me levava para os lugares. E também que eu fiz muitos cursos, daí que eu peguei um relacionamento muito grande com as pessoas, então tinha sempre para onde ir, curso para fazer, então foi aí que a cidade me tomou.

Circulava pela cidade:

– Eu estudava de manhã, de tarde eu pegava e ia lá para o Engenho da Conceição, que era onde ficava a Penitenciária antiga, que era lá que meu pai era funcionário.

Saía, portanto, da rua do Alvo, descia pela Baixa dos Sapateiros, subia o Pelourinho, pegava o Plano Inclinado, na Praça da Sé ou dirigia-se para o elevador do Taboão, em Santo Antônio Além do Carmo, e no Comércio pegava o bonde para a Baixa do Fiscal, próximo ao Largo do Tanque. Assim, Mário passou a conhecer, sobretudo através do seu pai, uma nova realidade física e social, ampla e variada.

Mário não pôde morar com o seu pai, pois como ele próprio disse:

– O meu pai era casado, tinha família constituída e aqueles problemas todos.

Então, ele ficou morando na casa da sua tia Júlia, mas cedo passou a visitar constantemente o pai e mesmo passar temporadas na sua casa no Curuzu. Seu primo recorda que o tio Gusmão tentava esquecer o seu passado em Cachoeira; e isso se devia ao fato de Marieta, sua mulher, ser

- [...] extremamente forte, ditatorial, uma ditadorazinha de mão cheia. Era uma mulher extremamente bonita, loira, superinteligente, parece que controlava tudo. (Júlio Braga)

Porém, o mesmo parente esclarece que Mário nunca foi discriminado, e explica os motivos:

- Tio Gusmão era o epicentro da família Braga no momento em que estava todo mundo lenhado; então, todo mundo se utilizava de seu carinho, da sua acolhida, da sua benesse, tudo isso você sabe que pode mascarar qualquer tipo de ressentimento ou sentimento de superioridade. Eu nunca percebi nenhum sentimento, nenhum sentimento, nenhuma palavra, de jeito nenhum. Pelo contrário, tio Gusmão e Mário eram a mesma coisa. (Júlio Braga)

Elói Gusmão era um negro com prestígio social. Sua união com uma mulher branca, sendo ele um preto retinto, era mais um passo na ascensão. Se é verdade que pessoas de diferentes raças podem se atrair afetivamente, a união de um homem negro com uma mulher branca, em muitos casos, não revelava apenas uma preferência pessoal livre dos condicionamentos sociais (HOOKS, 1981). Era uma forma de triunfar sobre uma sociedade que negava ao negro a sua humanidade, onde o desejo de indiferenciação tinha como objetivo fugir da raça menosprezada – embora o próprio meio usado para tentar superar o racismo, tornando-se da raça considerada superior através da miscigenação, fosse uma afirmação do racismo que marca a outra raça como inferior (D´ADESKY, 2001, p. 73).

A condição racial de Elói Gusmão era, por sua vez, melhor aceita por seu estatuto superior ao da esposa (AZEVEDO, 1966, pp. 5-7). Ele tinha um emprego público e posição modesta, mas segura, além de ser muito bem relacionado socialmente. Essa sua condição privilegiada permitia-lhe impor a presença do filho – embora não de forma permanente. O poder advinha da economia: afinal, tratava-se da sobrevivência do grupo, mas a força da condição racial não poderia ser esquecida.

Mário era de uma família pobre e já não era um menino, precisava ganhar dinheiro para o seu sustento. Assim, através das relações do seu pai com o "mundo dos brancos", conseguiu um emprego na administração pública:

- Ele queria eu perto dele e me queria estudando. Eu ia pra lá, depois o diretor, amigo de meu pai, Dr. Carlos Príncipe de Oliveira, me deu um emprego para eu poder pagar meus estudos. Eu passei a trabalhar como servente diarista na parte da administração da Penitenciária.

Porém, mesmo na Penitenciária, local de trabalho, o seu pai continuava incentivando-o nos estudos:

— Meu pai me ensinou datilografia, tinha máquinas grandes, pesadíssimas, ele me ensinou tudo como usar, porque ele queria que eu fosse advogado.

Mas outro foi o caminho de Mário Gusmão. A trajetória de sua vida, nos anos seguintes, foi determinada sobretudo por um condicionante de natureza intelectual: o aprendizado da língua inglesa. Ele próprio conta como se deu o seu encontro com essa língua:

— Quando eu era pequeno, em Cachoeira, eu fui assistir um filme pela primeira vez, então cheguei no cinema e achei bonito, ficava ouvindo os atores falando. Aí então resolvi aprender inglês, e a maior parte do meu inglês veio mais por mim mesmo, e eu tinha muita facilidade. Meu pai depois passou a me incentivar muito, ele sempre falava que inglês era bom.

Desde a década de 1920, o mercado cinematográfico baiano, como ocorria no resto do país, era dominado pelas empresas norte-americanas (FONSECA, 2002, p. 102). Todos os jovens sonhavam com seus ídolos cintilantes nos *westerns* dos domingos. Mário seguia essa tendência de forma ampliada, pretendendo falar com a língua dos seus astros. Isso foi determinado em grande parte pela importância do cinema como forma de lazer em Salvador – para todas as camadas sociais –, o que era facilitado para Mário pela proximidade física de sua moradia inicial com os cinemas populares, como os cines Jandaia, Olympia, Soledade e outros, que se encontravam na Baixa dos Sapateiros, no Largo do Carmo, em Santo Antônio e em Soledade (FONSECA, 2002, p. 97). Mas não só: como ressalta FONSECA (2002, p. 198), o cinema, com seus valores cosmopolitas, também era visto pelos modernizadores soteropolitanos como um instrumento de civilização e educação do povo, capaz de contribuir para a desafricanização da cidade. Em outros termos, tudo se conjugava para o desenvolvimento do seu desejo de aprender inglês. O primo de Mário confirma a sua versão:

— Eu acho que ele aprendeu como autodidata. Lá em casa tinha uma mangueira imensa e ele estava sempre ali, lendo um livro em inglês ou uma gramática. (Júlio Braga)

Um seu amigo, também professor de inglês, ressalta:

— Ele falava inglês muito bem. Não era assim de um vocabulário vasto, mas o que ele sabia, ele sabia muito bem e falava um inglês sem sotaque. (Gabriel Teixeira)

E o inglês, em Salvador, tornar-se-ia um dos seus meios de sobrevivência: dando aulas, inicialmente aos colegas e, posteriormente, para diversos setores da sociedade. Vale salientar que, na década de 50 do século XX, era excepcional um baiano falar inglês – não havia ainda a nova globalização e as redes de escolas sofisticadas de línguas –, imagine-se um negro. Segundo Ieda Machado, na década de 1960 ainda havia poucos falantes de inglês na região, como Antônio Vieira, negro, Clóvis, professor de Geologia, e alguns outros; quando houve um recrutamento de professores de inglês para o *Peace Corps*, foi dada preferência aos negros.

Entretanto, antes de tornar-se professor, Mário teria outra experiência profissional derivada da sua experiência com a língua inglesa. Com a descoberta do petróleo na Bahia, advieram muitas transformações sociais e físicas na região. A exploração petrolífera gerou uma elevação dos padrões de vida de empregados e funcionários a ela vinculados; provocou elevação de preços nas áreas de concentração petrolífera e estimulou uma atividade intensa de construção civil. Daí, a Petrobrás significou, para Salvador e o seu Recôncavo, sinônimo de mudança e enriquecimento.

Com a chegada do petróleo, tornou-se fundamental a construção de estradas e a geração de energia. Teve início então a construção da hidroelétrica de Paulo Afonso que, entre 1956 e 1962, quase quadruplicou a produção de energia elétrica para o Nordeste, sendo grande parte dessa energia utilizada pela Bahia (RISÉRIO, 2000, p. 320). Para a montagem das torres da hidroelétrica de Paulo Afonso, tornava-se indispensável um longo trabalho de construção. De acordo com Mário Gusmão, um dos responsáveis por esse serviço era a empresa norte-americana Morrison Knuds. Na época, eles estavam precisando de uma pessoa que falasse inglês, e a demanda chegou aos ouvidos do seu pai:

- Eu era muito ousado, não tinha nem segurança, mas quando perguntaram se eu sabia inglês, se podia falar, eu disse que podia, aí meu pai disse: "Ele pode". Então ele arranjou com um amigo dele e eu fiz um teste nessa firma e fui contratado. Passei a viajar daqui para Sergipe colocando as torres, tinha um grupo de caminhões que ia com aquelas torres para colocar, com os mapas nas mãos.

Mário explicita a importância das suas atividades:

- As cartas eram todas em inglês, na área só tinha americano aqui, então a vantagem era de quem falasse um pouco de inglês, porque você tinha que fazer contato com americano, as peças vinham em inglês, no almoxarifado tudo era em inglês e tinha que ter um certo desenvolvimento. O americano não falava português, não se interessava por falar português, como é que vai se interessar se é ele que comanda? Aí então eu comecei a me desenvolver.

Sua ascensão na empresa não tardaria:

- Eu me lembro que eu estava trabalhando no almoxarifado, aí depois chegou um dia um americano querendo umas peças lá, e eu vi um moço todo aperreado e atrapalhado. Aí eu cheguei lá e o americano falava: "Tantas peças, tais e tais", e eu lhe dando tudo e falando com ele. Depois ele foi procurar quem era eu, aí me tomou para trabalhar com ele. Passei a viajar muito com ele, o trabalho era por hora, então eu trabalhava hora extra, domingo, feriado, eu passava trabalhando, porque eu gostava muito de dinheiro. E isso deu uma queixa maior ainda, porque eu fiquei como chefe de todo um departamento, com cinco ou seis caminhões.

E ele não deixa de contar as suas relações e posições no mundo do trabalho:

– O americano foi positivo comigo, eu fui o primeiro funcionário nomeado pela capital, daqui de Salvador, para consertar uns erros que estavam existindo lá em Sergipe nas colocações das torres. Primeiro, vinha o pessoal e fazia a abertura da área, os funcionários pegavam a torre, com o mapa na mão, mas aí a equipe de apoio não estava no local, então começou a atrasar. Atrasava, atrasava muito, então foi um problema sério com o americano, ele aí chegou e disse ao moço que ia nomear essa pessoa e que era eu. E eu não tava sabendo. Mister Raidnay era o americano que me chamou para trabalhar, então eu chegava lá e ele me procurando: "Cadê ele, Mário Gusmão, Mário Nascimento, *Mister* Nascimento." Ele fazia uma jogada inteligente, eu ficava conversando em inglês com ele e ele dizia: "Fica vigiando tudo aí." Eu fiquei odiado por um período enorme, porque as pessoas diziam que eu era puxa-saco da firma. Mas eu não era, eu queria era fazer o trabalho como devia ser feito, botar a torre, aí botava e começou a adiantar toda a coisa. Eu gostava, gostava mesmo do campo. Mas depois o trabalho começou a chegar ao fim e eu já estava um bocado de tempo afastado do Estado. Eu já era funcionário, aí tive que voltar.

Nesse relato, Mário Gusmão destaca o fato de que não media limites para atingir os seus propósitos individuais, promovendo-se, sem vacilações, na escolha dos meios para ascender social e economicamente. Integrava-se perfeitamente nos rumos da formulação capitalista que ainda estaria por vir, onde as condições concretas do mercado de trabalho – com a imensa oferta de mão-de-obra – já indicavam a hierarquização e segmentação, bem como uma forte concorrência entre os trabalhadores. Ele jogava dentro das regras e cada vez mais se afastava das suas origens raciais e de classe.

O começo das descobertas

Nunca foi do seu estilo quixotear, enristar arma, bater na mesa ou esmurrar ponta de faca. Sua estratégia é a do terreiro, não a do quilombo. (RISÉRIO, 1993, p. 65)

Tudo indicava que Mário seria englobado inteiramente pelo caminho familiar da ascensão social dos negros pobres baianos, através da escolaridade e dos favores e concessões dos dominantes da época. Parecia desempenhar um papel predeterminado, com base em referenciais culturais preexistentes (VELHO, 1981, p. 46). Porém, Mário Gusmão não ficaria preso aos grilhões sociais que acorrentaram tantos negros na Bahia. Sem rompimentos com o seu grupo familiar, seu grupo de origem, ele se preparara para construir a sua liberdade.

A individualidade do caminho de Mário pode ser vista em escolhas que o distanciam de diversos padrões comportamentais e sociais da época. Um exemplo é sua relação com o esporte. Desde a década de 1940, o futebol era o jogo mais importante do Brasil. Contava com grande participação dos pobres e negros, embora, segundo FONSECA (2002, p. 60), estes grupos, ao praticarem o novo esporte, fossem taxados de vagabundos, enquanto jogadores de classes mais elevadas eram denominados *sportmen*. Como ocorre com outros esportes de confronto, que, segundo DUNNING (1994, p. 387), parecem originar-se de jogos populares enraizados numa sociedade mais violenta e mais patriarcal que a nossa, a prática do futebol era sinônimo de virilidade. Mário passou distante do mesmo:

– Eu não dava pro futebol, inclusive tive até um tio que foi diretor, secretário, tesoureiro, de um time de futebol, eu gostava até de futebol, mas eu não sabia jogar e não sei jogar até hoje.

Incentivado por seu pai, um grande esportista, tendo sido inclusive campeão de arremesso de disco, Mário, alto e forte, com um físico excepcional, foi conduzido ao remo. Esse esporte, com suas regatas, com grande público, foi uma das principais atividades esportivas em Salvador até a década de 1960, tendo uma longa tradição: segundo FONSECA (2002, p. 54), a Federação de Regatas da Bahia foi fundada em 26 de junho de 1904, e o esporte atraía todos os grupos sociais, mesmo quem era somente espectador ou vendedor ambulante.

– Meu pai tinha muitos amigos dentro do jornal A Tarde, eles gostaram de mim: "Ele é grande, ótimo e tal", aí eu fui remar ali onde era a Água de Meninos, ali tinha regata. Aí o remo começou a ficar bom, mas depois começou a fazer calo, aí, sabe de uma coisa, não quero mais não.

Lembrava, sim, da infância, quando "corria, sentindo o vento na cara", pensando na liberdade que ansiava encontrar, mas terminou crescendo e não fazendo esporte, na contramão da vivência dos jovens negros baianos e da expectativa do seu grupo familiar. Ele era diferente dos jovens da sua época. Segundo seu primo,

– Era uma figura que não queria esculhambar, que não queria jogar pedra no telhado, não queria brincar de picula[17], roubar manga no quintal do vizinho e Mário se mantinha um pouco afastado de tudo isso. (Júlio Braga)

Uma dúvida sempre vai pairar: seria Mário um refratário aos esportes porque eles o afastariam da sua perspectiva de ascensão social, ou porque eles refletiriam a virilidade e a violência, enfim, o machismo da época? Ou as duas questões teriam respostas positivas? Por exemplo, nesse período, a relação desigual entre os sexos favorecia inteiramente aos homens, sobretudo nas camadas inferiores da sociedade, sendo consideradas normais a violência e a discriminação contra as mulheres. Uma das normas então vigentes para demonstrar a identidade masculina passava pelo discurso sobre as mulheres:

– Na nossa época se falava muito em mulher, na namorada para botar nas coxas, era a grande coisa do nosso tempo. O que era terrível para as meninas, a menina coxeira era considerada pessoa de má conduta, mas eu adorava essas meninas de má conduta porque eu botava nas coxinhas delas. (Júlio Braga)

Mário, provavelmente já refletindo a sua sexualidade e a conduta que estava construindo, ficava ao largo de tais demonstrações de machismo:

– Mário não participava muito desse discurso e havia sempre a parte maldosa de nós outros, a perguntar: "Mário será viado?" Mas isso ninguém ousou perguntar e também nunca houve nenhuma discriminação em relação a ele. (Júlio Braga)

O seu pai sabia das suas potencialidades e aspirava para ele uma carreira de prestígio. Porém, Mário revela a sua desilusão:

– Ele conseguiu que eu fosse trabalhar no Fórum[18], no Cartório de Execuções Criminais, e eu via júris, assistia, achava bonito os júris, essa coisa toda; mas depois, quando terminava os júris, aí aqueles senhores, tanto a Defesa quanto a Promotoria, vinham e se cumprimentavam com muito orgulho assim, e eu que era novo: "Oxente, não estavam se xingando, e agora estão se abraçando?" Então eu comecei a ficar meio desconfiado: assim não vai dar pra ser advogado não, eu vou ter que mentir.

Difícil é precisar se a argumentação *a posteriori* de Mário Gusmão revela uma justificativa para a impossibilidade de atingir uma profissão altamente prestigiada na sociedade, ou se era realmente uma escolha pessoal, diante da sua inadequação para seguir uma carreira jurídica. Certeza mesmo é a de que Mário faria outra escolha. E muito menos convencional.

As portas já estavam começando a se abrir, com inúmeras possibilidades de descoberta de novos mundos. Vivia na cidade grande e cada vez mais a conhecia. Sob o manto protetor paternal, chegou ao vetor dinâmico tradicional: a administração pública. Ainda com o apoio do pai e sua fluência na língua inglesa, alcançou os tempos modernos do nascente capitalismo. O seu projeto de ascensão se mantinha, mas a realidade lhe impunha nuances inesperadas. E muitos sonhos.

Em 1958, embora ainda com rosto e corpo de menino, Mário já era um homem maduro, com 30 anos de idade. Penso na sua angústia e perplexidade diante do mundo. Sensível, educado, aspirando ascender, mas com uma dura realidade à sua frente: não passava de um servente diarista na Penitenciária, conforme atesta o seu prontuário de serviço da Secretaria de Justiça e Direitos Humanos.

Várias são as conjecturas sobre os rumos que a sua vida iria seguir desde então. A primeira seria que, após as várias tentativas de ascensão, havia percebido os entraves e dificuldades impostos aos negros pobres baianos, e buscaria, se possível, uma posição confortável no serviço público – assim como seu pai e ajudado por ele –, confortável, mas subalterna. A segunda hipótese é assim apresentada pelo historiador Cid Teixeira:

> – Eu acho que Mário deve ser visto como um exemplar muito específico de um segmento muito especial da comunidade negra baiana. Aquele negro que jamais perdeu sua identidade negra, mas que fez questão de ascender socialmente, buscar saídas e buscar profissão, afirmação através daqueles caminhos que as pessoas mais preconceituosas chamam de "fazer o jogo dos brancos". Mário Gusmão pertence culturalmente à mesma estirpe dos grandes médicos Tibúrcio de Araújo, Vidal da Cunha e Percival de Vasconcelos; pertence à mesma linha dos engenheiros negros baianos como Américo Simas e Teodoro Sampaio; pertence à mesma genealogia dos bacharéis negros Tarcisio Teles e Conceição Menezes, dessas pessoas que obtiveram a sua ascensão pelos caminhos naturais da sociedade ampla e não especificamente só pela vertente negra.

A terceira possibilidade, repetida por muitos dos amigos de Mário, é que ele teria "um talento artístico natural".

Se as duas primeiras hipóteses apresentam alguma plausibilidade, considero a terceira absolutamente fora de propósito. Descarto qualquer possibilidade de abordar o dom ou predestinação como forma de explicação da trajetória de indivíduos excepcionais, aos quais freqüentemente são atribuídos poderes de clarividência (BOURDIEU, 1996, p. 213). E essa perspectiva ganha contornos mais perigosos tratando-se de uma personagem negra, se sua biografia for interpretada tendo como parâmetro uma "essência" do negro, aparentemente atemporal, liberta de qualquer circunstância histórica (DIAGNE, 1980, pp. 173-177). O desdobramento dessa visão essencialista ganha contornos devastadores na vivência dos negros nas sociedades ocidentais, na medida em que eles ficariam contidos nas artes e nos esportes, enquanto aos brancos caberia a criação técnica e científica, além da administração e direção da sociedade. E isso sem pensar na formulação racista que equaciona o negro ao processo de animalização (PEREIRA; GOMES, 2001, pp. 119-120).

Enfim, não creio que se possa atribuir a Mário Gusmão nenhum "gênio criador" ou "projeto original" como forma de definição dos rumos assumidos por sua vida. Nada indica – nem no seu depoimento, nem na sua trajetória até então – um elemento marcante capaz de estabelecer a sua futura definição pela arte. Educação, aprendizado de uma língua estrangeira, sensibilidade, desvio de padrões vigentes entre os negros pobres baianos, não levam necessariamente a uma carreira artística. Se a vida de homens e mulheres fosse guiada pela continuidade, os caminhos de Mário Gusmão estariam marcados pela acomodação, com uma possível mas limitada projeção no serviço público, ou a integração, com a ascensão alcançada através de uma profissão liberal ou da carreira como professor. Afinal, não seria tão excepcional a continuidade dos estudos após os 30 anos.

Porém, outro seria o caminho trilhado por Mário. Mantinha a perspectiva, através de seu contato com a "cidade das letras" – o mundo acadêmico –, da ascensão e integração no mundo dos brancos, mas não dentro dos padrões convencionalmente trilhados pelos negros. Contra todas as expectativas, sua trajetória iria se deslocar para o mundo artístico.

NOTAS

[14] Segundo depoimento de Valdir Oliveira (apud PEREIRA, 1994, p. 45), o bairro da Saúde é provavelmente a parte mais antiga do bairro de Nazaré. Essa área inclui Saúde, Godinho (onde fica a Igreja da Providência), Ladeira da Poeira, Jenipapeiro, Ladeira da Saúde, as ladeiras que sobem da rua Dr. Seabra (mais conhecida como rua da Baixa dos Sapateiros, antiga rua da Vala, pois nela passa o rio das Tripas) na direção do alto. As igrejas de Santana e da Saúde são dessa época. O casario, na parte alta, é do século XIX; portanto, o povoamento da região deve ter ocorrido a partir do fim do século XVIII. Já o povoamento de Nazaré começou a partir da encosta que ficava em frente do antigo sítio da cidade (da Praça da Sé até o Largo do Teatro ou Praça Castro Alves), perto do Convento do Desterro, localizado do outro lado da rua da Vala. A parte chamada Joana Angélica é nova em relação à parte antiga do bairro.

[15] Ali, na ladeira do Curuzu, na década de 1970, foi criado o bloco cultural Ilê Aiyê.

[16] Utilizo os conceitos de Gilberto Velho em relação a prestígio e ascensão social: "Em um primeiro momento, prestígio está associado a uma situação mais tradicional, de certa estabilidade. As regras, valores e modelos estão relativamente claros e os indivíduos agentes empíricos são avaliados e situados dentro de um modelo hierarquizante com categorias, em princípio, bem definidas. A ascensão, por sua vez, estaria associada à mudança, transformação, tanto em termos de trajetória individual como de contexto social. No caso brasileiro, acompanharia uma lógica de classes em contraposição ao modelo hierárquico. Esse individualismo, o da ascensão social, seria apoiado em algo próximo de que fala Dumont – uma ideologia que enfatizaria o indivíduo enquanto valor, sujeito moral e unidade mínima significativa" (VELHO, 1981, pp. 50-51).

[17] A picula (ou pique) é um jogo das crianças, uma espécie de "pega-pega", onde se marca um local de referência – a picula. Uma criança é escolhida para tentar pegar os outros. Todos correm para se livrar de serem tocados por ela, e só estão protegidos se atingirem a picula.

[18] O Fórum Rui Barbosa, no Campo da Pólvora, no bairro de Nazaré, inaugurado em 1949.

O ENCONTRO COM O MUNDO ARTÍSTICO

Quando o ator representa, ele pode ser arrebatado por seu talento e temperamento, terminando por vivenciar as emoções que começaram sendo simuladas. Entretanto, ele deve manter essas emoções – próprias dos pobres mortais – sob certo controle, sob pena de se transformar em um caso patológico, no qual as emoções envolvem inteiramente a sua vítima. Assim, embora deva colocar-se no estado de espírito adequado, ele deve simular emoções "verdadeiras", mas que não passam de tributárias da imaginação e do ato de criar (PEACOCK, 1968, p. 115). Essas emoções são parte do aparato deliberadamente utilizado pelo intérprete para reconstituir, de forma transfigurada, a realidade.

Essas considerações iniciais servem para afirmar o ponto de vista de que ninguém nasce ator: o interessado transforma-se em ator, e sua qualidade e competência no fazer artístico serão resultantes do mundo exterior, e de ser equipado com determinada experiência e conhecimento. No sentido ocidental moderno, que desde o Iluminismo supõe a separação entre arte e vida (ao contrário de sociedades que celebram o enraizamento do estético nas dimensões da vida social), o ator e a atividade teatral exigem a presença de espaços específicos, atores (como profissão diferenciada) e um público. Para o desenvolvimento de uma carreira teatral, torna-se necessário então que exista o ofício, a organização e a sua legitimação ou institucionalização na sociedade. Evidentemente, existem bons atores jovens; entretanto, não restam dúvidas de que o amadurecimento intelectual e pessoal, além da maior temporalidade no exercício do fazer teatral, são apanágios dos grandes atores. E, por fim, uma ampla e diversificada experiência de vida, aliada ao conhecimento do mundo e da arte teatral, são pilares do enriquecimento artístico.

Mário Gusmão, antes de fazer contato com o mundo teatral, era um exemplo de tal perspectiva. Segundo o relato de Carlos Petrovich, que o conheceu trabalhando na Penitenciária, Mário revelava certa capacidade histriônica, de "simulação". No entanto, somente com a sua inserção na Escola de Teatro da Universidade da Bahia é que se transformaria em um ator.

Se, por um lado, já tivera experiência de vários "mundos" – família, espaço, trabalho –, seria a partir da arte que ele teria uma visão esclarecedora da vida, uma forma especial de observação sobre os seres humanos, através do registro de experiências simples ou complexas, ampliadas pela intuição imaginativa. Através da arte, Mário Gusmão tomaria conhecimento de modos de vida semelhantes ou aproximados aos seus e, ao mesmo tempo, veria formulações humanas e situações inteiramente diferentes das que vivenciara. Sendo a arte, dessa forma, o testemunho de um mundo exterior, para Mário Gusmão ela seria um instrumento de busca de significados e de definição dos seus passos no mundo. Portanto, através do teatro, Mário conheceria os homens e mulheres e seus questionamentos diante da vida.

Mário tornar-se-ia um ator, um personagem definido por DUVIGNAUD (1966, p. 212) como um indivíduo atípico, pois, ao contrário do homem comum, o qual nunca questiona sua inserção na sociedade em que vive, o ator, como os feiticeiros, é ao mesmo tempo respeitado e temido, pois tem um grande poder dado pelas forças coletivas – as condutas universais da experiência humana – que manipula. Mas isso só seria possível porque Mário Gusmão, nos termos de VELHO (1994, p. 40), encontraria, para a construção do seu projeto individual artístico, um vasto campo de possibilidades dadas pelo contexto econômico, político e cultural existente a partir de meados da década de 1950.

A nova realidade cultural

Caminhos que se desdobraram como os filhos, como os pães,
como as ruas serpentinas da cidade do São Salvador da Bahia.
(ONAWALE, 2000, p. 97)

PRADO (1996), fazendo um balanço da situação da arte dramática no Brasil no século XX, mostrou, entre outros aspectos, que, na década de

30, o teatro nacional, que buscava firmar-se como diversão popular, estava sendo vencido, nesse campo, pelo cinema. Para renová-lo, seria preciso atribuir-lhe novos objetivos e formar um novo público. O Teatro Brasileiro de Comédia (TBC), criado em São Paulo em meados da década de 1940, realizou o projeto da burguesia emergente de integrar-se aos padrões culturais europeu e norte-americano, com um teatro bem organizado e profissional, esteticamente perfeito, com um repertório eclético e sofisticado, capaz de atender às elites de qualquer parte do mundo ocidental, mas ideologicamente distanciado da realidade do povo brasileiro (PEIXOTO, 1989, p. 207).

Essa situação começou a mudar em 1952, quando um grupo de jovens formandos da Escola de Arte Dramática de São Paulo criou um grupo de teatro denominado Arena[19]. Em 1955, o grupo incorporou Augusto Boal, recém-chegado do *Actors' Studio* de Nova Iorque, que implantou o sistema Coringa[20]. Na mesma época, o Arena reforçou o uso da música popular no teatro e fundiu-se com o Teatro Paulista do Estudante (TPE), do qual recebeu dois jovens que teriam importância marcante nos rumos da dramaturgia brasileira: Gianfrancesco Guarnieri e Oduvaldo Vianna Filho, que buscavam um teatro político, identificado com os problemas da realidade brasileira.

Novos eram então os tempos no Brasil. Chegava ao auge a aplicação da ideologia do desenvolvimento pela via da industrialização, com a substituição de importações; a indústria automobilística era vista como símbolo de modernidade; criou-se o Instituto Superior de Estudos Brasileiros, construtor de um pensamento nacionalista, capaz de superar a condição dependente da nação brasileira; instituiu-se a Superintendência de Desenvolvimento do Nordeste, como uma solução para diminuir as desigualdades regionais; e desenvolveu-se o projeto de uma nova capital para o Brasil, com a construção de Brasília. Além desse clima modernizante, desenvolvimentista, sob o prisma econômico e político, também ocorria um processo amplo de renovação cultural, com o surgimento de diversos movimentos artísticos: o Cinema Novo, a Bossa Nova, a Poesia Concreta, o Teatro Arena, o Teatro Oficina e o início da formação de uma "indústria cultural"[21].

Após décadas de ditadura e autoritarismo, Juscelino Kubitscheck (1955-1961) oferecia um governo que respeitava as liberdades democráticas. Isso possibilitou um amplo debate sobre os problemas nacionais e o fortalecimento dos movimentos populares. Além das discussões sobre as eleições presidenciais, questões de ordem como o papel da burguesia nacional, a reação ao imperialismo ianque, a reforma agrária e a luta de classes estavam presentes em todos os quadrantes do país. Tempo de euforia e de muitos sonhos, pelas possibilidades que a conjuntura democrática oferecia. Mais que nunca, a revolução do proletariado encantava os jovens, com o Partido Comunista afirmando-se como o vetor do movimento estudantil. E a cultura estava contida nesse clima. Queria-se uma arte revolucionária, capaz de oferecer consciência às massas ignaras, como um caminho para a libertação do povo brasileiro.

Em 1958 e 1959, o grupo Arena montou duas peças que se mostraram fundamentais para o desenvolvimento do teatro baiano e a carreira de Mário Gusmão. A primeira foi *Eles não usam black-tie*, de Gianfrancesco Guarnieri[22]; a segunda foi *Chapetuba Futebol Clube*, de Oduvaldo Vianna Filho.

Eles não usam black-tie era uma peça realista. Mostrava uma visão idílica da classe trabalhadora; no entanto, estava assentada em uma base firme: a realidade brasileira. Com ela modificou-se o público do teatro, passando a predominar os estudantes, jovens, intelectuais, enfim, os setores interessados na mudança social e desejosos de ver no palco os problemas que afligiam a sociedade. A peça deu início a uma nova fase para o teatro brasileiro que, como descreve PRADO (1996, p. 100), passou a buscar, nas manifestações culturais mais "primitivas", nos autos populares, teatros de bonecos, romances de cordel e na arte popular, os elementos para uma dramaturgia essencialmente nacional. Esse novo momento teria uma vigência de aproximadamente dez anos, centrado, segundo PRADO (1996, pp. 63-67) numa perspectiva de esquerda (que direcionava o fazer teatral e a leitura do público por uma ótica de luta de classes), no nacionalismo (com a produção de uma dramaturgia brasileira e uma nacionalização de peças estrangeiras) e no populismo (que privilegiava mostrar nos palcos o povo, os pobres, os operários, os camponeses em plena luta social, das greves à repressão policial).

O teatro chegou tarde à província da Bahia

Em meados da década de 1950, com o advento da exploração do petróleo e a conseqüente industrialização regional, a Bahia, pela primeira vez na República, foi sacudida por vultosos investimentos e pela possibilidade de uma real integração ao desenvolvimento preconizado para o "novo país". Criou-se uma Comissão de Planejamento Econômico, sendo elaborado o primeiro Plano de Desenvolvimento da Bahia, com projetos que antecipavam o futuro Centro Industrial de Aratu e o complexo petroquímico que posteriormente se instalaria em Camaçari. Implantaram-se um banco de fomento, a companhia de eletricidade e a companhia telefônica; construíram-se hidroelétricas e abriram-se estradas. Enfim, a Bahia se preparava para o futuro, para um "novo tempo de redenção"[23].

Salvador precisava adaptar-se ao papel de metrópole, deixando de ser uma "cidade de uma rua só", dominada apenas pela tradição do seu casario colonial e das belas praias[24]. Obras públicas, como a abertura de túneis e avenidas, junto com propostas de reorganização do trânsito, foram implementadas visando resolver os graves problemas de infra-estrutura da cidade, implicando também uma "reeducação" de seus habitantes para se adaptarem aos moldes da vida nos grandes centros urbanos.

Mas não se pensava na cidade só para os baianos. Esse foi também o momento em que se acreditava que Salvador poderia se transformar em um grande centro turístico, capaz até de competir com o Rio de Janeiro. O turismo seria outra forma de aproximar Salvador da modernidade. Os resultados foram incipientes, mas o entusiasmo era grande em torno da possibilidade de atrair visitantes nacionais e estrangeiros. Segundo CARVALHO (1999, p. 100), o sinal da chegada da modernidade em Salvador foi o desenvolvimento de uma intensa vida noturna, com a população conversando nos bares, jantando nos restaurantes, dançando nas boates, indo a cinemas, museus e teatros, ou simplesmente vendo televisão.

Aninha FRANCO (1994, p. 100), oferecendo um amplo quadro do dinamismo cultural da época, diz que a arte viria a florescer com a fartura crescente. Relata essa autora que as artes plásticas se estabeleceram no Anjo Azul, na Galeria Oxumaré e na Galeria do Belvedere, anunciando novos talentos que, em poucas décadas, tornar-se-iam artistas consagrados. A Sociedade de Cultura Artística da Bahia (SCAB) satisfez os apreciadores da música erudita e do balé, trazendo da Europa, anualmente, 14 espetáculos e algumas das grandes companhias nacionais para os poucos e fracos palcos de Salvador. Isso resultou no surgimento de um importante movimento de teatro amador local, que provocou a constituição da Federação de Teatro Amador da Bahia.

Foi também nesse momento que chegou à Bahia a arquiteta Lina Bo Bardi, uma especialista na área do *design* industrial, para a criação do Museu de Arte Moderna. Mas ela não trouxe apenas a técnica, e sim toda uma sensibilidade diante da realidade que a cercava, seja em relação ao nosso patrimônio histórico, seja em relação à produção cultural das camadas populares.

O cinema se estabeleceu como a principal atividade de lazer em Salvador, o único entretenimento que podia realmente ser considerado popular. Preponderava nas telas o cinema americano, mas as "chanchadas" nacionais também atraíam milhares de pessoas de todas as categorias sociais. Paralelamente, nasceu o Clube de Cinema da Bahia, capitaneado por Walter da Silveira, logo após acompanhado por seu discípulo mais famoso, Glauber Rocha. Na tentativa de valorizar o cinema como expressão artística[25], o clube apresentava semanalmente, aos associados, filmes de arte seguidos por conferências e debates. A Bahia tomava assim conhecimento do mais alto padrão da cinematografia mundial, da *nouvelle vague* francesa ao neo-realismo italiano.

Em contraposição ao cinema das "estrelas" de Hollywood – que se consagraria como padrão em um período posterior –, forjava-se o cinema de "autor" e, por outro lado, esboçava-se, sobretudo após *Rio 40 Graus*, de Nelson Pereira dos Santos, a possibilidade de uma "autêntica" cinematografia nacional. E Glauber Rocha, como sabemos, se tornaria o grande nome do Cinema Novo no Brasil. Iniciou-se, nesse tempo, o ciclo do cinema baiano, mas não só; a Bahia se tornaria o cenário para inúmeros filmes brasileiros, entre eles, *O Pagador de Promessas*, vencedor da Palma de Ouro, em Cannes, em 1963.

Enfim, foi um período de grande movimentação cultural, a ponto de Antônio Risério entendê-lo como o único momento em que a Bahia se estabeleceu como vanguarda artística no Brasil. Exageros à parte, nessa perspectiva, a Universidade Federal da Bahia, sob a égide do reitor Edgard Santos, teria um papel central (RISÉRIO, 1995). Repetindo São Paulo, embora duas décadas mais tarde, esboçava-se na Bahia a formação de uma "elite esclarecida" capaz de alçá-la à modernidade. O reitor pensava numa universidade alinhada aos novos tempos e capaz de atender às novas necessidades econômicas, daí a Faculdade de Administração e a Escola Politécnica; mas pensava também numa universidade que contemplasse "o conjunto das produções mais requintadas do espírito, das humanidades e das artes."[26] Mas, ressalta o próprio RISÉRIO (1995, p. 47), em campo ocidental europeu.

Entretanto, se mostrava desinteresse ou desconhecimento pela produção cultural das camadas populares, o reitor recusava o primado limitador nacionalista e tinha abertura para o repertório cultural contemporâneo, incluindo aí os códigos de vanguarda (RISÉRIO, 1995, p. 54). Assim, em 1954, trouxe Koellreutter, um músico da vanguarda européia, de grande cultura musical e caráter inovador, para dirigir os Seminários de Música da Universidade da Bahia, onde permaneceu até 1962, integrando toda uma geração – e influenciando as vindouras – nas novas formulações estéticas no campo da música. Logo depois, trouxe Eros Martim Gonçalves para dirigir a Escola de Teatro, de que falaremos em detalhes mais adiante. Em 1956, o reitor criou a Escola de Dança e convidou para a sua direção a polonesa Yanka Rudska – indicada por Koellreutter –, a qual, além de coreografar obras de compositores europeus como Debussy e Hindemith, criou trabalhos com os títulos sugestivos de *Águas de Oxalá* e *Candomblé* (RISÉRIO, 1995, p. 105).

Nos finais da década de 1950, convidado pelo reitor, veio para a Bahia o anti-salazarista, erudito e utopista George Agostinho da Silva, para criar um organismo voltado para os estudos dos países asiáticos e africanos de colonização portuguesa. Nasceu então, em 1959, o Centro de Estudos Afro-Orientais (CEAO), que tinha como objetivo ser um órgão de estudos, ensino, pesquisa e intercâmbio, dedicado às culturas lusófonas da África e da Ásia e à presença dessas culturas no Brasil[27]. Política; ida e vinda de idéias e gente, unindo novamente, pelo Atlântico, o Brasil e a África; esse foi o resultado imediato da ação de Agostinho da Silva e do CEAO. Afirmava-se, por intermédio desse órgão, a possibilidade de uma reorientação da política externa brasileira, bem como eram enviados pesquisadores brasileiros para a África e eram trazidos estudantes africanos para o contato com a realidade baiana. Por sua vez, eram iniciados cursos sobre as realidades e culturas da África e Ásia, e a Universidade abria-se para a comunidade afro-baiana, em especial o povo-de-santo.

Negro: ator?

> Um ponto digno de nota sobre o Arena é o fato de que esse grupo foi a primeira companhia profissional brasileira (com exceção do teatro de revista) a incluir permanentemente em seus quadros um ator negro, Milton Gonçalves, utilizando-o de acordo com suas qualidades interpretativas, e não somente nas peças em que a presença de um preto se tornava obrigatória (PRADO, 1996, p. 68).

Essa observação nos remete a uma reflexão sobre a presença do negro na dramaturgia e nos palcos brasileiros no século XX[28] e, particularmente, sobre o caso da Bahia, que foi o campo onde se desenvolveu a carreira de Mário Gusmão. Os escassos mas fundamentais trabalhos sobre o tema destacam o Teatro Experimental do Negro, movimento nascido na década de 1940, sob a égide de Abdias Nascimento, tendo por finalidade mostrar a qualidade artística dos atores negros, proporcionar-lhes papéis de destaque e fomentar um contradiscurso negro na dramaturgia brasileira, com vários desdobramentos no campo político. Simplificando: um teatro feito por negros e com uma dramaturgia de temática negra, que seria um marco e modelo para toda a movimentação negra no meio artístico brasileiro. Por isso, grande parte da discussão sobre o negro no teatro brasileiro tem sido centrada na singularidade desse movimento e seus aspectos positivos e negativos (DIONYSIOS, 1988); e as análises sobre a presença negra nos palcos e na dramaturgia brasileira concentraram-se, majoritariamente, no Rio de Janeiro e São Paulo.

Thales de Azevedo é quem oferece as poucas notícias sobre a atmosfera que cercava o negro no teatro baiano no início da década de 1950. Mostra que, na Bahia, chegou-se a intentar a criação de um movimento semelhante ao de Abdias Nascimento[29]; porém, nenhum dos grupos formados chegou a produzir uma peça (AZEVEDO, 1996, p. 106). O fracasso dos grupos negros, segundo esse autor, seria devido a diversos fatores como: a intermitência dos grupos teatrais amadores baianos, mesmo os liderados por brancos de prestígio; por serem os responsáveis pela iniciativa "moços mestiços sem experiência e sem credenciais para obterem apoio"; e porque mesmo os "escuros" rechaçaram a idéia, vista como separatista.

Evidentemente, a força do mito da democracia racial vencia qualquer proposta autônoma dos negros, mesmo no teatro. E, por sua vez, mantinha-se a discriminação para a participação dos negros no amador "teatro dos brancos": relata AZEVEDO (1996, pp. 104-105) que era comum, entre os atores negros, a queixa de que, pelo menos os de pele muito escura não tinham chances de trabalhar no palco, reduzindo-se sua atividade a funções como as de servente e carpinteiro. Usualmente, os "pretos" nas peças eram representados por atores brancos com a pele pintada, exceto no caso dos papéis de baianas, dados a atrizes morenas, pois as brancas não os aceitavam. Destaca o autor que essa prática tinha, entre suas causas, a dificuldade em se fazer contracenar atores brancos e negros, mesmo em locais notáveis pelo pouco preconceito, como os teatros estudantis.

Entretanto, outro era o momento histórico na chegada de Mário Gusmão à Escola de Teatro. Várias eram as mudanças que já estavam sendo realizadas no campo artístico nacional, onde despontava a perspectiva de descoberta do homem brasileiro: o coronel e o vaqueiro do Nordeste, os operários, favelados e jogadores de futebol das cidades do Sudeste, os negros e mulatos, que tanto poderiam ser representados com realidade, como surgirem como personagens simbólicos, de acordo com a sensibilidade ou a ideologia do autor. Esse prisma era nitidamente incorporado pelo nascente teatro baiano. Vale salientar que em 1958, antes da chegada de Mário Gusmão à Escola de Teatro, já era encenada a peça *O Tesouro de Chica da Silva*, de Antônio Callado, considerado, por Miriam Garcia Mendes, um dos autores brasileiros que incorporaram de forma realista o personagem negro em sua dramaturgia, sem discriminações nem mitificações (MENDES, 1993, p. 167).

Naquele momento desenvolvia-se com vigor, na Bahia, entre a vanguarda intelectual vinculada à Universidade, a perspectiva anti-racialista[30] e a valorização das culturas do povo, inclusive as manifestações afro-brasileiras. Através de Lina Bo Bardi podemos ver as duas tendências. Primeiro, em um caso de racismo explícito ocorrido, em 1958, com uma bailarina do conjunto Brasiliana[31] em um salão de beleza em Salvador, ela expressou, através de um jornal local a sua opinião: "Li e não quis acreditar no que ocorreu. O Brasil dá ao mundo um exemplo de igualdade racial perfeito, um exemplo que todos os países deveriam seguir. Um fato isolado, como o que aconteceu com a Srta. Maria da Conceição Sabino, uma artista que tem levado o nome do povo brasileiro à Europa, no seu admirável conjunto, deve ter a máxima repercussão para que não mais aconteça. (APLICAÇÃO..., 1958, p. 1)"

Já no texto de apresentação da Expo Bahia 1959, juntamente com Martim Gonçalves, Lina defendia a necessidade de superação das divisões entre a arte popular, o folclore e a arte primitiva, reconhecendo o valor estético de todas as formas de manifestação do homem. E lá estavam o artesanato, as fotos do mundo afro-brasileiro, a capoeira e tantas outras formulações da criatividade do povo baiano. Mais: naquele momento, com a criação do Centro de Estudos Afro-Orientais e as relações no plano internacional com a África, além da possibilidade de desenvolvimento do turismo, afirmava-se cada vez mais a nossa afro-baianidade.

Porém, além desses aspectos, há de se considerar ainda a presença de Martim Gonçalves. Ele havia vivenciado e participado do moderno teatro brasileiro no Rio de Janeiro e, evidentemente, havia acompanhado a performance do Teatro Experimental do Negro[32]. Na Bahia, era, entre outros, amigo de Vivaldo da Costa Lima, um dos pioneiros na retomada dos estudos afro-brasileiros Além disso, tinha experiência internacional, como veremos adiante.

Refletindo a sua visão no momento do seu depoimento, Mário diz:

- Naquela época eu não percebia essa coisa de racismo. Se tinha, eu não percebia. Hoje, eu até acho que Martim Gonçalves, percebendo que era uma escola de teatro na Bahia e não tinha um negro, é que quando eu cheguei as inscrições estavam encerradas, mas abriram um exceção para mim. Foi assim que eu passei bem nos testes, aí é que fui perceber que eu era o primeiro negro da Escola de Teatro. Depois foi que veio Antônio Pitanga[33].

Um ponto deve ser esclarecido em relação à afirmativa de Mário, que tem sido repetida por muitos: ele pode ter sido o primeiro homem negro, porém não a primeira pessoa negra na Escola de Teatro. Quando ele chegou, ali já estava Antonieta Bispo dos Santos[34], uma mulher preta, além de algumas mestiças, como Nevolanda Amorim, protagonista de *Chica da Silva*.

A explicação dada por Carlos Petrovich complementa a oferecida por Mário Gusmão:

> - Mário Gusmão era uma pessoa de muita personalidade, ele sempre teve muita personalidade, ele era muito criativo. Não me lembro bem se foi eu que indiquei, mas como era eu que estava trazendo.

O primado das relações[35] – presente em toda a sociedade brasileira – é um elemento marcante no meio teatral; e Carlos Petrovich sempre foi uma liderança com prestígio, já naquela época. Antônio Pitanga também teria a sua entrada, posteriormente a Mário, facilitada pelo peso das relações:

> - Porque o Glauber estudava cinema, era um jornalista, um crítico, uma pessoa que freqüentava os cine-clubes daqui, ele mais Walter da Silveira, pôde ver no Pitanga algumas condições boas, que com apoio poderia ser um ator. Ele me procurou e ficamos amigos e em determinado momento ele me perguntou: "Você quer fazer teatro, estudar teatro?" Eu falei: "Querer, eu quero, mas entrar na Escola de Teatro é difícil." Ele disse: "Eu sou amigo de Martim Gonçalves e você vai estudar teatro." [...] E ele me colocou na Escola de Teatro e quando eu cheguei lá encontrei Mário Gusmão, que foi o primeiro negro a entrar na Escola de Teatro da Universidade da Bahia. (Antônio Pitanga)

Por sua vez, Mário obviamente não era uma pessoa comum, possuía qualidades reconhecidas. O próprio Antônio Pitanga, embora generosamente mitificando e exagerando, não deixa de reconhecer as qualificações de Mário:

> - Então eu via Mário Gusmão ali que era uma capacidade, era meu grande guru, porque Mário falava línguas, francês, inglês, então eu pensava: este cara tá aqui e sabe de tudo, portanto ele preparou-se verdadeiramente para estar aqui. Eu tinha uma retaguarda, eu pensava, tinha o Mário e ter sido ali colocado pelo Glauber, tudo isso abriu as possibilidades e eu dizia: aqui é o meu lugar, com certeza.

Uma das características que marcaram esse período foi a acolhida, pelo mundo teatral, de pessoas de origens sociais muito diferentes. Como afirma Jurema Penna[36]:

> – Tinha gente mais bem colocada como Nilda Spencer, Carmen Bittencourt, Sonia Robato, Tereza Sá, mas ao mesmo tempo tinha eu, Mário Gadelha, Échio Reis, Petrovich, que era povo.

Entretanto, uma pergunta deve ser feita: por que Mário Gusmão escolheu o campo teatral? Uma hipótese é que ele já tinha trilhado vários caminhos; no entanto, em nenhum deles pudera exercer a sua liberdade e criatividade, nem tampouco obtivera maior reconhecimento social. Com o teatro, ele estaria perfeitamente inserido no mundo dos brancos, um mundo especial, marginal[37], é verdade, mas ainda assim dentro do mundo dos brancos. Como afirma BOURDIEU (1966, p. 235), o preconceito racial costuma ser exercido de modo mais atenuado no mundo artístico e intelectual. Assim, Mário poderia nele obter mais facilmente a projeção sempre sonhada e, parafraseando DUVIGNAUD (1966, p. 236), a perspectiva de glória é um chamado para o engajamento.

Era um novo mercado, específico, onde ele teria grandes chances. Primeiro, porque ele era um dos poucos – senão o único naquele momento – homem negro no teatro baiano. E a sua singularidade racial, na abertura propiciada, poderia se constituir até mesmo em vantagem. Como diz Silvio Robato:

> – Eu acho que, pelo fato de ser extremamente brilhante, se destacava, dentro de uma sociedade perversamente conduzida, eu acho que o fato de ser um entre tantos o ajudou.

Segundo, no teatro ele encontraria um estilo de vida muito peculiar, dimensão básica do fazer artístico, onde a audácia e a transgressão, inclusive sexual, teriam uma acolhida muito mais compreensiva. Um mundo com outras regras, muito mais elásticas, muito diferenciadas dos padrões vigentes na sociedade mais ampla, e que, embora pudessem não se traduzir em enriquecimento, poderiam proporcionar-lhe uma aceitação difícil de obter em outras condições (BOURDIEU, 1996, p. 75). Enfim, um mundo à parte, onde poderia exercer a sua liberdade, pois acreditava que ali tudo era possível. Projetaria a sua ascensão, com o devido reconhecimento social no mundo dos brancos, mas no mundo utópico dos artistas.

O teatro sai do guarda-roupa: a casa de Eros

No início da década de 1950, Salvador contava com uma grande produção teatral amadora, mas não tinha teatros profissionais. De acordo com Aninha Franco, havia, na época, quase 30 grupos cênicos na cidade, que utilizavam os palcos do Instituto Central de Educação Isaías Alves (ICEIA), do Colégio da Bahia, do Clube Espanhol, do Clube Fantoches e alguns outros locais adaptados para a representação teatral amadora. A autora ressalta a importância desses grupos que, embora não incorporassem, em sua prática, técnicas de dramaturgia já estabelecidas em todo o mundo, como as de Stanislavsky ou Brecht, formaram, com sua experiência já madura, o terreno adequado para o florescimento das escolas de arte da Universidade da Bahia (FRANCO, 1994, p. 115).

Como veremos, a trajetória de nosso personagem irá conectar-se com essa ampla mobilização em torno do teatro. Antes de continuar sua história, porém, prefiro resumir as características que marcam esse período de grande dinamismo cultural, com a presença marcante da Universidade da Bahia.

Primeiro: havia uma completa conexão entre as linguagens do campo artístico e as das figuras exponenciais do mundo cultural baiano. Isso pode ser visto expressamente em muitos momentos, como na participação baiana na Bienal de Belas Artes de São Paulo, em 1959, com a "Exposição Bahia", no Ibirapuera, dela participando o diretor teatral Martim Gonçalves, o cineasta Glauber Rocha, a arquiteta Lina Bo Bardi e o antropólogo Vivaldo da Costa Lima, entre outros.

Segundo: a Universidade, sobretudo por intermédio de suas áreas de artes e humanidades, atendia às novas demandas das camadas médias e altas, no processo de modernização que se estabelecia em torno do tecido urbano local. A cultura universitária entrelaçava-se, com vigor, à cultura boêmia nascente, sobretudo nas suas novas formas, ou seja, as boates e barzinhos da zona central da cidade. No entanto, a Universidade mantinha-se distante da cidade real, ou seja, não incorporava os grandes segmentos instalados na periferia contínua e cada vez mais alargada pelas invasões. Vale salientar que, desde 1950, Salvador aumentava em média 15.000 habitantes por ano, dos quais 2/3 vinham do interior do estado.

Terceiro: segundo RISÉRIO (1995, p. 75), durante a década de 1950, a Bahia viveu um intercâmbio dialético entre os valores cosmopolitas recém-chegados e a realidade local. Foi realmente um momento inovador, na medida em que se trazia para a atmosfera provinciana uma informação internacional de "primeiro grau", mas com uma reflexão sobre a realidade cultural circundante, em especial com a atenção sobre a produção das camadas populares, sobretudo das manifestações afro-brasileiras. Porém, não obstante a reflexão sobre a realidade cultural, as camadas populares – sobretudo os negros pobres da cidade – passavam distantes da movimentação cultural que se desenvolvia no perímetro urbano central de Salvador. Da agitação emanada da Universidade, muito menos. Permanecia o mesmo sistema do passado: uns poucos negros, que conseguiam ascender e eram assimilados, tinham chances na Universidade.

Dentro desse quadro, no primeiro momento, a instauração do teatro profissional na Bahia, por Eros Martim Gonçalves, refletiu, em muitos aspectos, a perspectiva desenvolvida pelo TBC, mais de uma década após a criação deste último. Entretanto, não penso em uma repetição da história, na medida em que várias diferenciações marcavam as duas sociedades regionais. Ao contrário do caráter cosmopolita e o enriquecimento incorporado por São Paulo desde a década de 1930, Salvador, em meados da década de 1950, era ainda uma sociedade tradicional e empobrecida. Aqui, a transformação da economia fazia-se através do capital estatal, na criação da infra-estrutura para a futura industrialização, além do esboço de modernização da cidade para os novos tempos. Não havia (novos) burgueses ainda, nem tampouco "mecenas" (como em São Paulo), mas sim, naquele instante, os antigos grupos oligárquicos que continuavam dominando a economia e a sociedade[38].

As transformações determinadas pelo Estado nacional se fizeram sentir também na cultura. Foram mudanças induzidas externamente, que indicavam a necessidade de combater o atraso em várias frentes, para possibilitar a incorporação da Bahia ao desenvolvimento nacional. Para isso, no campo cultural, tornava-se indispensável trazer nomes respeitados dos circuitos nacional e internacional dominantes. Martim Gonçalves tivera uma sólida formação nas altas culturas européias e americanas, cursos na área teatral na Inglaterra e alentada experiência no Rio de Janeiro, inclusive tendo criado o grupo teatral O Tablado, com Maria Clara Machado. Era um exemplo cabal do que se pretendia na área teatral: um esteta, um erudito, um homem refinado, conhecedor do que de mais moderno se fazia nos teatros nacional e internacional. Por isso, encantou as elites soteropolitanas e pôde revolucionar o meio artístico local. Cenografia, sonoplastia, coreografia, figurinos, maquilagem, forma de encenação, introdução de métodos modernos, teatro de diretor, repertório eclético, nomes nacionais e internacionais: tudo era novo e entusiasmava um público "burguês" que sonhava com o mundo metropolitano. Uma nova qualidade artística se impunha, instaurando-se um teatro cultural, sem maior questionamento e com pequeno diálogo com a realidade brasileira. Assim seria o teatro de Martim Gonçalves na sua primeira fase.

Chegando a Salvador em 1955, Martim logo realizou uma série de palestras preparatórias e, em seguida, um curso de Especialização Teatral, com professores convidados, como Joracy Camargo e Guilherme Figueiredo, entre outros. Com o rigor que considerava indispensável para a formação teatral, através de cursos regulares, consolidou progressivamente a modernidade do teatro na Bahia[39].

Na Escola de Teatro havia professores do mais alto nível, sintonizados com o que ocorria nos planos internacional e nacional: Ana Edler, Gianni Ratto, Adolfo Casaes Monteiro, Agostinho da Silva, Domitila Amaral, Luciana Petrucelli, Brutus Pedreira, João Augusto e Lina Bo Bardi. Gonçalves incorporou Stanislavsky à praxis teatral baiana, mas sem esquecer a importância de Brecht e o significado da sua forma de interpretação[40].

O próprio Mário relata a força do período:

- Era um movimento cultural enorme, com possibilidades de se aprender com gente muito boa, que acho que a Bahia não vai ter novamente. Tinha Gianni Rato, Luciana Petrucelli, mulher de Gianni Rato, tinha Martim Gonçalves, que era o Diretor da Escola, tinha João Augusto, que ensinava História do Teatro, tinha Othon Bastos, que tinha voltado de Londres e ensinava dicção. João Augusto tinha vindo do Rio, convidado pela Reitoria. Nilda Spencer, que era aluna e se tornou professora. Assim como Othon Bastos, [ela] foi para Londres e quando voltou foi convidada pela Reitoria para ensinar. Tinha também vários professores estrangeiros, alemães, ingleses, americanos. Eu aproveitei muito com essa equipe, eu aprendi muito.

Acervo Jurema Penna

Mário Gusmão e Jurema Penna em *Auto da Compadecida*

Foi criado um grupo regular, A Barca, com um repertório que ia do clássico ao popular, estrangeiro ou nacional. A Barca encenou, entre tantos outros espetáculos: *O Boi e o Burro no Caminho de Belém*, de Maria Clara Machado; *O Tesouro de Chica da Silva*, de Antônio Callado; *A Almanjarra*, de Artur Azevedo; *Auto da Compadecida*, de Ariano Suassuna; *Senhorita Júlia*, de August Strindberg; *As Três Irmãs*, de Anton Tchekov; *Um Bonde Chamado Desejo*, de Tennessee Williams; *A Ópera de Três Tostões*, de Bertold Brecht. Mais: formou uma geração de atores jamais repetida no teatro baiano; nomes que formaram gerações posteriormente, alguns inclusive se mantendo até o início do século XXI, além dos tantos que despontaram no cenário nacional[41].

Nesse período, aportaram vultosos recursos, através da Fundação Rockefeller, para a implantação e o desenvolvimento de uma programação da Escola de Teatro. Construiu-se o teatro, foram comprados equipamentos modernos e não faltaram recursos para a vinda de professores estrangeiros e atores de grande sucesso nacional, como Sérgio Cardoso, e para a concessão de bolsas de estudo e intercâmbio para o exterior.

Por fim, começou a formar-se um público para apreciar as elaboradas realizações do novo teatro baiano representado pelo grupo A Barca, que caminhava para a profissionalização. Como ressaltou FRANCO (1994, p. 117), entretanto, esse público inicial, muito mais distinto social que culturalmente, era burguês, como eram as platéias do teatro brasileiro moderno dos anos de 1950 e do Teatro Brasileiro de Comédia em São Paulo: era a alta sociedade baiana que usufruía do refinamento da Escola de Teatro da Universidade da Bahia, freqüentando seu teatro e tomando chá em seu jardim.

Mário Gusmão entra em cena

Naquele momento, Mário estava longe da alternativa de ascensão pelo ingresso na universidade, bem como passava ao largo da vida boêmia e intelectualizante que se processava no centro da cidade. Assim, seu encontro com o mundo artístico seria ditado pelo imponderável, pela imprevisibilidade. Obviamente, eu poderia dizer que, dadas as suas qualidades intelectuais e a atmosfera cultural reinante, inevitavelmente ele encontraria o mundo artístico. Mas uma vida não se faz de conjecturas, de hipóteses que poderiam ou não se realizar. Na verdade, Mário continuava trabalhando na Penitenciária, e seria ali que apareceriam figuras que iriam mudar os rumos de sua trajetória.

Em novembro de 1956, a Federação de Teatro Amador da Bahia levou um elenco seleto, formado por alguns dos melhores atores dos vários grupos teatrais baianos, ao I Festival de Amadores Nacionais do Rio de Janeiro, organizado por Dulcina Moraes (FRANCO,1994, p. 115). Um dos protagonistas do teatro baiano, Mário Gadelha, que vivenciou aquele momento, relata:

– E aí eu fui escolhido para participar dessa peça, um drama nordestino sobre a seca. Era *A Grande Estiagem*, de Isaac Gondim, e aí fomos para o Rio de Janeiro. Com menos de seis meses eu já integrava a Federação de Teatro Amador, como ator. E aí me juntei àqueles que já tinham experiência, como Carlos Petrovich, Jurema Penna, Mário Lobão, Sonia dos Humildes, e fomos para o Rio de Janeiro. Nesse festival nós tiramos o segundo lugar, o diretor veio de Recife, Clenio Vanderley, e o primeiro lugar ficou com *Auto da Compadecida*, também dirigida por ele.

E seria a partir desse festival no Rio de Janeiro que o teatro amador baiano chegaria à Penitenciária.

– Esse momento foi muito importante porque nesse espetáculo tinha um homem chamado Mário Lobão, que era um aluno de Direito e trabalhava na Penitenciária do Estado. E foi aí que ele me arranjou um trabalho, porque eu não vivia de nada. Eu fui lá pra fazer alfabetização e fazer jogos teatrais com os presos. E foi lá na Penitenciária do Estado que eu conheci Mário Gusmão. Era filho do mestre de alfaiataria de lá. Foi importante essa amizade porque os dois, tanto Mário Lobão quanto Mário Gusmão, eram muito amigos e muito brincalhões. Assim, de repente, quando eu chegava perto deles, eles reclamavam de mim como se eu fosse uma autoridade, um escravocrata, e faziam cenas e brincavam. Era muita brincadeira. Às vezes apareciam como uma pessoa que estava denunciando o escravocrata pelos maus-tratos. Brincavam assim publicamente. Então eu dizia: "Rapaz, eu vou te levar para o teatro" e assim eu comecei a estimular ele (Carlos Petrovich).

E o estímulo para Mário Gusmão descobrir a sua capacidade histriônica e o teatro não seria em vão, como ele mesmo contou:

– Um dia, uma senhora chamada Celina Mesquita falou com Mário Lobão que ia fazer um espetáculo no Instituto Normal[42]. Aí, no espetáculo do Instituto Normal, tinha um rei, Belchior, e esse rei não apareceu. Quando foi na última hora, me chamaram pra fazer. "É fácil fazer, não se preocupe" – aí eu fui. Eu não sabia como pisar no palco, como é que eu fazia pra pisar no palco com o presente na mão. Era só cruzar o palco e largar o presente com o príncipe. Mas eu tinha dificuldade porque o palco era enorme, aí eu imaginei os reis que eu tinha visto no cinema e terminei fazendo tudo com muita pompa. Eu acho que passei no teste. Descobri o que eu queria realmente fazer. Aí fui parar na Escola de Teatro.

Mário Gusmão fez a sua estréia na segunda peça que Martim Gonçalves montou no Teatro Santo Antônio, anexo às dependências da Escola de Teatro, inaugurado em 1958. Esta peça foi *A Almanjarra*[43], de Artur

Azevedo, uma comédia de costumes ambientada no Rio de Janeiro, em 1888, na qual Mário fez o papel de um carregador de móveis. Ainda em 1958, Mário Gusmão representou um delegado na adaptação, feita por Francisco Pereira da Silva, do folheto de Manoel Camilo dos Santos, denominado *Graça e Desgraça na Casa do Engole Cobra*. Entretanto, provavelmente por serem ambos papéis sem maior expressão, nem os seus colegas da época, nem o próprio Mário Gusmão, conseguiram posteriormente lembrar a sua participação neles.

Na verdade, para Mário Gusmão e seus colegas, sua estréia deu-se em 1959, em *Auto da Compadecida*, de Ariano Suassuna, em que representou o Cristo. Suassuna, na linha de Gilberto Freyre, apostava no nacionalismo, mas, a partir de uma perspectiva regional, com grande tom de nostalgia e conservadorismo. Contrapondo ao Centro-Sul cosmopolita, superficial e alienado, o decadente mas autêntico Nordeste, a peça se inspirava nos romances e histórias populares nordestinos, enraizados na tradição medieval européia. Com a pretensão de originar uma autêntica dramaturgia nordestina, era um teatro que emanava do povo, com seus personagens, enredo e comicidade.

Entre outras formulações originais, Ariano Suassuna apresentou um Cristo negro, o que oferece lugar a uma discussão sobre a visão popular da questão racial[44], além da própria perspectiva do autor, admitindo a pertinência do mito da democracia racial. Mais: ele expunha o ideário presente em todo o Brasil republicano, ou seja, racistas eram os americanos. Porém, embora o Cristo ressalte que tinha nascido branco[45], não deixava, naquele momento, de ser uma ousadia e provocação, em relação à Igreja e aos valores sócio-raciais estabelecidos na sociedade brasileira, apresentá-lo como um negro. O próprio Mário Gusmão recorda, esboçando o clima da época, que

> - [...] foi uma das poucas vezes naquela época, que me lembre, que eu falei alguma coisa sobre racismo. Tinha personagens do Nordeste, se falava muito de pobreza, mas nada sobre o negro. Tinha uma fala de João Grilo que falava de "queimado" e a platéia toda ria. E a minha resposta foi: "Você pensa que eu sou americano para ter preconceito de raça?" A platéia então calou.

Jurema Penna, falando sobre a participação de Mário em *Auto da Compadecida*, contou:

> - Na Escola de Teatro ele estreou comigo, tenho essa honra. Foi em *Auto da Compadecida*, ele fazia o Cristo Negro. E eu fazia a mulher do padeiro. No dia da estréia, Mário perdeu a voz. Aí eu dei uma cutucada nele e ele conseguiu falar. Ele ficou emocionadíssimo. Ele não era nem colega da turma nossa, era um ano menos, se vê fazendo o Cristo, naquela peça, naquela peça linda. Ele,

belíssimo, apaixonante, forte, que postura ele tinha. Era o próprio Cristo, uma coisa linda. Quando ele chegou foi aplaudido, o coração batendo forte, mas com que dignidade ele se apresentou.

Ainda no ano de 1959, Mário Gusmão participou, na equipe de cenografia, da montagem de *Um Bonde Chamado Desejo*, de Tennessee Williams[46].

Em abril de 1960, sob a direção de Martim Gonçalves, Mário voltou a participar de uma peça de Artur Azevedo: *Uma Véspera de Reis*. Comédia de costumes em um ato, tinha no seu final uma reprodução de uma festa de Reis tradicional, na qual o rancho de Reis segue pelas ruas cantando, dançando e visitando as casas ao longo do seu percurso. Mário compunha o rancho, juntamente com Maria Simões, Nilda Spencer, Sonia dos Humildes, Leonel Nunes e Roberto Assis.

Em outubro desse mesmo ano, ainda sob a direção de Martim Gonçalves, Mário foi um dos três recitantes e participou do grupo da caravana numa peça de temática bíblica – *A História de Tobias e Sara* – do dramaturgo francês Paul Claudel.

A guerra dos "santos" e "estrelas" ou "em briga de branco, preto não se mete"

Com Martim Gonçalves e a nascente Escola de Teatro, pela primeira vez tínhamos realmente, na Bahia, um teatro em termos profissionais, com informação e técnica compatíveis com o que havia de contemporâneo no mundo teatral. Profissional, também, no sentido de contar com indivíduos servidores da arte, preocupados em realizar o seu ofício, sacrificando-se para apostar na sua vocação artística.

Mário expressa o sentido atribuído ao teatro naquele período:

– Eu ganhava mais com minhas aulas que o salário da Penitenciária e o teatro juntos. Aliás, naquela época ninguém pensava em ganhar dinheiro com teatro, era amor mesmo.

Gente que abdicava dos padrões convencionais do mundo do trabalho e da afirmação social para se arriscar no mundo heterodoxo do teatro, com todos os estigmas que o cercavam. Naqueles primeiros anos, a luta principal se fazia externamente, na medida em que o fundamental era a obtenção do reconhecimento social. Primeiro, pela necessidade de afirmação no âmbito da Universidade:

– A Escola de Teatro[47] sempre foi assim considerada uma excentricidade nos meios mais ortodoxos da Universidade, uma curiosidade, uma excentricidade do doutor Edgard Santos. Foi preciso muita força de uma geração de alunos e professores da Escola de Teatro para que ela ganhasse voz, digamos assim, a respeitabilidade dentro das soluções da Universidade (Cid Teixeira).

Segundo, para enfrentar os preconceitos arraigados em torno de quem fazia teatro:

– Havia muito preconceito. Havia os chamados moleques do Campo Grande, que era todo mundo filho de colarinho branco; invadiram várias vezes a Escola de Teatro pra nos bater e nós nos armávamos na marcenaria de pau, pra nos defender" (Jurema Penna).

E a luta pelo reconhecimento social se efetivava através de uma intensa solidariedade entre os seus membros, com a criação de padrões específicos de conduta – onde a consagração se dava pelo conhecimento e reconhecimento por seus pares –, um estilo de vida e o comando de um líder, prestigiado em nível nacional e internacional. E os resultados do intenso trabalho de profissionalização já se faziam sentir, sobretudo na formação de um público. No entanto, à proporção que o grupo original se sedimentava e expandia, a unidade oposicional dos começos, que fora vencida e sublimada, começou a aparecer pelas diferenças de posição e pela participação desigual nos lucros do capital simbólico acumulado (BOURDIEU, 1996, p. 301). Teve início então a disputa pelo poder na Escola de Teatro.

Martim Gonçalves e o seu grupo dominavam inteiramente a Escola de Teatro, apresentando uma característica comportamental presente naquele momento – e mesmo posteriormente, como veremos – no mundo artístico: a concentração de poder nas mãos do diretor "todo-poderoso" e com uma personalidade muito específica, ou seja, arbitrário e genioso. Gianni Ratto, um dos seus desafetos, embora tenha sido levado pelo diretor para dar aulas na Escola de Teatro – onde permaneceu por um ano –, resumiu o comportamento de Martim Gonçalves: embora tivesse uma cultura extensa e grande sensibilidade, não sabia lidar com relacionamentos. Assim, sua grande capacidade de planejamento e gerenciamento, que lhe permitiu estruturar uma excelente escola, era contrabalançada por um autoritarismo absurdo (RATTO, 1996, p. 138).

Progressivamente, formou-se um grupo de refratários à posição dominante de Martim Gonçalves, consolidado a ponto de promover a ruptura, na busca de um reconhecimento específico. Em 1959, próximo à formatura da primeira turma de alunos, houve o desenlace. Evidentemente, os conflitos pessoais em torno de diversas situações são o marco das divergências; por exemplo, Gianni Ratto chegou à ameaça de surrar Martim Gonçalves, e Échio Reis diz que a presença da atriz Maria Fernanda no elenco de *Um Bonde Chamado Desejo* foi a gota d'água da guerra da Escola (FELZEMBURG; SANTANA, 198? p. 25).

Verificou-se então a cisão, de que Aninha Franco ressalta os desdobramentos. Segundo a autora, dois meses antes da formatura, os alunos Échio Reis, Carlos Petrovich, Carmen Bittencourt, Martha Overbeck, Tereza Sá, Nevolanda Amorim, Mário Gadelha, Sonia Robato e Othon Bastos, com os professores João Augusto, Gianni Ratto e Domitila Amaral, romperam com o diretor, recusando a graduação ou afastando-se do corpo docente da ETUB. Gianni Ratto e Domitila do Amaral voltaram para o Rio de Janeiro; os alunos dissidentes, sob a liderança do professor João Augusto, fundaram o Teatro dos Novos, o primeiro e possivelmente o mais importante grupo de teatro profissional da Bahia no século XX (FRANCO, 1994, p. 118).

Mário, refletindo sobre o contexto da briga, revela a sua posição:

– O amor na Escola era misturado com ódio. Foi por isso que aconteceu aquela coisa terrível da briga dentro da Escola. Eu achava Martim Gonçalves um bom diretor, mas eu acho que ele tinha uma política que não agradava a todos. Mas eu nunca me envolvi nisso. Lembro que uma vez fizeram uma lista para tirar ele da Escola de Teatro, mas eu disse: "Não vou assinar, porque eu vim para a Escola pra estudar, quando eu me formar, se eu quiser eu saio da Escola." Eu sabia que era uma briga dos grupos internos e eu, novo, não devia me meter. Quando até hoje as pessoas me perguntam qual o motivo da briga, elas não entendem quando eu digo que não sei: em verdade, eu não quis saber, eu não quis me envolver.

Antes de tentar explicar a posição de Mário, vale a pena salientar alguns aspectos de sua vida naquele período. Nos finais da década de 1950, provavelmente antes de entrar para a Escola de Teatro, ele perdera um grande personagem de sua vida: seu pai havia se suicidado[48]. Instado, provavelmente por problemas familiares e do mundo do trabalho, o seu pai optou pela decisão universal e humana da morte. Tomando emprestada a reflexão de LEENHARDT (1978, p. 77), talvez a morte lhe tenha parecido um meio mais eficaz de afirmar a própria existência do que a continuação da vida dentro de uma sociedade que lhe negava um lugar e um papel, uma vez que esta mesma sociedade é impotente no plano pós-vida.

Entretanto, se essa explicação justifica o ato, sob outro prisma, a sociedade brasileira, sobretudo pela orientação do catolicismo, estigmatiza o suicida e, por conseqüência, a família do morto. Assim, o fato foi decerto um grande choque emocional e também social para Mário Gusmão, na medida em que perdia o seu grande protetor. Isso, sobretudo após a sua entrada no teatro, representou também o afastamento do seu ramo familiar paterno. Acredito que, sem a presença do seu pai, os membros de sua família paterna, que estavam em ascensão dentro dos padrões convencionais dos negros baianos, repudiaram a sua opção pela estigmatizada carreira artística. Por sua vez, ele, ao invés de ser "protegido" pelo núcleo familiar, passava a "protetor": acolhia sua mãe, já envelhecida e pobre.

- Quando eu fui pra Escola eu já morava com minha mãe. Eu morei com ela na Padre Feijó, no Garcia, na Federação, sempre de aluguel. Eram casas boas, de gente pobre, mas boas.

A partir daquele momento, Mário teria que ser antes de tudo prático e conveniente, como o revela na sua definição diante da luta pelo poder no meio teatral. A sua posição em relação à ruptura e eclosão de um grupo dissidente revela que, naquele momento, ele estava começando a se firmar no meio artístico, tentando ainda ser assimilado. Ele aprendia o ofício teatral e não tinha capital simbólico suficiente para uma aventura tão ousada diante da ordem estabelecida naquele meio. Sair, naquele momento, representaria um rompimento com o *status quo*, ou seja, o Curso de Teatro da Universidade da Bahia, e isso o afastaria do seu projeto de possuir um título universitário, mesmo de nível médio, tão caro aos negros pobres da Bahia. Ali, estava sob a proteção de Martim Gonçalves e poderia atingir seus objetivos. Mais ainda, a sua vivência na ordem social de Salvador e o contato com o mundo dos brancos já lhe ensinara: "Em briga de branco, preto não se mete."[49] Mário Gusmão permaneceria e se formaria, após três anos, em dezembro de 1960, no curso de Interpretação Teatral da Escola de Teatro da Universidade da Bahia[50]. Após a formatura, tenho como hipótese que Mário Gusmão permaneceu em torno da Escola de Teatro, mas como *free-lancer*, agarrando o que lhe aparecia à frente.

Tudo pelo social

Com o fim do governo de Juscelino Kubitschek e a eleição de Jânio Quadros, em 1961, o país ganharia novos rumos políticos. Polêmico, contestador, visionário – para não dizer megalômano –, Jânio prometeu, entre outras coisas, acabar com a corrupção, promover a distribuição de rendas e realizar a reforma agrária. Ao contrário, aguçou arestas e feriu suscetibilidades, e não demorou muito no poder: após sete meses de administração, no dia 25 de agosto de 1961, o país foi surpreendido com a sua renúncia.

O vice João Goulart assumiu a presidência sob a ameaça de forças conservadoras e militares, que já se movimentavam contra tendências que se aprofundariam no seu mandato. Durante seu governo, o país vivenciou uma política externa independente, movimentos a favor de reformas estruturais, combate ao imperialismo e ao latifúndio, debates sobre a reforma agrária, grande participação dos estudantes na vida nacional e o florescimento das esquerdas, em especial do Partido Comunista Brasileiro (PCB). Este, embora na semilegalidade, tinha um papel importante na articulação dos setores progressistas, pois sua influência nos meios sindical, estudantil e intelectual era uma peça estratégica do jogo de alianças do governo federal. Sua proximidade em relação ao poder político permitia que seu ideário da revolução aparecesse no debate que se desenvolvia no país.

Nas cidades, o movimento operário levava adiante um longo processo de lutas, fortalecendo suas formas de reivindicação e pressão política. Cresciam novas formas sindicais, através de organizações como a CGT e a PUA, visando a unificação das camadas trabalhadoras urbanas. No campo, por intermédio das Ligas Camponesas, em especial em Pernambuco, era fortalecido o movimento sindical que sonhava com a reforma agrária. Por sua vez, uma nova classe média urbana – com ênfase nos intelectuais e na juventude – se incorporava com vigor ao grande movimento por reformas estruturais. Nesse período, a União Nacional dos Estudantes (UNE), legalizada, com acesso às instâncias do poder, mobilizava a massa estudantil de todo o país.

Nascia então, no Rio de Janeiro, o Centro Popular de Cultura (CPC), criado pela UNE, com o objetivo de produzir peças e shows musicais, editar livros, exibir filmes, retirar o teatro das casas de espetáculo e levá-lo ao povo. O CPC, que cedo se espalhou por todo o país, tinha como idéia a construção de uma cultura nacional, popular e democrática, desenvolvendo uma atividade conscientizadora junto às camadas populares. Tendo como principais teóricos Carlos Estevam Martins e Ferreira Gullar[51], o movimento considerava que a arte deveria ser revolucionária, a serviço da transformação social. Não apenas se abdicava da "arte burguesa", mas também foi posta em ação a tese segundo a qual a cultura popular não é simplesmente aquela que vem do povo, mas a que é feita para ele, para servir como instrumento de conscientização social e política das classes econômica e – conseqüentemente – culturalmente desfavorecidas (LEITE, 1983, p. 251).

A Bahia, com suas peculiaridades, reproduzia, no seu âmbito interno, a atmosfera nacional. No plano político-institucional, não havia grandes mudanças, com a presença de Juraci Magalhães à frente do governo, reeditando seu "arsenal de coronelismo" (TEIXEIRA, 1988, p. 58). Entretanto, mais que nunca a sociedade civil efervescia, com a presença marcante do PCB (e suas múltiplas variantes) e de segmentos políticos progressistas, com as forças sindicais reagrupando-se, após longo período de "peleguismo", e com o movimento estudantil reivindicando uma participação maior da juventude nos destinos do país. A política e a cultura explodiam por todos os cantos, com várias linguagens, e o movimento teatral ia junto.

Muito embora a Escola de Teatro, com seu diretor e seus atores, preservasse as normas próprias do campo artístico, a mesma era influenciada pelo clima em que o país vivia. Por suas características – contato direto e discurso –, o teatro (a "febre" da música ainda não tinha chegado) era entendido como o meio artístico mais apropriado para os objetivos revolucionários. Como seria previsível, o teatro profissional, encabeçado por Martim Gonçalves – com desafetos poderosos com acesso à imprensa, como Haroldo Lima[52] –, estava muito distante, até então, de tais pretensões.

Uma pergunta deve ser feita: na medida em que Martim Gonçalves ensinava a carpintaria teatral básica – inexistente até a sua chegada – e lutava contra opositores poderosos – dos segmentos conservadores da Universidade a uma crítica feroz e ferina – para conseguir um público e a institucionalização do teatro, como poderia, inicialmente, ousar? Na realidade, já era um grande avanço, numa realidade onde preponderava o amadorismo e o provincianismo, pensar na constituição de um teatro baiano em termos profissionais. Erudito, brilhante, narcisista, não seria jamais um homem capaz de fazer concessões à vulgarização de sua arte. Pior: Martim era considerado o representante cultural do imperialismo americano, por sua vinculação à Fundação Rockfeller.

Entretanto, em 1961, Martim Gonçalves quebrou a sua trajetória de diretor "bem-comportado" e sem maior comprometimento com as questões da realidade brasileira. Se foi uma resposta aos heréticos dissidentes do Grupo dos Novos ou a busca de um maior entendimento com a esquerda e a juventude estudantil progressista que o execrava, não importa: o significativo é que a "virada" ocorreu. E Martim o fez através de um espetáculo que refletiria sobre a problemática social e política, mas ao seu estilo: explorando uma nova formulação de representação, na montagem de uma peça do dramaturgo marxista Bertold Brecht, *A Ópera dos Três Tostões*, montada então pela primeira vez no Brasil[53]. A obra conta a história de malandros, mendigos, prostitutas e exploradores da miséria do povo, visando apresentar uma formulação crítica da sociedade burguesa. A cena final inclui a entrada de um arauto real, montado a cavalo; na montagem de Martim Gonçalves, esse cavalo foi feito por Mário Gusmão e Erlon Dias.

O espetáculo atingiu inteiramente os pressupostos de Brecht, fazendo Martim Gonçalves um teatro à altura do tempo e clima em que vivia o Brasil. E, sempre com estilo próprio, estabeleceu as bases para um teatro engajado, consonante com a realidade brasileira e inovador, sem concessões, do ponto de vista da encenação, iniciando um trabalho a que o Grupo dos Novos, de forma aparentemente contraditória, daria continuidade[54]. Mas a encenação soou como uma provocação para a burguesia local. Aninha Franco, no seu já citado trabalho, mostra que a montagem gerou críticas bombásticas. Uma crítica de Napoleão Lopes Filho, no jornal A Tarde, em 25 de novembro de 1960, em tom reacionário, diz muito, nas suas entrelinhas, sobre a forma da montagem e o escândalo provocado:

- Uma arquibancada de madeira está servindo para que o público assista a uma peça que se recomenda à Delegacia do Serviço de Censura e Diversões Públicas [...] Porém, os responsáveis pela montagem seguiram a consigna do autor Bertold Brecht, um alemão da linhagem de Marx e Engels, de fazer as coisas com astúcia [...] A peça é venenosa e duplamente imoral do ponto de vista ético [...] Quanto à técnica, o que a ópera comunista apresentou há 40 anos poderia ter sido sensacional e revolucionário, hoje é apenas banal [...] O anúncio de cenas por meio da tela cinematográfica já se vê até no Moulin Rouge [...] A situação dos alunos esteve abaixo das suas representações anteriores [...] ressalvando-se a atriz convidada, Maria Fernanda, com um tango e uma canção [...] Sonia dos Humildes, gastando seu talento natural, e Geraldo Del Rey fazendo um Mac Navalha apenas razoável [...] No fim, os atores se aplaudem [...] ao uso do Teatro Bolshoi de Moscou. Podemos dizer que os responsáveis pela Ópera dos Três Tostões alcançaram plenamente os seus objetivos: atingir em cheio a burguesia anestesiada com uma bofetada (LOPES Filho *apud* FRANCO, 1994, p. 144).

Por fim, com a nomeação de Albérico Fraga para a reitoria da Universidade (ao invés da continuação de Edgard Santos), o prestígio de Martim Gonçalves ficou ainda mais abalado. Acossado pelas forças conservadoras – econômicas e da mídia – e "progressistas", sobretudo o movimento estudantil e seus desafetos, o diretor não resistiu. Aninha Franco, avaliando a situação, ressalta que as notórias qualidades artísticas de Martim não foram capazes de compensar os seus deslizes como administrador e as acusações, por parte de setores progressistas, de que ele favoreceria, através da Escola de Teatro, a infiltração na Universidade da Fundação Rockefeller – veículo de influência do governo norte-americano na América Latina. Por fim, a voz das organizações estudantis que, através de periódicos que lhes cediam espaço, manifestavam-se em defesa de estudantes expulsos, juntou-se à de indivíduos que, por motivos particulares, desejavam o afastamento do diretor da Escola de Teatro; e todos exigiram sua exoneração (FRANCO, 1994, p. 146).

A partir daí, embora sem o brilho de Martim Gonçalves e sem os recursos da Fundação Rockefeller, a Escola de Teatro prosseguiu seu trabalho, agora com outro direcionamento: abriu suas portas e abriu-se para espaços alternativos, como a participação em festivais e até mesmo no teleteatro da TV Itapoan[55]. Apesar de todas as dificuldades, a Escola de Teatro, sob o comando de Nilda Spencer, conseguiu manter os seus cursos, produzir vários espetáculos e sediar o IV Seminário Internacional de Teatro, com presenças notáveis como a de Augusto Boal.

NOTAS

[19] O nome indicava a forma circular dos espetáculos que fariam, determinado pela carência de recursos para produções mais sofisticadas. Sobre a história da formação do Arena, ver PEIXOTO (1989, pp. 45-59).

[20] "Os atores não interpretavam determinada personagem, passando por todas elas conforme as circunstâncias. Não custa reconhecer em tal descoberta a influência do famoso distanciamento proposto por Brecht" (Prado, 1996, p. 72).

[21] Uma boa sinopse dos anos 1950 no Brasil pode ser vista em CARVALHO (1999, pp. 31-76).

[22] *Eles não usam black-tie* foi a primeira peça séria escrita sobre a favela carioca, pondo de lado o exotismo e o pitoresco, e mostrando, através da greve, um assunto da maior importância naquele momento histórico: um povo que luta, sofre e se diglagia nas suas contradições. E o seu sucesso seria ditado pela conveniência do seu aparecimento, em um momento em que o teatro esvaziado pedia um novo público e requeria novas demandas.

[23] Uma consistente análise sociológica desse período pode ser vista em GUIMARÃES (1998, pp. 49 a 53).

[24] SOUZA (2000, pp. 110-111) alerta: "Entretanto, o real impacto dessas novas atividades econômicas, na área de influência da cidade, foi relativamente pequeno, não só no processo de industrialização de base regional, como também sobre o espaço consolidado da cidade, este, alterado mais diretamente, como nos aponta SANTOS (1959) e BRANDÃO (1963), pela expansão do velho centro comercial e implantação de loteamentos de classe média."

[25] O cinema era visto ainda, naquele momento, sob o prisma estabelecido por George Duhamel, em 1930: "É um divertimento de escravos, um passatempo de iletrados, de pobres criaturas aturdidas por suas necessidades e preocupações" (PIGNATARI, 1969, p. 80). O próprio Walter da Silveira reflete sobre a desvalorização do cinema em Salvador: "Esse prestígio jamais teve o cinema. Ainda não chegou o tempo de sua definitiva administração universitária, como fenômeno de cultura. Excluindo-se os curta-metragens de Robatto Filho, todo o trabalho de vanguarda foi exercido na Bahia, pelo Clube de Cinema. Fundado em 1950, [...] durante nove anos esperou, em vão, que se perdesse, entre nós, o preconceito de ver o cinema como arte menor" (CARVALHO, 1999, p. 185).

[26] Vale salientar que o cinema não foi incluído nos projetos da Universidade da Bahia. É plausível a hipótese levantada por CARVALHO (1999, p. 190): "Uma explicação possível para o não-envolvimento da Universidade da Bahia com o movimento cinematográfico em Salvador é o fato de o cinema não se encontrar, em geral, incluído nas manifestações de Alta Cultura que caracterizavam os seus cursos de arte à época."

[27] Sobre a história do CEAO, ver BORGES (1988, pp. 87-91); OLIVEIRA (1996, pp. 265-274); CASTRO (19-).

[28] Destacaria o artigo pioneiro de BASTIDE (1983, pp. 138-155) e os livros de SUSSEKIND (1982); MENDES (1993) e MARTINS (1995). Ressalto também o trabalho de DOUXAMI (2001, pp. 313-363) enfocando comparativamente a presença contemporânea do negro nos palcos do Rio de Janeiro, São Paulo e Salvador.

[29] Segundo AZEVEDO (1996, p. 106), "Quando, há poucos anos, um desses grupos pediu auxílio ao governo estadual para vir exibir-se na Bahia, considerou-se inconveniente a apresentação de um teatro 'negro' numa cidade, como a nossa, onde não há separação de raças".

[30] "O ideário anti-racialista de negação da existência de 'raças' fundiu-se logo à política de negação do racismo, como fenômeno social. Entre nós existiria apenas 'preconceito', ou seja, percepções individuais, equivocadas, que tenderiam a ser corrigidas na continuidade das relações sociais [...]. Foi esse conjunto de crenças, somadas a um anti-racialismo militante, que passou a ser conhecido como 'democracia racial'" (GUIMARÃES, 1999, pp. 62-63).

[31] O conjunto Brasiliana era um grupo emanado do Teatro Experimental do Negro, orientado para a valorização da presença do negro na cultura brasileira. Sobre o assunto, ver DOUXAMI (2001, p. 313). Com militantes e ideólogos como Haroldo Costa e Solano Trindade, deve ter se disseminado no grupo uma forte consciência de negritude. Evidentemente, a bailarina, diante do racismo, expôs publicamente a sua revolta e indignação.

[32] Encontrei a seguinte referência em relação a uma peça encenada pelo Teatro Experimental do Negro, *O Moleque Sonhador*, de Eugene O'Neill, em 1946: "Estando os cenários a cargo de Eros Gonçalves" (DIONYSIOS, 1988, p. 172). Martim Gonçalves estava naquele ano no Rio de Janeiro; porém, seria ele o Eros da referência?

[33] Antônio Luís Sampaio tem uma trajetória singular, assim descrita por Mário Gadelha: "Ia ser montada, no Fantoches, uma peça dirigida por Sonia Gábi, uma atriz que veio do Rio de Janeiro contratada pela Escola de Teatro. Assim, ela foi dirigir o espetáculo e tinha um menino que era baleiro na rua Democrata e ficava curioso vendo os ensaios, e assim foi chamado para fazer uma peça chamada *Os Rebeldes*, uma ponta." Nascia um ator, o futuro Antônio Pitanga, nome adotado do seu personagem no filme *Bahia de Todos os Santos*, de Trigueiro Neto.

[34] Segundo Jurema Penna, Antonieta Bispo dos Santos, quando foi para a Escola, já era responsável por um grupo teatral amador, denominado Grupo Dramático Familiar da Bahia.

[35] "[...] as relações não são vistas como unindo indivíduos (ou camadas individualizadas), mas pessoas. De fato, [...] a realidade não é o indivíduo, mas [...] a relação. O par [...] é que é importante, pois é isso que permite superar as diferenças individuais, construir uma ponte entre camadas e logo chegar à totalidade. Com isso, instituímos o sistema de relações pessoais como um dado estrutural de nossa sociedade" (MATTA, 1979, p. 182).

[36] Jurema Penna nasceu em 1927 e faleceu em 2002. Com 50 anos dedicados à vida artística, é considerada uma das grandes atrizes baianas. Na comemoração dos seus 30 anos como atriz, o escritor Guido Guerra (1981, p. 33-64), para homenageá-la, elaborou um belo texto teatral sobre a sua vida: *Até outro dia feliz como este*. Em 1980, com a própria Jurema Penna, sob a direção de Roberto Vagner Leite, o espetáculo foi montado na sala do Coro do Teatro Castro Alves.

[37] Marginal, em termos de valor social e por, naquele momento, não estar inserido no circuito do mercado de bens materiais.

[38] As grandes empresas industriais, com suas matrizes no Centro-Sul, somente viriam a se instalar na Bahia a partir da década de 70 do século XX. Segundo OLIVEIRA (1987, pp. 72-80) com os novos capitais e suas burguesias (ausentes do território baiano) ficará definida a dependência da Bahia aos interesses do Centro-Sul.

[39] Sobre os primeiros tempos da Escola de Teatro, ver FRANCO (1994); ARTE... (1990); TEATRO... (1979, pp. 17-35); TEATRO... (1996); ROCHA (1981, pp. 293-297).

[40] "Martim orientou os alunos segundo o método psicanalítico freudiano de Stanilawsky e segundo um novo método psicanalista marxista junguiano que sintetizava, cruzado com Stanilawsky revisto por Lee Strasberg – o Estilo Barroco Épico/Didático" (ROCHA, 1981, p. 294).

[41] Embora corra o risco de omissões e injustiça, posso citar nomes como: Nilda Spencer, Carlos Petrovich, Helena Inês, Geraldo del-Rey, Yumara Rodrigues, Jurema Penna, Mário Gadelha, Haidil Linhares, Sonia dos Humildes, Lia Mara, Dulce Schwabacher, João Gama, Eduardo Cabus, Anatólio Oliveira, Maria Adélia, Leonel Nunes, Othon Bastos e tantos outros a quem peço desculpas.

[42] O ICEIA (Instituto Central de Educação Isaias Alves ou Instituto Normal) era, na década de 50, uma das mais importantes instituições escolares da Bahia. Situado no Barbalho, era uma escola para o ensino médio e formação de professores.

[43] A peça (AZEVEDO, 1987) é uma crítica aos casamentos por conveniência, sem amor. A almanjarra é um grande guarda-roupa que tem um importante papel no desfecho da peça. Na realidade, os carregadores (dois) só aparecem no fim da peça para desarmar o guarda-roupa. Montar Artur Azevedo, naquele contexto, foi importante porque sua obra, em que predominavam comédias, operetas e cenas cômicas, nas quais empregava a fala do povo – embora, como diz PRADO (1999, p. 106), dentro da moldura da linguagem erudita –, tivera em seu tempo grande aceitação popular, o que significava um aumento considerável de público e benefícios econômicos para os atores. Mas não só: por sua escrita teatral, com idéias e expressões simples, falas engraçadas, cheias de malícia e duplos sentidos, cenários mostrando criticamente os costumes da época, era a sociedade brasileira, embora ainda com o olhar das elites, que era levada ao palco; e isso era um avanço em relação à tendência do TBC inicialmente seguida por Martim Gonçalves.

[44] João Grilo revela – "... não é lhe faltando com o respeito não, mas eu pensava que o senhor era muito menos queimado" – o sentido conservador do senso comum, presente nas camadas populares da sociedade brasileira, que pressupõe a impossibilidade de um Cristo negro.

[45] "Muito obrigado, João, mas agora é sua vez. Você é cheio de preconceitos de raça. Vim hoje assim de propósito, porque sabia que isso ia despertar comentários. Que vergonha! Eu, Jesus, nasci branco e quis nascer judeu, como podia ter nascido preto? Para mim, tanto faz um branco como um preto. Você pensa que eu sou americano para ter preconceito de raça?" (SUASSUNA, 1993, p. 149).

[46] Escrita em 1947, no mesmo ano foi montada pelo *Actors Studio* de Nova Iorque, sob a direção de Elia Kazan, sendo o papel de Blanche representado por Jessica Tandy e o de Stanley por Marlon Brando. No Brasil, a primeira encenação, no início da década de 50, teve a direção de Ziembinski, sendo, Blanche, Henriette Morineau. Em 1959, haveria a montagem de A Barca, sob a direção de Martim Gonçalves e, em 1965, sob a direção de Augusto Boal, o espetáculo seria levado pelo Teatro Oficina de São Paulo. Nas duas últimas montagens, Blanche seria a atriz Maria Fernanda, filha da poetisa Cecília Meirelles. Convidada por Martim Gonçalves para o papel, a atriz foi considerada um dos motivos para a cisão dos alunos na Escola de Teatro. "Maria Fernanda não se integrava com a realidade da Escola, era *star*" (Ecchio Reis, *apud* FELZEMBURG; SANTANA, 19-, p. 13).

[47] Segundo Ieda Machado, "as Escolas de Dança, Música e Teatro eram consideradas malditas pelas Escolas consagradas. E que o Reitor gastaria muito com elas".

[48] O inventário de Eloi Gusmão poderia elucidar as condições de sua morte; porém, infelizmente, o mesmo não consta da relação do Arquivo Público da Bahia. As poucas informações que possuímos são derivadas do depoimento do seu primo.

[49] A mesma posição foi assumida por Antônio Pitanga: "Eu fiquei do lado dos atores, emocionalmente do lado dos atores, mas politicamente eu tive que tomar a decisão de permanecer na Escola de Teatro. Quando eu cheguei ali, no primeiro ano, foi no ano do 'racha' e eu era muito novo pra tomar um partido fisicamente, de me deslocar. Como eu podia dizer: este

grupo tá com a razão, não quero nem saber, eu vou pra lá. Eu não tinha essa leitura e eles não tinham essa leitura de mim, porque eu não era o Pitanga ainda e eles já eram o Othon Bastos, o João Augusto, a Martha Overbeck, já era um grupo. Eu fiquei emocionalmente sentindo que se eu tivesse base, estrutura, eu saía, mas eu não tinha maturidade para uma decisão. Primeiramente porque eu precisava de espaço, de algum lugar pra ser absorvido, estudar, do tipo de estímulo que a Universidade dava".

[50] Infelizmente não encontrei, na Escola de Teatro ou na Superintendência Geral de Cursos da Universidade Federal da Bahia, a documentação referente aos primeiros anos da década de 60 e muito menos a documentação do período anterior. Entretanto, Ieda Machado deu-me acesso, entre outros documentos, a uma cópia do seu certificado de conclusão do curso de Interpretação, assinado pelo Reitor Edgard Santos e pelo Diretor da Escola de Teatro, Martim Gonçalves.

[51] Textos dos autores citados e outros documentos importantes do movimento na época podem ser vistos em FÁVERO (1983).

[52] Preso pela ditadura militar, com a redemocratização tornou-se deputado federal do PC do B e, em 2002, foi candidato a senador pelo PC do B e partidos coligados. Sempre foi, desde a juventude, um combativo militante de esquerda.

[53] Obtive as informações a seguir de WILLET (1967, p. 24). Com tradução de Álvaro Cabral e apresentação de Paulo Francis, creio que, sendo o autor americano, os dados sobre os espetáculos de Brecht no Brasil devem ser de um dos brasileiros ou dos dois. Segundo o livro, na sua página 24, foram montadas, em 1954, *A Exceção e a Regra*, pela Escola de Arte Dramática de São Paulo, e, em 1958, *A Alma Boa de Setsuã*, pela Companhia de Maria Della Costa. *A Ópera dos Três Vinténs*, a terceira das peças montadas no Brasil, teria sido encenada simultaneamente, em 1961, pelo Teatro de Arena, sob a direção de José Renato e pela Escola de Teatro da Bahia, com a direção de Martim Gonçalves. Se os outros dados estiverem corretos, então a encenação baiana em 1960 foi a primeira do Brasil.

[54] "Assim a dissidência do Teatro dos Novos não teve a repercussão esperada. A intelectualidade de esquerda ficou com Martim, avalizado não só por mim quanto pela qualidade e seriedade e sentido revolucionário de seu trabalho" (ROCHA, 1981, p. 296). Acredito que a análise de Glauber Rocha é, em parte, equivocada. Se, por um lado, tem razão quando diz que a saída dos dissidentes não teve grande repercussão, por outro, Martim Gonçalves foi sempre duramente atacado pela intelectualidade de esquerda, independente do seu aval. Aliás, diga-se que, anteriormente ao seu apoio ao diretor pernambucano, Glauber era um dos seus mais ferrenhos críticos.

[55] Não se pode esquecer que a saída de Martim Gonçalves, segundo Jurema Penna, foi um resultado do *lobby* de Odorico Tavares contra o diretor, porque este recusou-se a permitir a transmissão de *A Ópera dos Três Tostões*, sem pagar cachê aos atores e técnicos do espetáculo.

UMA ESTRELA NEGRA NOS CÉUS DA BAHIA

A década que vai da saída de Martim Gonçalves da Escola de Teatro até o início dos anos 1970 constituiu a era de ouro da carreira de Mário Gusmão que, nesse período, trabalhou no teatro, cinema e televisão, tornando-se um ator conhecido e respeitado.

Em 1962, dois egressos da Escola de Teatro, Manoel Lopes Pontes e Leonel Nunes, criaram, respectivamente, os grupos Teatro de Equipe e Companhia Baiana de Comédias. Nesse mesmo ano, o Teatro de Equipe, sob a direção de Álvaro Guimarães, iria montar, em Salvador, no Ginásio Octávio Mangabeira, a peça intitulada *Chapetuba Futebol Clube*, de Oduvaldo Vianna Filho, com a participação, entre outros, de Antônio Pitanga e Mário Gusmão. A peça, em três atos, é um drama que aborda um setor da realidade dos mais significativos para o povo brasileiro: o futebol. Nela são mostradas as contradições inerentes aos processos vivenciados pelos jogadores, a partir da expectativa da véspera de uma partida de futebol. Mostrando a traição de um jogador e a derrota do Chapetuba, devido a interesses econômicos, a obra é, sobretudo, uma denúncia das aspirações individuais em detrimento dos interesses coletivos. A peça combina a visão política marxista, de grande vigor naquele momento, e o romantismo na compreensão das camadas populares: excetuando Maranhão, Durval (jogadores) e Benigno (aliciador), todos os outros personagens são bons e honestos. Enquanto Maranhão e Durval encaram seus problemas sob a ótica individual, os demais membros acreditam na vitória coletiva (Vianna FILHO, 1981, pp. 81-207).

A crítica viu a sua encenação, em Salvador, da seguinte forma:

– Permitiu a montagem trabalhos excelentes, como o de Passos Neto, que nos fez um "Durval" realmente cheio de vida e realidade; Mário Gusmão, ator de características próprias, apesar da juventude, se afirma como um intérprete magnífico (FALCK, 1962, p. 1).

No mesmo ano, o grupo da Escola de Teatro, A Barca, sob a direção de Luís Carlos Maciel, encenou o *Evangelho de Couro*, de Paulo Gil Soares, cuja temática era a guerra de Canudos. Segundo Ieda Machado, a peça focalizava os últimos instantes de Canudos, o momento em que apenas duas figuras, um velho e um menino, resistiam ao Exército brasileiro. MAIA (1962, p. 5) lamentou o pouco interesse sobre o espetáculo: "Um acontecimento de primeira ordem passou quase em brancas nuvens". Sobre a participação de Mário Gusmão na encenação, disse Harildo Deda:

– A melhor coisa que vi de Mário aqui na Escola foi *Evangelho de Couro*, de Paulo Gil Soares, ele e outro, não sei se Leonel Nunes, com direção de Luís Carlos Maciel.

Chegando à televisão e ao cinema

A televisão baiana foi inaugurada em novembro de 1960, com a TV Itapoan, um órgão dos Diários e Emissoras Associados. Com grandes espaços vazios na sua programação, a emissora repetiu o que as empresas dos centros hegemônicos já faziam desde 1950, ano da criação da pioneira TV Tupi de São Paulo: a inserção do teatro no curto período de sua programação, seja transmitindo montagens de peças clássicas, seja apresentando, nos teleteatros, textos adaptados para vídeo (ORTIZ, 1989, pp. 42-44). Nos inícios da televisão na Bahia, não existia programação durante o dia, somente havendo transmissão à noite, e mesmo assim com poucas horas de duração. Segundo Jurema Penna, logo na sua inauguração, a TV Itapoan tentou transmitir a *Ópera dos Três Tostões*, mas, por não querer pagar cachê aos atores e técnicos do espetáculo, verificou-se a recusa de Martim Gonçalves. Entretanto, em 1962, após a saída desse diretor, a Escola de Teatro atendeu às demandas da televisão, e cedeu atores para o teleteatro da emissora. Uma nota de pé de página de Aninha Franco diz:

– Nos primeiros meses de 1962, Eduardo Cabús e Sonia dos Humildes atuaram no teleteatro da TV Itapoan, num projeto conjunto da emissora e da ETUB. Em seguida, o teleteatro foi coordenado por Yoná Magalhães, com direções eventuais de Luís Carlos Maciel e atuações de Échio Reis, Othon Bastos, Mário Gusmão, Jurema Penna, Sonia Pereira e outros (FRANCO, 1994, p. 150).

Entre 1962 e 1963, Mário, além de fazer teleteatro na TV Itapoan, trabalhou no Teatro de Equipe e na Companhia Baiana de Comédias. No segundo semestre de 1963, esta última anunciou a montagem de *A Prostituta Respeitosa*, de Jean-Paul Sartre. O ferino crítico Carlos Falck, tratando dos atores que participariam do espetáculo, dizia:

- No elenco está Mário Gusmão, o que é uma garantia de, pelo menos, talento (FALCK, 1963, p. 9).

Antes do início dos ensaios, a Companhia promoveu palestras sobre Sartre, racismo, prostituição e imperialismo (FRANCO, 1994, p. 153). Mário então tomou conhecimento teórico sobre as questões concernentes ao negro no Brasil, além de vislumbrar a importância da África para o processo civilizatório brasileiro. Além disso, iniciou uma amizade com o antropólogo baiano Vivaldo da Costa Lima, que teria desdobramentos e se afirmaria por toda a vida.

A peça mostra a relação entre um negro (Mário Gusmão), ameaçado por um crime que não cometera, e Lizzie (Jurema Penna), uma prostituta branca que presenciou o crime praticado por brancos. O negro, mesmo incitado por Lizzie a resistir, resigna-se à sua situação e acaba sendo caçado, enquanto Lizzie, no final, experimenta a sedução de um futuro confortável. Mas, por alguns momentos, essas duas personagens chegaram a sentir-se solidárias e dignas, reconhecendo, naquela sociedade, a existência de um opressor comum (SARTRE, 1974, pp. 243-280).

Na França, a peça foi criticada pela esquerda, por haver Sartre colocado o negro sem nome e como um covarde, resignado com a sua situação; o autor defendeu-se alegando que sua função era exibir a realidade de forma a despertar no público a vontade de transformá-la (ALMEIDA, 1977,

Acervo Jurema Penna

Mário Gusmão e Jurema Penna em
A prostituta respeitosa, em 63

p. 16). Ambientada no sul dos Estados Unidos, e escrita antes da eclosão das grandes lutas contra o racismo naquele país, a obra demonstra a ignomínia do preconceito e a impossibilidade de afirmação positiva dos negros na época. Não acompanhei o teor das discussões sobre a peça na Bahia; entretanto, creio que elas representaram um espelho tardio do que ocorria nos Estados Unidos, conducente a uma reflexão sobre a nossa questão racial. No mínimo, ela levantou – e Vivaldo da Costa Lima foi um dos precursores disso – uma questão tabu na realidade baiana, ou seja, a existência do racismo; questão essa que, mais tarde, iria mostrar-se tão importante na trajetória de Mário Gusmão.

Ainda em 1963, Mário estreou no cinema, substituindo Antônio Pitanga (que já havia ido para o Rio), no filme *O Caipora*. Filmado no interior da Bahia – ao contrário dos outros filmes baianos que, até então, tinham como cenário o mundo urbano –, *O Caipora* tentava ser uma denúncia em relação ao coronelismo e às crendices populares, entendidas como uma forma de alienação de nossa sociedade rural. O eixo principal do filme gira em torno de Nezinho (Carlos Petrovich), com o qual ocorrem situações consideradas azarentas e maléficas: um de seus companhei-

Acervo Mario Gusmão

Cena de *O Caipora*

ros se fere com um pau e outro é morto numa emboscada. A esse homem chamam de caipora[56].

O Coronel, que domina toda a região com violência – encarnada simbolicamente no seu capanga Zeca (Mário Gusmão) –, manipula a população do vilarejo, visando a expulsão de Nezinho. Conversando com seu irmão Deodato, o caipora expressa a mensagem que o diretor quer passar: "Não há azar, mas sim que todos se aleijam e morrem para enriquecer o coronel. Isso não é azar, nem sorte, é a realidade do sertão."

Entretanto, toda essa situação é entrecortada pelos dramas amorosos – de certa forma absurdos – de Nezinho e Deodato com Mariana e Marita, respectivamente mulher e filha do Coronel. Embora de grande beleza plástica e com excelentes interpretações, o filme foi objeto de ácidas críticas, seja por sua linguagem cinematográfica muito influenciada pelo melodrama e pela experiência do faroeste americano, seja por sua visão do coronelismo nordestino ser considerada conservadora e escapista. No entanto, o filme ofereceu uma grande oportunidade para Mário Gusmão, na figura do capataz.

Agressivo, arbitrário e rude, Mário personifica plenamente a violência que marca o coronelismo e o exercício do poder no sertão nordestino. É o "anjo da guarda" do Coronel, agindo com força em seu nome para impor, em todos os momentos, a sua vontade.

A crítica refletiu assim sobre sua participação no filme:

> – Segundo opinião de seus realizadores, o ator Mário Gusmão, que à última hora substituiu Antônio Sampaio no papel de Zeca, o lugar-tenente do Coronel Afonso, vem sendo a grande revelação de *O Caipora*. Vindo do teatro, Mário Gusmão está fazendo sua estréia no cinema [...] Desde logo a Winston Cine está planejando uma nova produção, na qual Mário Gusmão terá o papel principal, figurando também Carlos Petrovich e Milton Gaúcho (FILMAGENS..., 1963, p. 7).

Mário já era então um ator respeitado no meio teatral e pela ferina crítica da época. Porém, creio, estava cônscio de que ainda não encontrara o espaço propício para o seu projeto como ator, sobretudo pela inconstância dos projetos ou fragilidade dos grupos em que, após a saída de Martim Gonçalves da Escola de Teatro, estivera envolvido. Percebia o clima reinante na Escola, sobretudo sem os recursos da Fundação Rockefeller, antevendo que ali não teria grande futuro. Pobre, negro, precisava de um ancoradouro, de uma estrutura sólida, mais permanente, já reconhecida socialmente, onde pudesse correr menos riscos. Foi então que, segundo o próprio Mário Gusmão,

> – [...] o Grupo dos Novos me convidou, eu já estava começando a ter uma amizade com João e eu fui.

Ali encontraria o afeto, a orientação e a proteção do seu líder – João Augusto –, e teria o seu grande momento no teatro baiano.

Do Teatro dos Novos nasce, em pleno golpe militar, o Vila Velha

Como vimos, a Sociedade Teatro dos Novos[57] foi criada, após o rompimento com a Escola de Teatro, com os seguintes sócios: Carlos Petrovich, Carmem Bittencourt, Ecchio Reis, Othon Bastos, Sônia Robatto e Thereza Sá. O professor João Augusto, que apoiou o grupo na ruptura, tornou-se o seu diretor artístico. Vários outros atores, embora sem pertencer à Sociedade, participavam do grupo, como Mário Gadelha, Nevolanda Amorim e Martha Overbeck, entre outros.

Se, no primeiro espetáculo – *O Auto do Nascimento*, em 1960 –, a imprensa concedeu pequena atenção ao grupo, provavelmente como uma forma de desagravo a Martim Gonçalves, já na segunda encenação, no mesmo ano – *O Casaco Encarnado* –, o colunista Sylvio Lamenha dizia que o grupo agradava a gregos e troianos. Progressivamente, pela qualidade dos seus espetáculos, em menos de três anos o grupo do Teatro dos Novos tornou-se um paradigma para todos que queriam fazer teatro na Bahia.

Vários foram os fatores que permitiram que o Grupo dos Novos atingisse tal estágio. Ele reunia um grande capital econômico e simbólico: um naipe de pessoas reputadas socialmente e com estabilidade econômica, como Tereza Sá e Sônia Robatto, e com grande prestígio intelectual e artístico, como João Augusto, Othon Bastos e Carlos Petrovich. Isso permitiu o desenvolvimento de relações sociais e institucionais com vários segmentos da sociedade e das estruturas de poder.

Na sua formulação inicial, o caráter cooperativo do empreendimento, do ponto de vista artístico e administrativo, gerou uma solidariedade e vitalidade de grande porte. O caráter comunal propiciou uma força de expressão ímpar naquele período. Embora seja ilusório admitir que a saída da Escola de Teatro dos seus integrantes tivesse ocorrido porque desejavam realizar um teatro nacional – o que também buscava Martim Gonçalves –, não restam dúvidas de que o Grupo dos Novos se abriu com muito mais força em relação à sociedade, seja em relação às formulações populares, seja em relação às forças progressistas. Por exemplo, em agosto de 1963, reuniram-se, com o Centro Popular de Cultura, os diretores Luís Carlos Maciel, Álvaro Guimarães e João Augusto, respectivamente da Escola de Teatro, Teatro Popular e Teatro dos Novos, para discutirem a reestruturação do Departamento de Teatro do CPC (NOTÍCIAS..., 1963, p. 7). E o primeiro espetáculo do Teatro Vila Velha, além de ser uma peça do "novo teatro nacional", contou com a participação de uma Escola de Samba. Enfim, o Grupo dos Novos mantinha o que se tinha iniciado na Escola de Teatro, ou seja, a modernidade que emanava do plano nacional e internacional e, por sua vez, refletia, com muito mais vigor, as forças vivas da sociedade local.

Cedo o grupo percebeu, tendo em vista a ausência de casas de espetáculos em Salvador – havia apenas o Teatro Santo Antônio, da Escola de Teatro –, que o fundamental seria construir o próprio teatro. Em janeiro de 1962, um terreno no Passeio Público foi cedido pelo Governo do Estado da Bahia, por tempo indeterminado, para o empreendimento. Silvio Robatto, arquiteto, irmão de Sônia Robatto, elaborou o projeto do teatro e, juntamente com Alberto Fiúza, iniciou a sua construção. Aliás, a concepção sobre a condição social da gente de teatro naquele momento fica patente numa história narrada por Silvio Robatto:

– Naquele local havia um zoológico, quatro macacos, duas araras, muito tempo atrás, num apertadinho. O chato é quando souberam que se ia fazer um teatro ali, um desses epigramistas da Tarde, eu não sei bem se foi Silvio Valente, enfim, fez um versinho que era fantástico: "Sem ofensas pessoais, sem alusão a ninguém, neste local já morou bicho também."

Com poucos recursos, porém com muita disposição, os membros do grupo fizeram campanhas – "Ajude os Novos a dar um Teatro à Bahia" – e obtiveram auxílios de variada espécie: o governo cedeu a estrutura metálica e o candidato a Prefeito, Virgildásio Sena, doou restos de material de construção. Assim, o Vila Velha – nome dado por João Augusto, em homenagem ao primeiro povoado da capital baiana – foi sendo erguido, com um *foyer* de paralelepípedo e piso de asfalto na platéia. As cadeiras, de um teatro desativado de Santo Amaro, foram conseguidas por Rodrigo Veloso, irmão de Caetano Veloso. Enquanto a construção do teatro não terminava, o Grupo dos Novos continuava realizando apresentações em locais como o Teatro Oceania, praças públicas, igrejas e até mesmo no próprio espaço do Passeio Público. Após várias paralisações por falta de recursos, o Teatro Vila Velha foi concluído em 1964.

No início desse ano, chegava ao ápice a exigência de reformas sociais e nacionalistas, propugnada por segmentos da esquerda brasileira que, juntamente com estudantes, operários e trabalhadores rurais, acreditavam que chegara a hora da utópica revolução. Ledo engano: em vários planos, da análise da realidade ao nível de correlação de forças, os equívocos eram gerais. Como ressalta PRADO JÚNIOR (1966, p. 22), a esquerda viu como crescimento do processo revolucionário um conjunto de eventos que, na verdade, nada mais eram que agitação a serviço de forças reacionárias, que a utilizaram para justificar o golpe de 1964. Os militares já se preparavam, os interesses dos donos do poder vinculados ao capital internacional estavam sendo contrariados. A classe média "silenciosa", sofrendo com a crise econômica, impressionada com as denúncias de corrupção, má administração e "bolchevização" do país (HOLLANDA, 1982, pp. 12-13), se manifestava: ao invés dos movimentos progressistas, as ruas e praças eram invadidas pelas manifestações da organização Tradição, Família e Propriedade (TFP), em aliança com a ala conservadora da Igreja. No dia 31 de março de 1964, os militares, com o apoio das forças conservadoras do país, tomaram o poder. Ceticismo, perplexidade, revolta dos segmentos progressistas, mas no final uma simples exibição de tropas dispersou os sonhadores, acabando com a aventura revolucionária (PRADO JÚNIOR, 1966, p. 30). João Goulart fugiu para o Uruguai e o Marechal Castelo Branco assumiu a Presidência do Brasil: era o início de um período de longos anos de autoritarismo e repressão.

Exatamente no bojo desse processo, no mês de julho, o Teatro Vila Velha foi inaugurado com uma exposição retrospectiva dos trabalhos do Grupo dos Novos. Em dezembro de 1964, foi apresentada a primeira peça na

Acervo Teatro dos Novos

Elenco de *Eles Não Usam Black-tie*, com Mário Gusmão ao fundo nova casa: *Eles Não Usam Black-tie*, de Gianfrancesco Guarnieri, sob a direção de João Augusto e com cenários de Calasans Neto. Participaram do elenco os atores Othon Bastos, Sônia Robatto, Ecchio Reis, Carmen Bittencourt, Roberto Santana, Waldemar Nobre, Martha Overbeck, Wilson Melo, Maria Manuela, Maria Adélia, Mário Gadelha, Olga Maimone e Mário Gusmão. Participou também do espetáculo a bateria da Escola de Samba Juventude do Garcia, além dos compositores Fernando Lona e Pitti Costa[58].

Enfim, o Grupo dos Novos alcançara o patamar sonhado por todos os grupos teatrais da Bahia: era um modelo para o mundo artístico, aclamado pela crítica e pelo público, além de possuir um espaço próprio e adequado – naquele momento – para as suas realizações. E nele estava Mário Gusmão.

O palco da liberdade e da comunhão

O regime instaurado pelo golpe de 1964 encontrou um país que havia mudado muito nos anos recentes. Instaurava-se, cada vez com maior força, um modelo urbano de vida, com as classes médias requerendo modernização e mudança. Surgia uma nova geração social – também das classes médias – que esboçava um padrão de orientação oposto aos valores estabelecidos pelos mais velhos. Por se sentirem ameaçados em relação à sua integração à modernidade, ou por desejarem um novo tipo de sociedade, segmentos das classes médias criaram toda uma configuração que permitiria a eclosão de uma forte efervescência social em resposta ao governo recém-instalado no poder. Motivos não faltariam, num regime que suprimira as liberdades políticas e reprimia os movimentos progressistas e populares. E a cultura seria uma das grandes formas de expressão contra a ditadura militar (HOLLANDA e GONÇALVES, 1982).

Formulava-se uma forte cultura de oposição, que foi um dos pontos de apoio da resistência democrática no país, graças ao trabalho engajado que unia produtores e consumidores de cultura (PATRIOTA, 1999, p. 16). JOSÉ (2000, pp. 56-57) descreve como a atividade cultural tornou-se uma frente de batalha, como cada espetáculo era veículo de expressão do protesto contra a ditadura, como o aplauso aos atores, músicos e outros trabalhadores culturais exprimia o repúdio do povo à situação vigente. Formava-se uma cultura de oposição ao sistema – mas sem o caráter panfletário do CPC, que buscava conscientizar o povo –, com uma reflexão inteligente sobre o mundo e a realidade nacional, e que atingia sobretudo as classes médias. Na Bahia, o Teatro Vila Velha em pouco tempo passou a ser identificado como um espaço de resistência à ditadura e de abertura para o novo, aglutinando estudantes, intelectuais e setores progressistas das classes médias.

Se, paulatinamente, João Augusto assumia a tradicional condição de diretor "todo-poderoso"[59], retirando do seu caminho todos aqueles que poderiam ser embaraços aos seus propósitos artísticos ou pessoais, ao mesmo tempo, por sua personalidade receptiva à inovação e cooperação, propiciou uma abertura democrática do fazer e da produção artística. Havia, nos que se incorporavam ao elenco do Grupo dos Novos, uma grande coesão, sobretudo nos primeiros tempos, na medida em que todos davam a sua contribuição, de forma cooperativa, na produção inteira dos eventos. João Augusto promovia a direção e a criação conjunta de espetáculos e atraía para o grupo, com seu enorme poder de sedução intelectual e pessoal, jovens talentosos como Roberto Santana, Haroldo Cardoso, Armindo Bião, Luciano Diniz, Roberto Duarte e tantos outros. Fomentava, com rigor, o teatro como "sacerdócio", como uma forma de devoção, de entrega total, sem horário de trabalho, distante do comercialismo e do estrelismo fácil. Quem entrava no grupo estava inteiramente comprometido, tornando-se um membro de uma (anti) "família" alternativa – com um "paizão" anti-hierárquico e erotizante –, extensa e inteiramente distante – daí sua atração – dos valores da família burguesa.

Preâmbulo das futuras comunidades alternativas, o Vila Velha apresentava-se como um espaço de liberdade e de emergência de futuros movimentos sociais. Nele, as mulheres moldavam o seu espaço como artistas criativas, em pé de igualdade com os homens, e, mais do que nunca, exibiam a sua liberdade, sem traumas ou repressão, das roupas à conduta sexual. No Vila Velha, o homossexualismo era também entendido como um comportamento perfeitamente normal e de grande vigência e respeito no grupo, o que em muito contrastava com as concepções da sociedade local, machista e discriminatória. Por sua vez, o negro – embora de forma minoritária, ao contrário das mulheres e dos homossexuais – encontrava, de forma contínua, um espaço para a sua realização no campo teatral. O tema da igualdade racial aparecia, mas era visto como uma questão de classe, de acesso democrático e de um nivelamento das hierarquias políticas para todos. Considerava-se que, no plano artístico, era fundamental – e Mário Gusmão era o exemplo mais visível – a participação do negro nos espaços e correntes dominantes da cultura (branca).

Era a presença de um tipo específico de pessoa, que fugia às convenções da sociedade conservadora de Salvador, o que consagrava o espaço do Vila Velha como um *locus* de igualdade e liberdade, embora em local contíguo a um quartel militar, e severamente vigiado. Mário Gusmão lembra:

> - É preciso não esquecer que era o tempo da Revolução, da censura constante, da repressão. Tinha uma coisa interessante, era a forma de driblar a Censura: havia o ensaio geral para a Censura e nós sempre tirávamos a parte mais pesada. De vez em quando dava cada bronca!

Ali, juntinhos, no Passeio Público, tínhamos um retrato da sociedade "velha" – com os gestos contidos e os uniformes dos militares – e os sonhos de uma "nova" sociedade, contidos nos cabelos longos, nos gestos e nas roupas espalhafatosas, não-convencionais dos atores. Mário Gusmão reflete sobre a atmosfera vivenciada no local:

> - O Vila era, naquele tempo de repressão, um pouco a nossa casa de sonho. Ali nos sentíamos protegidos das coisas do mundo. Era um lugar que eu dizia que era hermeticamente aberto: uma fortaleza para todos que pensavam em liberdade. Quando eu entrava ali, me esquecia do mundo: passava tardes, entrava noites, madrugadas, ensaiando, ouvindo palestras, conspirando. Era muito rico. No Vila se discutia de tudo, todos os partidos de esquerda, todas as inovações, a vontade de mudar o mundo. Todo nosso trabalho era voltado para as transformações. Por isso João Augusto era muito polemizado, muito questionado.

E esse sentido comunitário e coletivo, de reação ao estabelecido, com sua programação variada, com múltiplas linguagens artísticas: teatro, dança, música – sincronização com o que se fazia de moderno no mundo, do teatro do absurdo aos clássicos –, com uma reflexão sobre a realidade brasileira, aproximava cada vez mais platéias interessadas na reação ao regime e na descoberta do novo. Sem falar que era a casa de espetáculos que abria os seus espaços para o que se fazia de vanguarda no país, além de abrigar as novas tendências artísticas que apareciam no cenário local. Estabeleceu-se cedo uma simbiose entre palco e platéia, na medida em que se consolidava uma rede de relações sociais e artísticas entre os assistentes e os intérpretes, gerando um intenso sentimento de participação. E a consciência dessa aliança e parceria é que fez com que, em pleno endurecimento do golpe militar, em 1968, fosse iniciado o projeto *Esta Noite se Improvisa*, que levava ao palco do Vila Velha, todas as sextas-feiras à meia-noite, dezenas de artistas e amadores para apresentações nos mais variados estilos e gêneros artísticos.

Tudo isso serve para salientar que João Augusto tinha um pensamento renovador, fazia um teatro engajado[60], com grandes vínculos com as várias correntes de esquerda, sobremodo na luta contra o golpe militar, mas o seu pensamento jamais poderia se alinhar com a ortodoxia de conteúdo e forma do nacionalismo em voga, tampouco nas diretrizes do pensamento marxista[61]. O que ele pensava era na criação de um público de teatro, mostrando as grandes linhas contemporâneas da dramaturgia e da encenação, com ênfase na renovação do teatro brasileiro. Foi um caminho que começou com o *Teatro de Cordel*, contando as histórias pitorescas dos poetas populares do Nordeste, e atingiu o seu ápice, em 1968, com *Stopem, stopem*, onde combinou diferentes linguagens artísticas e de massa, como ópera e novela, rádio e teatro, drama e história em quadrinhos (FRANCO, 1994, pp. 164-165). Assim, o Vila Velha e o Grupo dos Novos, de forma contínua, seriam o modelo para a crítica e o público da produção teatral na Bahia.

Mário Gusmão encontrou tudo que pretendia no mundo artístico, no Grupo dos Novos. Descobriu uma "nova família", onde tinha um papel de projeção, sob o manto de um "pai" protetor, carinhoso e autoritário. Estabelecia, cada vez mais, amplas relações sociais com membros das classes médias, participando de reuniões e festas, da vida boêmia da cidade, além de alargar o seu círculo de alunos de inglês.

- As minhas amizades eram voltadas para o trabalho que eu fazia, eu dava muitas aulas nos bairros, na Graça, na Barra, aí eu fazia outras amizades e essas mesmas pessoas eu levava para o teatro. Às vezes eu vendia os ingressos para esses alunos. Alguns mandavam as empregadas para assistir os espetáculos. Aí eu dizia: "Não mande a empregada, eu quero lhe ver na primeira fila." Aí eu terminava vendo muita gente mesmo na platéia, naquela época que teatro era uma coisa revolucionária. Muitos diziam: "Gusmão, você vem em minha casa, vende o ingresso para assistir sua peça, eu pago e tenho que ouvir o que você quer dizer, seus desaforos revolucionários." Era engraçado naquela época.

Mário tornou-se um ator reconhecido nacionalmente, sobretudo por sua participação no filme de Glauber Rocha, *O Dragão da Maldade contra o Santo Guerreiro*, e consolidou, no Vila Velha, o que tivera início na Escola de Teatro. Mário afirma com orgulho:

- Eu não sei se porque era o único ator negro, ou porque eu tinha um *rapport*, uma relação grande com o público, em quase todos os espetáculos do Vila eu estava, eu e Othon Bastos, nós dois. Naquela época, chegaram a me propor eu me candidatar a vereador, a deputado, mas eu nunca quis.

Os caminhos do Vila... Novo

Mário Gusmão, entre 1964 e 1971, participou de mais de 20 espetáculos do Grupo dos Novos, tornando-se um ator consagrado no meio artístico baiano.

Eles Não Usam Black-tie

Como já vimos, *Eles Não Usam Black-tie* foi a primeira peça encenada no Teatro Vila Velha, em dezembro de 1964. Nela, a partir de um episódio de greve, o autor defende a tese de que a salvação estaria contida no projeto coletivo, pois, quando o indivíduo busca salvaguardar apenas os seus interesses pessoais, encontra a solidão e a rejeição da comunidade. Isso é mostrado no contraste entre Otávio, um operário revolucionário e consciente, e seu filho individualista e conformista. Mário Gusmão representou Bráulio, parceiro de Otávio, capaz de todos os sacrifícios pela preservação comunitária e pela luta dos trabalhadores (GUARNIERI, 1997).

Embora com uma participação pequena na peça, Mário foi notado pelo então crítico teatral ARAÚJO[62] (1964, p. 7), que assim viu o desempenho dos atores:

- Mário Gusmão e Passos Neto (Bráulio e Jesuíno) estão muito bons nos seus papéis, o primeiro como operário cônscio dos seus direitos e completamente integrado na sua classe, e o segundo como um indivíduo cheio de dúvidas, inseguro, e que fura a greve sem saber o que faz [...]. O ponto alto, contudo, está em Othon Bastos e Carmen Bittencourt.

Acervo Teatro dos Novos

Cena de *O Noviço*

O Noviço

Em 1965, o Grupo dos Novos montou *O Noviço*, sob a direção de Othon Bastos, tendo no elenco Maria Adélia, Wilson Melo, Waldemar Nobre, Mário Gusmão e Olga Maimone. Esta foi a peça de Martins Pena mais publicada e encenada no Brasil. Esse autor, da primeira metade do século XIX, assimilou o entremez[63] de Portugal e, com um toque pessoal e de brasilidade, inaugurou a comédia nacional, na linha da crítica de costumes. Pena conquistou o público com sua forma cômica de tratar a vida cotidiana brasileira, sobretudo da Corte, no Rio de Janeiro, em peças sempre dotadas de muita ação, com bate-bocas, confrontos entre velhacos e honestos, mulheres e maridos, comédias onde reina a justiça, ganhando os melhores ou mais simpáticos à platéia, muitas vezes com a utilização de variados truques (PRADO, 1999, p. 60).

O Noviço aborda um casamento de interesse, de uma viúva rica com um trapaceiro, e o amor de um noviço, sobrinho da viúva, pela filha da mesma. O caso se complica com o surgimento da esposa legítima do trapaceiro e do Padre Mestre do convento de onde o noviço fugiu. Depois de muitas confusões, o trapaceiro bígamo é castigado e o jovem recebe autorização para deixar o convento e casar com sua amada. Comentando a participação dos últimos, GENTIL (1965, p. 7) diz:

- Mário Gusmão e Olga Maimone (Padre Mestre e Rosa, respectivamente), o primeiro melhor, saem-se regularmente.

De Gil Vicente aos modernos

Em 1966, a imprensa noticiava:

- Diariamente, no Teatro Vila Velha, o Teatro dos Novos está apresentando "Estórias de Gil Vicente", numa homenagem ao 5º centenário de nascimento do grande autor clássico, fundador do teatro popular em Portugal. No elenco: Othon Bastos, Martha Overbeck, Carmen Bittencourt, Mário Gusmão, Wilson Melo, Manuela, Alberto Viana (ESTÓRIAS..., 1966, p. 3).

Com essa montagem, o Grupo dos Novos mantinha-se fiel à proposta de crítica social. O teatro de Gil Vicente[64], essencialmente moral e social, é marcado pela crítica mordaz. Suas peças exibem todos os vícios: a corrupção da justiça, o charlatanismo dos médicos, a venalidade e a luxúria do clero, o adultério, a prostituição, a decadência da nobreza. Embora católico fervoroso, Gil Vicente criticava os clérigos, devido à apropriação dos bens temporais e à venda de indulgências, o que lhe valeu o desagrado dos nobres e a censura da

Igreja. Esse conteúdo torna a obra de Gil Vicente sempre atual como denúncia e convite à reflexão (MAIA, 1998, pp. 5-6).

Entretanto, o espetáculo foi um fracasso de público:

- [...] inexistência ou incipiência de um público de teatro, o que mais uma vez ficou comprovado durante as apresentações de Estórias de Gil Vicente levadas a efeito, na maioria das vezes, com a casa vazia (NOVOS..., 1966, p. 1).

A partir desta situação, o Grupo dos Novos foi, provavelmente com subsídio dos poderes públicos, para as ruas, na Semana Santa, com a montagem de *O Romanceiro da Paixão*. Com compilação e direção de João Augusto, o espetáculo tinha textos de Cecília Meireles, Clarice Lispector, T. S. Eliot, James Baldwin, Jean-Paul Sartre, Kafka, Camus e festas litúrgicas da Semana Santa. Conforme documentação existente no arquivo do Teatro Vila Velha, participavam do elenco: Othon Bastos (narrador e Judas), Fernando Peltier (soldado romano), Paula Martins (Maria Salomé), Martha Overbeck (Maria de Betânia e Madalena), Mário Gusmão (Cristo e lavrador), além de um grande número de atores fazendo o coro (entre eles, Mário Gusmão).

Acervo Teatro dos Novos

Cenas de *A nova Helena*

A chegada de Lampião ao Inferno
(título de livro de cordel)

Presente desde o século XVII em vários países da Europa, a literatura de cordel expandiu-se na Região Nordeste do Brasil, mantendo, em vários aspectos, as propriedades originais européias: eram livros pequenos, de venda ambulante ou em feiras populares; eram "cantados", como forma de apelo mercadológico; abrangiam um vasto leque temático, que ia desde as lendas populares até as vidas de santos, passando pelas paródias; e constituíam uma marca da cultura regional, embora não deixassem de chegar às cidades.

A literatura de cordel era considerada (na década de 60 do século XX) uma leitura do povo inculto, com suas crendices e histórias fantasiosas. Entretanto, embora marginal e em oposição à sociedade global, estava relacionada a ela e aos seus valores, pois, não obstante se remetesse a uma cultura diferente da letrada, retomava de outro modo os valores veiculados pelas classes dominantes. Ela se dava como uma formulação arcaizante em vários níveis, sobretudo medievais, preservando valores e histórias já postos de lado pela sociedade global, quando nela também se realizavam os seus padrões. Porém, ela também avançava e se vanguardizava, não apenas pela atualização temática, mas sobretudo por proceder, embora sem essa pretensão, a um processo constante de crítica à sociedade[65].

Todas essas propriedades foram percebidas por João Augusto. Assim, em meados de 1966, o Grupo dos Novos reagiu ao marasmo do meio teatral e inovou com o *Teatro de Cordel*. Espetáculo com a direção múltipla de João Augusto, Othon Bastos, Haroldo Cardoso e Péricles Luís, constava de nove histórias, como *Valentia e Paixão de Três Irmãs, O Exemplo da Moça que Virou Cobra* e *Intriga do Cachorro com o Gato*, entre outras. Segundo documentos do arquivo do Teatro Vila Velha, Mário Gusmão participou de sete histórias, nos seguintes papéis: Narrador (duas vezes), Coronel, Vaqueiro, Cachorro, Pai, Cangaceiro e Cabra.

O *Teatro de Cordel* se constituiu em retumbante sucesso de público e crítica, a ponto de Glauber Rocha dizer que "este espetáculo está 10 anos ou mais à frente do teatro de São Paulo e Guanabara" (COISA..., 1966, p. 5).

Tratando do desempenho dos atores, diz GENTIL (1966, p. 3):

- [...] Maria Conceição Senna retorna ao palco com mais amadurecimento, mais segura, tendo um bom desempenho em todos os seus momentos, bem como Mário Gusmão, Othon Bastos, Carmen Bittencourt, Martha Overbeck, Maria Manuela.

Nesse momento, o prestígio de Mário perante João Augusto era tão amplo, que este chegou a homenageá-lo publicamente, escrevendo um artigo no Jornal da Bahia com a seguinte dedicatória:

– Para o ator Mário Gusmão, sempre curioso das coisas do cordel (AUGUSTO, 1966, p. 1).

O Inferno... são os outros
Garcin (SARTRE, 1977, p. 98)

Em 1966, o Grupo dos Novos montou *Huis Clos* e *O Pelicano*. Na década de 1960, na Bahia como em todo o Brasil, entre os segmentos intelectuais jovens, o existencialismo, por abrir as portas de uma opção individual – diante da sanha coletivista dos partidos de esquerda –, encantava um sem-número de seguidores. Mais que nunca lia-se Jean-Paul Sartre, que estivera na Bahia em 1958, tendo inclusive realizado palestra na Escola de Teatro. Acompanhava-se as suas posições e discutia-se as suas propostas. Conhecia-se as suas obras de divulgação e peças teatrais, e os pedantes, com um ar *blasé*, requeriam haver lido em francês o não-traduzido (então) *O Ser e o Nada*. Assim, montar uma peça-chave na divulgação dessa filosofia foi uma decisão acertada e conveniente do Grupo dos Novos.

Intitulada inicialmente *Os Outros* (*Les Autres*), *Entre Quatro Paredes* (*Huis Clos*), uma peça curta, com apenas um ato e cinco cenas, foi escrita por Sartre em 1944, durante a ocupação da França pelos alemães. Segundo ALMEIDA (1977, p. 22), é o drama que mais nitidamente reflete as preocupações filosóficas do seu autor, sendo inseparável das teses de *O Ser e o Nada*: o essencial das relações entre as consciências é o conflito. Mostra três personagens – Garcin, Inês e Estelle –, além de um criado, uma espécie de "mestre-de-cerimônias" do Inferno, que, após as quatro primeiras cenas – curtas –, desaparece. Os três primeiros foram condenados ao Inferno por não terem assumido a liberdade decorrente de assumir a responsabilidade pelos próprios atos; cada um, a seu modo, escolheu uma forma de alienação e, sendo obrigados a tolerar-se mutuamente, descobrem o verdadeiro inferno: uma consciência não pode furtar-se a enfrentar outra consciência que a denuncia – idéia resumida numa frase de Garcin: "O Inferno são os outros."

O Inferno continua em *O Pelicano*, de August Strindberg. Peça curta, com apenas cinco personagens – mãe, filho, filha, genro e uma criada (transformada em um criado nessa montagem) –, mostra o drama de uma família onde, após a morte do pai, os demais membros descobrem como foram iludidos pela figura central do grupo, a mãe. Descobrem o desespero contido nas suas relações, culminando com um incêndio provocado, que leva à morte a mãe e os filhos. Reconhecem que a bela metáfora do pelicano, ou seja, da mãe que dá o seu sangue às crias, aplicava-se ao seu pai que, assim como eles, tinha sido uma vítima da mãe (STRINDBERG, 1983, pp. 401-442).

No elenco da primeira peça estavam Othon Bastos, Carmen Bittencourt, Martha Overbeck e Mário Gusmão, enquanto o da segunda era composto por Yumara Rodrigues, Paula Martins, Alberto Viana, José Raimundo e Mário Gusmão.

- Foi a primeira vez, ainda um adolescente, que vi Mário Gusmão no palco e, para mim, foi muito estranho: um negro, fisicamente exuberante, altivo, sereno, com perfeita dicção, fazendo as palavras firmes do personagem – lembro-me apenas do texto de Sartre – ecoarem pelo teatro. Sem arrogância, mas com decisão e perfeita compreensão do seu papel, era tudo, talvez um príncipe africano, menos um dos criados da Bahia. Fiquei entre a perplexidade e a admiração (o autor).

O diretor do Vila Velha, João Augusto, falando sobre a adaptação de *O Pelicano*, disse:

Acervo Teatro dos Novos

Elenco de *Huis Clos* e *O Pelicano*

- Não houve nenhum corte nos personagens. Apenas Guido, o empregado, é no original personagem feminino. Foi uma necessidade de elenco e uma oportunidade para o ator Mário Gusmão trabalhar em dois tipos de criados, bem diferentes. Aliás, gostaria aqui de ressaltar a atividade de Mário Gusmão, ator já firmado, em interpretar dois papéis curtos e circunstanciais. Dá lição de profissionalismo às vedetes que infestam o meio teatral na Bahia (SARTRE..., 1966, p. 7).

Lopes Filho (*apud* Franco, 1994, p. 159) um crítico tradicional, comentou as montagens:

- Duas obras elevam o padrão do repertório baiano, que tem decaído horrivelmente [...].

Mário Gusmão foi indicado, por Francisco Barreto, como o melhor ator baiano de 1966, pelo conjunto de suas interpretações (FRANCO, 1994, p. 159).

Do vaso ao catimbó

Em 1967, o Grupo dos Novos encenou duas peças de Chico Pereira da Silva. Mário Gusmão participou de uma delas: *O Vaso Suspirado*. É uma peça de costumes, curta, em torno da saída do bispo de uma localidade, com duas mulheres – Inácia e Joaninha – rivalizando sobre quem mais serviços prestou a ele. Quando o bispo chega, agradece às chorosas os seus cuidados. Elas o chamam de santo e dizem que todos na redondeza o tinham nessa conta. Depois que o bispo vai dormir, elas decidem obter uma lembrança material do santo: brigam pelo "vaso" usado pelo bispo e o quebram; o sacerdote, então, divide os cacos do urinol entre elas. A peça termina com a voz de um cantador (SILVA, 1973). O elenco era formado por Paula Martins (Inácia), Mariza Rangel (Joaninha), o Bispo (Mário Gusmão) e os seminaristas (Carlos Ribas e Roberto Duarte).

Nesse ano, Mário Gusmão também fez parte do elenco da peça *O Consertador de Brinquedos*. Segundo o arquivo do Teatro Vila Velha, também estavam no elenco, entre outros, Harildo Deda, Conceição Senna, Waldemar Nobre, Maria Idalina, Mário Gadelha, Silvio Varjão e Jota Bamberg.

Mário participou ainda do espetáculo do Grupo dos Novos denominado *Conhecimento de Natal*, com Carlos Ribas, Mário Gadelha, Armindo Bião, Paula Martins, Roberto Duarte e outros, conforme o arquivo do Teatro Vila Velha. Peça no âmbito do "teatro antológico"[66], com textos versando sobre o Natal, desde sua origem até as comemorações no mundo atual, com autores que vão de Manuel Querino a Paulo Mendes Campos. Armindo Bião fala sobre o início da sua amizade com Mário e da sua participação no espetáculo:

- Então eu começo a freqüentar o Vila e, em 1967, eu conheço Gusmão. E fizemos um trabalho onde ficamos mais próximos, um espetáculo de Natal que João Augusto fez e eu me lembro muito Mário Gusmão falando inglês: "*What wonderful supermarket*", que era um poema de alguém[67].

Ainda em 1967, segundo Yumara Rodrigues, o grupo produziu o espetáculo *Catimbó*, no qual os atores – entre eles, Mário Gusmão – recitavam poesias e músicas de Ascenso Ferreira.

Stopem, Stopem

Stopem, Stopem, montada pelo Grupo dos Novos em 1968, representou uma continuidade, sob outro prisma, da leitura renovada da cultura brasileira iniciada com *O Rei da Vela*, de Oswald de Andrade (1933)[68]. Como pode ser comprovado no arquivo do Teatro Vila Velha, o texto, além da criação de João Augusto, ia de Jarry a Oswald de Andrade, de Brecht a Pero Vaz de Caminha, de Jonathan Swift a Dalton Trevisan. Sua temática ia da história do Brasil à questão ecológica; do romance de cordel à história em quadrinhos; da crítica à futilidade da vida burguesa, à sátira aos políticos e ao poder vigente. Seus personagens abarcavam um amplo leque de tipos históricos, como Pero Vaz de Caminha e Hans Staden; tipos sociológicos, como a mulher burguesa, o empregado, o funcionário exemplar; e tipos cotidianos, como a madame hipocondríaca, "as jovens amigas" alienadas e o "puxa-saco". Sua música envolvia a mescla do clássico e do popular escrachado, incluindo o vigente iê-iê-iê. Tudo isso cercado pela ironia e gozação, em relação à Dama das Camélias, aos despropósitos e superficialidades da vida burguesa, ao Super-Herói e seu amiguinho, bem como em relação ao empregado intelectual que sabia de estruturalismo, semiótica e psicanálise. Por sua vez, tudo isso se apresentava através de múltiplas linguagens: teatro, dança, música, ópera, cinema, televisão.

Mário teve grande participação na peça, representando o criado Durico, Pero Vaz de Caminha, um atleta, o empregado intelectual e um membro do grupo que cria os impostos sobre as fraquezas e exceções do Homem, além de aparecer em cenas com textos de Alfred Jarry, Oswald de Andrade, Jonathan Swift e Maiakovski. A crítica avaliou a sua participação da seguinte forma:

- Jurandyr Ferreira, Mário Gusmão, Roberto Duarte estão numa linha correta e se desincumbem dos seus papéis com muita segurança (GENTIL, 1968, p. 5).

Seus amigos não esqueceram a sua participação em *Stopem, Stopem*:

– Ele era aberto por Mário, lembro a figura dele lendo a carta de Pero Vaz de Caminha, com um fundo musical com um americano cantando *Aquarela do Brasil* [...] depois ele fazia vários papéis (Haidil Linhares).

– Ele era muito impressionante em cena, ele fazia, entre outros personagens, um atleta, então me lembro muito dessa figura em cena (Armindo Bião).

– Ele fez um trabalho simplesmente maravilhoso. Mário era uma figura fundamental na estrutura do espetáculo. Ele estava muito bem. Eu fiquei impressionado com a sua performance (Gabriel Teixeira).

Ainda em 1968, Mário Gusmão participou do Recital da Jovem Poesia Baiana, com poemas que iam de Castro Alves a Ruy Espinheira Filho. Na introdução do espetáculo, um conjunto de atores recitava poetas de todo o mundo. Mário tinha a seguinte fala de Langston Hughes:

– E o valentão gritou: "Negro, olha para mim, negro. E jure que você acredita na grandeza da raça branca".

De *Dum dum Opus Um* ao *Banquete dos Mendigos*

No início de 1969, estreou no Teatro Vila Velha o show musical de Pedrinho Karr *Dum dum Opus Um*, com roteiro e direção de João Augusto. Participavam do elenco, entre outros, os atores Mário Gadelha, Paula Martins, Mário Gusmão, Deni Araújo e Jota Bamberg.

O espetáculo foi

– [...] muito elogiado por seu tempero tropicalista, pelo [...] texto, com assuntos atuais sobre o esquadrão da morte, a Bomba H, Vietnã, Beatles etc. [...] e pelo figurino de Gilson Rodrigues, que recebeu um elogio decisivo de Odete Lara: "[...] Eu bem que gostaria de vestir uma roupa dessas." (FRANCO, 1994, p. 169)

Nesse ano, Mário Gusmão participaria de dois espetáculos infantis, montados pelo Grupo dos Novos: *O Lobo na Cartola* e *As Três Marrecas*.

– Foi exatamente no espetáculo *As Três Marrecas* que eu ingressei no Grupo dos Novos e iniciei uma grande amizade com Mário Gusmão[69]. Jovem, sem nenhuma experiência teatral, nem tampouco conhecedor das nuances e sutilezas que marcavam o exercício teatral, tive em Mário o meu grande orientador e protetor (O autor).

No primeiro semestre do ano de 1969, ainda na linha do "teatro antológico", com texto de João Augusto e de outros autores, o Grupo dos Novos ocupava o Vila Velha com a montagem de *O Banquete dos Mendigos* ou *A Morte de Carmen Miranda*. A montagem tinha três atores: Mário Gadelha, Jurandyr Ferreira e Mário Gusmão. Segundo Mário Gadelha,

- João Augusto criou e dirigiu *O Banquete dos Mendigos*. Ele queria montar *Esperando Godot*, mas Cacilda Becker detinha os direitos e aí ele escreveu uma peça inspirada no *Banquete dos Mendigos* e usou o título de um famoso disco dos *Rolling Stones*. Foi um grande trabalho, eu fazia parceria mesmo com Mário Gusmão.

E foi realmente um grande espetáculo, tanto assim que João Augusto e Mário Gusmão foram agraciados com o título, respectivamente como diretor e ator, de os melhores da temporada de 1969 (FRANCO, 1994, p. 70).

O Dragão da Maldade contra o Santo Guerreiro

Em 7 de junho de 1969, era lançado na Bahia, no Cine Capri, *O Dragão da Maldade contra o Santo Guerreiro*, de Glauber Rocha.

Nessa época, Glauber já era reconhecido como um grande nome do novo cinema brasileiro. Uma das premissas que o definiam ideologicamente era o seu nacionalismo, pautado numa nítida compreensão do Brasil como país colonizado, marcado pelo subdesenvolvimento e miséria do seu povo. Portanto, o seu cinema deveria ser revolucionário, crítico, "usado como arma" para a transformação da realidade social. Seu objetivo não era divertir, mas conscientizar, usando a imagem como instrumento de apreensão da realidade (GOMES, 1997, p. 407).

Por isso os seus filmes têm um caráter grandiloqüente, onde tudo extrapola o real e, não obstante a beleza plástica, arrebatadora, paira a aspereza, o caráter sombrio da vida e a violência. Os seus personagens, vítimas da desigualdade ou marcados pelo misticismo, revelam a sua visão da crueldade do mundo físico e social; não são indivíduos, mas arquétipos, ícones (GOMES, 1997, p. 459). E assim ele cria uma nova forma de realismo, onde, influenciado por Brecht, o ator divide com o autor a responsabilidade pela função social da obra que produziram em conjunto (ROCHA, 1966, p. 77).

O Dragão da Maldade contra o Santo Guerreiro representou a consolidação do prestígio de Glauber Rocha, a nível nacional e internacional, dando-lhe o prêmio de melhor direção em Cannes. Um "*western*" latino-americano", como o denominou Glauber, onde alegoricamente é desnudada a história do povo nordestino, com os conflitos inconciliáveis do coronelismo, do cangaço e do misticismo. Obra de grande beleza plástica, narrada em imagens que se cruzam em contraponto e alternância, revela o seu caráter de denúncia, de certa forma pessimista, em relação às possibilidades de transformação social. Mesmo que já não veja a religião como mecanismo de alienação (como o fizera em *Barravento*) e a tenha colocado, de forma positiva, como capaz de destruir o fazendeiro, não a situa como revolucionária. E isso pode ser visto na cena final do *Dragão da Maldade,* com o asfalto cortando o vilarejo pobre, uma metáfora do progresso atravessando a miséria, mas deixando-a intocada, inalterável, sem qualquer integração. O filme, com um elenco excepcional[70], terminou por imortalizar o personagem do ator Maurício do Valle, a ponto de, na Europa, o seu nome substituir o título do filme: Antônio das Mortes.

Mário Gusmão, embora um coadjuvante, tem um grande desempenho no filme. No papel do cego Antão, proporciona uma das mais belas cenas do cinema brasileiro, quando, a cavalo, vestido com as roupas de Oxóssi, mata com uma lança o fazendeiro. A conhecida singularidade de Glauber Rocha, na forma de dirigir os atores para atingir os seus objetivos, manifestou-se explicitamente nessa cena. Segundo um amigo cineasta, os atores que participaram das filmagens disseram que foi muito difícil Mário fazer a cena da morte do fazendeiro, preocupado com a possibilidade do cavalo atingir Jofre Soares. Glauber então xingava-o desesperadamente, buscando dar autenticidade à cena:

- Vai pra cima, mata esse filha-da-puta!

Isso pode ser visto também na narrativa de Othon Bastos, no vídeo *Glauber Rocha. Quando o cinema virou samba*, dirigido por José Roberto Torero e Erika Bauer:

Acervo José Humberto

Cena de *O Dragão da Maldade contra o Santo Guerreiro*

- Ele nunca reclamava dos atores na frente dos outros, ele chegava perto, abraçava e falava próximo ao ouvido. Mas ele dirigia diretamente as cenas, insuflando os atores. Havia uma cena com Mário Gusmão que montava em suas costas, como se ele fosse um cavalo, e batia no seu pescoço. Eu tinha de despertar a força do preto para lutar contra o coronel. Eu ficava meio assim porque é meio difícil você bater num colega. Eu ficava com pena, aí Glauber percebia e gritava: "Bate nesse crioulo!" Depois ele deu um beijo em Mário e disse: "Não tem nada com a realidade, Mário, é só a cena."

Chegam o irracionalismo e o ritualismo, ou a Era de Aquarius

As transformações que balizavam a realidade social, nos fins da década de 1960 e inícios da década de 1970, invadiram completamente o teatro brasileiro. A reação contra o estabelecido perdia sua vertente coletiva, ganhando primazia o postulado individual. No teatro, a perspectiva do "teatro da agressividade" desdobrava-se em um "teatro sagrado", próximo do psicodrama, com a comunhão dos atores com o público. Creio que o teatro pensado como "arte maior", capaz de transformar a sociedade (o público), via-se, naquele momento, limitado diante dos novos meios de levar a arte às massas. Portanto, era preciso destruí-lo, nas suas formas convencionais, para que atingisse os seus novos objetivos, primevos e comunitários.

Contra a razão, entendida como a base da construção da civilização ocidental, aparecia o irracionalismo, o caos, a desarticulação, não podendo ser esquecido o peso da droga na formulação dessa transformação. Deveria preponderar o antiintelectualismo, o espontaneísmo, o experimentalismo, a reação às formulações lineares, em termos de montagem ou discurso. Contra a técnica e seus "resultados desastrosos" (bélicos) traríamos de volta o "primitivo", o tradicional, o mais próximo da natureza nas suas formas místicas e rituais. No espetáculo, a palavra perdia o seu sentido maior, sendo substituída pelo não-verbal, pela expressão corporal. E tudo isso se faria por uma transformação essencial do ator, membro de uma comunidade, onde confluíam de forma radical arte e existência (ROSENFELD, 2000, pp. 207-230).

Do ponto de vista do ofício teatral, no geral, a contribuição desse modelo foi ridícula, seja no nível do texto ou da encenação. Pior ainda: contribuiu para afastar ainda mais o já escasso público do teatro. Foi uma revolução existencial, mas não teatral. Na Bahia, reagindo às proposições "modernizantes", João Augusto (*apud* FRANCO, 1994, p. 208) diria que "em 1970, quem não fizesse um espetáculo ritualístico ou experimental devia ser queimado em praça pública". Mas a visão crítica de João Augusto não impediria o caminhar de Mário Gusmão em direção à nova formulação artística/existencial: conhecimento e prática.

De *O Homem do Princípio ao Fim* à *Suíte dos Orixás*

Em 1970, Sóstrates Gentil montou *O Homem do Princípio ao Fim*, de Millôr Fernandes, que se constituía em uma crítica violenta aos modismos, sobretudo à cabala. Segundo o próprio diretor do espetáculo, também crítico teatral (MILLÔR, 1970, p. 3),

- [...] o público que viu o espetáculo tem aplaudido, até de cena aberta, o seu elenco, formado pela atriz Antonia Velloso, Cid Seixas, José Augusto e João de Sordi [...] A sonoplastia de Mário Gusmão dá dimensão à montagem.

Porém, a peça gerou muitos problemas: artistas locais sugeriram a Millôr que desautorizasse o uso do texto, tendo em vista a baixa qualidade da produção (FRANCO, 1994, p. 207).

Nesse mesmo ano, João Augusto e Manoel Lopes Pontes encenaram, no Teatro Castro Alves, a peça infantil *A Ilha do Tesouro*, com Nilda Spencer, Nonato Freire, Harildo Deda, Paula Martins, Jurandyr Ferreira, Raimundo Blumetti, Sylvio Varjão e Mário Gusmão.

João Augusto continuava seguindo a premissa de efetivar uma leitura dramática da realidade brasileira, considerando que o teatro ritualista representava uma atitude alienada e escapista (MACBETH..., 1971, p. 5). Assim, após a realidade nordestina (*Teatro de Cordel*) e a modernização da sociedade brasileira (*Stopem, Stopem*), voltava-se para as raízes do Recôncavo Baiano. Dizia-nos que o candomblé, até então, era visto como "show folclórico" para turistas ou fórmula mágica, não sendo entendido como religião e forma de resistência de um povo. E não só ele não era uma "sobrevivência", um "resíduo", mas uma formulação contemporânea, viva, dinâmica, integrada à modernidade.

Assim, desde o segundo semestre de 1970, começou a preparar um elenco para a realização de um espetáculo sobre o candomblé, colocando-o para estudar os autores clássicos – Nina Rodrigues, Édison Carneiro, Roger Bastide –, fazendo várias oficinas sobre a importância da cultura religiosa afro-brasileira e visitando vários terreiros de Salvador. Além disso, aprendia-se dança sob a regência de Dulce Aquino. O espetáculo teria como produtor Mário Gusmão.

- O que eu percebia era que Mário estava muito feliz e perfeitamente à vontade na realização do espetáculo. E, naquela época, leigo, eu acreditava que Mário Gusmão já conhecia muito do mundo religioso afro-brasileiro. (O autor)

O espetáculo, além do aspecto concernente ao candomblé, iria contar com um conjunto de rock, denominado Creme. Um dos seus integrantes, o então baterista Jaime Sodré, falou o seguinte sobre o espetáculo e Mário Gusmão:

> - Mário Gusmão me foi apresentado no Teatro Vila Velha, na ocasião em que se estava produzindo a peça *Orin, Orixá*, que era uma peça em que se fazia uma música de vanguarda em uma parte e na outra se fazia música de candomblé. E Mário Gusmão fazia papel de Oxalá. O primeiro contato entre nós, foi eu tocando bateria e ele fazendo uma improvisação que durou quase oito horas sem parar. Estava chovendo nesse dia e no final ele ficou improvisando com os pingos d'água.

No dia 1º de janeiro de 1971, marcando o início do Festival do Mar em Salvador, promovido pelo Governo do Estado, a *Suíte dos Orixás* foi apresentada (parcialmente) na parte externa do Solar do Unhão. Se não me falha a memória[71], a *Suíte dos Orixás*, na sua íntegra, estreou em Belo Horizonte, pois as chuvas haviam estragado o telhado do Teatro Vila Velha.

> - A *Suíte dos Orixás* faz a fusão do tradicional com a guitarra elétrica, através de arranjos a cargo do conjunto Creme. Tomam parte no espetáculo: Mário Gusmão, Jeferson Bacelar, Frieda Gutman, Antônio e Paulo, um pai-de-santo e quatro iaôs autênticas, além do citado Creme. A *Suíte dos Orixás* faz prever um grande impacto visual e rítmico quando for mostrado (integralmente) em fevereiro. No Unhão apenas os Orixás do mar foram mostrados, terminando o espetáculo com o presente de Iemanjá em alto-mar. Destaques do prólogo apresentado: o som, os arranjos do Creme, a dança autêntica (do Pai-de-santo) e o guarda-roupa[72] (FERREIRA, 1971, p. 3).

Era um espetáculo realizado por João Augusto para Mário Gusmão e por ele assumido, seja por sua qualidade artística como dançarino, seja pelo nível do elenco, formado por jovens ou atores sem grande experiência artística. Ele era o "dono do terreiro", a ganhar o "palco" com seus gestos e expressão, tornando todo o elenco um simples coadjuvante. Seria a sua primeira participação onde o ator submergia no dançarino. Porém, além de dançarino, Mário Gusmão, por escolha de João Augusto, era também o produtor do espetáculo.

Esse espetáculo foi um momento decisivo na carreira e na vida de Mário Gusmão, na medida em que representou a sua saída do Grupo dos Novos e o seu afastamento de João Augusto. Jamais saberemos o que realmente ocorreu para a sua saída, existindo apenas a versão do próprio Mário:

> - Sempre me perguntavam o que aconteceu para eu me afastar de João Augusto. Eu sempre dizia, como digo até hoje: não houve nada, nós nunca brigamos. As pessoas perguntavam: "Mário, o que houve?" Não sei se por

sabedoria, ou sei lá o quê, nunca briguei com ele. Na realidade, eu tinha outras coisas pra fazer e o Vila me absorvia muito. O Vila não, João, ele era muito possessivo, queria controlar a vida das pessoas. Ele queria controlar a vida das pessoas. Ele queria você quase como uma propriedade dele.

Deve ser considerada a personalidade complexa e contraditória de João Augusto. Além da sua genialidade, todos os adjetivos usados por Mário Gusmão são procedentes. Mais: João era implacável com seus desafetos. Certamente, o afastamento de Mário provocou um ressentimento inicial, mas eles se reconciliaram depois. Como conta Mário:

- Uma vez nos encontramos numa festa, lá no Vila, e ele não falou comigo. Aquilo me abalou. Nessa festa de Roberto Santana [provavelmente no lançamento de *Udi Grudi*] eu falei com ele e ele não me respondeu. Isso me abalou, me abalou muito. Tempos depois, muito tempo depois, eu estava com umas pessoas jovens, Bião, Luciana, aquela raça toda, ele chegou e me deu um abraço e eu acho que aquilo foi a paz. Acho que foi uma lição para nós dois, uma amizade como aquela não podia acabar daquele jeito.

O importante é que Mário Gusmão atingira, sob a tutela de João Augusto, o ápice, de forma contínua, da sua carreira como ator. Foi a grande "estrela negra a brilhar nos céus da Bahia".

Mário Gusmão vivenciou um tempo áureo do teatro baiano. Tempo em que se acreditava no teatro como "arte maior", capaz de iluminar os caminhos de um povo. Tempo em que fazer teatro não era profissão, não se trabalhava para ganhar dinheiro, como bem o disse Kean, mas sim um ofício. Tempo em que só uma vanguarda, diante dos preconceitos e da estigmatização, tinha coragem de assumir o palco. Tempo em que os atores assumiam o custo emocional e o risco de ensaiar várias horas, por dias e noites, por meses a fio, muitas vezes para "receber o dinheiro do cigarro". Tempo que possibilitou a toda uma geração um perfeito entrelaçamento entre o subir ao palco e conhecer todas as tendências do pensamento ocidental e brasileiro.

No caso de Mário Gusmão, ele passou pelos "professores" que foram a base de várias gerações: Martim Gonçalves e João Augusto. Com eles se ganhava a orientação teórica – da história à filosofia, da política à antropologia – e, de forma obsessiva, aprendia-se o tom exato da fala, o "sentimento" correto da cena e a linguagem corporal expressiva. Mas não só: tomavam-se lições da cenografia à sonoplastia. Assim, Mário, nos seus diversos personagens, "esteve" na Europa e nos Estados Unidos e "correu" o Brasil, entrelaçando-se, nessa "viagem", o passado e o presente. Mais do que nunca, a multiplicidade de contextos da sua "caminhada" proporcionou-lhe a abertura para o conhecimento da vanguarda do pensamento ocidental.

Mário apreendera os instrumentos da razão ocidental para a transformação do mundo. Mas não deixara de ser um negro, um preto retinto que, com sua competência intelectual e qualificação artística, vencera no "território dos brancos". Outros atores negros estiveram ao lado de Mário Gusmão, mas nenhum, de forma contínua ou intermitente como ele, alcançou o seu sucesso. Aceito e integrado, por um lado, demonstrava que negros podiam abrir as portas e ganhar a sala de jantar dos brancos. Por outro lado, entretanto, uma pergunta ficava no ar: qual o preço do sucesso?

NOTAS

[56] Além de indicar pessoa azarada ou que dá azar a outros, esse termo denomina também um ente misterioso que anda pelas florestas, assaltando viajantes e caçadores, levando-os à morte e ao desespero. Sobre os vários significados atribuídos ao caipora no imaginário popular brasileiro, ver Cascudo (1984, pp. 177-178).

[57] Para não cansar o leitor, informo que os dados sobre o Grupo dos Novos são retirados do livro de FRANCO (1994) e do trabalho de FELZEMBURG; SANTANA (198-).

[58] Pitti Costa já havia participado como ator da peça *Noite de Iguana*, com Cacilda Becker e Walmor Chagas. Como ele era um grande passista e amigo de João Augusto, acompanhava os ensaios do Grupo dos Novos e terminou tendo uma participação no espetáculo, como ele mesmo narra: "Porque Hermano, o compositor de uma das músicas da peça ia viajar e naquela época não tinha ainda gravador, ele aí cantou a música na minha frente. Aí João disse: 'Ninguém conhece a música.' Aí eu disse: 'Pode deixar, eu já sei a música.' Aí eu fiquei cantando a música. Aí depois eu criei um samba para a peça, que foi também usado." Pitti e Fernando Lona tornaram-se grandes compositores e intérpretes, lamentavelmente hoje esquecidos pela mídia e pelos historiadores da moderna música baiana.

[59] O caso de Carlos Petrovich, por ele mesmo relatado, é exemplar: "Quando a peça começou a ser feita, aconteceu um fato curioso, ele não me botou na peça *Eles Não Usam Black Tie*. Nem como ator, nem figurante, nem coisa alguma. Eu tinha me dedicado profundamente a carregar pedras nas costas, olhei a tabela, estavam todos ensaiando, e meu nome não estava na pauta. Saí e não voltei mais. Segui minha carreira, minha vida".

[60] Engajamento no sentido proposto por BENTLEY (1969, pp. 154-155): "Alguns tradutores de Sartre explicam que a palavra francesa *engagement* tem duas implicações: em primeiro lugar, a de que estamos mergulhados na política, de bom ou mau grado; em segundo lugar, a de que temos que aceitar voluntariamente as conseqüências de uma determinada posição política [...] Os não-engajados gostam de afirmar que, ao aderir a uma causa política, qualquer pessoa se torna cúmplice dos crimes e erros de seus líderes e correligionários. Os autores engajados respondem que os não-engajados são cúmplices dos crimes e erros de todos e quaisquer líderes aos quais eles se limitaram a dar seu consentimento. Também a inação é uma atitude moral.

[61] Como salienta ROCHA (1981, pp. 294-295): "Nossa geração era comunista utópica, vanguardistética, populista, libertária e não poderia ser controlada pelo PC. Nossos contatos com os comunistas eram cordiais, amistosos, colaboracionistas, mas nos sentíamos reprimidos porque logo queriam canalizar energias em direção a uma prática burocrática da cultura cujo resultado estético agitacional seria inferior às nossas possibilidades livremente desenfreadas nas colunas barrocas do Paraíso metafísico."

[62] Emmanuel Araújo, nascido em Santo Amaro da Purificação, próximo a Cachoeira, chegou, além de crítico teatral, a ser ator. Porém, cedo descobriu o seu real caminho artístico, tornando-se um grande artista plástico. Assim como Mário Gusmão, negro retinto, teve uma trajetória ascendente muito distinta do nosso personagem. No tempo em que esta obra

foi escrita, além de ter uma produção respeitada nacional e internacionalmente, era Diretor da Pinacoteca de São Paulo.

[63] A prática do entremez, trazido pelos portugueses em 1829, era uma pequena peça cômica apresentada como complemento ao espetáculo principal. Sua ação abusava das convenções da farsa popular, com personagens caricaturais, burlescos (PRADO, 1999, p. 56).

[64] Acredita-se que Gil Vicente tenha nascido entre 1465 e 1470 e que morreu depois de 1536 e antes de 1540. Provavelmente nasceu em Guimarães, mas duas outras cidades também reivindicam a honraria: Lisboa e Barcelos. Ele é considerado o fundador do teatro português. A sua produção deu forma e conteúdo literário a elementos populares, primando pela qualidade, acabamento estético e organização dramática. A expansão marítima e o comércio tornaram Portugal, na época de Gil Vicente (séculos XV e XVI), uma nação próspera. Mas, essa aparente riqueza, convivendo com a miséria do povo, resultou em um período marcado pela ostentação, pela vida de aparências e pelo enriquecimento fácil e ilícito. Ver MAIA (1998, p. 2).

[65] O livro de FERREIRA (1979) é um excelente aporte sobre a literatura de cordel, mostrando a conservação de um repertório medieval no sertão brasileiro.

[66] Segundo ROSENFELD (2000, pp. 161-162) o teatro antológico é uma "montagem inteligente de cenas e textos da literatura universal que apresentam o ser humano em múltiplas situações 'existenciais'. As cenas não são ligadas por uma ação una, mas apenas pelo *leitmotiv* da aventura da existência humana, por uma idéia central, portanto, que é exposta à dialética de situações-limite e contrastes emocionais extremos".

[67] Possivelmente na frase final ele referia-se ao texto *O Padre no Supermercado*, de Paulo Mendes Campos, que constava do espetáculo.

[68] Se havia muito de *O Rei da Vela* na formulação agressiva, escrachada e debochada, na compreensão da realidade brasileira, a ela se adicionava a incorporação de novas linguagens e temáticas, como a cultura de massas, o cotidiano das classes médias emergentes (com sua pretensão americanizante) até a antecipação da questão ecológica. Porém, além disso, o espetáculo apresentava um efeito épico, onde o coletivo pretendia "narrar", mostrar a cultura brasileira, com cada ator assumindo vários papéis e não se identificando com nenhum. Portanto, eu diria que a montagem de João Augusto incorporou elementos que estavam no fazer teatral do modernismo, mas com absoluta originalidade. Era uma leitura atual e dinâmica da realidade brasileira, onde o passado era deglutido para propiciar uma abertura para o presente, mas ao mesmo tempo já se antecipava o futuro, seja ao nível das novas tecnologias, seja ao nível das camadas emergentes e dos novos problemas e questionamentos. E tudo isso era mostrado com muitas cores e ao vivo, que fariam Glauber Rocha considerá-lo um marco de realização e originalidade no teatro brasileiro (FRANCO, 1994, p. 165). Enfim, assim como a música e o cinema jamais seriam os mesmos após Caetano Veloso e Glauber Rocha, seguramente *Stopem, Stopem* foi um marco fundamental da contemporaneidade do teatro baiano.

[69] O elenco de *O Lobo na Cartola* era formado por Deni Araújo, Antônio Mesquita, Mário Gadelha, Sylvio Varjão, Paula Martins, Mário Gusmão e Jurandyr Ferreira (FRANCO, 1994, p. 188). Em *As Três Marrecas*, além de Mário Gusmão e eu, participavam Jurandyr Ferreira, Cilene Guedes, Sylvio Varjão, Olga Maimone, Frieda Gutman e Maria Orquídea.

[70] Maurício do Valle (Antônio das Mortes), Odete Lara (Laura), Othon Bastos (Professor), Jofre Soares (Coronel Horácio), Hugo Carvana (Matos), Lorival Pariz (Coirana), Rosa Maria Penna (a Santa), Mário Gusmão (Cego Antão), Emanoel Cavalcanti (Padre), Conceição Senna, Vinicius Salvatori e Sante Scaldaferri.

[71] Eu participei apenas da primeira apresentação no Solar do Unhão, afastando-me logo depois do espetáculo e do Grupo dos Novos.

⁷² Provavelmente orientado por João Augusto, o autor da matéria, o crítico e ator Jurandyr Ferreira, no mesmo jornal, no dia 6 de janeiro, explicou que não havia pai-de-santo ou iaôs, mas bons dançarinos.

A DERROCADA

A DEMAGOGUE

A saída do Grupo dos Novos

A *Suíte dos Orixás* foi o último trabalho de Mário Gusmão dentro do Grupo dos Novos. Desde então, ele se aproximou de outros setores da vanguarda artística de Salvador, ligados à contracultura[73] – termo criado pela mídia norte-americana para definir manifestações culturais ousadas, que não se adequavam ao *establishment*.

Esse movimento floresceu nos Estados Unidos, na década de 1960, como forma de rebelião, de jovens brancos[74] e de classe média, contra a cultura e o consumo de massa. Embora apresentasse vários pontos de interseção com o movimento estudantil da época – antiautoritarismo, reação às hierarquias estabelecidas, luta contra a guerra do Vietnã e a dominação colonial, igualdade de gênero e raça –, diferenciava-se dele pela maior valorização das relações pessoais que das sociais, por seu foco na fuga da ordem social vigente – expressa na aparência física (roupas, cabelos) e nas formas alternativas de trabalho e vida –, por sua aproximação da natureza, pelo espontaneísmo e imediatismo, bem como pela busca de transformação pessoal através das drogas.

A contracultura cresceu no Brasil a partir de 1969, impulsionada pela realidade política em que o país vivia. Em 1968, a oposição ao regime militar havia crescido. Multiplicaram-se passeatas, greves, manifestações estudantis e operárias. Aumentou a participação de intelectuais e religiosos na luta contra a ditadura, e o MDB posicionou-se como partido centralizador de oposição ao governo. Este respondeu com o endurecimento do regime, editando, em dezembro desse mesmo ano, o Ato Institucional nº 5 (AI-5). Foram suprimidos os direitos constitucionais ainda existentes, os partidos foram dissolvidos e houve uma enxurrada de cassações; foi introduzida a censura prévia; os movimentos, dos políticos aos estudantis, foram esfacelados pela violência institucionalizada, sendo as ruas, outrora dos jovens, ocupadas por tanques e soldados.

Três tendências podem ser identificadas, a partir desse instante, no comportamento dos segmentos urbanos. A maioria, formada especialmente pelas classes médias com grandes possibilidades de mobilidade social, buscou esquecer a situação de arbítrio do sistema, satisfeita com as vantagens adquiridas com o "milagre econômico". Nesse contingente estava incluída grande parte dos jovens, sobre os quais o aparato de repressão teve um forte efeito desmobilizador, seja por eles temerem a "mão de ferro" das forças de segurança, seja por não acreditarem na luta armada ou nas diretrizes tradicionais da esquerda como instrumento de condução à redemocratização do país.

A minoria restante, formada principalmente por estudantes, dividiu-se em duas vertentes. Parte dela integrou grupos de esquerda que passaram a agir na clandestinidade, adotando táticas de guerrilha urbana e rural (CARVALHO, 2001, p.163). Outros segmentos, por opção (ou falta dela), mas também por desespero, embarcaram na contracultura. Como desafio aos valores sociais hegemônicos, ganharam destaque o uso de drogas, a rejeição à sociedade de consumo e a desestabilização dos códigos sexuais – na aparência e no comportamento –, em especial no que dizia respeito à virgindade antes do casamento e à heterossexualidade normativa para homens e mulheres.

Assim como nos Estados Unidos, os precursores da contracultura no Brasil estavam vinculados a uma vanguarda artística formada por subgrupos de origens sociais distintas, grandes ou pequenos, conhecidos ou anônimos, abertos ou fechados, cujo único traço comum, além do uso de drogas, era estarem vinculados ao meio artístico com uma proposta de romper os padrões estabelecidos no campo da arte. Para os grupos ligados ao teatro, houve uma transformação no ofício do ator: seus participantes tornaram-se membros de comunidades com características de seitas "de tendências anarcomísticas" (ROSENFELD, 2000, p. 221), que buscavam viver no cotidiano os modelos experimentais e irracionais que representavam no palco – tudo isso embalado pelas drogas. E entre eles estaria Mário Gusmão.

Em 1971, Mário havia atingido o ápice no mundo artístico baiano. Prestigiado e reconhecido, acreditou que era bastante forte para libertar-se da "possessividade" de João Augusto, continuando sua carreira e vida sob o seu próprio domínio e vontade. Pensava que, dado o estágio que alcançara no meio das artes, poderia romper com um dos elementos básicos da sociedade e da sua vida: o paternalismo. No caso de João Augusto, paternalismo esclarecido (SCHWARCZ, 2000, p. 99), que valoriza os recursos do beneficiado, mas ainda assim paternalismo, contido em grande parte na concepção do favor. E Mário considerava excessivamente altos os custos da obediência e da gratidão diante dos seus interesses pessoais.

Torna-se necessário ainda considerar dois fatores que contribuíram para sua mudança de rumo. Primeiro, Mário sentia-se mais livre para arriscar, devido a já haver, naquele momento, perdido o ente familiar que dele dependia diretamente: sua mãe, que nos seus últimos anos de vida morara com o filho, morrera, provavelmente, entre 1968 e 1970. Segundo, o Teatro Vila Velha, em 1971, estava fechado para reformas, o que deve ter ajudado na decisão do afastamento de Mário Gusmão.

Diante das transformações que a sociedade brasileira – e particularmente a baiana – vinham passando, e da sua ascensão e aceitação no mundo dos brancos, Mário creditava sua condição tão-somente aos seus méritos, à sua capacidade e talento. Rompera os obstáculos e tornara-se um "negro diferente e especial" na Bahia, absorvendo o que havia de mais atual e sofisticado no pensamento do Ocidente e circulando entre as camadas médias e altas. O que ele não conseguiu perceber é que sua trajetória era também resultante de um componente muito importante para a preservação do sistema, com as suas gritantes desigualdades raciais: a tolerância, que restringia severamente o campo de oportunidades e impunha o modelo de ascensão social e econômica pelo processo de infiltração individual (FERNANDES, 1978, p. 81)[75].

Entretanto, embora se possa entender Mário como um "negro novo", preocupado com a ascensão social, a sua situação guardava maior complexidade. Primeiro, não obstante o seu sucesso, o mesmo não foi acompanhado do equivalente material: o ator não tinha grandes rendimentos e permanecia morando em bairros populares. De acordo com Sérgio Fialho,

- Mário foi uma pessoa que viveu em situações de dificuldade material a vida toda. Ele não soube ou não pôde constituir, nos momentos em que teve essa possibilidade, uma estrutura para si.

Segundo, Mário era um artista envolvido com uma vanguarda antecipadora de questões e comportamentos que só mais tarde viriam a florescer na sociedade. Assim, se quisesse manter-se nos limites da "tolerância", o seu caminho deveria ser trilhado no bojo da "proteção", de forma "bem-comportada", como outros negros ascendentes no mundo cultural. Enfim, deveria permanecer nas correntes dominantes da cultura baiana. Porém, outro seria o rumo de Mário Gusmão: a contracultura e, em especial, as drogas – ou seja, um âmbito de certa forma "marginal" à cultura vigente.

Era um momento de vazio histórico para o negro brasileiro, do ponto de vista coletivo; momento em que a reação contra o sistema, como vimos, estava sustentada na luta contra o regime autoritário e, por isso, a questão racial não poderia eclodir como força sócio-dinâmica. Creio que, naquele momento, Mário já vislumbrava a questão racial e a conexão com a sua condição de classe. Entretanto, excetuando através da arte, ele não encontrava espaço para a sua expressão no mundo social. Daí a sua inquietação. Assim, tentando expressar o seu inconformismo e tão envolvido com idéias e comportamentos "revolucionários" da vanguarda, chegou a pensar o seu meio como a realidade social. Aí estava o seu engano, e pagaria caro pela descoberta de um novo caminho.

Novos caminhos na contracultura

Mário, nos seus relatos, não explicita os motivos que o conduziram à contracultura. Porém, o que fica nas entrelinhas é o seu desejo de liberdade, de supressão das cadeias que o vinculavam a uma sociedade desigual e marcada pelo autoritarismo. E isso ele sentia não só na vida social, mas também no mundo do teatro. Acreditava que a libertação seria possível com a fuga da ordem social, introduzindo-se numa comunidade definida pelos pressupostos de liberdade e igualdade. Ele pensava em um novo mundo de comunhão, mantendo em suspenso a ditadura, a pobreza, o racismo, a luta pelo sucesso. O que buscava era a experiência transformadora prometida pela contracultura, que deveria extrair das raízes individuais um componente comunal e compartilhado (TURNER, 1974, p.169). E essa transformação, profundamente pessoal, seria ditada pelas suas relações e participações grupais.

O mundo da contracultura, em Salvador, apresentava uma grande heterogeneidade. Havia um grupo de camadas médias, com grande prestígio social, que se reunia em casas sofisticadas e, além de usarem maconha e em menor proporção ácido lisérgico (LSD), já utilizavam também cocaína. Existia a vanguarda artística, formada em sua maioria por jovens vinculados à música, cinema e teatro, em geral localizados na antiga área central da cidade de Salvador – do Canela à Barra – e posteriormente se expandindo para a Orla Marítima, usuários de maconha e LSD. Também existia um grupo universitário, formado em geral por antigos militantes e simpatizantes da esquerda, localizados nas faculdades e centros de Ciências Humanas, sobretudo Filosofia e Jornalismo, usuários de maconha. E havia os *hippies*, em grande parte oriundos de outros estados, mas também de Salvador, que viviam em pequenos grupos, em locais próximos à natureza, em especial na praia, da Orla Marítima até Arembepe, e que, por seu baixo poder aquisitivo, eram usuários contumazes de maconha, embora utilizassem eventualmente vários tipos de drogas. Os *hippies* – que continham uma proporção maior de membros das camadas baixas –, de uma forma geral, eram isolados por todos os grupos. Os demais segmentos eram formados basicamente por membros das classes médias e brancos. Mas, mesmo entre os *hippies*, os negros eram minoritários; e eram raros também entre os participantes da vanguarda artística e do mundo universitário, sendo as figuras mais representativas Nego Nizio[76] (Ediníso), que circulava nos dois grupos, e Gato Felix[77] e Mário Gusmão, da vanguarda artística.

Esses grupos estabeleciam as suas fronteiras e formas de pertencimento; porém, alguns de seus membros estavam em mais de um grupo simultaneamente e, eventualmente, alguns elementos selecionados circulavam em outro grupo. Mário Gusmão era um personagem singular na contracultura, não apenas por ser negro, mas também na medida em que não pertencia a nenhum subgrupo, mas tinha ampla circulação em vários deles. Mário, na verdade, era um ponto central de uma rede de contatos, tendo como "base" a sua casa na Federação. E isso se devia a que, não obstante a sua faixa etária – em 1971, já contava 43 anos – e o seu sucesso artístico, dava uma especial atenção aos jovens e aos menos aquinhoados com a formação cultural. Era um amigo e irmão, sempre pronto a ouvir, mesmo o mais insignificante comentário ou reflexão e, como num ritual, emitia as suas opiniões, de forma ponderada e sábia.

José Umberto, amigo de Mário Gusmão, oferece um poético depoimento sobre a sua casa e o que ele significava para os jovens:

– Passei então a freqüentar a sua casa, a sermos amigos, a conversar muito com ele, sobretudo ouvi-lo (mesmo no seu silêncio). Aprendi muito com a figura. Um aprendizado de existência, de reparos diante de uma juventude inquieta, desafiadora e com muita sede de conhecimento. E Mário era um baú antigo na sala, uma fonte ancestral, um santuário de safadeza e reverência. Às vezes, a postura digna de preto-véio. Uma referência na vida. Aquilo virando apego. Dengo de sabedoria. Aquilo virando necessidade. Vício, até. Não podia deixar de ir na casa de Mário, no pé da ladeira do Campo Santo, ao lado do viaduto. Casebre de gente pobre, decente, limpa, cheia de bugigangas, meio enfeitiçada, com Mário com seu enorme "baseado" dependurado no enorme beiço inferior, quase sempre de cócoras, espáduas e pernas longas, músculos rijos de bailarino, livros raros, colares, incensos, objetos tribais, olhos brilhantes, meiguice, rigor, malemolência, ócio sem culpa, palavras pronunciadas com sílabas bem compartilhadas... e o tempo ia passando... e o nosso nervosismo de agitação da cidade passava, tranqüilamente, como num calmante, relaxante ambiente zen, fora de tudo e dentro de tudo.

- Lembro-me das várias vezes em que estive na casa de Mário e em que estávamos sozinhos. Mário proporcionava-me a paz e a sensação de suspensão da realidade vislumbrada por José Umberto. (O autor)

Mas se, conforme relata José Umberto, a sua casa era um "espaço pedagógico" do mais alto nível, era também um reduto de drogas, onde Mário tinha um papel especial:

- Esse circuito da droga, que é uma coisa que estabelecia uma rede de relação entre artistas que discutiam essa coisa da contracultura, que ouviam os discos de 68, do movimento de *Woodstock*, então era uma coisa de droga e, para mim, que moro no Canela com minha família, o elo com essa rede passa muito pela figura de Gusmão (um amigo seu).

Ali reuniam-se pequenos grupos para fumar maconha, mas sempre respeitando a vizinhança: a janela e a porta eram fechadas, e Mário não permitia maior volume de som e vozes. Aliás, tenho a impressão de que o caráter ritualístico que ele concedia ao uso de drogas – uma das suas características devia ser o silêncio – tinha a finalidade de atingir outros estágios de consciência. E digo isso porque Mário, naquele momento, não apenas embarcava nos aspectos místicos da contracultura, mas também, de forma progressiva, encontrava-se com a sua religiosidade afro-brasileira.

Porém, não obstante Mário ser um membro da contracultura, ele não incorporou a visão classista e o etnocentrismo dos seus grupos e subgrupos: a sua proposta de interação e sociabilidade era mais ampla, aberta. Assim, ele recebia na sua casa os seus alunos, alguns deles de grande prestígio na sociedade[78], e tinha a porta aberta também para seus amigos pobres e negros que moravam nas vizinhanças e em outros bairros. Aliás, este era um dos problemas de Mário: ele não fechava as portas para ninguém que o visitasse. Muitos amigos levavam outros amigos para que conhecessem Mário e todos terminavam por tornar-se seus admiradores, por sua *finesse* na arte de receber e pela atenção concedida a qualquer pessoa.

Mário, na sua perspectiva igualitária e vocação pedagógica, jamais se permitiu o luxo de discriminar ricos e pobres, pretos e brancos, homossexuais e heterossexuais, "xinxeiros e caretas". Um seu amigo, ligado aos grupos de esquerda, diz o seguinte:

- Ele morava perto do Campo Santo, naquele viaduto sobre a Centenário. Esse fato para mim teve uma significação enorme na minha vida, porque foi onde eu tomei contato com o povo de Salvador. Foi quando eu desmistifiquei uma série de idéias e preconceitos a respeito do que era a vida do povo de Salvador. Conheci então alguns valores que predominavam no ambiente popular da cidade (Sérgio Fialho).

Mário, pobre, vivendo em uma casinha de aluguel em um bairro popular, sem qualquer retaguarda material, sobretudo familiar — ao contrário da maioria dos participantes da vanguarda artística —, deixou-se seduzir pelas propostas da contracultura, que incluíam o desprezo pelo sucesso convencional, o desinteresse pelo dinheiro e a primazia da condição marginal do artista, com a escolha de comportamentos transgressores da ordem vigente. Progressivamente foi abandonando as suas aulas de inglês. Deixou o emprego de servente na Secretaria de Justiça: colocado à disposição da Secretaria da Educação e Cultura desde 1966, o processo de sua demissão (de nº 7.380) teve início em 1971, sendo a mesma efetivada por decreto de 11.02.1972, publicado no Diário Oficial de 12.02.1972. Desde então, Mário passou a cultivar a sua "pobreza franciscana", sendo muitas vezes ajudado por seus amigos de classe média até para comer. Continuava sua carreira artística; porém, conforme veremos, diminuía paulatinamente sua participação no mundo do teatro convencional. Seria uma retração do mercado de trabalho, uma opção ditada pela convivência com os grupos da contracultura, ou o início de um fechamento do mundo teatral para ele, em virtude dos seus vínculos anteriores com o Grupo dos Novos? Creio que as respostas virão da sua própria trajetória.

De Akpalô a Pindorama

Em 1971, Mário Gusmão participou de importantes obras do renascimento do cinema baiano. Originado pela criação, em 1968, de um curso de cinema na Universidade Federal da Bahia, esse renascimento, sob a égide da censura e influenciado pelo clima da contracultura, não reeditou o cinema engajado dos anos anteriores, mas abordou novas temáticas marcadamente urbanas. Dado o desespero que grassava entre a juventude do país e a ausência de alternativas coletivas, o novo cinema buscava saídas individualistas e possibilidades heterodoxas, não-convencionais do ponto cinematográfico. De acordo com SETARO (1996, p. 37), no período entre 1968 e 1972 foram produzidos quatro longa-metragens na Bahia: *Meteorango Kid, o Herói Intergalático*; *Caveira My Friend*; *Akpalô* e o *Anjo Negro*. Mário participou dos dois últimos.

Akpalô, de José Frazão e Deolindo Checcucci, descreve a viagem de um extraterrestre que passa 24 horas em Salvador. O filme nunca chegou ao circuito comercial, tendo sido visto numa única sessão especial, no antigo Liceu, em 1971. Embora Setaro, na obra citada, não faça referência à presença de Mário no filme, este o incluiu no seu *Curriculum Vitae*, indicando sua participação como um marginal; por isso acredito que ele representou um papel secundário. Lamentavelmente, não existe nenhuma cópia do filme, mas o registro feito por Mário foi confirmado por Deolindo Checcucci:

- Ele era um marginal que assaltava e, nesse processo de assalto, ele tinha um delírio, onde após ele conseguir o dinheiro, o dinheiro se espalhava por todos os lados, ele jogava fora o dinheiro, uma coisa meio contraditória. Era uma coisa realista, mas ao mesmo tempo muito surrealista.

No mesmo ano, Mário participou de um espetáculo "inspirado nos musicais da Broadway" (FRANCO, 1994, p. 210), *Nosso Céu Tem Mais Estrelas*, dirigido por Deolindo Checcucci. Segundo o seu diretor,

- Era uma revista musical, com dança, e Mário fazia um brasileiro que sonhava ser Nat King Cole. Ele cantava algumas músicas de Nat King Cole, era uma brincadeira em torno da nossa brasilidade, por isso o título do espetáculo. Apesar de tudo que nos era imposto, nós tínhamos as nossas estrelas.

Ainda em 1971, Mário Gusmão, participando do elenco, viu o lançamento do filme *Pindorama*, sob a direção de Arnaldo Jabor. O filme retrata o momento político de desesperança em que vivia o país, sendo marcado por um tom pessimista em relação à nossa formação histórica, com governantes corruptos e cínicos, e com um povo sempre manipulado. Numa alegoria sobre a formação da sociedade brasileira, D. Sebastião, representante do rei de Portugal, se exila no mato para não compactuar com a corrupção e a dissolução dos costumes na Pindorama que fundara. Quando retorna, encontra dirigentes cínicos que, para se manterem no poder, escondem os vícios e mostram para o povo somente as virtudes. Um cantor (Gregório) diz não obedecer às ordens de além-mar, pois nasceu na terra, veio do povo – de nagôs, índios e portugueses – e o seu rei é nagô. É preso e se junta aos africanos em um quilombo, mas estes são derrotados pelas tropas do rei de Portugal. D. Sebastião, sobre os escombros e mortos do quilombo, diz que seu povo foi salvo, e não entende como o povo pode querer além do que tem. Uma índia nua diz: "Fora do poder tudo é ilusão. Eu só não quero a vida do povo." O governador é morto, coberto de flores no caixão, e já aparece esfuziante o novo governador. Gregório é capturado por D. Sebastião e, amarrado, diz que "o ouro vai para Portugal e o povo fica com a bosta."

Cena de *Pindorama* na capa do Verbo Encantado

Mário Gusmão fez um papel secundário, aparecendo em quatros cenas: a primeira, quando dissolve um pequeno grupo de soldados que foi ao quilombo; a segunda, com a presença da tropa em frente ao quilombo, os africanos aparecem cantando e ele está à frente do grupo de (provavelmente) chefes; a terceira, quando o quilombo queima e Gregório discursa, resguardado pelos quatro negros (os prováveis chefes), entre eles, Mário Gusmão; e, por fim, com o quilombo destruído, quando apenas os quatro negros, que ficaram vivos, são fuzilados. Apenas o personagem de Mário permanece agonizante e, antes de morrer, diz:

– Quem está com Deus é Deus.

Vale lembrar uma cena em que Mário Gusmão aparece com seu corpo apolíneo seminu, pintado com listras brancas. Uma foto sua, com essas pinturas, foi publicada no jornal *underground* baiano Verbo Encantado. Teria sido uma inspiração para os Timbaleiros, de Carlinhos Brown?

O Anjo Negro

Tu, sábio e grande rei do abismo mais profundo,
Médico familiar dos males deste mundo,
Tem piedade, Satã, desta longa miséria!
Baudelaire (Abertura do filme *O Anjo Negro*)

Ainda em 1971, começou a ser filmado *O Anjo Negro*, com a seguinte ficha técnica: produção, argumento, roteiro e direção de José Umberto; fotografia de Vito Diniz; músicas de Jaime Sodré, Moisés Gabrielle e Jorge Vital; e elenco formado por Mário Gusmão, Elena Tosta, Raimundo Matos, Roberto Maia, Eládio Freitas, Antonia Veloso, Jacques de Beauvoir, Frieda Gutman, Adagmar Valéria, Sonia dos Humildes, Carlos Athayde, Luciano Gusmão e Batuta Gusmão.

José Umberto produzia curta-metragens e documentários desde 1967, tendo tido vários trabalhos premiados; foi aluno do Curso de Iniciação Cinematográfica da UFBA e, em 1971, já ministrava um curso de Iniciação Cinematográfica no SESC. Portanto, quando iniciou *O Anjo Negro*, já acumulava alguma experiência no ofício, além de conhecimento sobre a realidade cinematográfica nacional e internacional. Mas não só: tinha concluído o curso de Ciências Sociais na Universidade Federal da Bahia. Ali, influenciado por professores, em especial por Vivaldo da Costa Lima, mas também por Júlio Braga, que havia chegado da África,

- [...] foram corporificando idéias e sentimentos relativos ao candomblé na Bahia. A cidade de Salvador representava para mim grandes descobertas nos seus becos, suas ladeiras, suas noites inesquecíveis no Abaeté, visitas freqüentes a terreiros majestosos... enfim, passava por um processo de iniciação. E Mário freqüentou este último curso, o de Júlio Braga, comigo. Fizemos pesquisas juntos. (José Umberto)

Por sua vez, o jovem diretor tinha vínculos muito estreitos com a contracultura. De certa forma, todos esses elementos estariam presentes no seu primeiro longa metragem.

O Anjo Negro foi o grande papel de Mário no cinema e teve grande significado para a sua vida, na medida em que representava uma afirmação da sua negritude e o comprometimento com a cultura do seu povo. José Umberto, que gentilmente elaborou o seu depoimento por escrito, fala sobre a participação de Mário no filme:

- Havia um desafio para mim como cineasta. Mário, nos filmes e peças em que trabalhara, tinha uma postura corporal suntuosa e apolínea que não se encaixava no Calunga. Eu teria que "quebrar" a sua coluna vertebral. Torná-la maleável, que gingasse, floreasse como um capoeira, que dobrasse, retorcesse, fizesse malabarismo, fosse feito um corte epistemológico na sua retilinidade, no seu nariz sempre em pé... que ele cheirasse o sumo da terra, se curvasse, girasse, pulasse, expressasse a filosofia da manha, da artimanha, do floreio, uma carnavalização dos músculos, quebranto misturado à malícia, esperteza nos gestos e a malandragem dos sentidos educados para a difícil sobrevivência nos tristes trópicos. Acho que consegui "dobrá-lo" depois de muitos embates, algumas violentações necessárias e ampla abertura no diálogo franco. O ator trocou de couraça do mesmo modo que a serpente muda de pele. Ele se doou por acreditar num ideal. Num projeto estético, antropológico e numa didática política. E por isso ele fez pessoalmente todos os figurinos da personagem, além de construir todos os seus objetos de cena.

Cartaz de *O Anjo Negro*

O Anjo Negro, cujas primeiras locações se iniciaram na festa da Conceição, é um painel sobre a realidade baiana, intercalando uma linguagem realista, na medida em que traça um perfil de alguns dos principais elementos da cultura baiana nos inícios da década de 1970 – conflito de gerações, carnaval, futebol, festas populares, candomblé –, com uma perspectiva surreal, que era uma combinação de "realismo mágico" com a "loucura" vigente na juventude e nos novos cineastas.

O filme conta a história de uma família tradicional, em processo de desagregação, fruto da história de vida dos seus membros adultos e dos conflitos com a nova geração. O avô (Getúlio), doente, anticlerical, de certa forma representa as antigas camadas senhoriais do Recôncavo Baiano. O chefe da família (Hércules) é um juiz de futebol – mas também um empresário –, que vive enredado nos seus problemas nos campos de futebol. Sua mulher (Júlia) é uma médica, traumatizada por um problema numa cirurgia e desejosa de que o marido abandone a profissão esportiva. O sobrinho é um jovem inserido na contracultura, que abandonou, para desgosto do tio, os estudos; a sobrinha é uma jovem interna, que foi expulsa do convento por ficar grávida e realizar um aborto. Aparecem ainda dois empregados da casa, Índio e Luanda, que representariam os componentes indígena e mulato na nossa formação étnica.

Cena de *O Anjo Negro*

Um príncipe negro na terra dos dragões da maldade

Parece-me que o cineasta pretendeu, o que era uma característica da época, fugir a um esquema linear de representação do real, buscando – "O nosso anjo é um elo perdido entre o passado da escravidão e o presente carnavalesco, futebolístico e afrodisíaco" –, de forma eclética e heterodoxa, fazer uma união entre passado e presente na caracterização da ordem estabelecida. Porém, o filme ganha outra dimensão exatamente pela presença do "anjo negro", o personagem Calunga.

Mágico, misterioso, aterrorizante, sensual, elegante, brincalhão, dançarino, Calunga chega inesperadamente ao mundo da família. Atropelado pelo juiz, é levado para a casa-grande colonial e, sem explicações, desaparece, deixando Júlia e Hércules perplexos. Reaparece posteriormente, libertino, trazendo, com o berimbau, a música e a corporeidade maliciosa africana. Permanece para a ceia da noite de Natal e transforma-a em um grande ritual de inversão. Quebra todo o formalismo com seu imenso charuto e suas liberdades, até que, como se "possuído", deixando todos aterrorizados, enfia o rosto, com charuto e tudo, numa tigela de vatapá. Os empregados chegam nus e o sobrinho fuma maconha na mesa. O velho Getúlio se depara com o cangaceiro Antônio Silvino, que lembra a sua traição e a forma da sua vingança. Os sobrinhos se retiram para tocar violão. Luanda, ainda nua, faz sexo com Hércules, vestido. E Calunga, aterrorizando Júlia, termina carregando-a nos braços (mais tarde ficará claro

Reportagem sobre *O Anjo Negro*

que fizeram amor, o que explicará o desespero da mulher). No outro dia, o juiz, sozinho, vê a casa desarrumada, transformada. Chama e ninguém atende, liga a vitrola e ouve-se uma música negra, um lamento lírico. No jornal, em destaque, lê: "Procura-se assassino negro." Corre desesperado. Com a sua amante, Carol, diz que ficou impotente e que um demônio tomou conta da sua casa. Passa-se uma semana épica, em que Calunga a cada dia luta com um personagem – Super-Homem, *cowboy* americano, samurai, Tarzan, Marquês de Caravelas, Al Capone e gladiador – e os vence a todos. O juiz mata a amante, e Calunga aparece para ajudá-lo a carregar o corpo. O juiz, em desespero, beija Calunga na boca. Colocam o corpo num barco e o empurram para as profundezas do mar. Calunga "mata" ritualmente o juiz no estádio, enquanto ele apitava um grande clássico. Há um acidente; o juiz aparece ferido e sua mulher, grávida. O juiz enlouquecido e sua esposa sabem que uma criança desapareceu (o seu filho), e assim fogem do hospital em pleno carnaval, sendo perseguidos pelas "caretas" (mascarados). Desesperados, chegam à mansão e encontram todos da família reunidos, solenes, estranhos, na sala barrocamente decorada. Apreensiva, Júlia anda pela casa e se dirige ao quarto, de onde ecoa um choro de criança. Chega perto do berço, abre suas cortinas brancas e dá um grito dilacerante: aparece uma criança negra recém-nascida. Calunga retorna em um cavalo branco na beira da praia. E um bode preto, que iniciara o filme, ressurge, passeando, com sua sinetinha, pela cidade.

Dez anos antes, em 1962, fora realizado o filme de estréia de Glauber Rocha, *Barravento*, tratando justamente da questão da influência do candomblé, como manifestação religiosa, sobre uma comunidade de pescadores no litoral da Bahia. Nele, Glauber encampava a premissa redutora da religião como "ópio do povo", não considerando o candomblé na sua dimensão histórica e cultural[79] e, especialmente, não percebendo que a preservação das religiões afro-brasileiras seria um elemento fundamental para a permanência da vertente cultural africana, capaz de desempenhar uma função significativa para o povo negro. O filme de José Umberto tem uma perspectiva oposta a essa, conforme podemos observar em seu depoimento:

> – O negro chegou nessas plagas na condição escrava, irreconhecido como ser humano, inclusive pela igreja católica oficial. Mas, a sua força foi tamanha que conseguiu mexer com todo nosso guarda-roupa cultural. Ele foi se introduzindo lentamente pela nossa cozinha, nossas artes, nossa religião, nossa indumentária e principalmente pelos nossos padrões sexuais. O ator baiano negro Mário Gusmão faz o Calunga, que simboliza toda essa intromissão cultural meio subterrânea. Com as suas calungadas mágicas ele consegue derrubar as paredes do medo e da

conformação, aplicando um novo tipo de vida baseado na liberdade e na ação. O personagem impõe a desordem e o caos, o *sabbat* negro, desesperado e ao mesmo tempo lúcido. Está além do Bem e do Mal. A sua moral é o corpo, sua força, seu brilho, sua beleza, e o sexo como agente capaz de nos proporcionar novo mundo de felicidades e satisfações. Do outro lado está o mundo branco, acomodado em sua casimira, neurótico, incapaz de viver com espontaneidade e alegria (JORNAL DA BAHIA, 28 e 29/01/1973, p. 7).

Porém, além desse prisma geral, entremeado de sociologia e literatura, o importante será observar como se compõe sua perspectiva, do ponto de vista cinematográfico. Inicio pelo próprio nome do personagem: Calunga. Martin LIENHARD (1998, pp. 46-47), nas suas "histórias da escravidão", lembra que *kalunga*, em kimbundu (língua falada por povos bantos da atual Angola), significa mar, morte e senhor ou deus (MAIA, 1999) – manifestações de uma força muito poderosa.

O que se pode perceber em *O Anjo Negro* é a presença do mar em vários momentos do filme: no início, com Calunga em um cavalo branco, como um guerreiro africano; na festa de Iemanjá, com Calunga "arriando" os presentes; nos acidentes do juiz; Calunga, com as filhas-de-santo e o velho sábio, terminando com o seu mergulho no meio da baía; Carol morta por Hércules nas águas do mar; Calunga e Hércules empurrando Carol, morta, em um barco; e as cenas finais, com a imagem do negro Calunga cavalgando na praia. Acredito que, intuitivamente e de forma acertada, José Umberto percebeu o grande significado atribuído pela população de origem africana ao mar. É ele que liga e separa os continentes americano e africano e, historicamente, foi o caminho dos escravos trazidos para as Américas. Calunga, portanto, sobretudo com suas roupas africanas, denota nitidamente, na sua relação e presença constante no mar, os nossos vínculos com a África, representa o passado e o presente, as origens – que não devem ser esquecidas – e sua força no momento atual.

Também, segundo LIENHARD (1998), o mar remete aos espíritos de escravos que morreram na travessia, ligando-o à história da escravidão; e é, por sua vez, o espaço de transição entre o reino dos vivos e dos mortos. E Calunga mostra-se também como um símbolo da morte, no caso de Carol, seja por essa morte acontecer no mar, seja por Calunga aparecer para conduzi-la para as águas. E mais: vislumbro, no "enterro" de Carol no mar, um "ritual de vingança" em relação aos africanos que morreram na travessia.

Mas Calunga é também outro personagem – evocado pela presença de um bode preto[80], no início e no fim do filme – do mundo religioso afro-brasileiro: Exu. Calunga apresenta um conjunto de suas qualidades:

misterioso, anárquico, brincalhão, tumultuador, sanguinário, enfim, o responsável pela subversão da ordem. Aqui, creio que dois graves problemas podem ser identificados no filme: primeiro, ele apenas apresenta a imagem negativa de Exu – associada ao Diabo cristão – como arauto da desordem, sem atentar para a sua condição positiva, construtiva, de "senhor do dinamismo", "responsável pela possibilidade de ordenação do caos vital" (SILVEIRA, 1998, p. 104); segundo, mostra-o como o responsável pela configuração de um ritual de inversão, mas não nas equações que sustentam a ordem, na medida em que se mantém a estrutura de poder que discrimina e marginaliza o negro no Brasil[81].

Entretanto, é preciso pensar nos objetivos do cineasta e no momento histórico vivenciado pela sociedade brasileira. A perspectiva de José Umberto revela elementos que irão provocar um abalo na ordem estabelecida. E isso se dá com um ritual de inversão, não do sistema de poder, mas sim do comportamento do homem negro. Como ressalta AVELLAR (1982, p. 7), geralmente os filmes que discutem as relações interétnicas, no Brasil, limitam-se a enfocar o grau de aceitação de negros por brancos; mas a questão importante não está aí, e sim nas barreiras opostas às manifestações do universo cultural negro. É exatamente nisso que consiste a originalidade do filme de José Umberto: Calunga não pede para ser aceito no mundo dos brancos, ele o invade. Ele desconsidera as barreiras e impõe o mundo negro entre os brancos, de forma selvagem e anárquica. Em nenhum momento ele pensa na aceitação, na complacência, na tolerância, pois sabe que isso só ocorreria com uma "máscara branca", e o que ele pretende é mostrar a sua especificidade, a sua diferença, de forma radical. Até mesmo em relação às culturas de colonizadores e povos hegemônicos, ao derrotar os seus personagens paradigmáticos. E devemos pensar na importância desta posição, sobretudo no momento em que ganhava grande ímpeto, com o desenvolvimento da indústria turística, a tentativa de "domesticar" e incorporar as manifestações afro-brasileiras à propalada "baianidade".

Mas isso significava enfrentar um grave problema encontrado pelos negros no seu cotidiano. A sociedade brasileira, por seu racismo, mitificou negativamente os corpos negros, colocando-os "mais próximos da natureza" (por sua animalidade) ou como livres de inibições, por seu desvario sexual, sobretudo a mulher (em especial a mulata). O que se pode observar no *O Anjo Negro*, através de Calunga, é uma ressignificação, uma releitura de tal perspectiva, com a assunção do que BANES (1999, p. 273) denominou "primitivismo positivo essencialista" – o triunfo das qualidades positivas da raça, ligadas à criatividade, sexualidade, harmonia com a natureza, vitória do corpo sobre a razão. Porém, se, assim como Calunga, Mário não era um negro comum, e o modo fantasioso e o mistério que cercavam o personagem se entrelaçavam com a sua vida, não creio – conforme veremos mais tarde – que ele assumisse uma postura essencialista, nem tampouco que advogasse um rompimento com os valores da cultura ocidental.

E se, evidentemente, a perspectiva essencialista provocava problemas naquele momento[82] – e mesmo posteriormente – na realidade social, não pode deixar de ser considerado que ela representava a discórdia, a ruptura com a cultura do mundo dos brancos. De certa forma, o filme antecipava a "revolta cultural negra", com a afirmação da singularidade e das diferenças produzidas pelas raízes africanas. E não só: prenunciava um novo tipo de negro, livre e combativo, capaz de reagir ao processo de assimilação. Isso permite entender pelo menos parte do que ocorreu depois. José Umberto conseguiu superar, aos trancos e barrancos, os problemas de produção e, afinal, tinha um filme pronto. Porém, apenas tinham começado os seus problemas, na medida em que um filme, para concretizar-se, precisa ser exibido. Além do crônico impasse na distribuição, aguçada para uma película e um cineasta nordestinos, ainda teria pela frente a censura brasileira do momento. O próprio José Umberto narra suas agruras:

– Dezembro de 1972. Experimentávamos o auge da repressão com o general Médici. Com o filme debaixo do braço, eu teria agora que enfrentar os trâmites burocráticos: obter o Certificado de Produto Brasileiro do I.N.C. (Rio de Janeiro) e o Registro de Censura do Departamento de Polícia Federal (Brasília). Eram os salvo-condutos para ingressarmos nas salas exibidoras do país. Quando estava tudo pronto para o público receber o produto, fomos surpreendidos com o Auto de Apreensão No. 00787, expedido pela Seção de Fiscalização do Serviço de Censura de Diversões Públicas (Ministério da Justiça). O filme foi preso logo na nascente de sua finalidade social. Óbvio que por questão ideológica racial. A sua posterior liberação demandou uma via-crucis pelos sombrios corredores inquisitoriais da República e redundou em flagrante prejuízo comercial. Os donos das salas de cinema ficaram receosos, mas mesmo assim a fita conseguiu circular na maioria dos Estados, embora nós fôssemos prejudicados pela ausência de fiscalização dos resultados dos borderôs financeiros. Pelo menos deu para celebrar as dívidas contraídas na fase de produção.

Em outras palavras, não obstante a grande divulgação do filme nos jornais baianos, de um ponto de vista de público e comercial, assim como a maioria dos filmes brasileiros da época, *O Anjo Negro* redundou em relativo fracasso. E ainda teve de enfrentar o conservadorismo de algumas praças onde foi exibido, como em Aracaju, onde o cineasta e um grupo de atores não puderam assistir à estréia do seu próprio filme por não estarem calçando sapatos[83].

Perdido na Paulicéia Desvairada

No primeiro semestre de 1972, após a reabertura do Vila Velha – fechado para reformas desde o final do segundo semestre de 1970 –, Mário participou do espetáculo de dança/teatro, dirigido por Roberto Santana, denominado *Udigrudi*. Nesse espetáculo, Mário Gusmão seria visto por um dançarino americano que, posteriormente, influenciaria muito a sua carreira e vida:

– Era um trabalho de dança moderna, com componentes contemporâneos. Fiquei impressionado porque Mário era o primeiro negro brasileiro que eu via com um conhecimento de teatro e dança modernos. Porque nessa época, após vários meses vendo as escolas de samba, as rodas de capoeira, as coisas folclóricas, chegando na Bahia e assistindo ao trabalho dessa turma, eu cheguei a conhecer um negro mais ou menos da minha altura, da minha cor, que estava se expressando numa área fora do circuito folclórico. Aquilo me interessou muito porque, antes de eu vir para o Brasil, eu tinha passado muito tempo na África, sempre em busca de manifestações artísticas, de dança, de teatro, que tinham a ver com a problemática do século XX. Saindo da escravidão, como era que nós estávamos no mundo? Eu estava buscando conversas, diálogo com as pessoas conscientes dessa problemática. Encontrei nesse homem, Mário Gusmão, um brasileiro alerta, vivo, atento para o que é ser negro numa sociedade moderna. E conheci ele como artista. Não sabia nada da sua história, mas simpatizei muito com ele e nossa amizade aconteceu. (Clyde Morgan)

Depois desse trabalho, Mário Gusmão acompanhou José Umberto no processo de montagem de *O Anjo Negro* na cidade de São Paulo[84]. Quem nos diz o que ali aconteceu, em um longo depoimento, é o próprio José Umberto:

– Só tínhamos condições de montar o filme na cidade de São Paulo. Afinal, era uma produção (tecnicamente) de natureza industrial. Não rodamos em som direto. Tudo foi feito em som guia. E o personagem Calunga teria que ser a voz de Mário Gusmão. Corpo/Palavra. Ele estava ciente disso. Então viajamos juntos para ele dublar o seu personagem. Lá tivemos o apoio de Othon Bastos (que fez quatro vozes) e Martha Overbeck, que encenavam, na oportunidade, a peça de sucesso *Castro Alves Pede Passagem*, texto de Gianfrancesco Guarnieri. O resto do elenco paulistano foi solidário conosco e dublou as falas secundárias, sem cobrar cachê, no popular e brega estúdio Odil Fono-Brasil, do filho do ex-governador Adhemar de Barros. Acompanhava-nos, de esguelha, o amazonense Márcio Souza, que finalizava, com sua trupe *hippie*, *A Selva*, baseado no escritor português Ferreira de Castro; Antunes Filho montava *Compasso de Espera* com o ator negro Zózimo Bulbul; Luigi Picchi deslizava na moviola *Paixão de um Homem*, com o machismo sentimental de Waldick Soriano. Era o nosso convívio paralelo enquanto nos concentrávamos na *via-crucis* de concluir *O Anjo Negro*.

Assim passamos seis meses na Paulicéia Desvairada. Mário passava a maior parte do tempo dentro de casa, em Pinheiros. Fumava muita maconha nesse tempo. Cidadão de província arredio aos agitos cosmopolitas. Nossas raras saídas noturnas não o deixavam à vontade. Sempre retornava meio agitado, quando não deprimido. Aquele não era o seu meio. Impossível sobreviver fora de um ambiente comunitário. Tribal. Talvez até tenha "sonhado" em tentar o mercado de trabalho teatral... Mas quando se deparou com a realidade, retraiu-se. Ficou como um caracol dentro da sua concha. Sem estímulo para enfrentar a estrutura de aço dos arranha-céus. Ele estava mais para a taipa. Um matuto espantado com a Belacap. Aquilo tudo não tinha sentido para ele. Estava distante do seu projeto existencial. A cidade de São Paulo seria um desperdício. A Bahia era o seu umbigo. O seu centro. Uma vez que ele era a esponja de uma realidade hostil, cristalizada em séculos de escravidão negra, portanto, sedimentada nas suas camadas mais profundas, expostas em variadas sutilezas e requintadas etiquetas sociais, algo meio velado, mas que num descuido qualquer revelava-se segregacionista, seja num olhar, numa atitude, num tocar de mãos convencional ou numa conversa informal. As pessoas eram por demais competitivas. Os diálogos, agressivos. Uma "americanização" de exacerbado cunho pragmático que incomodava a sua sensibilidade originada no Recôncavo Baiano num meio matriarcalesco, fundamentado numa economia baseada na troca primária de mercadorias de uso. Seu temperamento conduzia, no bojo lacrado, um manancial pré-industrial de caráter ainda idílico, um imaginário a transbordar utopia. Mário mira-se num espelho vazio. Oco. Ali não vivia sua tribo. Ali não estava sua taba. A aldeia global lhe sufocava. Os ferros acimentados das habitações verticalizantes adornavam grilhões de redoma urbana a perturbar sua percepção de ser natural (ruralesco), avesso às afetadas convenções da megalópole. Restou na boca um gosto de exílio voluntário. O retorno à cidade de Salvador soou como um alívio: uma volta ao útero.

Neste depoimento detalhado e literário, que diz muito sobre a permanência de Mário, por seis meses, em São Paulo, ficam patentes alguns aspectos: primeiro, do ponto de vista profissional, diante da emergência do individualismo no meio artístico e, conseqüentemente, a acirrada concorrência, Mário estava inteiramente despreparado para enfrentar essa situação, muito menos em São Paulo; segundo, ele tomava cada vez maior consciência do racismo e da sua negritude, mas continuava acreditando que a sua saída estava na contracultura; terceiro, voltaria para o útero, mas "a mãe já era outra", ou seja, abandonaria sua casa no centro da cidade.

Na boca do mundo ou na boca da serpente

No final do segundo semestre de 1972, ao retornar de São Paulo, Mário deixou a sua casa na Federação, no centro da cidade, transferindo-se para o bairro afastado da Boca do Rio, local praieiro, tranqüilo e provinciano. Creio que a sua mudança deveu-se a já haver encontrado a sua casa ocupada e, também, ao preço mais barato do aluguel da nova casa. Mas não só: ele precisava de um espaço mais adequado para a sua vivência com os grupos da contracultura. Como o próprio Mário retrata:

– Eu fui a São Paulo e quando voltei estava sem casa. Umas pessoas me chamaram pra eu ir para a Boca do Rio e eu fui. De certa forma foi muito bom, haviam umas pessoas legais. O lugar era lindo, eu ficava tardes e tardes só olhando o mar; era legal. Era uma época psicodélica, mística, gostosa e o lugar era muito especial. Fazíamos muitas festas, era uma coisa meio tribal, com aquelas turmas muito loucas. Os encontros eram verdadeiros rituais, com fumo, LSD, tanta coisa que havia naquela época. Na repressão toda que havia, eu acho que era o jeito de protestar e com alegria. Apesar de tudo, era uma época muito rica para a arte, para a cultura, eu curti muito.

Para entender esse momento da vida de Mário, convém conhecer um pouco sobre o processo de ocupação da Boca do Rio (BACELAR, 1991). O bairro chamava-se anteriormente Buraquinho, devendo-se tal denominação provavelmente às dunas que cercavam a área e à interiorização – afastando-se da proximidade imediata da praia – das habitações. Em 1958, teve início a invasão do local onde viria a se concentrar majoritariamente a população do bairro. Diante do fato, a prefeitura transformou a área em um loteamento, disciplinando a ocupação do lugar. Nos primeiros anos da década de 1960, havia, em Buraquinho, poucas ruas de forma definida, tendo por parâmetros, para o interior, a Rua Hélio Machado e, para a praia, a Rua Gustavo dos Santos. Além destas, as habitações, de forma esparsa, estavam em vários locais, no morro São Francisco, em direção à Bolandeira, pela frente; ou pelos fundos, na direção da Avenida Paralela, no sentido da Armação. Havia uma predominância de trabalhadores urbanos, uns poucos veranistas, além de um grupo que se mantinha vinculado à pesca. Era a época das altas dunas, da areia branca dos terrenos e ruas, da água de cisterna e dos lampiões a gás.

A partir de 1964, as alterações sofridas por Salvador significaram, para a Boca do Rio, a implantação da infra-estrutura mínima (água e luz) nas ruas principais e a chegada de uma linha de transportes coletivos. Os antigos veranistas, em sua maioria trabalhadores das camadas médias-baixas, vislumbrando no local melhores condições de moradia ou diante das dificuldades econômicas, terminaram por se tornar moradores permanentes; dirigiam-se, em sua grande maioria, para Caxundé, Bate-Facho, Pituaçu ou regiões sem maior valorização naquele momento, mesmo sendo próximas das ruas principais. A Bolandeira, cujas boates foram eliminadas por ordem da Polícia, manteve a sua população pobre, mas sem o crescimento vertiginoso de Buraquinho. Assim, na segunda metade da década de 1960, a Boca do Rio já modificara em muito o seu perfil de zona de pescadores e veraneio, ganhando densidade demográfica e incorporando-se paulatinamente à malha urbana da cidade.

Com o processo de modernização da cidade e a valorização da orla marítima, tornava-se indispensável "limpar" as áreas de ocupação irregular de outros bairros. Assim, em 1967 e 1969, foram efetivadas as transferências das invasões do Bico de Ferro e da Ondina para a Boca do Rio (BACELAR, 1991, pp. 53-57). Haveria, então, uma brutal mudança na composição e na configuração do bairro, que se expandiu vertiginosamente, em termos físicos e demográficos. Aguçou-se a interiorização (no sentido do Fim de Linha) e, por sua vez, sendo os novos moradores principalmente pretos e mestiços, incorporados em grande parte à construção civil e ao mercado informal de trabalho, estabeleceu-se uma divisão nítida. Nos primeiros anos, era como se existissem dois bairros: o "de baixo" – com os antigos moradores, reagindo à presença dos "índios da invasão" – e o "lá de cima", formado pelos novos moradores, com mecanismos discriminadores e separatistas, no plano da ação e reação, de ambos os lados.

Mário Gusmão chegou à Boca do Rio exatamente nesse momento. Completamente alheio à situação local, instalou-se na parte "de baixo", no final da Rua Gustavo dos Santos. Era uma pequena casa, de certa forma isolada das habitações da rua, no alto das dunas, com uma visão paradisíaca do amplo areal e da praia. A casa tornou-se "base" de uma experiência da contracultura[85] na Boca do Rio; porém, seu afastamento espacial possibilitou que Mário tivesse uma limitação da sua experiência contínua com a população do local, podendo receber os seus amigos com certa dose de privacidade.

Mas esse relativo isolamento e anonimato não demoraria muito. A entrada em sua vida do cineasta carioca Kleber Santos iria representar o aprofundamento do seu envolvimento com as drogas e a sua completa inserção na contracultura. Exemplifica tal situação o depoimento de José Umberto:

- Foi na Boca do Rio que vim a conhecer o cineasta carioca Kleber Santos, filho de general-de-exército[86], radicalmente udigrudi, pansexual, visionário do mito atlântico, testemunha *in loco* da irreverência internacionalista dos guerrilheiros saudáveis de Sierra Maestra, barbudo, magro e com a proposta de filmar em super-8 o experimental *A Sombra da Serpente*. O filme não teve roteiro, inspirado exclusivamente em *happenings* ininterruptos, impulsos vitais, evasão da consciência, exercício do fluxo das cores nos objetos, peles e natureza. Abertura das portas da percepção via LSD & Mescalina. Contracenei com Mário em várias seqüências do filmeco na Boca do Rio, areal de Atalaia e no farol da cidadela de São Cristóvão. Nosso trabalho de interpretação foi de total entrega mística. Num ritmo de transe, improvisado e sem qualquer impostura de ensaio. Puro exercício livre cujo eixo era o aqui e o agora.

Uma reportagem de página inteira, no jornal A Tribuna da Bahia (22/01/1973, p. 11), denominada *Anjo Calunga está falando no Boca LIvre do Rio*, divulgou *O Anjo Negro*, anunciou o novo filme e revelou o estilo de vida que Mário Gusmão levava.

A matéria foi introduzida da seguinte forma:

- No pequeno pátio em frente ao quintal de areia, na Boca do Rio, um papagaio e um mico. A casa é grande na frente, igual a muitas outras erguidas recentemente no antigo bairro dos pescadores mais afamados da orla marítima da cidade. Mas não é exatamente um pescador que se procura. Várias das coisas no pátio demonstram isso: um quadro colorido, a guitarra elétrica, a pele de bode estendida no chão, frases em inglês escritas nas paredes. E um carro.

Falaram sobre o novo filme, Mário Gusmão e o diretor Kleber Santos:

- Segundo Gusmão, o novo filme é assim sobre o "pirata". Como diz Kleber Santos, o diretor, é para ser lançado no quintal de areia na Boca do Rio. Em super-8, o trabalho realizado pela equipe tem como ponto de partida um negro alto, forte, que gosta de bulir com música, sempre às voltas com amplificadores e guitarras elétricas. Antônio Carlos da Silva Santos é o nome, o motivo do filme é sua vida. Gusmão é a fantasia de Antônio Carlos que faz a parte do passado, presente e futuro dele mesmo. Kleber tem um nome para o filme "A Sombra da Serpente", que "Antônio Carlos" sacou numa hora de esquecimento: "Não sei que lá da Serpente". Enquanto o mico e o papagaio começam uma briga furiosa no alto do poleiro que o macaquinho subiu de ousado, Gusmão ouve o novo colega de profissão-curtição explicar uma passagem de sua vida já transmutada para o "Não sei que lá da Serpente": "Não volto para o Rio não, oh Mário. Na "Cidade Maravilhosa" a gente só tem direito de comer, trabalhar, dormir. Andar pelas ruas não pode, querem levar logo a gente preso. Depois que cheguei a minha terra, voltar já era". Mário Gusmão acrescenta: "Até essa atitude dele tá no filme", ao mesmo tempo em que anuncia: "Viajo muito, mas sempre voltando. Meu lugar é aqui, eu sou daqueles que vou ali e volto já, sempre voltando".

Explica em seguida as razões do seu afastamento dos palcos:
- Estou parado por falta de oportunidade, chance e uma porção de coisas que não se pode falar, escreva bem assim.

E Mário Gusmão conclui a entrevista dizendo:
- Estou na Boca do Rio porque todo o rio é livre. Quando não for livre, procuro outra embocadura.

Mário aprofundara o seu envolvimento com a contracultura e essa perspectiva o conduziu a realizar, na Boca do Rio, com dezenas de convidados, um grande *happening*, com gambiarras iluminando o espaço em volta da casa, guitarras elétricas e potentes amplificadores. Evidentemente, pelo inusitado da situação, os moradores, inclusive militares, perplexos, acompanharam a chegada dos "estranhos indivíduos" que, com seus longos cabelos e roupas esquisitas, ali acorreram. E viram embasbacados, na longa noite, grandes amplificadores com guitarras ensurdecedoras, danças improvisadas e muita droga. Enfim, o seu anonimato e o de seu grupo de amigos deixaram de existir, e os resultados não tardariam. Provavelmente pelo impacto da "grande festa", Mário deixou ou foi forçado a deixar a Boca do Rio. Não há precisão do momento em que isso ocorreu. Enquanto, nos seus pronunciamentos no processo criminal, Mário falava em dois ou três meses – o que presumiria haver se mudado em janeiro ou fevereiro –, o seu amigo Jota Bamberg disse que Mário havia se mudado em março. Mário passou a morar na Avenida Paralela, na casa do seu amigo, o cineasta Roberto Pires. Ali teria início o seu calvário.

Via-crúcis

A partir de 1969, além da perseguição aos militantes de esquerda, aos subversivos, iniciou-se também uma caçada aos usuários de drogas. Segundo Gilberto VELHO (1981, p. 60), fora criada uma equação que igualava os significados do uso de drogas, como facilitador de manipulação ideológica, e da subversão, como pretensa interessada na implantação de mecanismos com essa finalidade, com o fim de minar o regime. Assim, se desde 1968 já existia, com a revogação de um artigo do Código Penal, a equiparação legal entre "traficantes e usuários", em 1971 esta postura foi ratificada e com um agravante, pois permitia que fosse dado crédito a denúncias de consumo de drogas sem sua comprovação por exames toxicológicos (MacRae e SIMÕES, 2000, p. 24). Em 1973, acredito que a repressão aos drogados tornou-se muito forte, sobretudo porque, naquele momento, já havia sido desmantelada em todo o Brasil a esquerda armada, só restando para o aparato repressivo um inimigo poderoso: os usuários ("traficantes") de drogas com seus comportamentos nocivos à moral e aos bons costumes.

O calvário de Mário Gusmão se iniciou com uma denúncia na Delegacia de Jogos e Costumes, no dia 7 de março de 1973, por intermédio de duas menores, ao relatarem que os *hippies* prostituíam meninas, como elas, para a manutenção da comunidade. Afirmaram que elas ficavam na orla marítima, para "apanharem" os "coroas" motorizados, e que os líderes dos *hippies* eram Santana, Carlinhos Dedé, Gordo, Zinaldo e Ricardo. No dia 8 de março, sob o comando do delegado Juvenal Gentil, foi realizada uma *blitz* monstro – Operação Águia I – na orla marítima, à noite, sendo presas 138 pessoas para a identificação dos promotores do lenocínio. Foram presos, dos *hippies* citados, Gordo e Santana. Após os interrogatórios iniciais, o Gordo foi solto e Santana permaneceu preso. Na Delegacia, diante das "modernas" técnicas de persuasão – tão em voga também na época –, Santana não resistiu: acusou Gordo e apontou a chácara onde todos moravam na Avenida Paralela. No dia 14 de março, foram presos na Paralela: Zinaldo Belarmino Pereira, Ricardo Chiarete Alves, vulgo Gordo, e Ricardo Luiz Miranda Smith. Depois de "amaciado", Zinaldo mostrou onde estavam a maconha, dois revólveres Taurus (sem balas), duas seringas, duas agulhas e o livro "Cocaína", de Pittigrili. Já na Delegacia de Jogos e Costumes, Zinaldo disse ser pai de três filhos e ter vindo de Pernambuco para Salvador à procura de emprego, aí conhecendo Gordo, que o convidou para morar na chácara. Zinaldo disse nem saber o que era tóxico, mas confessou ter ouvido falar que Juarez "abastecia Itapoan de maconha". Informou que Kleber se abastecia de maconha e LSD no Uruguai para vender no centro e bairros nobres (A TARDE, 15/03/1973, p. 18).

Esse caminho levou a Kleber Lourenço dos Santos e, conseqüentemente, a Mário Gusmão. No dia 15 de março, de madrugada, uma caravana de policiais, comandada pelo delegado Armando Campos, rumou para a Avenida Paralela, seguindo as indicações do Gordo, e chegou à casa onde estavam Mário Gusmão e Tiago Napoleão dos Santos, engenheiro, 28 anos. Segundo Mário Gusmão,

- [...] cercaram a casa de madrugada, carro, tanto policial, uma verdadeira operação de guerra.

Segundo Jota Bamberg (ator, dançarino e mais tarde professor), Mário encontrava-se na casa havia apenas três ou quatro dias. No dia anterior à sua prisão, Bamberg lá estivera, às 16 horas. Quando retornou no outro dia,

Um príncipe negro na terra dos dragões da maldade

- [...] para complementar o farnel costumeiro que lhe dava, de modo a garantir que ele se alimentasse e medicasse competentemente, nesse intervalo ele fora preso. (Jota Bamberg)

O jornal A Tarde, com fotografias de Mário Gusmão e Kleber dos Santos, trazia grande manchete: *Ator baiano envolvido na quadrilha*. Relatava a prisão da seguinte forma:

- No momento em que a residência era revistada foram encontradas a maconha e as mortalhas, prendendo logo o ator Mário Gusmão e o engenheiro e aguardou a chegada de outros. Os policiais se esconderam e depois de algum tempo chegava num jipe o homem procurado: Kleber Lourenço dos Santos, várias vezes referido, no depoimento do Gordo, como o chefe da quadrilha. Kleber chegou acompanhado de José Lourenço dos Santos (apesar dos nomes nenhum parentesco existe, pois este é vendedor de cocos e ia fazer uma "ponta" no filme que esperavam rodar).

Foram todos levados para a Delegacia de Jogos e Costumes onde prestaram depoimento. Mário Gusmão confirmou que a caravana policial chegou à sua casa para revistá-la, mas ele não perdeu a esportiva e nem esboçou qualquer reação. "Em dado momento surgiu um policial com um saco de maconha e dizendo que "aquilo tinha sido encontrado ali". Mário disse que Tiago Napoleão, Kleber e Lourenço eram seus companheiros de filmagem e que não conhecia o Gordo. Já Tiago, nervoso, chorando muito, disse que "Kleber tinha colocado LSD na sua laranjada" e o acusou de obrigar-lhe a ingerir tóxicos. Tiago, segundo os policiais, estava tão "desabotinado" que chegou a tentar fugir, sendo recapturado próximo ao Cine Popular. Disse então que tentou fugir porque iria procurar o Deputado Afrísio Vieira Lima "para tentar quebrar um galho". Lourenço apenas disse que de vendedor de coco, convidado por Kleber, passou a ator de cinema e a morar com o carioca. O último depoimento foi o de Kleber Lourenço dos Santos, carioca, 37 anos: "Nada posso confessar. Sou inocente de acusações como aliciador de menores ou traficante de maconha. Tudo é mentira de pessoas despeitadas. Estou fazendo um filme contra o uso de tóxicos e principalmente contra a ação nefasta de traficantes. (A TARDE, 16/03/1973, p. 18)

Nesta mesma reportagem já era noticiada a apreensão de LSD numa esferográfica:

- Acompanhado do cineasta Kleber, os policiais da Jogos e Costumes voltaram ontem a uma casa localizada na Avenida Paralela, antes do desvio para Piatã, quando foram encontrados 3 rolos de filmes, 6 "baseados" e uma porção de ácido "LSD" que estava camuflado em uma caneta esferográfica cor preta (A TARDE, 16/03/1973, p. 18).

No outro dia, o mesmo jornal estampou em manchete: *Foi a maior derrubada: 766 grafites de LSD enrustidos em latas de filmes*. Na matéria era dito:

— A maior derrubada de ácido lisérgico – LSD – já feita no País foi realizada ontem por agentes da Delegacia de Jogos e Costumes: encontraram 766 ácidos na casa do traficante Kleber Lourenço dos Santos (Rua Heitor Dias, 19, Boca do Rio[87]). Os ácidos estavam "entocados" em latas de filme virgem e foram descobertos pelo comissário Aldenir José de Pinho quando dava busca na casa do traficante que tinha sido preso no dia anterior na casa do ator Mário Gusmão, na Avenida Paralela. O LSD é em forma de "grafite" e "purple naze". (A TARDE, 17/03/1973, p. 25)

A polícia, além disso, encontrou dinheiro, vários cheques e ordens de pagamento do exterior para o carioca. Reinterrogado, Kleber disse que as drogas deveriam ter sido colocadas por falsos amigos, durante as sessões de cinema que promovia em sua casa.

— Seriam pessoas que não estariam aprovando o meu trabalho atual, onde faço filmes contra o uso de tóxicos.

Sobre o dinheiro, disse que era mandado por seu pai, e as ordens de pagamentos eram dívidas de amigos que lhe deviam dinheiro (A TARDE, 17/03/1973, p. 25).

Mário Gusmão era um usuário contumaz de drogas e a sua prisão, com um (possível) flagrante por porte de maconha, retratava a realidade. Porém, todas as inúmeras notícias nos diversos jornais apontavam para o envolvimento de Kleber dos Santos com a prostituição de menores e o possível tráfico de drogas. Entretanto, consonante com a realidade brasileira, desde o início o tratamento foi absolutamente diferenciado. Enquanto Mário, segundo seu próprio depoimento, permaneceu incomunicável por 70 horas, Kleber dos Santos, após 24 horas da prisão, já mantinha contato com seu pai:

— Ontem à noite, o pai de Kleber, Sr. Manoel Lourenço dos Santos Jr., chegou do Rio e esteve na Delegacia de Jogos e Costumes, quando conversou com o Delegado Armando Campos, sendo depois liberado seu filho, para que nas dependências da própria Delegacia tivesse uma conversa com seu pai. O encontro teve lugar em uma das salas do 1º andar da Delegacia de Costumes, onde pai e filho tiveram um contato demorado, indo além das 22 horas (A TARDE, 16/03/1973, p. 18).

No dia 20 de março de 1973, o jornal A Tarde estampava: *Raul Chaves diz que é ilegal a prisão de Kleber*. Segundo o famoso advogado, recordando os fatos, Kleber, que

— [...] fora visitar um amigo na Avenida Paralela, foi preso ao chegar na casa. Os policiais, que já haviam prendido três pessoas dentro da casa, sob a acusação de guardarem maconha, prenderam Kleber também, embora este não estivesse com drogas ou mesmo morasse na casa[88] (A TARDE, 20/03/1973, p. 22).

Enquanto isso, o pai de Kleber, usando de todo o seu prestígio – já evidenciado na carta enviada preteritamente ao Secretário de Segurança Pública, pedindo apoio para a realização do filme de seu filho –, dizia nos jornais que admitia que o filho fosse viciado, mas não traficante (JORNAL DA BAHIA, 20/03/1973, p. 6).

No dia 28 de março apareceu uma nova notícia sobre o assunto: *Anjo Negro Confessa – Resto da "Gang" na Rua*. De acordo com a matéria,

> – Num golpe que bem demonstra a alta periculosidade da "gang" de traficantes de tóxicos, o ator cinematográfico Mário Nascimento acabou por assumir toda a responsabilidade no comércio de ácido e maconha em Salvador. Ele antes na polícia havia negado tudo. Agora, depois de muitos dias recolhidos juntos na cela 19 da Casa de Detenção, resolveram os quadrilheiros partirem para uma solução: sacrificar um dos membros da "gang". Esta é a opinião de prepostos da Delegacia de Jogos e Costumes, em virtude do Juiz Artur de Azevedo Machado, titular da Segunda Vara Crime, ter relaxado ontem a prisão de Kleber Lourenço dos Santos, Napoleão Santos, José Lourenço e Sílvio de Oliveira[89] e mantido preso Mário Nascimento, o "Anjo Negro". O Juiz Artur de Azevedo Machado, contudo, diz que não liberou Mário Nascimento porque foi em sua casa que a polícia encontrou a maconha. Quanto aos demais só no andamento do inquérito é que se pode fazer um julgamento. Entretanto, nada diz o Juiz quanto ao fato de que foi na casa de Kleber Lourenço dos Santos que a polícia apreendeu 799 comprimidos de LSD. Em palestra com o delegado Dilton Berbert de Castro ele disse que de forma alguma podia fugir ao relaxamento da prisão, apesar desta nada ter que ver com a apuração dos fatos. Diariamente vinha sofrendo pressões de familiares dos presos e como o que eles reivindicavam era justo e de Lei não lhe restou outra alternativa. (JORNAL DA BAHIA, 28/03/1973, p. 6).

O sacrifício de Mário foi evidente. Entretanto, havia um descompasso entre o possível "acordo" de Mário com seus companheiros e o pronunciamento do Juiz Artur Machado. O depoimento de Mário Gusmão, no dia 28 de março, na audiência do Fórum Rui Barbosa, revela que o ator não fez qualquer acordo, nem assumiu a responsabilidade pelo comércio de drogas. Ele manteve o seu pronunciamento inicial de que não resistiu à prisão e de que um policial apareceu com um saco contendo maconha, do qual negou a propriedade.

Enfim, após menos de 15 dias, todos estavam em liberdade, excetuando Mário Gusmão, que permaneceria na prisão por longos 56 dias. A perspectiva grupal da contracultura se mantivera, exceto para o pobre e negro. Muitos dos seus amigos, como Jota Bamberg[90], demonstraram interesse e preocupação por sua situação. Entretanto, em sua grande maioria eram pobres, jovens, artistas ou vinculados à contracultura ou à esquerda, sem maior acesso às estruturas de poder, temerosos de envolvimento com a ação repressiva – havia uma perfeita concatenação entre os órgãos de segurança de então – do aparato institucional. Para evitar injustiças, nem provocar susceptibilidades, prefiro as próprias palavras de Mário sobre os seus sentimentos e quem o ajudou:

– Muitas vezes eu ficava pensando que seria libertado da forma mais absurda possível: eu pensava que um dia Jota ia entrar na cela em um cavalo branco e ia me carregar. Talvez eu ficasse pensando assim porque na prisão Jota foi uma das pessoas que mais me assistiu. Uma parte da Bahia me abraçou e outra me abandonou. Teve uma amiga, que eu não quero dizer o nome, que depois de tudo isso desapareceu. Aliás, na época não foi só ela, foi muita gente. Pelo menos deu para eu saber quem eram meus amigos. Teve muita gente, muita gente mesmo que lutou para eu sair da prisão. É tanto nome que eu não quero cometer injustiça. Alguns de forma direta, como Maria Auxiliadora[91] que lutou muito, fez tudo que era possível para me libertar. Mas, havia outros que, de forma indireta, com as visitas, rezando, fazendo promessas, me ajudaram muito.

Mário Gusmão lembra do seu tempo na prisão e do tratamento recebido:

– O sofrimento na prisão foi muito grande, mas lá dentro eu nunca fui maltratado. Um guarda mesmo, como eu não tinha cama, deixou que trouxessem

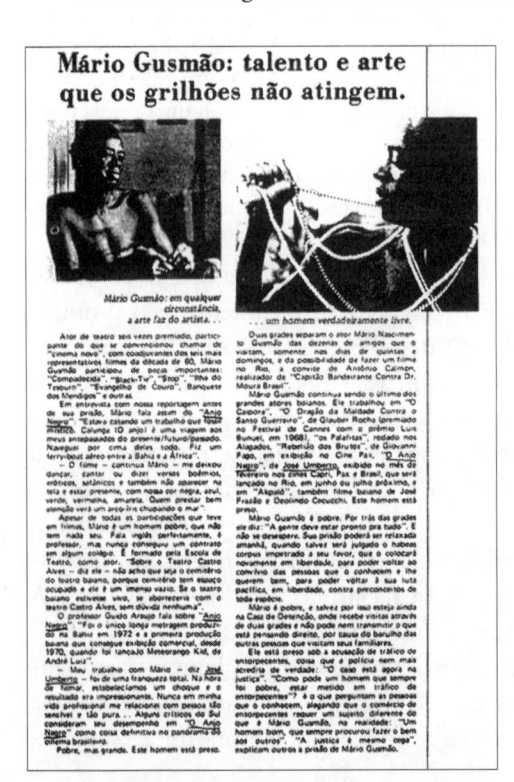

Reportagem sobre a prisão de Mário Gusmão

uma colcha de retalhos para eu dormir. Eu diria, diante de tudo, que eu cheguei a ser um privilegiado[92]. Mas, entre a prisão e a liberdade, só sabe quem passa: é uma diferença inusitada. Eu primeiro fiquei na cela 117, depois passei para a 12. Embora eu tendo título universitário deveria ter cela especial, mas como eu era artista não levaram nada disso em conta[93]. Havia um amigo meu que arranjou para eu receber remédios para a minha pressão. Deixavam entrar comida para a minha dieta, porque a minha saúde já era frágil naquele momento. Eu saía para as audiências algemado, com sete soldados, porque eu era considerado um preso perigoso. Primeiro, eu fiquei na Casa de Detenção, no Santo Antônio[94], mas depois eu tive que sair para o hospital, porque eu estava doente. Depois eu fiquei nos Dendezeiros[95].

Uma matéria jornalística confirma o seu depoimento:

– O ator Mário Gusmão declarou que o ambiente na Detenção é bastante confuso e heterogêneo. As condições das celas são precárias, o banheiro não possui água corrente, sendo abastecido pelos presos em sistema de rodízio. Entretanto, o ator não executou este serviço devido ao seu precário estado de saúde. O ator no dia 1º de abril sofreu uma crise, sendo levado algemado para o Pronto Socorro. O mesmo ocorre quando se dirige ao Fórum nos dias de audiência. Todavia o juiz já providenciou para que este tratamento não continue nas próximas audiências (A TARDE, 28/04/1973, p. 24).

Mário Gusmão ficou física e psicologicamente arrasado na prisão. Todos que o foram visitar o encontraram barbudo, emagrecido, doentio e em profunda depressão. Porém, alguns mais perspicazes não deixaram de perceber a integração que ele estabelecia com a "nova comunidade":

– Ele criava um ambiente em torno dele, estabelecia uma família, uma rede de relações. (Sérgio Fialho)

– Fui visitar Mário com a ajuda do jornalista e advogado Jehová de Carvalho[96] [...] estava lá o ator baiano, emagrecido, barbicha, com crise de hipertensão, mas ambientado com todos os seus companheiros de cadeia. Senti uma reverência respeitosa dos "marginais" [...]. (José Umberto)

O relato de Mário Gusmão expressa a situação:

– Lá eu fiz amizade, comecei a ensinar português, matemática, os presos gostavam muito. Teve uma pessoa lá dentro que ficou muito minha amiga, seu nome era Augêncio, ele ficava muito sozinho e passou a ficar muito tempo comigo. Ele tinha uma transa dele complicada e eu dava muitos conselhos a ele, por horas. Quando ele saiu é que eu soube que ele era do "esquadrão da morte" de Quadros e que tinha sido um grande boxeador[97]. Na época estava lá também um rapaz alto, bonito, extrovertido, Carlinhos, que eu também depois vim a saber que era filho de Quadros. Eu terminei ficando amigo dos dois. Teve também um rapaz de São Paulo, preso por tóxico, que fiquei amicíssimo. Depois, quando ele voltou para São Paulo ele passou muito tempo me escrevendo. Nessa época na prisão eu lembrava de presos famosos. Eu me lembrava de Genet[98] e ficava pensando nas suas histórias. Mas só pensando, porque a minha vida e presença lá nada tinha a ver com a sua. O que eu queria era ver humanidade ali. Tem um lance que eu quero contar. Quando eu fui sair, eu terminei chorando. Na hora eu cheguei a me lembrar de coisas bestas, como dizer aos colegas de lá que falassem com a professora de Matemática que eles não sabiam matemática moderna, que ela estava ensinando errado. Se eu fosse escritor tinha escrito aquela história toda da prisão: vi muita gente cheia de coisa para dar. Em alguns momentos eu cheguei a pensar na prisão como minha casa e nos presos como minha família[99].

Tenho tendência a pensar que a configuração das prisões é, não obstante suas regras próprias, em certos aspectos, um reflexo dos padrões de organização social da violência brasileira[100]. Naquele momento, o Brasil estava pautado num padrão de violência "legítima", em grande parte definido pelos órgãos de segurança, envolvendo as esferas estaduais e federais. No caso específico da Bahia, além da violência legítima, existia apenas uma criminalidade comum, de certa forma tradicional, sem maior nível de organização, associada à violência contra os patrimônios físico e material. Porém, já começavam a existir, no âmbito da própria violência "legítima", marcas de ilegitimidade, com o surgimento de "grupos organizados de extermínio", tendo grande expressão, naquele momento, o grupo comandado pelo delegado Quadros. A prisão era um reflexo dessa situação, nela desenvolvendo-se um padrão de organização de tipo familístico, onde se estabeleciam fortes laços de reciprocidade e solidariedade. E Mário, conforme se depreende do seu depoimento, não apenas participou: deve ter tido um papel de realce na configuração comunitária que se desenvolvia na prisão. Mas não só: foi capaz de estabelecer interação com as figuras "desviantes" – em relação ao conjunto de presos –, oriundas do aparato de violência legítima.

Retornando ao processo criminal, podemos ver evidenciado mais uma vez o tratamento discriminatório em relação a Mário na audiência de 28 de março de 1973, no Fórum Rui Barbosa. Enquanto todos os acusados – em liberdade – tinham advogados, Mário Gusmão foi o único que não o possuía, tendo assim de o Juiz Artur de Azevedo Machado nomear para ele um defensor público. Tendo em vista que tinham se passado menos de 15 dias de sua prisão, os seus amigos ainda não tinham se mobilizado para a sua libertação. Acredito que pensavam que, dado o envolvimento da família de Kleber dos Santos, e como todos os outros já estavam livres, a soltura de Mário seria uma conseqüência, ou ainda estavam bastante assustados para se envolverem com a situação.

O promotor Fernando Dias Alves, ao fazer a denúncia, denominou "Mário Nascimento ou Mário Gusmão" como a "pessoa que havia interpretado o papel de diabo em uma peça teatral". Mantendo a acusação do flagrante em sua casa, não deixou de fazer uma pequena brincadeira:

- Vou ser rápido, pois quero ver Mário logo trabalhando no palco.

E não deixou de proclamar que havia nítidas ligações dos acusados com o material – os 766 comprimidos de LSD – encontrado na Rua Heitor Dias, nº 19. O que se pode perceber é que, não obstante a brincadeira do Promotor – despropositada, na medida em que Mário era o único que permanecia preso –, o flagrante era atribuído a ele, a alegação do envolvimento com o tráfico se mantinha e a alusão a sua condição demoníaca era explícita.

Mário manteve o seu depoimento inicial, enquanto Tiago Napoleão e José Lourenço reiteravam as acusações a Kleber Lourenço dos Santos de que tinham sido aliciados para o uso de tóxicos. José Lourenço afirmou também que, por diversas vezes, presenciou Mário e Kleber fumando maconha. Silvio Oliveira disse, entre outras coisas, que obteve informações de

- [...] que existe um problema de tóxicos na casa de Mário Nascimento. Ela é usada por viciados em maconha e outros tóxicos.

Quanto a Kleber, a própria matéria na imprensa revela a sua situação:

- Ele durante toda a audiência na Segunda Vara Crime, presidida pelo Juiz Artur de Azevedo Machado se mostrava muito confiante e sorridente e acabou sendo preso por agentes da Polícia Federal. [...] Contra Kleber Lourenço dos Santos há agora, independente das apurações que estão sendo feitas pela Polícia Federal sobre o comércio de tóxicos, uma nova acusação. Ele, durante o período que passou recolhido à Casa de Detenção, ali fez tráfico de LSD. O fato só foi descoberto pelo Diretor Nelson Aguiar face a uma denúncia. Kleber escondia o ácido na bainha das calças. Chegou a dopar Zinaldo Belarmino Pereira, seu companheiro de cela.

Portanto, era mais um elemento contra o companheiro cineasta de Mário Gusmão. Porém, a matéria traduz o desfecho:

- No final acabou sendo preso por agentes da Polícia Federal. E seu pai, o General-de-divisão Manoel Lourenço dos Santos Junior, que durante todo o tempo lhe dava apoio moral, fez questão de seguir junto ao seu filho até a PF e dali para o Quartel de Amaralina, onde disse ficaria ele recolhido até amanhã quando seguiria para o Rio de Janeiro (JORNAL DA BAHIA, 29/03/1973, p. 6).

Embora não tenhamos as conclusões da sua situação na Polícia Federal, o que se presume é que, no mínimo, Kleber dos Santos foi beneficiado com a transferência para o Rio de Janeiro, local de moradia de sua família e onde seu pai poderia utilizar – mais ainda – a sua rede de relações e o seu prestígio.

No dia 11 de maio de 1973, com a intervenção de Maria Auxiliadora Minahim, 56 dias após a sua prisão, Mário foi libertado. Segundo Maria Auxiliadora,
> – Quando Mário conseguiu acesso a mim, eu só me lembro que consegui essa coisa. Eu estou me vendo lá na Casa de Detenção, que ainda era ali no Santo Antônio. E me lembro o dia em que a gente conseguiu relaxar a prisão dele e que fui buscá-lo para colocar na pensão ou foi na casa de Adélia, uma atriz, baixinha, amiga de João.

Na última audiência de que tive conhecimento, no Fórum Rui Barbosa, com a presença de todos os acusados, o ator e serventuário da Justiça, Jairo Roberto Pedreira, e o Diretor do Teatro Castro Alves, Mário Lobão, depuseram atestando a idoneidade moral e a contribuição artística de Mário Gusmão. No seu depoimento, Jairo Roberto disse que Mário era um indivíduo pobre, vivendo às custas dos amigos. O promotor Fernando Alves perguntou então se era verdade que a residência de Mário era freqüentada por pessoas de recursos financeiros e meio social elevado. Jairo respondeu que a casa de Mário era freqüentada por grupos variados: alunos seus e outros amigos que lhe levavam dinheiro, roupas e alimentação. Entretanto, o mais sugestivo da audiência foram os advogados dos acusados insistirem numa falha do Instituto Médico Legal Nina Rodrigues, que no laudo, anexo aos autos do inquérito, dizia que
> – [...] só podia reconhecer a maconha e a descreveu. Quanto ao LSD disse não possuir condições de analisá-lo e informar se era LSD ou não" (JORNAL DA BAHIA, 12/05/1973, p. 6).

Ora, convenhamos, a "incapacidade" de averiguar a existência ou não de LSD favorecia nitidamente a um dos acusados: Kleber Lourenço dos Santos.

Não tenho dados sobre a finalização do processo, uma vez que, infelizmente, toda a pesquisa para encontrá-lo foi infrutífera, o que exigiu que o acompanhamento do caso fosse feito pelos jornais e com o auxílio de depoimentos. Mas, considerando a própria situação de Mário Gusmão, é presumível que o processo foi posteriormente arquivado. Entretanto, Mário vivenciou expressamente que a Justiça no Brasil era, entre outros aspectos, uma questão de classe e de cor. A ele se aplicava perfeitamente a análise de BECKER (1985, pp. 33-36) sobre o desvio: segundo esse autor, o rótulo de desviante, aplicado a um comportamento ou indivíduo, não depende da natureza do comportamento em si, mas do fato de que a coletividade o considera desviante; e essa rotulação é aplicada diferenciadamente, de acordo com as posições relativas do indivíduo e do rotulador. Mário sentiu, na pele e no coração, que a Lei no Brasil se aplicava mais a um negro e pobre, como conseqüência da reprodução do racismo e da condição de classe, como princípios subjacentes ao nosso sistema judicial[101].

Livre com os fantasmas

Mário relata o que ocorreu após a sua libertação:

– Fui morar no Boulevard Suíço, ali atrás do Fórum. Ali era bom porque era perto de onde eu respondia inquérito. Eu passei um bom período tendo de ir semanalmente à Justiça. Depois do Boulevard, fui morar lá no Nordeste de Amaralina. Você veja, Vivaldo[102], quem eu nunca esperava foi quem me deu a maior força. Pediu ao seu amigo, Roberto, para me hospedar. A sua mulher, Graça, estava grávida nessa época. Roberto estava jovem, morava ali defronte da Igreja do Rosário dos Pretos, no Largo do Pelourinho. Foi aí que Jurema, minha amiga, me chamou para fazer uma peça sobre a questão racial e eu fui.

Tenho a impressão de que, pelo convite recebido após a prisão, Mário pensava em seu retorno às atividades artísticas. E, sobretudo, numa peça que tratava da questão racial:

– Era uma história de amor entre uma mulher branca e um rapaz negro. Ela era uma atriz, mais velha do que ele, ele era um jovem estudante de Arquitetura que foi para o Rio de Janeiro. E foi fugindo do preconceito na Bahia, porque ele achou que estava prejudicando os irmãos de criação, que não eram convidados para as festinhas e outros encontros sociais. E como os seus pais de criação eram pessoas fantásticas, eles diziam: "Ou vão os três ou não vai nenhum". Quando ele percebe tudo, vai para o Rio. Lá, ele continua estudando e conhece uma atriz num projeto do SENAI. Ela é uma mulher de um passado duvidoso e aí ele se apaixonam, se casam, mas ficam as dúvidas. Ela pergunta: "Por que ele ficou comigo se eu tenho o meu passado e sou mais velha que ele?" "Por que ela está comigo, negro, garoto, começando a estudar?" Um duvidava do amor do outro. Era uma discussão do problema racial e das questões da mulher. (Jurema Penna)

Embaraços – provavelmente sem o conhecimento de Mário – ocorreram em relação à produção, em função do "rótulo" atribuído a ele. A autora da peça é quem narra a situação:

– Na verdade, o projeto já vinha sendo discutido e, durante esse tempo, Mário vai preso. Mário foi morar naquela casa onde tudo aconteceu porque não tinha onde morar, porque era pobre que nem Jó. Tinham que prender a quem? Ao preto e pobre. Preto, pobre e ator. Só sei que, depois de tudo isso, Mário sai da prisão. E nós tínhamos uma pequena verba da Secretaria de Educação. Aí o rapaz que cuidava do Departamento, que hoje seria a Fundação Cultural, queria retirar a ajuda que tinha nos dado, porque não podia dar ajuda a um grupo que tinha sido preso por drogas. O cara chegou a dizer para nós: "Tirem Mário, arranjem outro ator, que a Secretaria dá apoio." Aí eu fui para o Secretário, que era Rômulo Galvão, e ele disse: "De jeito nenhum, pelo contrário.

Não vamos tirar apoio de jeito nenhum. Ainda tem uma coisa, quero que o espetáculo vá para a minha terra e eu vou com vocês." Só assim montamos a peça com o apoio da Secretaria e fomos a Campo Formoso com o Secretário. (Jurema Penna)

Porém, Mário sentia que o mundo, que ele tanto lutara para conquistar, cada vez mais se afastava; ele, como bem o disse Jurema Penna, já não era o mesmo. Triste, abatido, de vez em quando – nas poucas vezes em que se abria – dizia:

- Esta vida é uma merda.

Apesar do apoio de Jurema Penna e de outros amigos, nada era suficiente para amainar a sua amargura. Um episódio veio corroborar o seu sentimento do mundo:

- O que eu quero é mostrar o carinho que Vivaldo teve por mim. Na época ele fez um jantar lá na casa dele em Amaralina. Lá para certas horas eu ouvi uma discussão na biblioteca dele. Um amigo dele, que eu não lembro quem era, tinha dito: como é que ele fazia um jantar com uma pessoa que tinha sido presa? E o jantar, na realidade, era em minha homenagem. Ele tinha feito para acabar com tudo aquilo. Ele expulsou o cara. Por isso até hoje eu gosto muito dele. Ele disse, naquela forma de falar de Vivaldo, dura, incisiva: "Mário é meu amigo, meu irmão, você é que só está aqui por causa dele." Mas aquilo me marcou muito.

Mário fora expulso do sistema social normal e assim sentia-se marginal, impuro:

- Quando as pessoas me viam, tomavam um choque, ficavam com medo. Eu notava. Eles falavam: "Mário Gusmão, quanto tempo", mas eu sentia uma coisa diferente. Eu achava que eles estavam assustados, tinham medo da repressão. Você sabe, esse negócio de contágio. Até a própria esquerda não tinha coragem de me abraçar e perguntar como as coisas estavam. Havia o respeito pelo nome Mário Gusmão, mas o medo era mais forte.

A ele aplicava-se inteiramente a consideração de GOFFMAN (1988, p. 17): a introjeção dos valores da sociedade o fazia sentir-se inferiorizado, percebendo-se portador de uma característica impura ou defeituosa. Tornou-se desconfiado, ansioso, confuso e, como recurso, buscou o auto-isolamento:

- Eu fui morar na Suburbana, no sítio de um amigo meu, e logo depois eu fui lá no interior vender uma terra que eu tinha para comprar uma casa. É essa casa que eu tenho até hoje. Nessa época eu fiquei muito afastado de tudo. Isolado mesmo. Eu estava só.

Sua amiga, Maria Auxiliadora Minahim, realça como era a sua vida no sítio da Suburbana:

- Era um lugar superagradável, com vistas para o mar, quase todo sábado eu ia lá levar coisas para ele. Eu sei que eu ia, a gente fazia lanches, ele fazia café para mim, biscoitinho, mas ele estava recluso ali. Nessa fase ele tinha medo de descer a rampa para sair. Ele não saía para nada. Ele plantava, mexia na horta, fazia coisas de artesanato e, durante um bom tempo, se satisfazia com isso. Eu dizia: "Poxa, Mário! Você está aqui num retiro espiritual."

Mário Gusmão acreditara inteiramente na sua integração ao mundo dos brancos, sentira-se plenamente aceito, a ponto de embarcar numa proposta alternativa de renovação da sociedade. Vivera o sonho e agora enfrentava a dura realidade. O que faria?

NOTAS

[73] Embora as raízes da contracultura nos Estados Unidos estejam nos *beatniks* e intelectuais das décadas de 1940 e 50, a sua base mais próxima, temporal e existencial, foi a vanguarda artística da década de 60 (ver BAES, Sally. Greenwich Village 1963. Avant-Garde, Performance e o Corpo Efervescente. Rio de Janeiro: Rocco, 1999). Gilberto Velho, com propriedade, questiona esse nome, considerando que ele indica um conflito de valores, mas partindo do princípio da existência de uma homogeneidade na "cultura envolvente". Para o autor, o conceito de subcultura ou contracultura está vinculado a uma perspectiva muito preocupada em traçar limites rígidos entre o normal e o anormal, o ajustado e o desviante. (VELHO, 1998, pp.17-18)

[74] Embora dela participassem alguns negros, seja como lideranças ou ícones do movimento – como Jimi Hendrix –, seja como meros participantes – como o jovem negro do grupo *hippie* do filme *Hair* –, a contracultura foi uma manifestação basicamente branca. Em volumoso ensaio, conservador e preconceituoso, sobre a vida americana no período, PEREYFITTE (1968, pp. 66-67) assinala a existência de "poucos negros entre os *hippies*". Já BALDWIN (1972, pp. 126-127), falando sobre a juventude das flores, quando todo mundo, jovem e não tão jovem, se entregava a alguma droga, diz: "Os negros, de um modo geral, não eram vistos no meio desses jovens. Dentro do sinistro sistema de vida americano, eles caminhavam pelas mesmas ruas, eram encontrados nas mesmas vizinhanças, eram vítimas das mesmas forças, pareciam suportar um ao outro sem má-vontade – pelo contrário, especialmente do ponto de vista das forças que os observavam – e ainda assim não pareciam influenciar um ao outro, e certamente não estavam juntos. Os negros não estavam depositando sua confiança em flores. Estavam depositando sua confiança em armas. Uma roda histórica tinha completado o círculo. Os descendentes dos *cowboys*, que massacraram os índios, os herdeiros desses aventureiros que escravizaram os negros, queriam depor as suas espadas e seus escudos. Mas estes só poderiam ser depostos aos pés do Sambo, razão pela qual eles não podiam estar juntos."

[75] Se grande parte da ascensão e assimilação social se dá sob esse prisma, concordo com o antropólogo Lívio Sansone quando, em conversas informais e palestras, alerta sobre a possível redução analítica em relação à ascensão social, ao entendê-la somente sob a ótica dos dominantes. Outros poderiam ser os mecanismos de ascensão social que não os pautados apenas no embranquecimento, no paternalismo e na tolerância. Porém, esse não foi o caso de Mário Gusmão.

[76] Edinísio foi estudante da Faculdade de Filosofia e, entre outras atividades, foi colaborador do jornal *underground* Verbo Encantado. Segundo GALVÃO (1997, p. 56), ele morreu afogado em Parati: "Contaram-me que ele entrou no mar e foi sumindo, sem nenhuma reação. Uns disseram que ele não sabia nadar, e outros, que ele tomou LSD."

[77] Gato Felix foi estudante da Escola de Teatro e posteriormente aliou-se ao grupo Novos Baianos. Várias são as histórias narradas por Luiz GALVÃO (1997), no seu livro, sobre Gato Felix.

78 Uma filha de um Vice-Governador do Estado o visitava e manteve-se como sua amiga por toda a vida.
79 Sobre *Barravento*, ver as análises de CARVALHO (1990) e SILVEIRA (1998, pp. 88-115).
80 A relação entre o bode preto e Exu está presente nos candomblés da Bahia. Ele é uma das "comidas" de Exu. Mas, segundo observações do antropólogo Júlio Braga, a vinculação do bode a Exu tem grande influência do Diabo cristão, pela associação existente no imaginário ocidental dos chifres e da cor preta com o demônio.
81 É digna de nota a observação de um crítico na Tribuna da Bahia (10/04/1987, p. 9): "O povo se torna uma força obscura, misteriosa e demoníaca que apavora os brancos dominantes, e o problema das contradições internas e de racismo se dissolve na 'poesia'. O seu povo é um ente demoníaco e poético que massacra (cuja função é mascarar e mitificar) as reais relações povo-burguesia." O problema é que o crítico pensava na luta de classes, enquanto José Umberto já vislumbrava um questionamento específico para o negro na sociedade brasileira, em especial baiana.
82 O próprio filme revela tal complexidade e ambigüidade: quando Calunga estupra a mulher do juiz, isso pode ser entendido como uma vingança contra os estupros das mulheres negras pelos brancos no passado e no presente, mas também é um ato de reafirmação de sua "animalidade" e de valorização da mulher branca.
83 "José Umberto vive em Salvador e veio a Aracaju acompanhado de diversos atores que participaram do filme, pois tinha interesse especial em apresentá-lo aos seus conterrâneos, além de querer sentir as reações do público e prestar uma homenagem ao compositor Pixinguinha recentemente falecido. Saiu do cinema com raiva, não dos sergipanos, mas da direção do cinema, que esperava receber seus convidados de honra em traje a rigor, e não com sandálias, tamancos ou descalços" (Jornal da Bahia, 21/02/1973, p. 9).
84 Narcisista, não deixaria de acompanhar em todas as fases o primeiro filme em que era o protagonista, além de apostar no projeto como uma alavanca ainda maior na sua carreira.
85 Posteriormente, vários outros subgrupos e indivíduos relacionados com a arte e a contracultura se fixaram na Boca do Rio, dos Novos Baianos e Gilson Rodrigues, até as "turmas" do alto do São Francisco. Foram eles a base para, em meados da década de 1970, a criação da famosa Praia dos Artistas. Sobre esta, ver os depoimentos de Aloísio e Gilson Rodrigues no Micro Jornal BOCÃO, Salvador, 1 a 15 de dezembro de 1989, ano 1, n° 1, pp. 3, 4, 6.
86 Kleber Santos, cineasta, dizia ser filho de um general-de-Exército, inclusive tendo em suas mãos uma carta do seu pai para o Secretário de Segurança Pública do Estado da Bahia.
87 Kleber alugou a casa de Ricardo Fortes Fraga por 15 dias e, findo o período do aluguel, o proprietário o procurou dizendo que já havia vendido o imóvel a Daniel dos Santos, e que teria de fazer a entrega do mesmo no dia 17. Kleber exibiu para o proprietário da casa a carteira do seu pai – oficial reformado do Exército – e uma carta ao Coronel Joalbo Figueredo Barbosa, então Secretário de Segurança Pública, e disse que não iria sair da casa, pois pretendia comprá-la. "Estava fazendo ali um serviço para o Governo Federal e que até um engenheiro já havia contratado para as reformas." (Jornal da Bahia, 20/03/1973, p. 6)
88 Embora o advogado Fernando Santana, do escritório de Raul Chaves, dissesse serem falsas tais declarações e que o escritório ainda não era patrono da causa de Kleber dos Santos, logo a aceitariam. Raul Chaves e Fernando Santana seriam os responsáveis pela defesa de Kleber Lourenço dos Santos.
89 Embora não tenha aparecido nas reportagens dos jornais inicialmente, ele foi preso na Paralela, juntamente com Mário Gusmão e Tiago Napoleão.
90 Segundo Jota Bamberg, uma das suas preocupações com Mário Gusmão era que, devido a ele ser artista e homossexual, ele fosse "currado".

⁹¹ Maria Auxiliadora Minahim, então recém-formada em Direito, membro de uma família de grande prestígio na cidade, atualmente professora da Faculdade de Direito da Universidade Federal da Bahia. Foi ela uma das responsáveis pelo relaxamento da sua prisão.

⁹² "O homem tem o hábito de detectar um propósito e um significado mais elevados na realidade manifestamente absurda. Ele tende a tratar a mão da autoridade como um instrumento, se bem que grosseiro, da Providência. Um sentimento global de culpa e de penitência diferida conspiram nessa atitude, tornando-o uma presa fácil, ao passo que o tempo todo ele se orgulha de ter atingido novas profundezas de humildade. Eis uma velha história, tão velha quanto a história da própria opressão, ou seja, tão velha quanto a história da submissão" (BRODSKI, Josef. *O escritor na prisão*. MAIS, Folha de São Paulo, 16 de fevereiro de 1997, p. 4)

⁹³ Será que os órgãos policiais sabiam que o título de Mário Gusmão da Universidade era de nível médio?

⁹⁴ O Forte de Santo Antônio Além do Carmo, antiga fortaleza militar da cidade, era um presídio na época. Fica no Largo de Santo Antônio (no fim da Rua Direita de Santo Antônio). Ali estavam, além de criminosos comuns, vários presos políticos, embora em alas separadas. O presídio foi a "casa" do jornalista, escritor e atual deputado estadual do PT, Emiliano José, por longos anos, na década de 70. Abandonado por muito tempo, o prédio foi ocupado pelo Grupo de Capoeira Angola Pelourinho, fundado por Mestre Moraes.

⁹⁵ Quartel da Polícia Militar, na Avenida Dendezeiros, na Baixa do Bonfim, na Cidade Baixa. Fica próximo à Igreja do Bonfim.

⁹⁶ Jehová de Carvalho escreveu uma bela crônica na imprensa sobre a prisão de Mário Gusmão, denominada *O Anjo é negro mas não merece o inferno* (CARVALHO, 1994, pp. 118-119).

⁹⁷ Augêncio Almeida, campeão sul-americano de boxe, ex-policial. A sua solidariedade em relação aos membros da contracultura pode ser vista em GALVÃO (1997, pp. 79-80).

⁹⁸ Homossexual, ladrão, mendigo, tornou-se um dos mais importantes intelectuais franceses. Provavelmente Mário referia-se ao seu livro *Diário de um ladrão*, muito lido na época (GENET, 1968).

⁹⁹ Angela Davis, falando sobre as prisões femininas nos Estados Unidos, mostra alguns paralelos com a vivência de Mário: "Uma mulher algumas celas abaixo me deu uma fascinante descrição de todo um sistema através do qual as mulheres podem adotar suas amigas de cadeia como parentes. [...] O sistema de família serviu contra o fato de as pessoas serem nada mais que um número. Ele humanizou o ambiente e permitiu a identificação de uns com os outros dentro de uma estrutura familiar. [...] O que mais me impressionou sobre este sistema familiar foi a homossexualidade no seu núcleo. Mas enquanto havia certamente uma superabundância de relações homossexuais dentro desta estrutura improvisada de parentesco, ela não era fechada a mulheres, heterossexuais. Havia filhas heterossexuais e seus maridos e mães heterossexuais" (Tradução de Núbia Ramos) (DAVIS, 1974, pp. 54-55).

¹⁰⁰ Sobre as características das prisões como instituições totais, ver GOFFMAN (1974, pp. 13-108). Sobre a forma de organização da violência brasileira, com uma interpretação original e de certa forma insólita na sociologia brasileira, ver SILVA (1994, pp. 147-168).

¹⁰¹ Enfatizo o conceito de "reprodução do racismo", por considerá-lo básico em relação à análise da questão racial, na medida em que significa a permanência da exclusão do negro e manutenção dos privilégios dos brancos, e que tal concepção existe, independente do julgamento dos negros como inferiores. Creio que tal perspectiva se aplica inteiramente ao caso de Mário Gusmão. Sobre a discriminação racial em nosso sistema judiciário nas primeiras décadas do século XX, ver RIBEIRO (1995).

¹⁰² Vivaldo da Costa Lima, antropólogo, na época Diretor Executivo da Fundação do Patrimônio Artístico e Cultural, atual Instituto do Patrimônio Artístico e Cultural.

O ADMIRÁVEL MUNDO NOVO

> Agora me libertei. Para sempre.
> Sou um negro liberto da bondade.
> Liberto do medo.
> (NASCIMENTO, 1979, pp. 121-122)

Recluso, deprimido, sem condições financeiras, Mário passou todo o ano de 1974 morando de favor, em casa de amigos, mantendo-se afastado das manifestações da cultura popular que eclodiam nesse período. Mas era só uma questão de tempo para a sua aproximação.

O sinal mais visível da nova realidade em torno dele foi a transformação do carnaval baiano[103]. Este, desde o início da década de 1960, tinha se modernizado, com a presença dos trios elétricos (GOES, 1982), que promoviam a participação dos foliões, sempre dispostos a "pular" nas ruas da cidade, ao som do frevo baiano. Se, nos seus primórdios, o "trio" teve um caráter popular e democrático, cedo, sobretudo com o desenvolvimento do turismo, teve início sua exploração comercial e, conseqüentemente, a estratificação sócio-racial. Os blocos mais ricos, de brancos – como Os Internacionais –, que já antecipavam os futuros blocos de "gente bonita", desenvolvendo explícita discriminação social e racial, passaram a selecionar os seus foliões, consoante a situação econômico-sócio-espacial e características raciais, criando, como uma barreira para o acesso aos grupos, as cordas mantidas por "seguranças", em sua maioria negros e pobres[104]. Ao negro restou tornar-se um "folião-pipoca" – ou seja, aquele que "pula" fora das cordas dos "blocos de trio" –, ou manter-se nas suas instituições tradicionais, os afoxés e as escolas de samba, além de suas batucadas espontâneas. Inviabilizadas, seja por problemas econômicos, seja pela diminuição dos participantes, as formas tradicionais de participação dos negros no carnaval foram progressivamente se extinguindo[105].

Entretanto, um grande bloco, criado em 1968 por moradores do bairro do Tororó, já arregimentava uma grande massa de negros: o Apaches do Tororó, oriundo da escola de samba Filhos do Tororó. A escolha de um nome de índios – embora de índios norte-americanos, indicando a influência do cinema – expressa significados relacionados à condição dos negros naquele momento. A denominação de "índios" era dada pelas classes médias baianas aos moradores de bairros populares, de predominância negra, muito antes do aparecimento dos blocos, não implicando ligação com uma raiz indígena. Além disso, como ressalta RIBARD (1999, p. 190), no processo da conquista colonial, o índio tornou-se símbolo de resistência e sacrifício pela liberdade – prioridades para os negros também.

Depois desse, outros blocos de índios se formaram. Eles revelaram a dimensão racial no carnaval baiano, na medida em que eram identificados como formados por negros, tendo como expressão o samba, além de desenvolverem temas ligados à cultura afro-brasileira (GODI, 1997, pp. 75-76). Mais: estabeleceram a contenda racial na prática, por sua violência e brigas com os "blocos de brancos"[106]. Além disso, possibilitaram aos negros o conhecimento de suas reais possibilidades, seja em nível de organização, agregando milhares de pessoas, seja em nível de referencial, pela valorização do corpo, temática e sobretudo musicalidade. O sentimento de força e pertencimento, explicitado inclusive através das músicas – "Sou eu, sou eu, Apache que ninguém supera" –, revelava uma dimensão positiva e uma energia que contagiava todos os seus membros.

Além dessas mudanças nas formas tradicionais de expressão popular, fatores externos também influenciaram a situação local. No início dos anos 1970, começaram a chegar a Salvador, como a todo o país, influências estéticas e ideológicas de movimentos e personagens negros dos países metropolitanos. As modas incorporadas nos cabelos, nas roupas, nos gestos, retratavam as violentas revoltas raciais e as organizações políticas dos negros, e foram logo adotadas por figuras representativas dos meios artístico e futebolístico, nacional e local. A *soul music*, adotada inicialmente pelos jovens negros cariocas, como lembra RISÉRIO (1981, p. 27), ganhou as das discotecas do bairro da Liberdade para conquistar a juventude negra da cidade.

Além das influências estéticas, outros fenômenos chegavam aos negros baianos: o movimento dos Panteras Negras, nos Estados Unidos, e as notícias sobre as figuras emblemáticas das organizações negras norte-americanas, como Martin Luther King, Malcom X e Angela Davis. Porém, não só: tomava-se conhecimento da existência de fortes movimentos de resistência popular contra o jugo colonial nos países africanos lusófonos, como Guiné-Bissau (independente em 1974), Angola e Moçambique (independentes em 1975).

Essas influências encontraram terreno fértil no país, onde a situação política começava a mudar. Havia indicações de uma possível "abertura", decorrente de vários fatores: o desgaste da imagem das forças armadas, como resultado dos anos de repressão (CARVALHO, 2001, pp. 173-176); a ascensão ao poder de uma corrente militar contrária à "linha dura", que preconizava uma política aparentemente liberal; a percepção, por parte do governo, de que os anos do "milagre" estavam contados e era melhor promover a redemocratização, enquanto houvesse prosperidade, do que fazê-lo em tempo de crise; e o crescimento da oposição que, nas eleições desse ano, conseguira obter maioria no Senado e aumentar significativamente sua bancada na Câmara, provocando uma reação do governo, que fechou o Congresso por 15 dias e criou um conjunto de medidas para a manutenção do poder no Legislativo[107]. Porém, esse retrocesso não interrompeu o processo de abertura, nem tampouco a movimentação política, em novas bases, que já se instalara no país. Apareciam novos atores políticos, não mais os antigos sindicatos e partidos, mas novas formas de organização, participação e ação coletivas. Como diz TELLES (1988, p. 277), não apenas emergiam, como atores, grupos sociais até então silenciosos, mas também os conflitos em desenvolvimento criavam novas realidades e novos significados que iam além das próprias condições de existência do conflito original.

Todos os fatores citados – os grupos carnavalescos como nova forma de expressão da população negra baiana, as influências dos movimentos negros externos, a situação política nacional – criaram condições para a emergência de uma outra realidade, com novos significados. Esta apareceria em 1974, na Bahia, da cultura popular dos negros, com a criação do bloco de carnaval Ilê Aiyê, por um grupo de jovens do Curuzu, na Liberdade (AGIER, 2000; SILVA, 1988, pp. 275-288).

Como os outros agrupamentos carnavalescos dos negros e pobres de Salvador (FÉLIX; NERY, 1993), o Ilê tinha a sua rede de sociabilidade e cooperação construída nas visitas familiares, nos bares e ruas do bairro, no time de futebol, nos passeios à praia, nas festas de Santo Antônio, São João e nos candomblés. Tudo isso fazia com que a identidade pessoal se confundisse com a do grupo, gerando uma prevalência da sensação de pertencimento. E isso se fazia através de uma explícita oposição aos valores do mundo dos brancos. Mas, se, anteriormente, essa oposição se manifestava pelo isolamento defensivo, condições específicas fizeram com que o Ilê inaugurasse um novo caminho. Por um lado, os movimentos estrangeiros ofereciam um modelo menos passivo; por outro, a maioria dos seus fundadores eram pessoas que cursavam o segundo grau ou (em menor número) tinham chegado à Universidade. Como relatou Araní Santana, "todo mundo era negro mesmo, pobre, mas tinha uma coisa forte que nos unia: tínhamos uma ambição por estudar. Todo mundo estudava, todo mundo lia, todo mundo era esclarecido. Dentro das nossas condições, nós éramos pessoas que tínhamos ascendido como pobres".

Tudo isso determinou uma aproximação de condições propícias ao desvendamento dos processos de dominação de classe e racial, favorecendo a assunção de uma consciência da necessidade de romper as posturas tradicionais em relação à política e à cultura. Assim, no carnaval de 1975, desfilou pela primeira vez o Ilê Aiyê, um bloco formado exclusivamente por negros, com trajes de estilo africano, com músicas próprias e portando cartazes alusivos à questão racial. Transformou-se o carnaval, impondo-se a sua africanização, com impacto no vestuário, nas danças e na musicalidade; mas, simultaneamente, afirmava-se em bases populares o novo movimento negro baiano[108].

Embora não ousasse abordar a questão racial no Brasil e na Bahia – seriam todos presos, óbvio –, o Ilê Aiyê, ao estabelecer a possibilidade de uma organização – com a presença exclusiva de pretos e a alusão à organização americana – e cultura próprias dos negros, atacava os fundamentos que sustentavam a harmonia e a homogeneidade racial e cultural vigentes (BAIRROS, 1996, pp. 173-186). Com o Ilê, nascia um novo Sujeito político e cultural, como uma "desforra da história", nas palavras de BOURDIEU (1989), transformando em emblemas o que antes era estigma – a cor e a africanidade –, como princípios para a unificação do grupo e objetivos para a mobilização. A cultura tornou-se assim ideologia e política, com a rejeição dos valores opressores, abstratos e regionais, na construção da identidade do ser negro em Salvador[109].

Encontro com a África

Foi dentro desse contexto que, após o seu compulsório "retiro" espiritual e físico, Mário retornou às atividades artísticas. Porém, já não voltaria para o campo das correntes dominantes das artes cênicas. O seu caminho, naquele momento, seria outro. Percebera que, não obstante o seu sucesso, permanecia um negro e pobre. E também estava cônscio de que a sua presença – e de outros raros negros – não fora capaz de alterar a "cor" do teatro baiano. Mais ainda: não existia uma dramaturgia que revelasse a história, cultura e vivência dos negros e, portanto, espetáculos que os colocassem no centro do palco e proporcionassem aos negros o desenvolvimento de suas capacidades artísticas[110].

Por outro lado, a realidade do campo artístico se transformara, e muito. A televisão, sobretudo com as novelas, provocava grande impacto e estragos no cinema e no teatro, em termos de público. O cinema, após a fase *underground*, do cinema marginal, encaminhava-se cada vez mais para uma perspectiva "realista", ou seja, voltado para a construção de um mercado; um novo cinema, com uma linguagem e temática brasileiras, mas nos padrões industriais internacionais (hollywoodianos), orientado para a "construção" e atração do público brasileiro, cujo modelo e ápice foi *Dona Flor e seus Dois Maridos*, ou mesmo a proliferação da pornochanchada, com objetivos puramente comerciais.

Para o teatro, a angústia era maior ainda, sobretudo em termos de público. A contracultura, já nos seus estertores, não obstante os seus avanços comportamentais, não fora geradora de uma nova linguagem teatral e, por outro lado, afastara o público da década de 1960 – os segmentos da classe média, por não aceitarem a agressão contínua e preferirem o conforto de suas salas-de-estar com suas televisões coloridas, e a esquerda por já não ver no teatro potencial revolucionário.

No caso de Mário Gusmão, a situação era ainda mais complexa. Primeiro, pela sua saída dos Novos – que continuava sendo, com um teatro, o grupo mais importante da Bahia –, o que o afastava de um grupo permanente e, portanto, da possibilidade de uma atividade razoavelmente contínua; segundo, porque o teatro exige, para a preservação de posições e, conseqüentemente, de convites para atuar, de presença e circulação cotidiana no meio artístico. Quem se afasta, como foi o caso de Mário, "morre" ou, como dizem os jovens hoje, "quem não é visto, não é lembrado".

Para completar, a geração primeira da formulação de um teatro profissional – a de Mário Gusmão –, "envelhecida", já começara a ser substituída. Havia uma nova geração – com nomes como Paulo Dourado, Márcio Meireles e tantos outros – que não conhecia Mário, ou que o considerava um referencial (histórico) importante, mas distante dos seus projetos. Márcio Meireles relatou que os atores da geração de Mário Gusmão, entre outros aspectos, tinham poucas chances pela ausência de personagens maduros nos espetáculos e também porque, na maioria das vezes,

– [...] não tinha cachê para oferecer à altura da história deles.

Mário tinha ainda um outro aspecto a considerar, derivado da contracultura: descobrira a beleza e as possibilidades do uso do seu corpo negro e reconhecia as suas potencialidades como dançarino, iniciadas com o espetáculo dos orixás, com João Augusto, e aprofundadas nas improvisações dos *happenings*, identificando na dança um símbolo de liberdade e de valorização da negritude. Porém, jamais "embarcaria" no caminho dos grupos folclóricos e, por outro lado, não pretendia tornar-se um dançarino no sentido convencional. Queria algo concernente com a sua descoberta e vivência, bem como sintonizada com os novos tempos para o negro.

Mas não era fácil encontrar um espaço para essa vivência. Naquele momento, intelectuais do mundo negro baiano, insurgindo-se contra a ideologia do mito da democracia racial, questionavam a posição dos negros e buscavam estabelecer uma legitimidade científica para a sua organização específica na sociedade. Procuravam, no entanto, criar uma movimentação política distanciada dos componentes da cultura tradicional dos negros, uma "nova cultura", onde estariam os componentes africanos preservados, mas não – por sua "alienação e cooptação" – os seus personagens, os seres de carne e osso que os mantiveram.

No mundo das artes, tínhamos áreas prescritas para a participação negra, como a música (sobretudo a popular), enquanto, no restante dos campos artísticos, a presença negra era esparsa e inconstante, no máximo referências para demonstrar o nosso padrão de tolerância e harmonia racial. Isso sem contar que, no teatro, no cinema e na televisão, naquele momento, ainda, os papéis reservados aos negros eram os sem importância, ou plasmados em estereótipos negativos (MENDES, 1993; ARAÚJO, 1999; RODRIGUES, 2001). Em belo estudo sobre o Teatro Experimental do Negro, Ieda MARTINS (1995, p. 77) compara a situação do teatro negro nos Estados Unidos e no Brasil, afirmando que, enquanto lá podia-se perceber uma continuidade de expansão, aqui as experiências eram isoladas e de vida curta, com uma produção dramatúrgica escassa. A situação era ainda mais complexa na dança, considerada um campo dos grupos dominantes e de jovens brancas: se Abdias Nascimento podia ser considerado um precursor de LeRoi Jones[111], nem de longe sonhávamos com uma Katherine Dunham[112]. Enfim, para se manter, sem fazer concessões, era muito difícil. Entretanto, naquele momento, já prenunciador da conquista das liberdades políticas, era intensa em Salvador a movimentação de grupos negros, orientados para a luta contra o racismo e a afirmação da negritude[113].

Dois espaços se destacaram nesse processo, como pontos de convergência das várias facções. Um deles era o famigerado "Cemitério de Sucupira"[114]. O outro era o Núcleo Cultural Afro-Brasileiro, criado em 1º de agosto de 1974, por um grupo de onze jovens, com sede provisória no Instituto Cultural Brasil-Alemanha (ICBA), onde, sob o apoio do seu diretor, Roland Schaffner, os vários grupos negros, que se estruturavam em busca de novos caminhos, tiveram um lugar propício para o desenvolvimento de sua organização, com liberdade. Com a missão de estudar, pesquisar e difundir a cultura afro-brasileira, de maneira menos acadêmica e sem vínculos religiosos, o Núcleo buscava legitimar no mundo intelectual, de forma paralela à Academia, o reconhecimento da existência de uma "inteligência" negra e uma forma de interpretação da história, da cultura e da sociedade que atentasse para a questão racial e valorizasse a contribuição do negro para a formação da sociedade brasileira.

Reencontro com a dança

Em 1975, Mário Gusmão começou a participar da movimentação cultural e política dos jovens negros baianos. Um aspecto fundamental para que isso ocorresse foi o fato de que, nesse ano, com a ajuda de alguns dos seus amigos, Mário passou a morar em um pensionato no corredor da Vitória, em prédio defronte ao atual Museu Carlos Costa Pinto. Esse novo modo de vida, relatado pelo museólogo Luiz Roberto Dantas, foi assim descrito por um jornal local:

- Seu fogão a gás se ajeita no espaço apertado do quarto de uma república, situada no ostentoso Corredor da Vitória, antiga moradia dos aristocratas da província (MÁRIO..., 1975, p. 9).

Isso facilitou, pela proximidade espacial, sua presença na movimentação que se desenvolvia no centro antigo da cidade. Mesmo andando, ele podia chegar ao ICBA e ao Cemitério de Sucupira. Araní Santana atesta a participação de Mário no movimento, mas no seu estilo próprio, "muito de ouvir, menos de falar", sobretudo em público:

- Mário Gusmão não fazia parte dessa turminha iniciante não. Mário estava mais assim no nível de uma reunião que a gente fez na Vitória, que foram pouquíssimas pessoas, Abdias Nascimento, Laís Salgado e o marido americano dela. Mas, nas nossas, ele chegava, mas não se metia na gandaia, na discussão, no cacete que tínhamos naquela época. Eu me lembro, quando ele chegava, todo mundo: "Mário, Mário." Ele chegava, ficava, mas não se metia em nossas brigas[115].

A sua forma essencial de fazer política seria através do que ele construíra por toda a sua vida: a arte. A participação no movimento cultural e político levou-o de volta ao campo artístico na cidade – paralelo às correntes dominantes, ressalte-se – graças, principalmente, ao seu reencontro com o dançarino negro norte-americano Clyde Morgan, no ICBA, em 1975 (FRANCO, 1994, p. 223). Este tornara-se, em 1972, responsável pelo Grupo de Dança Contemporânea Escola de Dança da Universidade Federal da Bahia, que revolucionou ao exibir danças afro[116]. Enfrentando reações negativas na Escola de Dança[117], Clyde procurou um caminho e espaço alternativos, encontrando-os no ICBA. Assim, em setembro de 1975, em longa matéria jornalística intitulada *Mário Gusmão: não desisto, tenho de lutar até o fim*, era anunciada a presença do ator em espétaculo no cine-teatro do ICBA,

- [...] na Oficina Baiafro com seu colega e professor Clyde Morgan, na primeira fase de um exercício litúrgico, baseado em pesquisa de seis meses do ritmo negro, sem nenhum caráter folclórico, desenvolvida principalmente pelo percussionista Djalma Correia[118].

A reportagem, além de fazer uma retrospectiva sobre a carreira de Mário, já revela as suas novas preocupações estéticas e políticas:

- A dança, que é o primeiro movimento do homem, tem se destacado na dinâmica das suas preocupações atuais, com um trabalho que vem elaborando, juntamente com um grupo de negros, de junção da música, pintura, poesia, para levar a bairros menos favorecidos socialmente da cidade. [...] Em relação à tão divulgada democracia racial [...] Mário Gusmão parte do princípio de que toda democracia é falha e aproveita para relembrar o seu apelo, de que "é preciso acabar com o preconceito de que não há preconceito de cor neste País". [...] O candomblé é quase sempre visto como folclore, mas a religião negra é que trouxe força para o preto resistir desde a África, passando pela escravidão no Brasil, até os nossos dias.[...] É preciso abrir os olhos e enxergar para dentro. Eu vejo muitas pessoas se dizendo livres e outras que têm a liberdade diante de si e não sabem o que fazer com ela. Os negros pensam que estão livres, mas ainda estão escravizados, não tomaram consciência do brilho de sua origem, da sua própria raça negra (MÁRIO..., 1975, p. 9).

Na realidade, após a sua prisão, era a primeira aparição de Mário para a imprensa e ali – fato raro em sua vida – ele não apenas expôs as suas novas posições sobre o mundo, mas também desabafou a sua mágoa e interpretação sobre a sua prisão, revelando que todos os brancos foram soltos e apenas

- [...] ele, que é preto, teve que suportar mais de 50 dias de humilhação e desrespeito à pessoa humana.

Mas a matéria jornalística não deixa de ressaltar as suas condições de vida:

- Apesar de estarem surgindo trabalhos ultimamente, Mário Gusmão ainda se encontra numa situação financeira bastante precária, dificultando assim o processo de elaboração do seu serviço como artista. "Mas eu não desisto, tenho que lutar até o fim" ... que pode ser o começo. Quem sabe?

Esse trabalho não foi uma experiência isolada. O Núcleo Cultural Afro-Brasileiro, em dezembro de 1975, já anunciava que

- [...] vinculado ao departamento de Arte tem um grupo de dança, com Clyde Morgan e Mário Gusmão, que, ao contrário dos grupos de dança negra, simples manifestações folclóricas para turista ver e consumir, o grupo desenvolve pesquisas, inclusive sobre a situação da cultura negra no Brasil (NÚCLEO..., 1975, p. 3).

Enfim, era uma proposta que denomino de paralela, na medida em que pretendia, a partir de negros, rivalizar com as correntes dominantes (brancas) da dança e do teatro. E isso se explicitava[119] na medida em que pretendia — embora com temática popular — se diferenciar das manifestações folclóricas, derivadas das camadas populares e cooptadas pelo Estado e pelo mercado. Naquele momento, o que se objetivava era mostrar, em espaços convencionais, com técnicas modernas, o negro como portador de uma cultura própria, de raízes africanas, inclusive como instrumento pedagógico e de conscientização[120]. Era uma tentativa de definir a presença negra no campo artístico, revelando a sua competência e tornando a sua cultura um marco de positividade, enraizada na cultura religiosa afro-brasileira.

Clyde fala sobre a sua participação e de Mário neste grupo:

- Eu coloquei para Mário o papel de Tio Ajaí, uma figura criada por Mestre Didi[121], numa peça chamada *A Fuga*, sobre um escravo que cantava e programava a fuga dos escravos, então eu fiz uma coreografia com este trabalho. Fiz outro sobre *Oxóssi na Aruanda*, fiz outro sobre assuntos de Zumbi, então eu colocava sempre para os nossos espetáculos personagens que tinham a ver com nossa história cultural e afro-brasileira. Cheguei a perder a conta do que fizemos em 75, 76, nós trabalhávamos tanto no ICBA, como naquele teatro que ficava atrás do Cine Guarani [Teatro Gregório de Mattos], quando era uma coisa muito primitiva ainda.

O artista americano diz bem o que representou a parceria com Mário Gusmão:

- O que fez bem à nossa colaboração é que eu era mais técnica e ele, mais intuição. Apesar de as pessoas acharem que eu sou muito intuitivo, eu sou intuitivo, mas, sendo americano, produto de um país muito industrializado, eu sou produto daquela terra, então minha intuição está enquadrada dentro do lado do ensino, de coisas programadas. Mário, pela própria estrutura da cultura brasileira, tinha outra formação, e a própria Bahia cultivava e promovia esse seu lado intuitivo, mas ele tinha também o lado racional bem desenvolvido. Mário era muito bonito e essa forma física, tanto o brasileiro quanto o americano, valorizam muito, a postura, o físico; e ele foi dotado de uma beleza física toda especial. Alto, negro, era na verdade um arquétipo. E além de ser um arquétipo, a cabeça dele nunca foi feita ou pegada por um lado ou outro. Nesse sentido, eu acho que ele desenvolveu o lado intelectual dele e o intuitivo ele se deixou conduzir. O que ele encontrou em mim foi um coreógrafo para revelar o lado dançante que ele queria mostrar. Foi um momento muito importante para ele mostrar para si mesmo sua capacidade como dançarino, porque até então ele não tinha sido explorado como dançarino. Comigo ele tinha oportunidade de dançar, sem se mostrar na rua, sem se abaixar na sua dignidade, pois eu iria colocar para Mário personagens históricas e inéditas. Personagens que tinham a ver com a nossa história e cultura afro e afro-brasileira, onde ele podia entender o papel de ator e desempenhar como dançarino, sem cair naquela coisa "dançante". Exercício, discussão da estética, caráter, princípio, então ele gostava disso. Havia uma compreensão e um aprendizado mútuo entre nós.

Se, para Mário Gusmão, o seu drama na contracultura trouxera à tona a sua condição racial, com Clyde iria – sobretudo pela vinculação do artista americano com o candomblé – desabrochar o seu vínculo com a cultura afro-brasileira. Como ele próprio revela,

- [...] o trabalho com Clyde me fez encontrar a África.

Teria sido, provavelmente, dos vínculos de Clyde Morgan com Mestre Didi que viria a se estabelecer a ligação de Mário Gusmão com a Sociedade de Estudos da Cultura Negra no Brasil (SECNEB). Criada em 1974, por Mestre Didi e a antropóloga Juana Elbein dos Santos (sua esposa), era uma organização voltada para o conhecimento da realidade cultural afro-brasileira e valorização da sua produção religiosa e artística. Já no ano de sua fundação, a SECNEB, juntamente com o Centro de Estudos Afro-Orientais e o Museu de Arte Moderna, realizou, no Rio de Janeiro, as Semanas Afro-Brasileiras, com apresentações de músicas religiosas, populares e eruditas afro-brasileiras, exposição de artes sacra e popular, seminários e palestras. Logo após, a SECNEB organizou, no Ilê Axé Opô Afonjá, em Salvador, em parceria com a Prefeitura Municipal de Salvador, uma experiência de educação pluricultural[122] para as crianças do terreiro de candomblé – iniciativa pioneira – denominada Mini-Comunidade Oba Biyi, em homenagem à fundadora da comunidade-terreiro, Eugenia Ana dos Santos, Mãe Aninha.

Em 1976, partiram para a realização de um espetáculo teatral.

- Eu conheci Mário quando eu cheguei à Bahia em 1964. Mas não tive logo muito contato com ele. Vi o trabalho dele no cinema com Glauber Rocha. Isso porque de 65 a 72 ficamos pouco na Bahia, nós estávamos viajando o tempo todo. Eu fui conhecer Mário mais de perto, pessoalmente, quando nós montamos um auto coreográfico. Era uma história de Didi, Orlando Sena e eu, pegamos vários mitos, fizemos uma *bricolage* com os vários mitos e criamos uma articulação cênica nova, tinha diálogos poéticos, tinha dança, o seu nome era *Ajaká*[123] (Juana Elbein dos Santos).

Mário Gusmão foi um dos convidados para compor o elenco:

- Então havia um personagem em que nós tínhamos muita preocupação, porque ele abria o espetáculo e tinha que dar um tom mítico e meio fantástico do que a gente ia apresentar e havia também um babalaô que ia falar do futuro dos personagens, que ia fazer o jogo e recitar. Aí eu me lembrei que havia visto um filme que havia gostado muito da estampa dele e eu já conhecia ele em situações sociais várias vezes. Ele gostou muito do personagem e ele estava realmente vivenciando o personagem, tinha uma voz maravilhosa e a figura dele era meio quixotesca (Juana Elbein dos Santos).

O espetáculo foi apresentado inicialmente na própria sede da SECNEB, no Nordeste de Amaralina, depois na Biblioteca Central, nos Barris e posteriormente foi para o Rio de Janeiro. E seria exatamente na "cidade maravilhosa" que começariam os problemas para a produção do espetáculo, seja pelos poucos recursos financeiros, seja pelo comportamento de Mário Gusmão:

- Nós resolvemos colocar ele num hotel em Santa Teresa, um hotel bom, mas havia uns amigos dele morando no mesmo hotel. Então nós tínhamos problemas desconfortáveis, faltava aos ensaios, não avisava, não decorava o texto direito. E eu comecei a me perguntar se valia a pena o esforço que estávamos fazendo para ter ele no elenco, porque ele desorganizava todo o trabalho. Eu acho que era o problema da droga (Juana Elbein dos Santos).

Enfim, ali ocorria um problema que iria marcá-lo para o resto da sua vida artística: o estereótipo de que o seu envolvimento com drogas impossibilitava o desenvolvimento de sua carreira artística. Porém, Juana não deixa de ressaltar a importância de Mário Gusmão para o espetáculo:

- Aí, quando voltamos para Salvador, botamos outra pessoa para fazer o papel, aí nós tivemos duas montagens, mas sem ele não era a mesma coisa, foi um desastre para nós.

Em 1976, Mário Gusmão retornaria ao cinema, com a participação no filme dirigido por Bruno Barreto, *Dona Flor e seus Dois Maridos*, baseado na obra de Jorge Amado. Segundo o próprio Mário Gusmão, pela amizade que lhe devotava e para auxiliá-lo, Jorge Amado exigia a sua presença nos filmes adaptados dos seus romances. O filme, estrelado por Sonia Braga, José Wilker e Mauro Mendonça, tornou-se a maior bilheteria do cinema nacional, com mais de dez milhões de espectadores. Dele participaram vários atores baianos, como Wilson Melo, Nilda Spencer, Haidil Linhares,

Jurandir Ferreira, João Gama e Mário Gusmão, entre outros. Mário Gusmão, o único personagem negro, Arigofe, tem pequena participação no filme, aparecendo apenas na primeira fase, ou seja, como amigo de Vadinho (o primeiro marido de Dona Flor). Logo no início do filme, no enterro de Vadinho, Arigofe tem uma cena de destaque, aparecendo elegante, de terno de linho belga branco, com flores na mão. Pede licença aos presentes, entrega a flor à viúva e diz, com firmeza e compenetração:

– O seu marido era um porreta.

Na noite de núpcias, Vadinho está no cassino. Arigofe, de *smoking*, é o primeiro a notar a sua presença. Em outra cena, Vadinho está na roleta do cassino e Arigofe está ao seu lado também jogando; acende um cigarro e fica no jogo, enquanto Vadinho sai. Na sua última aparição, Vadinho e os amigos, inclusive o personagem de Mário, estão cantando uma música no bordel. Uma bela loura está sentada no colo de Arigofe, enquanto Vadinho, sentado no chão, olha maliciosamente para as pernas e calcinha da garota loura. Depois, todos jogam dados com as prostitutas na mesa. Era um retorno ao cinema, onde, embora em um pequeno papel, não deixava de realçar as suas qualidades artísticas. E mostrava que não estava "morto".

Viagem às raízes

Em 1977, Mário Gusmão concretizaria um dos grandes sonhos de sua vida: a viagem à África, para participar do Segundo Festival Mundial de Artes e Cultura Negras, realizado em Lagos, na Nigéria (entre 15 de janeiro e 12 de fevereiro). Compondo uma expressiva delegação baiana, ele faria parte de um espetáculo de dança de Clyde Morgan:

– Nesse tempo eu tinha grande aproximação com Didi e o pessoal do Axé Opô Afonjá, onde eu fui confirmado, e eu resolvi fazer um trabalho sobre uma lenda de Oxóssi. E nessa lenda, na África, antes de ser Oxóssi, ele era um caçador chamado Odé, marido de Oxum. Mas era muito teimoso e foi caçar num dia proibido. Quando chegou na floresta, encontrou uma cobra muito bonita e resolveu matar essa cobra. Ela então disse: "Eu não sou bicho de pena para Odé matar." Ele não atendeu, a matou, cortou em pedaços e levou para casa. Em casa, enquanto comia a cobra, sua mulher, Oxum, fugiu. Dias depois, quando ela voltou, encontrou o marido morto e o rastro de uma cobra que voltava para o mato. Aí ela foi para Ifá[124] pedir clemência. Ifá então disse: "Não, ele era um homem muito teimoso, desobedeceu e foi castigado." Ela teve então de fazer sete anos de obrigação para Odé, e só assim ele voltou como esse orixá, o caçador místico que a gente chama de Oxóssi. Então eu apresentei esse texto[125] para Mário e ele ficou encantado. Levei uma cópia para Caribé e outra cópia para Laís, que era minha coordenadora, aí eu disse: "Vamos fazer isso, esse vai ser nosso trabalho para levar para a África." Então eu disse para Mário: "Mário, você vai fazer o papel de Ifá, porque você é o sábio de nossa turma, você pode fazer esse papel de adivinhador." E ele gostou da idéia. Começamos a trabalhar e ele tinha toda aquela postura que eu necessitava, porque as outras pessoas eram muito jovens, então eu precisava de uma figura nobre, aí eu usava Mário como um totem, como o próprio Ifá. Eu organizei a sociedade coreográfica em função da personalidade das pessoas: Laís fez o papel de Oxum, eu fiz o papel de Oxóssi e escolhi três capoeiristas para fazer a companhia dos caçadores[126]. E, no caso de Mário, ele me ajudava muito, ele tinha toda aquela capacidade teatral, quando eu estava parado, ele reorganizava, animava as pessoas, então nós trabalhávamos sempre em conjunto, lado a lado.

Deslumbrado com a presença e a riqueza cultural dos povos africanos e do mundo negro em geral, Mário disse:

– Eu gostei tanto que não queria voltar. Eu me senti em casa e achava que devia descobrir ao máximo as minhas raízes. Além da Nigéria, fui ao Senegal, à Costa do Marfim, eu andei[127].

Porém, quem oferece uma impressão mais detalhada sobre o impacto do Festival e da África sobre Mário Gusmão é Clyde Morgan:

– Mário encontrou a África em clima de festa, com condições ótimas em Lagos. Poucas pessoas sabem o que foi a África para nós. A Nigéria tinha terminado uma guerra horrível, um país rico, com petrodólares, recebendo pessoas de todo o mundo para presenciar a cultura do mundo negro. As construções todas novas, prédios, estádios, teatros, os militares todos enfeitados, festas aqui, festas ali: foi como *Alice no País das Maravilhas* para nós[128]. Chegando uma equipe brasileira, dentro do contexto, um grupo de dança contemporânea, tendo Mário como estrela, Gilberto Gil, Olga de Alaqueto, tantos outros nomes. Nós ficamos todos numa vila só, na vila brasileira, então a gente viveu numa vila onde de noite tinha mil coisas acontecendo. Você nem precisava sair da aldeia, porque tinha coisa todo o tempo, e Mário era uma figura que entrava e saía de tudo que se realizava. Nós estávamos deslumbrados, não era a minha primeira vez na África, eu já tinha passado muito tempo lá, mas foi a primeira vez nesse contexto, com esse tipo de glória, euforia e responsabilidade. Mas o que eu acho que o Mário percebeu na África foi que ele, sendo exótico na Bahia, não era tão exótico quanto a gente [que] encontrou: negros dos extremos, extremos em todos os sentidos. Eu acho que esse encontro da negritude do mundo inteiro o levou a perceber que o mundo negro da Bahia era muito pequeno e conservador. Essa foi a coisa mais óbvia, quando você via o negro com seus cabelos, suas roupas, suas cores. Lá, nós ficamos em uma sala de aula, aula constante, onde éramos bombardeados pela beleza, pela cultura, pela arte, então Mário ficou como eu quando cheguei à Bahia, recebendo, aprendendo sobre negritude. Fazendo uma comparação entre o comportamento de Mário e o de Olga de Alaqueto, Olga foi tratada como uma princesa, porque todo mundo sabia que ela era uma rainha longe da sua terra, então ela foi tratada como uma pessoa real, eu presenciei tudo isso. Já Mário entrou no lado artístico, onde ele tinha acesso, conhecimento. Então cada um circulou ao nível do que tinha conhecimento.

Porém, o FESTAC, em Lagos, não foi apenas um encontro marcando a comunhão e a solidariedade entre os povos negros de todo o mundo; foi também um cenário de dissensão e conflitos[129].

O professor Olabiyi Yai, da Universidade de Ifé, relatou que esta foi a razão pela qual, embora sem maior divulgação, instituiu-se paralelamente um anti-FESTAC. Nele, organizaram-se conferências e apresentações culturais e artísticas. Mais uma vez, Mário demonstrou seu modo pessoal de participação. Não gostando de discussões, e muito menos de disputas por posição, ele não participou das querelas, mas, conforme Olabiyi Yai, de dia estava com a delegação baiana, e à noite, sempre que possível, estava com o contrapoder do anti-FESTAC. Como relatou Elisa Larkin Nascimento, esposa de Abdias Nascimento, a admiração e respeito de Mário por Abdias o levaram a deslocar-se de Lagos para Ifé, tão-somente para visitar o intelectual brasileiro do povo negro.

Quando retornaram da África, segundo Clyde Morgan, eles retomaram os trabalhos do grupo e fizeram uma excursão com o espetáculo *Os Orikis de Zumbi*, no Rio de Janeiro.

Chico Rei nos palcos e nas telas

Ainda no ano de 1977, Mário Gusmão participou do elenco da peça *Chico Rei*, de Walmir Ayala, montada no ICBA. O ator, dançarino e fundador do Ilê Aiyê, Macalé, assim falou sobre o espetáculo e a presença de Mário:

- Essa peça ia correr todo o Brasil e se resumiu a aqui. Depois foi apresentada no Rio, mas já com outro elenco, que não tinha a mesma desenvoltura que tínhamos aqui. Inclusive eu fazia o papel da morte, Mário era o Chico Rei mesmo. Quem dirigiu o *Chico Rei* foi Atenodoro Ribeiro. Mas, na verdade, Mário teve grande participação na direção. Era um grupo de pessoas jovens, onde o mais velho era Mário, e nossa referência era ele.

No final do ano, o Jornal da Bahia noticiava a realização, pela Viva Filmes, com produção, argumento e direção de Tato Laborda, do filme *Besouro Capoeirista*. O filme abordaria o lado filosófico da carreira do capoeirista que, segundo a história, tinha o corpo fechado e era defensor dos fracos. A película seria o piloto de uma série de longas metragens, com atores baianos e com as filmagens sendo realizadas em grande parte no Nordeste de Amaralina. Mário Gusmão seria o protagonista do filme, revivendo Besouro, com um grupo de capoeiristas como Acordeon, Sérgio Dias e Neneco (sobrinho de mestre Bimba). Segundo a reportagem,

- O ator baiano é bastante ligado a Besouro, capoeirista famoso na Bahia e seus conhecimentos de capoeira foram fornecidos por Acordeon, que conhece as técnicas da luta e com quem Mário estudou há 12 anos, dando em contrapartida aulas de inglês. O curso, entretanto, teve logo fim por motivo da viagem de Acordeon para o Rio de Janeiro. Segundo conta a história, o capoeirista tinha o corpo fechado e um cordão de ouro com a medalha de Ogum – o guerreiro solitário. Besouro era também um defensor dos pobres, do povo e da liberdade e era tido como um herói que defendia a causa popular (NO FILME..., 1977, p. 7).

Noticiava ainda que as primeiras tomadas teriam início entre 3 e 12 de janeiro de 1978. Infelizmente, não tive notícias da sua exibição, nem pude ter acesso a uma cópia do filme, embora, segundo o pesquisador Luís Orlando, ele tenha sido realizado e exista uma cópia nas mãos do produtor e diretor Tato Laborda.

Em 1978, Macalé viajou para a Alemanha e ali foi contratado para fazer o filme *Chico Rei*, de Walter Lima Júnior. Amigo de Mário, ele relata as dificuldades para fazê-lo aceitar o convite para participar do filme:

- Foi uma luta, ele não queria ir, dizia que as pessoas não valorizavam o trabalho dele. Ele estava morando numa pensão, era uma coisa muito ruim. Eu dizia: "Você vai." Até que um dia o convenci e botei ele num avião para ir para o Rio. Eu já tinha dito aos caras que eu levava ele a Walter Lima. Quando eu falei de Mário, ele ficou encantado, porque ele conhecia o trabalho de Mário, mas não tinha como localizá-lo.

E o próprio diretor, atestando a importância de Mário, diz que

- [...] as escolhas [dos atores] foram feitas em torno do Mário Gusmão, uma figura bem africana, um ator longilíneo [...] é o São Jorge do *Dragão da Maldade contra o Santo Guerreiro*. [...] Ele é o contador da história. Uma espécie de orixá que acompanha o Chico Rei, vem no mesmo navio. O Chico Rei é o Severo Darcelino. Tem mais atores vindos da Bahia, capoeiristas, alguns atores conhecidos como o Haroldo de Oliveira e o Pitanga, e a Luiza Maranhão, que faz a mulher do Chico Rei (LIMA JÚNIOR, 1982, p. 20).

O filme se inicia com Kinderé (personagem de Mário Gusmão) e dois outros negros, agrilhoados, subindo uma montanha de pedras e chegando ao cume. Todos são fugitivos e quebram os grilhões com pedras. Em retrospectiva, aparecem os negros acorrentados na África. Kinderé está na família real e é levado, com outros negros, para um navio. Uma tempestade no mar. Os brancos discutem para ver se jogam ao mar escravos ou provisões; depois se sabe que foram jogados ao mar 20 escravos.

Na chegada ao Brasil, aparecem em destaque Chico Rei e Kinderé. Os negros são conduzidos pelas ruas de Vila Rica e ficam agrilhoados na praça para serem vistos pelos compradores de escravos. Um caçador de escravos compra o filho de Chico Rei, Francisco Muzinga; Chico Rei vai para a mina de ouro. Após o trabalho na mina, os negros mineradores são revistados e um deles é apanhado com uma pepita, sendo chicoteado pelo feitor. Chico Rei descobre um grande veio de ouro. Há uma apresentação na praça, com gritos de "viva a liberdade", "viva o Brasil". O major Seixas, seu dono, concede a carta de alforria a Galanga, Chico Rei. Este procura o caçador de escravos para comprar a liberdade do seu filho, mas este fugiu e o dono recusa-se a vendê-lo. Galanga se integra à Irmandade de Nossa Senhora. O padre, que acompanhara Galanga no navio e testemunhara os escravos sendo jogados ao mar, tem dramas de consciência. Um membro da Irmandade diz que é importante a sua posição na Igreja, que não esqueceu Zambi e que trouxe para a Igreja todos os orixás. O filho de Chico Rei se encontra com o padre; ficam amigos e vão juntos à procura do quilombo. Os negros, a partir de um homem e uma mulher, recordam o sofrimento no navio. O homem parece Mário Gusmão, mas, devido ao ambiente turvo, é difícil precisar. O padre e Muzinga são cercados pelos quilombolas. Kinderé, seu representante, diz que o padre deve ir embora e pedir aos negros para fugirem. No quilombo, chega um negro livre, representante da Irmandade

Acervo Mestre Didi e Juna Elbein

Cena de *Chico Rei*

de Nossa Senhora – enviado por Chico Rei – para ver Muzinga e confabular com Kinderé. Reunidos, todos falam e Kinderé, pensativo, diz que a liberdade está na música, no tambor, na alegria de viverem juntos. Na cidade, há um batuque na casa do major Seixas. Chico Rei quer comprar a mina, através da Irmandade, e pagar as dívidas do major com a Coroa Portuguesa; mas é preso (o que é visto por Kinderé e outros quilombolas). Enquanto é interrogado, para revelar onde está o veio de ouro, os negros, nas portas da Casa de Câmara e da Cadeia, gritam por sua libertação. Chico Rei é solto e carregado nos braços do povo. O major Seixas faz um discurso contra Portugal, louvando Chico Rei, e é morto pelo caçador de escravos na frente de todos. Kinderé aparece com um instrumento nas mãos, pensativo, depois sorridente, contando a história de Chico Rei. Depois, concluindo o filme, há uma festa do Rosário, onde os negros cantam e dançam. Kinderé se destaca, dançando com uma longa bata vermelha.

Macalé oferece um longo depoimento sobre a participação de Mário no filme:

– É um grande filme e Mário tem um bom papel. Mário era o chefe de cerimônia no filme, porque tinha um rapaz chamado Severo d'Acelino, de Sergipe, que foi contratado para fazer o Chico Rei. Só que o filme começou a ser feito em função de Mário, porque Mário tinha o contato com os alemães, falava inglês, tinha um bom relacionamento com a direção do filme, então a coisa facilitava muito mais para Mário. No seriado tinham os alemães que faziam parte do filme e daqui só tinha Vera Fischer, o resto eram os negros daqui. Nós fomos para Ouro Preto e morávamos num hotel, eu botei Mário no mesmo andar que o meu, porque eram os apartamentos de quem tinha mais destaque no filme. Montagem de cena, coreografia, tudo era feito por mim, então eu conversava muito com Mário, e como o prédio era antigo, eu deitado na minha cama conversava com ele deitado lá na cama dele. Eu sabia que ele fumava e ele sabia que eu sabia que ele fumava. Eu só não permitia que ele entrasse com qualquer pessoa no quarto dele para fumar. Isso ele respeitava. Eu pegava o dinheiro de Mário, eu recebia o dinheiro de Mário. Ele só recebeu um mês. Eu recebia e botava no banco, Banco do Estado de Minas. Eu chegava lá e dizia: "Conde, meu dinheiro, e o de Mário." "Ah, tá faltando." "Então tire o de alguém aí e complete." E ele completava. Eu pegava o dinheiro e depositava e mostrava a ele o comprovante do depósito. Ele dizia: "Mas, meu filho..." Eu dizia: "Mário, esse dinheiro que você tem é para viver aqui o mês todo. Você não está pagando dormida, você não paga comida, telefonema, não paga passagem para Belo Horizonte, você só precisa de dinheiro para comprar o seu vinho – ele gostava muito de vinho do Porto – e sair para passear." E foi com esse dinheiro que ele comprou a casa no Pero Vaz.

Mário relatou-me que foi

- [...] lá fora vender uma terra que tinha para comprar uma casa. É essa casa que eu tenho até hoje.

Seria a posse da casa resultante dos recursos do filme e da terra vendida?

Um filme com um argumento consistente, bons atores, excelente fotografia e a trilha sonora composta por Wagner Tiso, com canções originais de Fernando Brandt, tinha tudo para se afirmar perante a crítica e o público. Mário Gusmão, embora não sendo o protagonista, obteve uma participação expressiva, criando a expectativa de que este seria o seu retorno ao circuito nacional em grande estilo, além de ter ganho algum dinheiro. Entretanto, um grave problema emergiria, impedindo a exibição e circulação do filme. Segundo Macalé,

- [...] em Chico Rei foi feito um seriado e um filme, com o mesmo grupo. Só que o seriado passa na Europa – o seriado é mais completo – e o filme, aqui. Os negros, mesmo os que receberam e não participaram do filme, entraram na Justiça do Trabalho contra o filme. Porque eles foram contratados para fazer o filme, mas, como não apareceram no filme, entraram com uma ação contra a produtora do filme. Assim, a Justiça do Trabalho vetou o circuito comercial do filme. Você talvez ache a fita, mas não no cinema[130].

Outro aspecto a ser considerado são as visões contrastantes dos participantes, em especial a de Mário e a do diretor, sobre a presença dos negros no filme. Mário Gusmão ressaltou a abertura do diretor e o conhecimento dos negros sobre a cultura afro-brasileira:

- Walter Lima deu aos negros da Bahia o direito de criar em cima de tudo que tava sendo feito. Toda a parte dos negros ficou com a gente, comigo e com Macalé. Nós fomos os primeiros a chegar e os últimos a sair. Toda a parte cultural ficou com a gente. Fizemos uma porção de coisas, até mudar as roupas [...] imagine que tinham vestido Xangô de azul (RISÉRIO, 1981, p. 87).

Já Lima Júnior (1982, p. 21) demonstrou a sua intolerância e desprezo pelo elenco[131]:

- Olhe, o negro no Brasil é profundamente ignorante, se explica dizendo *black is beautiful* e acabou o papo para ele, não tem a menor noção da sua história [...] Você conta nos dedos os interessados: mestre Didi na Bahia, o Zózimo Bulbul no Rio de Janeiro. O Abdias Nascimento, um negro que pensa, que escreve, é um escândalo! O resto é gente muito colonizada, que foi massacrada durante anos – e quer ser branca. Eu passei a viver, no meio desse elenco, os conflitos dessas pessoas querendo virar marquise da Broadway, e achei uma coisa profundamente dolorosa. Para eles e para mim. Se fossem pessoas mais conscientes, chegaríamos muito mais facilmente onde se queria chegar. Isso foi um dos grandes problemas de produção do filme, que acabou atingindo também os atores brancos, que queriam explorar também a produção alemã.

Embora tenha ganho diversos prêmios nacionais e internacionais, o filme só foi lançado em Salvador dez anos depois, em 1988, e mesmo assim fora do circuito comercial. Apesar disso, em entrevista concedida ao Correio da Bahia (NAS TELAS..., 1988, p. 11), Mário Gusmão declarou-se feliz e entusiasmado com o evento. Provavelmente sem conhecer a entrevista concedida por Lima Júnior, Mário disse nessa entrevista:

- Na realização deste filme, Walter pesquisou muito, demonstrando sensibilidade e respeito em querer contar e resgatar a história do negro no Brasil. Aliás, ele já tem vasta experiência em abordar temas nacionais e ligados aos negros. Prova disso é o seu *Menino de Engenho*, que tem muito a ver com a história da escravatura. E foi por acreditar em Walter e na sua sensibilidade que fiquei muito feliz em participar do filme. Walter sabe dirigir bem e deu plena liberdade a nós, atores, na composição dos personagens.

Caminhos fechados

Ainda no primeiro semestre de 1978, Mário foi convidado por Roberto Talma, diretor da rede Globo de televisão, para participar da novela *Maria, Maria*, dirigida por Manoel Carlos. Mário Gusmão representou o papel de um africano, mas a sua participação é tão pequena, que ele nem ao menos aparece entre os negros do elenco (ARAÚJO, 1999, p. 103). Duas são as explicações para tal situação: primeiro, o papel insignificante até então atribuído aos negros na telenovela brasileira[132]; segundo, o seu temor de sair da Bahia, pois, de acordo com Macalé,

- [...] mandavam a passagem e, quando chegava no dia, ele achava que não devia ir.

Em novembro de 1978, era anunciada a estréia de *Sambapapelô*, no Teatro Gregório de Mattos.

- *Sambapapelô* foi criado e apresentado em 1976, no teatro do ICBA e logo estabeleceu um novo ritmo de espetáculo na área cultural afro-brasileira. Devido a sua autenticidade e força, um novo público se interessou por ele. Seus componentes representaram o Brasil no II FESTAC (Lagos – Nigéria) no ano passado, junto com o grupo de Dança Contemporânea da UFBA, na área de dança teatral contemporânea. E eles afirmam que esta experiência foi um voto de confiança nas propostas iniciadas em *Sambapapelô*, que, agora, mais ativados e seguros, reafirmam a primitiva característica da cultura popular: corpo e som, nascendo e vivendo juntos. Reuniram-se várias experiências renovadoras e contribuições artísticas de outras regiões: Dança da Colheita de Ghana, Dança Congo do Haiti, Um Oriki para Zumbi, Oxóssi de Aruanda e outros. Atuam: Clyde Morgan, Mário Gusmão, Eliane, Iara e Manequim (SAMBAPAPELÔ..., 1978, p. 2).

Junto com o prazer de participar de mais um espetáculo com seus amigos, Mário teria uma triste notícia: seu "protetor" e amigo Clyde Morgan despedia-se da Bahia, retirando-se para os Estados Unidos. A viagem do dançarino americano teria amplas repercussões na vida de Mário, uma vez que, além do apoio, inclusive financeiro, do amigo, perdia o seu "produtor", responsável por sua presença nos palcos baianos. Completando suas agruras, no dia 25 de novembro de 1979 morria um dos seus grandes amigos: o teatrólogo João Augusto.

O seu amigo Macalé relata como ficou a sua vida:

- A partir de 1979 ele fez pouca coisa. Ele ficou envolvido com a reforma da casa, porque, quando ele comprou, era uma casa velha. Ele fez vários andares, porque ele tinha um andar que era das coisas religiosas dele. Ele tinha um cajado que ele achou na mina da Passagem, em Ouro Preto. Porque quando nós chegamos em Ouro Preto, nós fomos visitar o *set* de filmagem e ele achou esse cajado. Aí ele botava as contas e no filme todo ele trabalhava com esse cajado. Quando foi feito *Quilombo*, ele foi convidado, assinou contrato, mas não foi. *Quilombo* atrasou muito e ele dizia que assim não dava para ele ir mais, e ele aqui sem fazer nada. Ele ficou fora de tudo, porque a pessoa que ele acreditava e chamava ele para fazer alguma coisa em prol da arte era Clyde. Quando ele foi embora, ele ficou isolado. Nesse período, além do racismo, ele foi muito discriminado pelo meio artístico por causa da droga. As pessoas diziam que ele só sabia fumar maconha. O que era mentira, porque ele só fumava maconha dentro da casa dele, ele não ia em lugar nenhum fumar maconha, ele já vinha da casa dele com a maconha na cabeça. Os diretores de teatro não chamavam ele, inventavam a desculpa que ele não decorava o texto. Engraçado, eu aprendi a decorar texto com Mário. Eu batia texto para os comerciais que ia fazer em São Paulo com Mário.

Sem chances nos circuitos dominante e paralelo do meio artístico, morando no Pero Vaz[133], Mário Gusmão aproximou-se cada vez mais das camadas populares e dos grupos culturais negros. Como o fizera na Federação, estabeleceu na Avenida Peixe, local de sua nova moradia, um bom relacionamento com os vizinhos, sobretudo uma família que possuía vários rapazes – Edilson, Val, Lao –, iniciando-os nas atividades artísticas. Ganhava corpo na sua vida, sobretudo pelo relacionamento e interesse em relação aos jovens, uma função que não abandonaria até os seus últimos dias: a de pedagogo. Sábio, compreensivo, tolerante, colocaria de forma intermitente os seus conhecimentos a serviço da coletividade, em especial a negra.

A partir desse período, morando próximo e pela amizade com Macalé, um dos fundadores do bloco, envolveu-se com o Ilê Aiyê. Embora Mário não saísse muito de sua casa, segundo Vovô (Presidente do Ilê Aiyê), ele e outros membros do bloco sempre o visitavam, constituindo-se Mário numa espécie de consultor da organização negra para assuntos artísticos, afro-brasileiros e africanos. Jovens, aguerridos, lutando para a sua afirmação em várias frentes, seja em relação ao mundo dos brancos e à questão racial, seja em relação à desconfiança de segmentos negros, ali, com Mário encontravam, na sua firmeza e prudência, nos seus conselhos, os caminhos para o prosseguimento das batalhas que se desenrolavam no cenário baiano. Porém, com eles Mário também aprendia, e muito, o significado das manifestações populares. Criticados pelos intelectuais (os "políticos") do movimento negro, os membros do Ilê (os "culturalistas") reagiam, mostrando que a mobilização, encetada através da cultura própria do povo negro, era também um modo de fazer política[134]. O próprio Mário já ressaltava, naquele momento, o significado do trabalho realizado pelas organizações culturais negras:

– [...] não é só a festa em si. A festa é sempre a conseqüência, o resultado de uma porção de coisas que já vem acontecendo, sabe? E é uma coisa de que todo preto gosta mesmo. É uma coisa importante pra gente, o momento de uma grande comunicação. Aí o pessoal fica dizendo que o Ilê tá dando festa porque o Ilê tá rico. Não é nada disso. O problema não é de dinheiro. É de cabeça.

Em fevereiro de 1981, o Ilê realizava no Clube Fantoches da Euterpe, pela segunda vez, a Noite da Beleza Negra[135] e, no júri para a escolha da garota Ilê, estava Mário Gusmão. Uma atração a mais, na grande festa do grupo, seria a presença de cinco casais de crianças, em um desfile de penteados e trajes, organizado por Dete do Ilê, mostrando como a criança negra podia ser bonita sem fugir às suas características (ILÊ..., 1981, p. 2).

Nessa época, Mário ajudou a organizar o afoxé *Olorum Baba Mi*, na Caixa D'Água[136]. Em 1980, foi convidado a participar daquele que seria o último filme de Glauber Rocha: *A Idade da Terra*[137], uma discussão histórica, política, antropológica e sobretudo estética sobre a sociedade brasileira, cujos personagens, em sua maioria heróis dessacralizados, tornam a obra aberta, indeterminada: o imperialista debochado e decadente; a estrutura de poder nacional; a burguesia nacional, com sua nobreza e indiferença; a santa guerreira; o protótipo da mulher brasileira; o realismo político; o povo e o Cristo Negro, símbolos da redenção.

Mário Gusmão teve uma pequena participação no filme, aparecendo em torno de três minutos. Numa praia da Bahia – provavelmente Arembepe ou Jauá –, Mário, representando São João Batista, aparece todo de branco, com um anjo (uma moça branca) ao seu lado, ao som da Ave-maria. Chegam correndo e sorrindo Glauber Rocha, João Ubaldo Ribeiro e Jece

Valadão (um dos personagens). São João Batista batiza crianças, mulheres e homens. Jece Valadão chega à sua frente com um revólver na mão. O personagem de Mário, segurando vários apetrechos nas mãos, teatralmente, profético, dirige-se a Jece Valadão e diz:

– Aqui está o grande punhal invisível que vais defender por terra onde andar. Toma.

Entrega o punhal a Jece Valadão e recebe o revólver, o qual coloca nas próprias calças, nas costas. Depois, sempre com os braços levantados:

– Aqui a flecha que te vai defender de todos os seus inimigos. O arco que vai te defender de todos os inimigos visíveis e invisíveis. Toma.

Entrega a flecha e continua, gesticulando para o alto:

– A coroa feita com a pena do pássaro sagrado da eternidade. Use somente nos grandes momentos e suas grandes batalhas. Mas antes disso terá de ir para o deserto mais longínquo, mais distante, e lá lutar com todos os demônios e vencê-los para que possa dar prosseguimento à sua batalha.

Em seguida, dança freneticamente, emitindo expressões e gritos desconexos. Assim termina a sua presença no último filme do consagrado diretor baiano.

Mário Gusmão jamais me falou com entusiasmo da sua participação nos filmes de Glauber Rocha, e tinha as suas razões. Embora a imprensa baiana, sobretudo nos seus últimos anos de vida, tenha sempre afirmado ser Mário Gusmão o ator preferido por Glauber Rocha, isto jamais se verificou na realidade. Entre os atores negros, a preferência do diretor sempre foi por Antônio Pitanga, que fez um dos personagens principais em *Idade da Terra* e, segundo depoimento dele mesmo – confirmado por Glauber –, só não participou do *Dragão da Maldade contra o Santo Guerreiro* porque, na época, estava fazendo outro filme, e assim Mário Gusmão o substituiu. Vale salientar que, na apresentação do *Dragão da Maldade* na Bahia, Glauber disse que não gostava de Mário para o papel e que seu escolhido era Antônio Pitanga, porque este encarnava o guerreiro, enquanto Mário era místico.

Porém, Mário jamais reclamou ou queixou-se em relação a nenhum dos seus diretores, sobretudo Glauber Rocha, por quem tinha uma especial admiração. E, não obstante o pequeno papel, a simples participação no filme de Glauber não deixava de lhe conceder prestígio, seja no mundo artístico, seja no mundo negro.

Mas prestígio, lamentavelmente, muitas vezes não enche barriga de ninguém. Naquele momento, agravava-se, cada vez mais, uma situação que não mais abandonaria Mário até o fim dos seus dias: a questão de garantir o mínimo de condições para a sua sobrevivência. Sem chances no meio artístico baiano, envolvido com os grupos culturais negros – que jamais, de forma geral, foram os beneficiários da "vendagem" da cultura negra –, muitas vezes, por orgulho ou vergonha, passava, literalmente, fome. Como relata Macalé:

- Aqui ele não recebia nada, ele comia bolacha *cream-cracker* com água, ele fazia aquela papa e ficava ali abaixado, às vezes ficava o dia inteiro abaixado, como se fosse uma forma de acalentar a fome. As pessoas ajudavam ele pouco, porque Mário tinha esse negócio, eu me acho muito parecido com ele, se eu tiver fome eu não peço pra ninguém e, se vier me oferecer, depende da pessoa para eu aceitar. Acho que não era orgulho, era sofrimento; por exemplo, se eu chegava na casa dele, eu abria tudo, saía, ia no supermercado e comprava tudo. Se não tinha gás, eu chegava e botava, eu chegava e dizia: "Mário vou fazer uma comida aqui." Comprava o peixe e fazia o escaldado. Quando eu ia na quitanda comprar alguma coisa, ele já estava devendo, aí eu pagava o que ele estava devendo e comprava mais. Mas o cara da quitanda muitas vezes cobrava outra vez dele. Se você cozinhasse cinco quilos de peixe e não comesse os cinco quilos, ele deixava lá e ficava comendo o peixe, sem esquentar, pegava um pedaço de pão, molhava e comia. Eu não considero isso orgulho, considero sofrimento.

Isolado, vivendo de favores dos amigos, em completo desespero, Mário não soube explicar como Jorge Amado, o grande romancista baiano, tomou conhecimento da sua situação:

- Eu não sei como, mas, naquela época, Jorge Amado soube que eu estava passando dificuldades, ele aí, junto com Calasans Neto[138], fez uma carta para o Prefeito de Ilhéus me arranjar um emprego.

Novos rumos tomaria a vida de Mário Gusmão, determinados pela impossibilidade de sobrevivência na terra que adotara como a sua. O que encontraria ou faria nas novas plagas?

O exílio nas terras do sem fim

Fazei de mim um homem da semeadura.
(CESAIRE, 1981)

Em fevereiro de 1981, Mário Gusmão chegou à cidade de Ilhéus, na microrregião cacaueira do sul da Bahia. Uma bela e aprazível cidade, em terrenos altiplanos, em grande parte estendendo-se pela orla marítima. Considerada a "Princesa do Sul", pelas belezas naturais e pela prosperidade, derivada do "fruto de ouro", o cacau, e imortalizada pelo seu filho mais ilustre, Jorge Amado, nos seus romances *Cacau, Terras do Sem Fim* e *Gabriela*.

Quando Mário Gusmão chegou, a natureza continuava resplandecente, apesar de toda a predação do homem, mas as mudanças em relação à "realidade" construída pelo romancista baiano eram consideráveis. A riqueza já não era tanta, sobretudo por seu produto principal estar sendo assolado pela terrível praga denominada "vassoura-de-bruxa"; o município tinha crescido vertiginosamente, com a cidade atingindo quase 100.000 habitantes; as desigualdades sociais tinham sido aguçadas, sobretudo pelo crescente desemprego; e os antigos coronéis já tinham sido substituídos pelos novos políticos, cada vez mais dependentes das estruturas regionais e nacionais. Porém, do ponto de vista da organização social, a cidade continuava em muito ancorada no passado, na importância das famílias tradicionais, mantendo, mesmo com as mudanças provocadas pelas novas gerações, o seu caráter conservador e tradicional. Por outro lado, excetuando as formas de lazer das camadas altas, pautadas nas modas que emanavam de Salvador e do Rio de Janeiro, inexistia maior atividade cultural, sobretudo do ponto de vista artístico.

No dia 2 de março de 1981, Mário foi contratado para a função de Professor do Ensino Médio da Secretaria de Educação e Cultura de Ilhéus e, ao mesmo tempo, foi designado para prestar serviços como Auxiliar da Coordenação dos festejos do centenário da cidade. De uma certa forma, a sua contratação, com um salário fixo, garantia-lhe o mínimo de dignidade para a sua manutenção. Segundo Carlos Betão, ele morava bem, num sítio próximo da cidade, mas fora da área urbana.

As suas atividades na cidade tiveram início pelo que fizera nos primórdios de sua vida: passou a ensinar inglês no Instituto Municipal de Ilhéus. No entanto, logo derivou suas energias para as atividades artísticas, reorganizando o coral e as atividades culturais do Centro Cívico Castro Alves. Começou um trabalho cultural nas escolas, tornou-se professor de expressão cultural na Academia de Dança, participou das Noites de Poesia de Ilhéus e, na Semana Santa, organizou a *Via Sacra Cultural*. No *Auto do Descobrimento*, montado em 1982, ele seria responsável pela coreografia e ainda teria uma participação especial no espetáculo.

Progressivamente, ele se integrava à vida da região e avançava o seu olhar para a riqueza cultural – adormecida e pouco considerada pelas elites – das classes trabalhadoras da civilização do cacau. Assim, começou um trabalho pioneiro de resgate dos componentes da memória popular, enfocando a vida dos trabalhadores da região: nascia, na comemoração dos festejos do centenário da cidade, o espetáculo de teatro, dança e música *O Homem e o Cacau*, tendo Mário como autor e diretor. Uma perspectiva que demonstrava a importância da cultura popular das classes trabalhadoras a partir dos significados conferidos por seus próprios sujeitos.

Mas Mário tinha objetivos ainda maiores. Numa região sem tradição de escravismo, o negro era considerado um personagem inexistente, "invisibilizado", até mesmo pelos historiadores, sociólogos e antropólogos. Mário aproximou-se da juventude negra local, já conhecedora das transformações que se verificavam em Salvador, incentivando-os à criação de uma entidade chamada Raízes, da banda Mini-Congo e do grupo Axé Odara. Por seu prestígio e pedagogia, tornou-se o impulsionador da afirmação da negritude em Ilhéus. Como afirma Alba Cristina (talvez com uma certa dose de exagero):

- Ele criou vários grupos lá, os grupos afro todos que tem lá foi ele quem criou, foi ele o responsável.

Mas Mário não deixava de vincular as suas atividades, diria, políticas, à atividade artística, montando, em 1982, a partir da presença afro-brasileira na região do cacau – suas danças, comidas, roupas, trabalho –, o espetáculo *África Presente*. Mário tornou-se uma referência para as atividades artísticas e para a juventude negra,

- [...] não só de Ilhéus, mas também de Itabuna, Buararema, Coaraci, Itajuípe. Falava-se muito em Mário Gusmão (Carlos Betão).

E seria a importância do trabalho realizado em Ilhéus que definiria a sua permanência na região, na cidade vizinha de Ilhéus, em Itabuna[139]:

- Até então Itabuna não tinha um grande desenvolvimento cultural, foi Ubaldo Dantas e Ritinha, sua mulher, pessoas maravilhosas, que deram o impulso. Mário já tinha acabado o trabalho dele em Ilhéus, aí Ubaldo entrou na Prefeitura antenado para a cultura e Ritinha Dantas, uma pedagoga, sabia do trabalho que Mário havia feito em Ilhéus e o convidou para fazer parte de sua equipe em Itabuna (Carlos Betão).

Assim, Mário Gusmão seria contratado pela Prefeitura Municipal de Itabuna, em 1983, para exercer a função de Coordenador de Programa, com uma sala para o desenvolvimento das suas atividades na sede da Prefeitura. Na prática, segundo Carlos Betão, ele seria o Chefe do Departamento de Cultura do município.

Assim como em Ilhéus, Mário morou numa casa simples, mas uma casa de que ele gostava, em local que ele escolheu.

- Era uma casa espaçosa, como ele dizia, para receber os "filhos" dele, ele assim nos considerava, então ele nunca estava só, ele não gostava de estar só e sempre vivia com a casa cheia. Então ele sempre morou de forma razoavelmente bem. Mas teve um tempo que ele foi morar numa casa que molhava (Alba Cristina).

Nessa casa tinha

- [...] um problema seríssimo, uma coisa assim absurda que eu nunca vi, o telhado era invertido. Ao invés da parte alta ser a central, a parte central do telhado era para baixo. E a casa dele era uma exposição de arte, ele ganhava muitos objetos e ele já chegou lá com uma bagagem muito doida e na casa dele cada dia que você chegava tinha uma arrumação diferente, tinha muito equilíbrio. Assim, quando ele viajava por qualquer motivo, a gente tinha de dormir lá então por causa da chuva, porque o chão era cheio de couros de boi, de carneiro, cheio de objetos de arte, então a gente tinha de ficar lá para não estragar tudo se chovesse (Jackson Costa).

Mário Gusmão incrementaria o que já havia desenvolvido em Ilhéus e, favorecendo as suas perspectivas, encontraria um grupo de jovens talentosos inteiramente apaixonados pelas artes cênicas.

Apoiado pelo Poder Público, iniciou as suas atividades criando o projeto *Memória da Cidade*, cujo objetivo era, a partir de cada bairro, resgatar a suas figuras populares, festas, música, dança e tradições locais. Do projeto global, emanaram vários subprojetos, com as equipes de jovens, sob a sua orientação, realizando o trabalho de campo:

- Por exemplo, o *Já Cacau* era um projeto que caminhava junto com ele mesmo, ele queria saber da história do bairro de Fátima, aí então a gente ia para o bairro de Fátima, fazia uma espécie de triagem, entrevistava as pessoas mais antigas do bairro, suas figuras folclóricas, depois se fazia um apanhado histórico do bairro e então se fazia o texto. E aí se ia ensaiar o espetáculo oficina de teatro, junto a isso, ao projeto de teatro, já ia outra equipe fazer o projeto de dança, buscar as raízes negras existentes nesse bairro (Carlos Betão).

Mário exerceria em Itabuna um papel catalisador, aglutinando, incitando, despertando talentos e consciências:

- Eu costumo dizer que a minha escola foi Mário Gusmão. Foi uma coisa interessante, porque ele ajuntava muita gente. Ele mexeu com aquela região toda ali no Sul da Bahia, ele conseguiu agregar artistas de vários segmentos. Tinha dias que ele tinha de fechar a porta da casa dele, botar todo mundo para fora, porque ele passou a ser visto como um guru. Esse respeito ele adquiriu facilmente com todo mundo. Eu digo que esse período foi a minha escola como ator, porque você aprendia tudo através do teatro que ele ensinava. Na época em que ele trabalhou lá, as coisas deixaram de ser ações isoladas, expressões artísticas de forma isolada. A força vinha do movimento, do grupo. E tudo isso quem deu foi Mário Gusmão. Ele era um costurador, a sensação que eu tinha é que ele pegava tudo e armava como uma colcha de retalhos. As pessoas chegavam na casa dele para pedir sugestões para a realização de algum evento, ou os próprios artistas querendo fazer algum espetáculo com vários planos da arte, e ele era a figura a amarrar tudo isto (Jackson Costa).

Mas a arte também seria, para Mário, um caminho para o despertar da consciência da negritude:

- [...] os negros até então não tinham consciência da sua negritude, não valorizavam isso porque Itabuna era racista, muito coronelesca, e as pessoas estavam mais voltadas para a questão do cacau, do dinheiro, da grana, e não pensavam na questão cultural, na questão do negro, na sua etnia. Com a chegada de Mário isso foi mudando, porque ele foi trabalhando essa questão. Veja o caso do candomblé: ele conheceu o babalorixá Rui Póvoas, que é um grande poeta e professor das coisas dos negros, e com Mário a coisa foi crescendo. Ele começou a fazer seu trabalho, a levar pessoas, a fazer colóquios, a agitar, a dar uma sacudida na cidade nesse sentido da valorização do candomblé. E um exemplo disso foi Alba Cristina, uma atriz do grupo que Mário coordenava, o Grupo Em Cena, que era composto por mim, Jackson Costa, e aí ela começou a ter real consciência do seu valor como negra e a fez descobrir a sua religião. Porque até então brilhavam na cabeça dela os valores brancos, claro, o teatro é universal, e Mário dizia isso, mas ele tinha uma preocupação com a condição racial, com a importância da cultura negra. Através de Mário, ela e tantos outros tiveram uma abertura para os valores de sua raça. Com ele nós ficamos conscientes da questão do artista e da questão racial (Carlos Betão).

Entretanto, embora Mário ressaltasse a importância da afirmação da negritude e buscasse valorizar as raízes da cultura negra, ele não abandonava a possibilidade de convivência com uma perspectiva universalista:

- Ele sempre buscava essa coisa do negro, mas ele trabalhava com várias linguagens, assim fizemos *Alzira Power*, fizemos texto de Luigi Ramalho. O que Mário gostava muito era de um trabalho que visasse um processo que buscasse a cultura popular dentro desse universo. Mas ele trabalhava com Ibsen, com Strindberg, com Nelson Rodrigues, a linguagem dele era muito universal. Mas claro que um dos focos dele era o trabalho visando a consciência negra (Carlos Betão).

Assim como em Salvador, em Itabuna muitas pessoas achavam que Mário Gusmão era uma pessoa vinculada ao candomblé, talvez um pai-de-santo, por suas roupas africanas, os colares, a sua sabedoria em relação aos diversos aspectos da religião. Em Itabuna diziam que ele se havia iniciado em Salvador, e na capital imaginavam que ele havia sido "feito" em Itabuna, o que realmente jamais ocorreu em nenhuma das duas cidades. Como explica o babalorixá Rui Póvoas:

- Ele era uma pessoa de crença de matriz africana, ele era cabeça de Xangô, mas ele nunca quis se ligar diretamente com uma casa para fazer obrigações. Na verdade, ele fazia consultas, fazia alguma recomendação dos búzios, mas na realidade ele nunca quis se submeter a um ritual sério. Porque na verdade, se ele se submetesse a uma iniciação, ele teria que renunciar a algumas coisas para viver uma vida mais centrada em si mesmo. Algumas vezes ele ia lá ao terreiro, ele se dava muito bem com as pessoas de lá e eu chamava ele a atenção, porque ele precisava se cuidar do ponto de vista do axé, porque independente dele ser artista, ele tinha uma herança de axé, visível e predominante. Chamei-o várias vezes para uma conversa assim, bem séria, e ele me ouvia com atenção, porque ele me respeitava muito, levava a sério o que eu dizia, e aí após essa conversa ele desaparecia, levava uma temporada sem ir lá no terreiro. Lá um belo dia, ele tornava a aparecer quando estava se sentindo mal, eu dizia: "Vem cá, toma esse banho aqui, faz uma defumação." Passava uma tarde por lá, conversando, deitado em esteira debaixo de uma árvore. Depois, quando melhorava, descia e aí passava uma temporada sem aparecer. Foi sempre assim.

É interessante observar que tanto o seu tio paterno Batuta, quanto o seu amigo Clyde Morgan, atribuíram, entre outros aspectos, os muitos dissabores enfrentados por Mário a não haver o mesmo assumido as suas obrigações com o mundo religioso do candomblé. A minha hipótese é a de que Mário tinha tanto respeito e fé em relação ao mundo religioso afro-brasileiro, que temia assumir um compromisso que não poderia cumprir e, por isso, jamais se vinculou diretamente.

Embora envolvido na atividade burocrática, o "jovem" de mais de 50 anos demonstrava a sua vitalidade e o empenho que assumiu na formação de toda uma geração:

– Lembro-me que tinha lá um espetáculo em Itabuna, *Viva a Praça Viva*, que era um trabalho de rua, onde a gente questionava o processo de exploração da mão-de-obra do cacau, o processo dos governos da região que não se interessavam pela cultura e não tinham nenhum interesse na raiz cultural forte da região. E ele ensaiava, depois de trabalhar até seis, seis e meia, ensaiava de oito às doze e quando chegava a época da estréia ficava até uma hora. Nesse sentido ele era muito severo, ele tinha muita vitalidade. Ele, com sua força e vitalidade, entusiasmava a todos (Carlos Betão).

Mário "formava almas", nas escolas, nos palcos, nas ruas, em casa, e elas resplandeciam nos espetáculos que se sucediam, onde ele aparecia, consoante as necessidades, como autor, diretor, coreógrafo ou em alguma participação especial, dançando ou representando. Em 1983, foram realizados: *Chão de Cacau*, representado nos pórticos das igrejas, nas praças públicas e nas escolas; *Rumor Branco*, montagem dramática da *Antologia dos Novos Poetas da Região Cacaueira*; *O Boi e o Burro a Caminho de Belém*, um auto de Natal.

Em 1984, Mário montou os seguintes espetáculos: *Fragmentos Regionais*, realizado com funcionários da Telebahia, premiado pela CEPLAC; *A Feira*, com um grupo de funcionários da Prefeitura Municipal de Itabuna; *Ditos Populares*, apresentado nas praças públicas. Nesse mesmo ano, Mário teria uma grande alegria com a presença, em Itabuna, de sua amiga Jurema Penna, então coordenando o projeto *Chapéu de Palhas* da Fundação Cultural do Estado da Bahia. O projeto, desenvolvido no interior do estado, visava incentivar as manifestações culturais e artísticas regionais, e pretendia realizar o espetáculo *Itabuna do Amor Divino*, com os artistas da região. Feliz com o reencontro, generoso,

- [...] ele se ofereceu logo: "Você não quer que eu dê um curso de expressão corporal?" Eu disse: "Epa, Mário, maravilha." Levantamos dados sobre Itabuna e montamos a história de Itabuna teatralizada. Participaram os estudantes de teatro, os iniciantes, colocar Mário com eles era uma covardia. O que ele fez foi ajudar muito com o corpo, com as técnicas de expressão cultural. Eu nunca vi a história de uma cidade tão bem contada e tão belamente representada. E Mário tem grande participação nisso, ele foi muito enriquecedor. Lá eles adoravam Mário. Foi ele que formou essa plêiade de atores que Itabuna mandou para cá, foi ele que fez. (Jurema Penna)

Foi também um reencontro de lembranças e afetividades, de almoços no hotel onde Jurema se hospedava e feijoadas aos sábados na casa de Mário.

Naquele ano, o movimento pela realização de eleições diretas mobilizou politicamente todos os setores progressistas do país. Em Itabuna, Mário Gusmão coordenou um espetáculo, denominado *Cordel das Diretas*, com a participação da maioria dos artistas da cidade, apresentado nas praças públicas, com a intenção de despertar a população para a necessidade de mudanças políticas e redemocratização do país. Reiterava as posições que marcaram o seu passado politicamente, onde,

- [...] embora jamais tivesse qualquer relação formal, ele sempre contribuiu diretamente para várias ações e situações relacionadas com o movimento político. Ele tinha uma noção clara do nível de injustiça que existia na sociedade e da necessidade de contribuir com os processos de transformação. (Sérgio Fialho)

Além dessas atividades, Mário ainda encontrou tempo para incentivar a realização de espetáculos infantis nas escolas municipais da periferia de Itabuna e desenvolver um curso de dicção para os professores da rede pública.

Retorno

Em 1984, vislumbrando os ventos da liberdade e a importância da população negra na sociedade soteropolitana, a Câmara Municipal de Salvador resolveu, através dos seus setores progressistas, integrar-se aos propósitos do movimento negro. Decidiu pela elaboração de um concurso para feitura de um quadro do herói negro Zumbi[140], que seria colocado no seu plenário, e pela concessão da medalha Thomé de Souza ao músico e compositor Gilberto Gil e do título de cidadão de Salvador ao ator Mário Gusmão. Um jornal local assim descreveu o projeto:

- Esta homenagem da Câmara de Vereadores é fruto de um longo trabalho que o Movimento Negro da Bahia vem realizando no sentido de desmascarar a discriminação racial sofrida pelo negro e que culminou com uma discussão realizada no dia 13 de maio, sobre esse assunto, na Câmara. Levantou-se a necessidade da grande comunidade negra de Salvador comemorar no dia 20 de novembro, suposta data da morte de Zumbi, o dia da sua conscientização. Transformada em *Projeto Zumbi* pelos vereadores Paulo Fábio e Edinaldo Santos, a proposta do Movimento Negro da Bahia culmina hoje com essas homenagens a Mário Gusmão, Gilberto Gil e a colocação do quadro de Zumbi na Galeria da Câmara, resgatando historicamente aquele que foi o líder da comunidade negra e que nunca cedeu na luta contra o racismo e todas as formas de discriminações. (Jornal da Bahia. Revista, 20/11/1984, p. 3)

Mário, já então com 56 anos, ficou entusiasmado com a homenagem, e disse que

- [...] seria tão bom se o despertar tardio de nossa história se fizesse sempre presente. O que sinto é algo estranho. Eu acho que nunca aconteceu uma homenagem desse tipo, ou seja, patrocinada por uma Câmara de Vereadores. A gente vai trabalhando, trabalhando, e quando surge uma coisa assim é uma

Acervo Mário Gusmão

Mário Gusmão na Câmara Municipal de Salvador

surpresa grande e uma demonstração de respeito à cultura negra, de valorização do trabalho que o artista faz (Jornal da Bahia. Revista, 20/11/1984, p. 3).

Em outra entrevista, declarou que a sua alegria foi complementada pelas pessoas que

- [...] ao me cumprimentarem nas ruas parecem que se despediram de mim ontem. Isso demonstra um carinho e um respeito delas por mim, que é recíproco (Jornal AfroBrasil, 28/11 a 4/12/1984, p. 10).

Mário estava feliz, afinal voltava para receber o título da cidade que tanto amava e onde desenvolvera a maior parte de sua carreira profissional de grande sucesso, e também pela acolhida à sua indicação por variados segmentos sociais, o que ratificava a importância do seu trabalho.

Gilberto Gil, impossibilitado de comparecer à cerimônia, foi representado, a seu pedido formal, por Mário Gusmão. Estiveram presentes membros da comunidade negra e representantes da Escola de Teatro, entre eles, além do Diretor, Paulo Dourado, antigos colegas e amigos de Mário Gusmão, como Carlos Petrovich, Wilson Melo e Yumara Rodrigues. O vereador a lhe conferir o título de cidadão de Salvador, Edinaldo Santos, declarou que

- [...] este título tenta corrigir as maldades praticadas contra este santo guerreiro de Glauber e da raça negra (A Tarde, 21/11/1984, p. 2).

E o Presidente da Câmara, Ignácio Gomes, além de uma radiografia de sua carreira, disse no seu discurso:

- Como ser possível tanto trabalho acumulado, tanta experiência desenvolvida, tanta prática adquirida e transmitida a tantas e tantas pessoas, como ser possível que a atividade comunitária de Mário tenha sido ignorada e rejeitada pelas portas oficiais ao longo dos últimos anos? Só a absurda situação de um Estado divorciado da comunidade, só o autoritarismo cego que temos vivido permite entender esta situação. [...] Acolhe, pois, meu irmão Mário Gusmão, o título de Cidadão desta Cidade do Salvador. Que ele represente para você a senha para o início de uma nova caminhada.

Segundo o ex-vereador Edinaldo Santos,

- O ambiente de concessão do título foi muito tenso [referia-se às disputas internas do movimento negro]. Mário, vislumbrando o problema, quando foi chamado para o seu pronunciamento, levava uma flor vermelha numa mão e uma branca na outra. As suas primeiras palavras, fortes, foram: "Quem quer fazer a guerra, deve aprender a fazer a paz".

O discurso de posse da nova cidadania de Mário, antes que uma retrospectiva de sua carreira, foi, de forma poética, não sem certa amargura, um hino a uma nova maneira de ser, a uma vida plena de humanismo:

- Seria tão bom se a glória de ser não tivesse o sabor amargo, pois em nosso peito é somente o que temos, e que não fosse preciso nunca ter pena de nós.

Seria tão bom se propagar o amor à arte, tão eterno, irrestrito e relevante, para que ocupasse os espaços além da tribuna, além das cidades e além das raças. Seria tão bom se valorizassem os produtos culturais com a mesma forma e com a mesma garra com que se fabricam e proliferam as misérias sociais. Seria tão bom se as mentes pudessem enxergar além do que os olhos permitem, além da cor, além das mágoas, e que os artistas pudessem sobreviver para assegurar a sã continuidade da expressão que nos é nata. Essa expressão que delineia o perfil, a personalidade, que protege, defende e perpetua os nossos bens materiais e mentais, para que amanhã não se precise dizer: "E agora, José? A festa acabou, a luz se apagou, o povo sumiu, a noite esfriou... e agora, José?"

A homenagem foi importante, entre outros aspectos, para Mário ser lembrado, para todos saberem que ele estava vivo; afinal, estar no sul do estado significava o isolamento do fluxo de informações do circuito artístico dominante, que permanecia contido na metrópole regional, Salvador. E os desdobramentos, conforme veremos, não tardariam.

Em 1985, Mário participou do filme de Nelson Pereira dos Santos, *Jubiabá*, adaptação da obra de Jorge Amado. Segundo Mário,

- [...] eu tinha amigos: *Jubiabá* mesmo, eu soube que Jorge Amado disse que era para arranjar uma coisa para mim. Para arranjar não: para fazer uma coisa no roteiro para mim. Ele sempre teve muito carinho por mim.

Co-produção franco-brasileira, o filme tinha em seu elenco atores franceses, brasileiros de projeção nacional e outros do circuito baiano. O filme conta a história do negro Antônio Balduíno, cuja vida é marcada pela amor à branca Lindinalva e que, após a sua morte, descobre como objetivo a luta revolucionária. Mário Gusmão representou Henrique, um estivador grevista, que, assim como no romance, só participa da parte final do filme. Na realidade, ele aparece em poucas cenas e com poucas falas[141]: distribuindo panfletos, encontra Balduíno e lhe diz que, se precisar de emprego, vá nas Docas; Balduíno vai ao bar Lanterna dos Afogados e Henrique aparece, reunido com os grevistas; Henrique coloca Balduíno para trabalhar nas Docas e, na saída, ambos são revistados, pelo temor dos patrões em relação ao movimento paredista; Henrique está na reunião do Sindicato, onde Balduíno aparece e faz um discurso revolucionário.

Embora o filme – provavelmente por sua tentativa de acompanhar em muito o livro, assim como já havia acontecido na adaptação de Nelson Pereira dos Santos para *Tenda dos Milagres*, e pela perspectiva etnográfica, documental – não tivesse conseguido agradar nem à crítica, nem tampouco ao público, foi importante para Mário Gusmão. Para quem permanecia longe das luzes da metrópole, mesmo a regional, era um reencontro com o público nacional, além de ter sido a oportunidade de trabalhar com Nelson Pereira dos Santos, um dos grandes nomes do cinema brasileiro.

Neste mesmo ano, Mário participaria da minissérie da TV Globo, *Tenda dos Milagres*, adaptação do livro do romancista baiano. Segundo seu *Curriculum Vitae*, elaborado por amigos (especialmente Ieda Machado), Mário fez um personagem chamado Pai João, que não existe no romance. A minissérie, com excelente trilha musical, grandes atores e feliz adaptação, constituiu-se em grande sucesso e fez a alegria de Mário, por ser, embora pequeno, até então, o seu melhor papel na televisão brasileira.

- Infelizmente não tive acesso, durante a pesquisa, à minissérie; porém, acompanhei-a durante o seu lançamento na TV Globo e lembro-me de que gostei da participação de Mário Gusmão. (O autor)

Em 1986, complementando a sua participação no circuito nacional, Mário teve uma pequena participação na telenovela *Dona Beija*, da Rede Manchete. No recibo de pagamento desse trabalho está registrado que ele representou o chefe de um grupo religioso, tendo atuado somente no dia 3 de janeiro desse ano.

Enquanto isso, Mário prosseguia no desenvolvimento das atividades culturais de Itabuna. Em 1985, ajudou a promover o "grito de carnaval" Ilari, com a formação do primeiro bloco afro da cidade; possibilitou a reapresentação do espetáculo *África Presente*, no Circo Folias de Gabriela, em Ilhéus; no Circo Tabocas, em Itabuna, e na Semana Interna de Prevenção de Acidentes de Trabalho da CEPLAC; e coordenou os debates e recitais de poesia em comemoração ao Dia da Consciência Negra, em Itabuna.

No ano seguinte, não parou um instante de agitar culturalmente a cidade, fomentando, coordenando e montando peças, como *A Eleição*, de Lourdes Ramalho; *A Noite do Eterno Abandono*, de Fernando Caldas, que foi apresentada em Itabuna, Ilhéus, Salvador e Curitiba; o espetáculo de Natal, denominado *Bumba meu Boi*, bem como as peças natalinas *As Pastorinhas* e *Terno de Reis*, apresentados nas praças e igrejas; e fez a coordenação geral das Feiras de Arte e Cultura, com mostra do artesanato da região e espetáculos de dança e música.

Mário Gusmão, como reflete Jackson Costa,

- [...] acabou sendo uma figura muito importante para a região. Talvez também, com certeza, tenha sido importante para ele estar passando a consciência, estar sendo útil para as pessoas na comunidade. Eu nunca vi nada semelhante ao que houve na região no momento em que ele estava lá. Seja pelo lado da negritude, com aquelas roupas africanas, os colares, o visual, a dignidade que passava aos negros, o incentivo à afirmação da negritude. E tudo foi muito em função do que conseguiu fazer. E ele era multimídia, porque ele tinha um conhecimento muito grande de teatro, mas ele sacava de música, de dança. Uma coisa que a gente comentava muito é que ele na época estava com 54, 56, 57 anos, lembro dele dando aula com 58 anos, e assim quando ele começava a esquentar, aquela máquina dando aula, ninguém era tão louco quanto ele, ele virava um ator, um dançarino, um cara louco, então ele misturava tudo. Assim, eu e todos que trabalharam e conviveram com ele fomos privilegiados com a sua lição do que é ser artista e o real sentido do viver.

Todos os seus amigos da época revelam que ele gostava da região cacaueira.

– Ele não era um cara que vivesse se queixando, só quando ele estava puto, ele explodia (Jackson Costa).

Entretanto, mesmo sem ressentimentos, ele não deixava de confessar que, se dependesse dele, jamais teria saído de Salvador. Semeara arte, negritude, vida, nos seus mais de cinco anos no sul do estado; entretanto, os seus dias na região cacaueira estavam findando. Os mesmos problemas que o haviam conduzido ao "exílio", no sul do estado, já o atormentavam ali:

– Ubaldo já estava no final do governo, mas ele também estava meio cansado de estar fazendo tanto e ganhando tão pouco. Ele já estava meio desmotivado, bateu uma certa desmotivação: "Eu estou fazendo muito, mas o salário não dá." Tinha o respeito, tinha a credibilidade, mas não tinha o principal, que era o dinheiro para o sustento dele (Carlos Betão).

Descobrira "o admirável mundo novo" do povo negro, libertara-se dos grilhões que o vinculavam ao mundo dos brancos, ousara romper com as possibilidades normativas de ascensão social, adquirira prestígio e respeito no mundo negro; porém, tudo isso lhe custara um alto preço.

Uma luz novamente, em 1987, lhe dava forças para continuar: o convite de Gilberto Gil e Wally Salomão para retornar a Salvador para trabalhar na Fundação Gregório de Mattos[142]. Feliz pela nova possibilidade, que entendia como um "ressurgimento", estava esperançoso e confiante no seu retorno à metrópole regional: afinal, ali estavam os circuitos dominantes das artes e das comunicações. Teria mais um desencanto ou encontraria o ressurgimento sonhado?

NOTAS

[103] Para uma visão ampla do carnaval baiano e em especial do carnaval negro, ver RIBARD (1999) e RISÉRIO (1981).

[104] "As 'empresas de trio elétrico' viabilizaram a clonagem do carnaval. Ao mesmo tempo, elas impuseram sua lógica econômica à festa, em Salvador. O trio elétrico capturado sucumbiu a esta lógica [...] Tornou-se carro-chefe de um investimento que tem qualquer coisa de esbulho: os blocos de trio privatizam o espaço público, limitando o acesso de outros carnavalescos à avenida, já que seu poder econômico prevalece" (Serra, 2000, p. 34).

[105] Em 1974, duas tradicionais agremiações carnavalescas de negros se extinguiram: a escola de samba Diplomatas de Amaralina e o clube Mercadores de Bagdá. Nelson Maleiro, a grande figura deste último, indignado com a falta de apoio dos poderes públicos, queimou os instru-

mentos e adereços do Mercadores de Bagdá em plena via pública, após o carnaval. Desgostoso, esquecido, o "Gigante de Bagdá" morreu aos 73 anos, em junho de 1982.

[106] Isso estimulou a disseminação de estereótipos dos seus membros como selvagens, bárbaros, animais. De certa forma, as classes médias, assustadas com os "assanhamentos" dos negros, podiam, sem contrariar o mito da democracia racial, reativar as noções do racismo científico. "Quando os Apaches do Tororó irrompem atrás de algum trio elétrico, agitando machadinhos e atropelando quem pintar pela frente, num festival de socos e rasteiras, é possível ver aí uma manifestação anárquica ("pré-política", diria Hobsbawn) de rebeldia social. Trata-se de uma violência que evidencia, com bastante nitidez, seu caráter classista. São pretos pobres da periferia urbana tomando de assalto o centro da cidade, donos da rua na folia carnavalesca, baixando o cacete em quem não pertence à 'tribo'" (RISÉRIO, 1981, p. 68). A violenta repressão policial desencadeada contra os Apaches deixou uma lição para as futuras agremiações negras. Assim, uma das características marcantes do Ilê Aiyê é a ideologia da paz, da tranqüilidade, da ausência de conflitos intra e intergrupais.

[107] Confirmou a eleição indireta para os governadores, a eleição indireta para um terço dos senadores, limitou a propaganda eleitoral e eliminou os dois terços dos votos para a aprovação de reformas constitucionais. Ver CARVALHO (2001, p. 175).

[108] Com 80 a 100 participantes, o Ilê Aiyê era então o que se chama em Salvador uma "moqueca", em alusão à famosa forma baiana de preparar o peixe com azeite-de-dendê que cabe numa frigideira. O bloco cantava a música de Paulinho Camafeu denominada *Ilê Aiyê*: "que bloco é esse/ que eu quero saber, ê, ê/ é o mundo negro/ que viemos mostrar prá você/ somos crioulo doido/ somos bem legal/ temo cabelo duro/ somos *bleque pau*". Sobre o primeiro desfile do Ilê Aiyê, ver RISÉRIO (1981, p. 40; a letra completa da música está na página 134) e AGIER (2000, pp. 69-75). Sobre os desdobramentos da musicalidade negra em Salvador, ver GUERREIRO (2000).

[109] Da primeira "moqueca" revolucionária no carnaval, em menos de 4 anos o Ilê já teria mil membros, oscilando em torno de dois mil participantes a partir de 1983 (Agier, 2000, p. 75). O seu poder de atração foi enorme, pela aproximação com a vivência cotidiana dos segmentos negros, pois, de forma dinâmica e moderna, a base fundamental, ou seja, as raízes africanas foram revividas nos cabelos, nas roupas, nas danças e nas músicas, criando um sentimento de negritude, com um referencial étnico e histórico identificador. Pouco a pouco, foi se configurando um estilo próprio, pautado na africanidade, tendo como matriz fundamental o candomblé e tornando-se um modelo para a afirmação racial. Não demoraram a ser seguidos, irradiando-se por bairros significativos de Salvador: em 1978 foram criados o afoxé Badauê (Engenho Velho de Brotas) e o bloco Malê de Balê (Itapoan); em 1979, o bloco Olodum (Pelourinho); em 1980, o afoxé Ara Ketu (Peripiri); em 1981, o bloco Muzenza (inicialmente na Liberdade). Não pode ser esquecido também o ressurgimento, nesse período, dos Filhos de Gandhy, devido ao apoio dado pelo radialista Gerson Macedo e sobretudo pelo impulso concedido pelas músicas e presença de Gilberto Gil.

[110] Araní Santana (membro de uma nova geração de negros – como Godi, Edinéia, Lia Spósito – que entrou na Escola de Teatro, nos finais da década de 70) lembra que, não obstante tenha encontrado grande apoio em diretores como Evaldo Hackler, Deolindo Checucci, Paulo Dourado e Carlos Petrovich, os negros eram marginalizados: "O problema é que nós não éramos convidados para fazer as montagens teatrais. Nós fazíamos o curso de Interpretação do Ator, porém, o ator, a sua prática, tem que ser em cima de montagens. E nós não éramos solicitados, só as pessoas brancas eram convidadas, porque os espetáculos que eram montados – embora pregassem que era – eles não viam como uma coisa universal. Eles achavam que nós não nos adequávamos para fazer um Brecht, um Shakespeare. Para a cara da gente só se montasse um Antônio Callado, para botar eu de Aparecida".

[111] Poeta, crítico musical, mas sobretudo famoso como dramaturgo, com sua visão política radical e agressiva, consonante com a luta dos negros na década de 1960 do século XX, buscava com suas peças produzir novas relações raciais nos Estados Unidos.

[112] Katherine Dunham foi uma das mais importantes dançarinas e coreógrafas dos USA no século XX, com suas pesquisas sobre os rituais, ritmos e padrões de movimento do mundo negro. Em 1966, foi a orientadora artística do I Festival de Artes Negras, no Senegal. Seria ela, indiretamente, a responsável pela criação da Lei Afonso Arinos, uma vez que, na sua estadia no Brasil, em 1950, foi discriminada no Hotel Esplanada, em São Paulo. O caso obteve repercussão internacional, provocando a mobilização do setor legislativo, inclusive os segmentos conservadores, para a criação de uma lei contra as discriminações raciais.

[113] O artigo de SILVA (1988) é a única referência sobre a formação do movimento negro na Bahia. Se, por um lado, a sua vertente cultural tem sido objeto de um sem-número de trabalhos, por outro, lamentavelmente, a sua vertente política está completamente ausente da bibliografia baiana.

[114] Cemitério de Sucupira foi o nome dado pelo povo de Salvador a um "jardim suspenso" – na verdade, um monstrengo de cimento – construído no espaço anteriormente ocupado pelo belo prédio da Biblioteca, na Praça Municipal de Salvador, em 1971, desfigurando-a completamente. O nome fazia alusão à telenovela "O Bem-Amado", na qual um prefeito tentava conseguir um morto para inaugurar o inútil cemitério municipal. O prédio, uma construção de emergência feita para abrigar a sede do governo municipal, tem um espaço inferior aberto, que forma uma extensão coberta da praça, propícia a encontros de grupos e palco de intensa atividade comercial e social.

[115] Sobre as divergências entre os grupos do movimento negro baiano, ver SILVA (1988, pp. 283-286).

[116] Segundo a professora da mesma Escola, Suzana Martins. Vale lembrar que outra professora da Escola, Dulce Aquino, foi a responsável pela coreografia do espetáculo Orin, Orixá, de João Augusto, em 1971.

[117] Segundo Suzana Martins, por "haver tentado levar o povo para dentro." Macalé confirmou as observações da professora: "Todos da Escola de Dança queriam ver Clyde longe, porque ele pegava os carregadores das Docas para dançar."

[118] Djalma Correia constituiu-se, através da percussão, em um dos mais inovadores artistas baianos, sendo o criador, em 1970, do grupo Oficina Baiafro. Mineiro, aos 17 anos já estudava Percussão e Composição, nos Seminários de Música da Universidade Federal da Bahia. Em 1964, participou do espetáculo *Nós, Por Exemplo*, marco inicial da carreira artística de Caetano Veloso, Gilberto Gil e tantos outros. É considerado um mago do som, um músico múltiplo, com ampla participação na renovação da música brasileira. No Baiafro ele efetuava a transfusão das matrizes africanas ao universo rítmico brasileiro.

[119] O artigo de MORGAN (1976, pp. 20-29) mostra o sentido intelectual e técnico impresso na sua concepção dos espetáculos. Na sua entrevista comigo, ele próprio revelou: "Dança é colocar uma pessoa para fazer determinados exercícios, ver os resultados e voltar para os estudos."

[120] Embora não concorde com alguns pressupostos da sua argumentação, como a ausência da comunhão e da solidariedade na vida urbana moderna, são interessantes várias das questões levantadas por BASTIDE (1983, pp. 146-154).

[121] Deoscóredes Maximiliano dos Santos, filho da ialorixá Maria Bibiana do Espírito Santo (Mãe Senhora), Assogba (sacerdote do culto de Obaluaiyê) Alapini (sacerdote supremo do culto aos Egungun) do Axé Opô Afonjá (de Salvador), artista plástico, Doutor Honoris Causa da Universidade Federal da Bahia, conhecido pelo povo da Bahia como Mestre Didi.

[122] Muitos anos se passaram até que as organizações negras entendessem o significado da formulação de projetos e pedagogias específicas para a sua população. Posteriormente, várias organizações, como Ilê Aiyê e Olodum, estabeleceram seus próprios projetos, que se mantêm até hoje.

[123] Posteriormente, foi elaborada uma sofisticada publicação com o texto e fotos (Santos, D., Santos, J., Senna, 1990).

[124] Ifã é o deus da adivinhação. Suas vestes são brancas e ele usa o opelê (colar) para responder às perguntas no jogo da adivinhação. Leva sempre consigo um saco contendo cocos de dendê.

[125] O roteiro do espetáculo pode ser encontrado no artigo de MORGAN (1976, pp. 28-29).

[126] Gilberto Gil faz uma apreciação crítica sobre a forma como o espetáculo de Clyde Morgan foi visto na África. Segundo ele, era um espetáculo de dança moderna, com "uma sofisticação incorporada ao plano da raiz, do primitivo", sendo recebido "com curiosidade mas com entusiasmo relativo a, digamos assim, platéias desacostumadas a esse tipo de coisa." Comparando com a participação de Olga do Alaqueto, em que a identificação dos africanos era direta, ele disse: "Enquanto o meu trabalho e o trabalho de Clyde e o trabalho de Paulo Moura, o que eles viam era assim, eles diziam: – Olha esses filhos da gente como eles são espertos, oh como eles são estranhos" (RISÉRIO, 1982, p. 178).

[127] Segundo Laís Salgado, esposa de Clyde Morgan, na realidade, Mário permaneceu na África apenas mais 10 a 15 dias após o festival em Lagos.

[128] Evidentemente o artista americano mostra uma compreensão a partir da sua imersão no FESTAC e do caráter excepcional da reunião do mundo negro, o que poderia explicar sua visão idílica da realidade nigeriana. Por exemplo, Gilberto Gil apresenta uma perspectiva mais realista sobre a Nigéria e a realidade africana em geral. Ver RISÉRIO (1982, pp. 174-177).

[129] O trabalho de Abdias Nascimento – *Racial Democracy in Brazil: Myth or Reality?* – foi rejeitado, gerando grande polêmica com repercussão internacional (NASCIMENTO, 1978; 2002). Estabeleceu-se, entre o grupo que o apoiava e a delegação oficial brasileira – da qual Abdias não participava – uma discussão, reproduzindo a que ocorria no Brasil entre um segmento da comunidade negra que buscava demonstrar a desigualdade entre negros e brancos, a presença do racismo e a afirmação de uma história e cultura próprias dos negros, em contraposição àqueles que preconizavam a democracia racial e cultural no Brasil, o pensamento oficial dos grupos dominantes e do Estado. Abdias Nascimento foi implacável em relação aos trabalhos apresentados pela delegação baiana e em relação ao Centro de Estudos Afro-Orientais (Nascimento, 1978, pp. 35-38 e 95-97). Porém, o problema não estava contido somente no caso brasileiro, ele abarcava também a política nigeriana.

[130] Eu consegui ver o filme no Canal Brasil do sistema fechado de televisão.

[131] Vale salientar que, na ficha técnica do filme, o elenco apresentado é o seguinte: Alexandre Allerson, Antônio Pitanga, Carlos Kroeber, Cláudio Marzo, Maria Fernanda, Maurício do Valle, Othon Bastos, Rainer Rudolf e Severo d'Acelino. Portanto, preponderam os brancos e mesmo o Chico Rei aparece em último lugar, dando a impressão de ser um filme sobre os membros da "casa-grande".

[132] Um ator negro, Irivaldo, na época disse: "O ator negro não pode ficar só com papéis de escravo limpinho, que acata sempre sorridente as ordens do seu senhor, como na novela da Globo, *Maria, Maria*. Somos uma parte da população brasileira e não se pode falar da juventude, de política e de amor, sem colocar o ator negro em lugar de evidência, frisa Irivaldo" (NAVIO..., 1978, p. 3).

[133] O bairro do Pero Vaz, antigo Corta Braço, a primeira e mais antiga invasão de Salvador, ainda na década de 40 do século vinte, situa-se no distrito da Liberdade. Vários bairros compõem o distrito da Liberdade.

[134] "Para o líder negro Abdias Nascimento, conhecedor da história e cultura negras, a carnavalização é justamente o lado mais político da raça. Que a acusação de alienação ao predomínio de manifestações sensoriais ritualísticas seja feita por alguns dos militantes negros é prova de como somos induzidos pelo sistema a acreditar nas verdades que as classes dominantes estabelecem" (LOBO, 1981, p. 7).

[135] A criação da Noite da Beleza Negra, em 1980, representou, entre outros aspectos, uma resposta do movimento negro em relação aos antigos concursos de *Miss*, com grande vigência na década de 1960 e — mesmo decadentes — ainda presentes na década de 1970, que estabeleciam o padrão estético da mulher branca como um modelo da sociedade. Pior, de forma discriminatória, era estabelecido de forma paralela um concurso para a eleição da "mais bela mulata", nos mesmos moldes do *Miss* Bahia, marcando a "nossa originalidade cultural" e a "exaltação da nossa democracia racial" (HOMENAGEM..., 1966, p. 3). No grande concurso efetivado em 1966, no Ginásio Antônio Balbino, o Diretor do Jornal da Bahia, ressaltou que era "uma iniciativa pioneira que vem atestar a legítima democracia racial existente no Brasil e particularmente na Bahia" (CONCURSO..., 1966, p. 10). Entretanto, questionando a nossa propalada democracia racial, uma das "mulatas" baianas candidatou-se e venceu o *Miss* Bahia, sendo estrepitosamente vaiada" (MISS..., 1969, p. 2). O festival do Ilê representou — e se tornou uma tradição do grupo — uma consagração da beleza negra, com uma formulação completamente distinta dos concursos de *miss*, onde preponderavam os dotes físicos. Nele despontou a valorização da indumentária, da forma de dançar, a graciosidade, a elegância da candidata e a identificação com o mundo negro-africano.

[136] Em 1981, a organização iria à Serra da Barriga, local do quilombo de Palmares, em Alagoas, juntamente com os blocos Ilê Aiyê, Badauê e Malê Debalê. Segundo Zulu Araújo, Mário "foi para a Serra da Barriga como integrante do Olorum Baba Mi. Toninho Borges, grande amigo de Mário e que ele considerava como um sobrinho, convidou-me e eu fui como membro da delegação do grupo. Foram 13 ônibus daqui da Bahia para a Serra Barriga. Foi a partir daí que eu me aproximei de Mário". Confirmada a veracidade da presença de Mário Gusmão na Serra da Barriga, estando já fixado em Ilhéus, pela importância do evento, ele deve ter se deslocado para Salvador para realizar a viagem para o estado de Alagoas. Dormindo nos ônibus ou no chão de uma escola, comendo o que levavam, subindo o longo e dificultoso caminho — assim como o Ilê já fizera no ano anterior —, os grupos culturais lutavam, com protesto e festa, pela consagração do espaço onde o grande herói negro lutara pela liberdade. E marcavam, no próprio local da morte de Zumbi, o 20 de novembro como Dia Nacional da Consciência Negra. Naquele momento existiam profundas dissensões em torno das idéias e práticas para a afirmação da negritude, inclusive onde deveriam ser realizadas as manifestações do 20 de novembro. Por exemplo, em 1980, enquanto o Ilê ia para a Serra da Barriga, o Movimento Negro Unificado contra a Discriminação Racial, juntamente com o Núcleo Cultural Afro-Brasileiro, Sociedade Malê de Cultura e Arte, Diretório Central de Estudantes da UFBA, Sindiquímica, CEAO e Movimento *Gay*, realizava um ato público no Terreiro de Jesus, com a presença de 500 pessoas.

[137] Para um maior conhecimento sobre *A Idade da Terra*, ver SARACENI (1981, pp. 59-62), AVELAR (1981, pp. 63-64), MASCARENHAS (1981, pp. 65-68), XAVIER (1981, pp. 69-73), GERBER (1981, pp. 74-75).

[138] Pintor e gravador, amigo e ilustrador das obras de Jorge Amado.

[139] "[...] a construção de estradas, a introdução do transporte rodoviário e sua importância crescente, que conduziria a sua predominância a partir dos anos cinqüenta, transferiu, pouco a pouco, para Itabuna, a condição de centro econômico regional, lugar de passagem obriga-

tória de pessoas e mercadorias provenientes ou destinadas ao sul, sudoeste e extremo-sul da Bahia." (Freitas; Paraíso, 2001, p. 149).

[140] Houve divergências entre as organizações negras, devido à colocação do retrato de Zumbi, elaborado pela artista plástica Franceline Daltro (França). Vencedora do concurso, a tela foi considerada "estetizante", não espelhando a origem histórica real do grande herói negro. Segundo Abdias Nascimento, que estava em Salvador no período do concurso, "o importante é o fato político/histórico da colocação de Zumbi na galeria dos retratados, ou seja, o fato de que Zumbi é visto, não como efêmero personagem da história, mas sim como herói e que como tal deve ser lembrado, referenciado" (Tribuna da Bahia, 20/11/1984, p. 13). Um jornal local, aproveitando a querela entre as organizações negras, não deixou de emitir, em relação à Câmara e às homenagens, comentários discriminatórios e desabonadores: "Em seu afã de importar para a cidade de Salvador a discriminação racial que a sociedade baiana rejeita, os vereadores aprovaram um projeto destinado a homenagear a passagem do chamado Dia da Consciência Negra. [...] Nada deu certo e resumiu-se à presença de Gusmão recebendo o seu título e a medalha, porque Gilberto Gil, embora estivesse em Salvador, negou-se a comparecer ao ato e quanto ao retrato revoltou a comunidade negra da cidade. Zumbi foi um chefe guerreiro e não podia ser retratado da forma ridícula como o foi, num trabalho de incrível mau-gosto e que terminou desagradando a todos, unanimemente. [...] É triste ver que alguns vereadores (com a omissão e passividade dos demais) estejam colaborando para a importação de novos problemas para a cidade, em lugar de resolver os que estão em pauta. Até mesmo lideranças de comunidades negras admitem que predomina neste país a democracia racial (UM ZUMBI..., 1984, p. 5)." Na realidade, a Câmara Municipal do Salvador, ao referendar o 20 de novembro e prestar homenagem a grandes figuras negras, mais que nunca atendia aos anseios democráticos e valorizava a parcela mais representativa da população de Salvador, ou seja, os enormes contingentes negros. O quadro, mantido até os dias de hoje na galeria da Câmara, não era uma obra ridícula, mas antes uma alegoria de grande beleza plástica sobre o herói negro de Palmares.

[141] Entretanto, não apenas Mário teve pequena participação no filme, mas o mesmo ocorreu com a maioria dos atores baianos. Vale salientar também que atores do elenco principal, como Betty Faria, por exemplo, não têm grande presença na película. Credito tal situação ao fato de o romance e o filme estarem centrados em poucos personagens, sobretudo Balduíno e Lindinalva.

[142] Na primeira eleição direta para Prefeito de Salvador, em 1984, a oposição baiana sairia vitoriosa. Consagrada desde as duas últimas eleições como reduto da oposição, a eleição de Mário Kertész consolidaria a sua condição. Sincronizado com os movimentos populares e suas lideranças, bem como assessorado por um conjunto de expressivos intelectuais e artistas, entre eles, Gilberto Gil, Wally Salomão e Antônio Risério, o novo Prefeito resolveu dedicar especial atenção à cultura, inclusive criando, posteriormente, um novo organismo para o seu gerenciamento: a Fundação Gregório de Mattos.

AS ÚLTIMAS BATALHAS
DO GUERREIRO NEGRO

Cem anos de luta

No ano de 1987, com a redemocratização do país (FAUSTO, 2001, pp. 285-310), estava no auge o processo de mobilização cultural e política dos negros em Salvador. Tudo parecia inteiramente favorável ao retorno de Mário Gusmão: as forças de oposição[143] – e muitos dos seus amigos – estavam no poder e o movimento negro demonstrava muita vitalidade e dinamismo, além do reconhecimento que, de forma aparentemente unânime, era demonstrado em relação a sua história e trabalho.

Em página inteira no jornal A Tarde, abrindo o Caderno 2, em fevereiro de 1987, era anunciado *Mário Gusmão: um "príncipe"* [144] *na Fundação Gregório de Mattos*. Na reportagem, cheio de esperanças, Mário afirmava que daria prosseguimento, na Fundação Gregório de Mattos, ao que já desenvolvera no sul do estado, ou seja, impulsionar o teatro, a dança, o artesanato e outras manifestações culturais junto às comunidades de bairros e outras instituições locais:

> – "Pretendo aproveitar o espaço das escolas municipais, se possível dos Centros Sociais urbanos, isso por ser do governo estadual, além dos teatros de Salvador, para trabalhar com a juventude de áreas pobres, como também de outras áreas". O ator disse acreditar que teria apoio para colocar em execução os seus projetos: "Acredito na sensibilidade de Gilberto Gil e dos seus assessores" (A Tarde, 26/02/1987, Caderno 2, p. 1).

Expôs as suas esperanças no novo governador, que deveria ser empossado no mês de março:

— Minha confiança total está em Waldir Pires. Até agora, estou confiando no trabalho que ele pretende fazer. [...] A preocupação está sendo muito grande com todos os setores, onde a cultura também está sendo privilegiada. Eu estou com muita esperança no trabalho de Gil na FGM, juntando com o grupo que vai atuar no governo de Waldir. Creio que muitas coisas boas vão frutificar.

Foi lembrado pelo jornalista que, em 1988, haveria duas celebrações, ou seja, os 100 anos da abolição da escravatura e os 60 anos de Mário. Sobre a Abolição, Mário disse que

— Eu espero que seja uma oportunidade de reivindicar, de cobrar. Quantos negros nós temos colocado em tais e tais lugares? Quantos mestres nós temos em nossas faculdades? Quantos vereadores? Quantas negras cultas nós temos colocadas em seus devidos lugares? Quantas domésticas? Quantos arquitetos negros? Quais são as pessoas que estão tomando conta da cultura negra? São realmente negros ou estão com cara de preto? Estas coisas me preocupam.

E sobre os seus 60 anos, sonhador, relatou que um grupo de amigos estava criando o Centro Cultural Mário Gusmão[145]:

— É um grupo de intelectuais e outras pessoas voltadas para a cultura negra de uma maneira mais séria. Vai ser um centro que pretende desenvolver a arte, a ciência, cinema, teatro e a cultura em geral. Serão dados cursos e outras promoções ligadas à cultura afro-brasileira.

Porém, após os seus devaneios, as doces ilusões, voltava, ainda na mesma entrevista, a deixar as marcas dos pés no chão, embora divagando, quando falou de sua volta aos palcos:

— Isso depende de quando a minha casa ficar pronta (ele tem uma casinha no Pero Vaz, na Liberdade). A casa está com a cumeeira caída. Eu estou esperando regularizar esta situação para que eu possa pensar nisso. Uma casa sem cumeeira é uma cabeça sem rumo (A Tarde, 26/02/1987, Caderno 2, p. 1).

Enfim, a par de suas esperanças no retorno, os problemas financeiros pessoais permaneciam, agravados pela deterioração da sua residência. Segundo Mário, a sua casa foi recuperada pela Prefeitura Municipal de Salvador, devido a interferência dos seus amigos.

— Nesse tempo, sua casa estava toda acabada e ele, com todas as dificuldades que passava, nós fizemos um esforço enorme e demos uma arrumada na casa. (Sérgio Fialho)

— Mário relatou-me que, enquanto a sua casa não ficou pronta, a Prefeitura pagava uma pensão para ele na Vitória. (O autor)

Quanto ao seu retorno ao teatro, embora pretendesse um "ressurgimento", o melhor seria adiar, esperar, para ver a receptividade que teria diante da nova realidade, e somente então se pronunciar. Infelizmente, esse retorno jamais iria ocorrer. Primeiro, Mário estava afastado de há muito dos palcos baianos e, para a nova geração de atores, diretores e produtores, era apenas uma referência histórica, problema que era aguçado ainda mais pela imagem estereotipada de drogado. Segundo, como descreve FARIA (1997), na década de 1980 o teatro se transformara muito, com a respectiva "profissionalização", ou seja, cada vez mais os produtores artísticos pensavam no teatro como um meio de vida e na ascensão do individualismo no meio teatral, em detrimento da perspectiva dos grupos. Terceiro, o teatro também se transformara em termos de público: apareciam vários tipos de público consumidor de teatro, ao contrário do passado recente onde os que iam ao teatro tinham alguma ligação pessoal, profissional, estética ou ideológica com o que se fazia no teatro local.

Em maio, já contratado pela Fundação Gregório de Mattos, Mário Gusmão estava inteiramente imerso na campanha do centenário da Abolição, que envolveria um conjunto de atividades durante todo o ano de 1987 até 1988. Estavam previstos eventos do mais variado espectro, de natureza artística e política, envolvendo dos grupos culturais às instituições governamentais. A programação foi divulgada em sessão solene na Reitoria da UFBA, no dia 13 de maio, sendo definida a realização de eventos mensalmente. Na oportunidade, instalou-se a Comissão Estadual da Abolição, foi criada a sala Winnie Mandela, foi lançado o edital para o concurso estadual do cartaz do centenário, foi formada uma comissão para retirada dos instrumentos sagrados do Museu da Polícia Técnica[146] e houve um recital de poemas, tendo Mário Gusmão

Jornal da Bahia: Gusmão volta com toda a energia

como intérprete. E já no dia 15 de maio, Mário Gusmão estava em Cachoeira, representando a Fundação Gregório de Mattos, juntamente com o novo Diretor da Fundação Cultural do Estado da Bahia, o poeta José Carlos Capinan; o Presidente da Bahiatursa, jornalista Silvio Simões; Manoel Almeida e Lino Almeida, membros do movimento negro de Salvador.

Nesse mesmo ano, no dia 15 de julho, o governador Waldir Pires, em resposta às demandas da conjuntura nacional e às reivindicações locais cada vez maiores do movimento negro, criou o Conselho de Desenvolvimento da Comunidade Negra, que, no entanto, somente seria implantado quatro anos depois[147].

Mário Gusmão participou intensamente, em 1987, das atividades do centenário da Abolição, em Salvador e também em Ilhéus, Itabuna e Cachoeira. Seria ele um dos representantes baianos a recepcionar, no aeroporto, o Ministro da Cultura Celso Furtado,

- [...] quando mais uma vez incorpora um personagem muito seu: resgatar para o negro o seu devido lugar (Tribuna da Bahia, 04/09/1987, p. 6).

Ainda em 1987, além de trabalhar (como está registrado em seu *Curriculum Vitae*) em um vídeo em homenagem a Bob Marley e no filme de Paloma Rocha (filha de Glauber Rocha), denominado *Alvorada Segundo Kryzto*[148], Mário participou da minissérie da Rede Globo, *O Pagador de Promessas*, dirigida por Tizuca Yamazaki. Ele representou o Mestre Coca – personagem que, na versão para o cinema, pertenceu a Antônio Pitanga –, um mestre de capoeira que, juntamente com seus discípulos, iria concretizar o sonho de Zé do Burro, ou seja, introduzi-lo na Igreja do Passo com a sua cruz. Para a sua participação na minissérie, o ator utilizou como laboratório o Grupo de Capoeira Angola do Pelourinho:

- Eu conheci Mário num momento bonito, porque foi no momento em que eu pude permutar com ele: eu, mestre de capoeira, e Mário Gusmão, o ator. Mário era um ator na essência, então nesse momento que ele escolheu o GECAP como laboratório, foi uma oportunidade de eu passar muita coisa para ele e foi uma oportunidade grande de Mestre Morais ser ator também. Isso foi necessário até para que eu pudesse entender o Mário Gusmão ator, para passar para ele a capoeira que ele precisava para representar o papel dele no seriado. Então, hoje, as pessoas talvez não entendam muito essa minha mobilidade no jogar capoeira, a fusão com a dança de uma forma mais acentuada, e foi Mário Gusmão que em muitos momentos me chamou a atenção: "Você é dançarino." "Mário, eu quero aprender dança." E ele dizia: "Você já é dançarino. Você dança jogando capoeira." E dizem que eu consegui. E tudo isso é porque eu aprendi com Mário Gusmão a ser capoeirista, a ser ator, a ser dançarino, a ser um capoeirista completo (Mestre Morais).

Segundo o jornal Tribuna da Bahia, na cena da escadaria participam mais de 1.200 figurantes e, para

- [...] Mário Gusmão, a cena é de extrema importância, pois é o encontro de duas culturas "muito puras"; só na Bahia poderia acontecer uma cena dessas [...] pois em nenhum outro lugar do Brasil iriam conseguir fazer mais de mil pessoas descerem a escada cantando e brincando, do jeito que só baiano sabe fazer (Tribuna da Bahia, 04/09/1987, p. 6).

Cartaz comemorativo dos 100 anos da Abolição

Enfim, Mário gostou muito do seu papel, na medida em que representava um personagem popular e de muita dignidade.

Nos dias 27, 28 e 29 de novembro de 1987, a Fundação Gregório de Mattos, a Fundação Casa de Jorge Amado, a Secretaria da Cultura do Estado da Bahia e as entidades do movimento negro promoveram em Salvador o I Encontro Nacional sobre os 100 anos da Abolição[149]. O evento foi divulgado com um belo cartaz, onde Mário Gusmão, inteiramente nu, ereto, com os braços abertos e uma perna semi-erguida, aparecia com uma exuberante plástica, não obstante os seus quase sessenta anos, tendo ao fundo o mapa do Brasil. Segundo Ericivaldo Veiga, ele ficava envaidecido com a foto e perguntava:

- Meu filho, qual o homem de minha idade que teria coragem de fazer uma foto dessa maneira?

Mil novecentos e oitenta e oito seria um ano de grande efervescência, de contínua mobilização do movimento negro, cônscio de que deveria aproveitar as "brechas" do sistema diante da efeméride, da celebração, sobretudo para denunciar o racismo na sociedade brasileira e, em especial, no "paraíso racial" baiano. A televisão estatal, a TV Educativa, abriu espaço, e lá estava a socióloga Nivalda Costa realizando, toda sexta-feira, o programa *Afro-Memória*. A Coordenação do Carnaval de Salvador escolheu para a decoração da festa o tema *Bahia de Todas as Áfricas*. Em janeiro, a imprensa já noticiava a primazia que seria concedida à participação dos grupos negros no carnaval:

- A comunidade negra terá destaque no Carnaval do populoso bairro da Liberdade. Quando se comemora o centenário da extinção oficial da escravidão no Brasil, a Coordenação do Carnaval, pretendendo homenagear o evento e, mais especificamente, os negros agrupados em diversos segmentos, promovendo, entre outras atividades, um desfile, tendo como figura principal o Obá Dudu (o rei dos negros), representado pelo ator negro Mário Gusmão (A FORÇA..., 1988, p. 2).

Esse ano foi marcado pelas lutas do movimento negro, envolvendo desde um encontro, em março, de representantes do CENBA (Conselho de Entidades Negras da Bahia) com a Diretoria do Departamento de Educação do Segundo Grau da Secretaria de Educação do Estado da Bahia, solicitando que fossem evitadas festividades no dia 13 de maio e pedindo que fossem efetivadas reflexões sobre a situação social do negro, até a grande caminhada de protesto, no dia 12 de maio, com 5 mil negros, denominada "Cem anos sem Abolição". Durante a passeata, discursos de representantes do movimento negro, como Luiz Alberto Silva dos Santos, Jônatas Conceição, Peter Leão (do Olodum) e Raimundo Bujão (do Núcleo Cultural Níger Okan), repudiando a comemoração oficial da abolição da escravatura, alternaram-se com palavras de ordem e músicas, em sua maioria falando de questões raciais (PROTESTO..., 1988, p. 3).

Se, por um lado, a luta para desmascarar o racismo e a vitalidade do movimento negro atingia o seu ápice, inclusive devido ao apoio institucional, por outro, as respostas dos grupos dominantes foram efetivas e duras. Primeiro, através da imprensa, com sucessivos editoriais, pregando a democracia racial e considerando as manifestações obra de uma minoria provocadora (A ABOLIÇÃO..., 1988, p. 4). Segundo, derrotando a possibilidade da candidatura a prefeito do cantor e compositor Gilberto Gil, com uma campanha que associava observações negativas sobre sua conduta pessoal à sua condição racial, o que expôs o conservadorismo e o racismo ainda vigentes na sociedade baiana.

Mais: naquele momento, várias lideranças do movimento negro postularam atingir o legislativo municipal; entretanto, nenhuma delas saiu vitoriosa. Porém, não obstante a resistência dos grupos dominantes e a persistência da reprodução do racismo na sociedade, o movimento negro continuaria lutando e alcançaria grandes avanços na década seguinte, sobremodo com o reconhecimento, pelo Estado brasileiro, da existência do racismo e da necessidade de implementar políticas públicas para atenuar a violenta discriminação em relação aos negros no Brasil.

Mário Gusmão, em 1988, teria uma grande alegria: uma viagem a Angola. Como a Casa do Benin já tinha sido criada pela Fundação Gregório de Mattos, restabelecendo os laços históricos com a África Ocidental, a idéia seria promover o intercâmbio cultural com a África Austral, criando também a Casa de Angola (o que ocorreu em 1999). Assim, seguiu para esse país uma comitiva formada por João Jorge Rodrigues, Mestre Morais, Mário Gusmão, Neguinho do Samba, Dóris Abreu e Valdina Pinto. Segundo João Jorge,

- [...] foi muito interessante para ele porque era um outro tipo de África, diferente da África Ocidental que ele já conhecia.

Já para Valdina Pinto, ele

- [...] gostou, e uma das coisas que uma vez estávamos comentando – eu observei e ele também – é que a gente viu muita gente mutilada, mas uma coisa que nos chamou a atenção lá em Angola foi a altivez das pessoas, uma coisa que a gente não via era ninguém andando de cabeça baixa, não via.

Foi também nesse ano que Mário se aproximou do Olodum e de várias outras organizações negras. Na época, segundo João Jorge Rodrigues, um dos criadores e principal dirigente do Olodum, Mário dava aula de dicção aos compositores do bloco.

- Ele contava histórias e ensinava a pronúncia correta de certas palavras. Assim, ele ensinou um cantor a dizer a palavra reflexo corretamente, e isso foi no ano de 88, quando estourou *Madagascar*. Ele produziu no Olodum uma música que é o *Aydeô*, que ele ouviu quando ele esteve na Nigéria, no Festival de Lagos. Ele ensinou o pessoal a juntar essa música com *Nkossi Sikelê*[150]. Então o Olodum canta *Nkossi Sikelê*, pára, canta o *Aydeô* e volta para *Nkossi Sikelê*. Assim, no segundo disco onde constam essas músicas nós dedicamos a Mário Gusmão. Já aquela música "Vou subindo a ladeira do Pelô e balança", isto Mário ajudou muito a fazer aquele jogo de palavras que simbolizava o corpo. Era idéia dele: a expressão que os compositores faziam para representar a subida da ladeira ao som da banda e ao balanço da bunda. Eu diria que o Olodum não teria chegado musicalmente onde chegou sem a influência de Mário sobre os compositores[151].

Ainda em 1988, segundo sua documentação, Mário trabalhou, contratado pela Bahiatursa, como apresentador de um evento no Parque Histórico de Castro Alves, em Muritiba. Fechando o ano, fez para a televisão, com Lázaro Ramos[152], um especial de Natal denominado *O Menino e o Velho*.

Um príncipe no exílio

Em 1989, como membro da Fundação Gregório de Mattos, Mário participou do projeto do Centenário da Abolição, do cadastramento dos blocos afro e afoxés, da elaboração de um calendário cultural e, com o Olodum e outras entidades negras, organizando uma grande recepção para o bispo Desmond Tutu, na qual se demonstrava a rejeição brasileira ao *apartheid* na África do Sul. Entretanto, embora tivesse participado desses vários eventos, e lhe fosse concedido tempo livre para exercer o seu papel de professor e agitador cultural entre as organizações negras, o relato de Valmir França, militante negro, então no órgão municipal, esclarece que a sua posição não era confortável:

- Ele não tinha uma função definida, porque ele não estava enquadrado em nenhum projeto específico da Fundação. Eu creio que, entre outros motivos, devido às dificuldades que passava e o respeito que se tinha por ele, ele passou a funcionar como uma espécie de conselheiro. Ele trabalhava pela manhã, e pela tarde ele podia fazer outras coisas. Havia um projeto de teatro nos bairros lá na Fundação, mas ele não se integrou. A turma era muito fechada e ele sempre reclamava. Ele era o nosso referencial de muita coisa, ele contava as histórias do passado, da sociedade e do teatro.

Já Betão, ator do teatro baiano, oriundo de Itabuna, de forma explícita considera que

- [...] todo o tempo em que ele ficou lá ele foi subutilizado, e por isso estava insatisfeito.

Porém, de forma objetiva, na minha opinião, a cúpula da Fundação – formada por seus amigos – tentou criar todas as condições possíveis, dentro das limitações da administração pública, para a vida e o trabalho de Mário; no entanto, isso jamais seria o suficiente para reverter inteiramente a sua situação histórica de sobrevivência. Evidentemente, as posições dos diversos grupos que atuavam na Fundação deviam ser completamente diferentes das dos seus amigos: jovens, eles deviam ver Mário apenas como um ator velho, a quem, pelo passado, se concedia uma "sinecura" no serviço público. Outro elemento completava esse quadro: pouco a pouco, Mário percebia que o seu "ressurgimento" no teatro jamais viria a ocorrer. Era um nome do passado e ponto final. Tudo isso junto pode ter provocado a sua insatisfação.

Fotos Maria Sampaio

As várias faces de Mário Gusmão

Segundo o próprio Mário Gusmão e Valmir França, após a assunção do novo Prefeito – Fernando José –, em 1989, Mário teria permanecido na Fundação Gregório de Mattos. Mas o novo governo decidiu demitir os ociosos e, segundo Mário,

- [...] eu fui um deles. Engraçado, eu saí como ocioso.

Evidentemente, sem um rendimento regular, a sua situação pessoal deve ter se agravado, sobretudo em termos de subsistência. O que se sabe realmente é que, em janeiro de 1989, uma nota, denominada "Sensível e Solidário", publicada na coluna de Béu Machado, insinuava a sua condição naquele momento:

> - Perguntem a Fernando José, a Wally Salomão, a Gilberto Gil, Antônio Risério e a outros sobre a importância artística de Mário Gusmão, ator capaz de interpretar, com o mesmo bom desempenho, seja um escravo ou um malfeitor. E que, na parte real de sua vida, desempenha o papel de um ser humano que, apesar de dificuldades, nunca negou solidariedade a colegas. Ninguém espere, portanto, que ele se sente na Praça da Piedade à espera de quem lhe dê a mão. Não recusa apoio, mas continuará dando a mão a quantos precisarem, no palco sem folclorismos da vida (MACHADO, 1989, p. 4).

Começavam a agonia e o desespero na luta pela sobrevivência, que não o abandonariam até os seus últimos dias.

Em 1989, segundo seu *Curriculum Vitae*, Mário teve ainda participação em alguns eventos: apareceu no desfile de carnaval do Ilê, como o *Rei Conga*[153]; participou da narração do vídeo *Bahia África*, de Arlete Soares, sobre texto de Pierre Verger, e do texto do vídeo da TV Bahia *Eluniê*; foi consultor da TV Itapoan para o programa *Beleza Black* e apresentou, em novembro, o Fórum Estadual de Cultura e Dança. Segundo Jônatas Conceição da Silva, foi nesse ano que

> - Mário me ajudou no lançamento de meu segundo livro de poesias, fazendo um recital dos principais poemas. O maior trabalho de Mário eu acho foi esse, ele fazer de forma desinteressada trabalhos visando o fortalecimento das entidades e também dando visibilidade aos afro-descendentes.

Para auxiliá-lo financeiramente, seu amigo Nilson Mendes, através da Fundação Cultural do Estado da Bahia, conseguiu que Mário passasse um mês em Porto Seguro, fazendo oficinas de dança. O seu comentário, sobre a permanência de Mário no extremo sul da Bahia, indica um pouco o seu descontrole e talvez desespero sobre os rumos de sua vida:

> - Ele terminou ficando vários meses, criou vários grupos por lá e um dia veio embora. O engraçado é que ele deixou lá as suas roupas e também os seus instrumentos de percussão (Nilson Mendes).

A sua vinda se deu porque Ana Fialho que trabalhava na Secretaria de Administração do Estado da Bahia, na Fundação Escola de Serviço Público (FUNDESP), conseguiu para Mário Gusmão, em agosto, uma prestação de serviços como consultor na pesquisa sobre Recursos Humanos e Administração. Enquanto isso, embora os negros já não fossem a "menina dos olhos" da máquina governamental – o que só ocorre no Brasil, e em especial na Bahia, em eventos e comemorações, quando para não perder o controle tentam se apropriar das manifestações –, demonstravam a sua força nas ruas protestando contra a Igreja Universal do Reino de Deus.

– Todo o conflito foi gerado por uma passeata realizada no mês passado por seguidores da Igreja Universal, que acusou o candomblé de realizar cultos sacrificando crianças. Em resposta a essa manifestação, os grupos afros, representantes de movimentos negros e adeptos da religião realizaram a "Passeata da Resistência", que foi do Campo Grande à Praça Municipal, com a participação de mais de três mil pessoas. A Federação Baiana de Cultos Afros, tendo aberto um processo contra os líderes do movimento contra os cultos do candomblé, espera que, agora, com o apoio do Cardeal, a religião seja respeitada e a liberdade de culto mantida (CARDEAL..., 1989, p. 3).

A manifestação dizia muitas coisas: primeiro, a possibilidade de união e respeito entre os "culturalistas" e os "políticos" [154]; segundo, a capacidade de mobilização da comunidade negra, quando existia um objetivo comum definido[155], terceiro, o discurso autonomista do candomblé, propondo a separação da Igreja Católica, antes que afastar – sobremodo diante das novas circunstâncias do mercado de bens simbólicos, com a ascendência dos grupos neopentecostais –, aproximou os cultos afro-brasileiros e a Igreja Católica; quarto, a intolerância religiosa da Igreja Universal, como uma característica do seu proselitismo.

O ano de 1990 indicava os rumos da vida de Mário a partir de então: sem qualquer apoio das instituições públicas culturais e sem quaisquer possibilidades no teatro baiano, sua única participação artística seria em setembro, como "o velho", apenas no primeiro capítulo, na minissérie da TV Manchete, *Lenda dos Orixás*[156].

O seu amigo Ericivaldo Veiga diz o que era a sua vida naquele momento:

– Foi nos inícios dos anos 90 que eu conheci no Olodum pessoalmente Mário Gusmão, onde eu fui conselheiro. Lá ele dava aulas de dicção para os jovens que pretendiam ser cantores no bloco. Eu conheci Mário do Nascimento, Mário Gusmão, já nos seus últimos anos de vida. Eu conheci um homem deprimido, pouco esperançoso, mas talvez não pensasse que fosse morrer. Mas a necessidade, a falta de recursos materiais, enfim, fez desmoronar um pouco do Mário cheio de auto-estima que ele me pareceu ter sido. Mesmo assim ele tinha um bom nível de relacionamento dos vizinhos mais próximos na Avenida Peixe. Ele não ia na casa de ninguém, salvo numa família de rapazes que ele iniciara nas artes, desde o primeiro período da sua estadia naquela casa. A família do Edilson[157], do Val, do Lao, eu vi muitas vezes a família mandar o almoço para ele. E vi também ele tomar fiado para cigarro, cerveja, Malzbier e também pequenas quantidades de alimentos e sempre na venda de um senhor chamado Bento que morava próximo, onde ele gostava de beber. Porém, nem sempre tinha condições de fazer refeições diárias.

Mário participava de atividades do Olodum, quando o seu Diretor Eusébio Ferreira foi atingido por um tiro de escopeta, desferido à queima-roupa, por um soldado da Polícia Militar, que o confundiu com um marginal. Como resposta, o comércio do Pelourinho fechou, enquanto moradores e comerciantes fizeram uma passeata de protesto (OLODUM..., 1990, p. 3), terminando com discursos calorosos contra os governantes e a violência policial em relação aos negros. A atriz Zezé Mota veio à Bahia, visitou Eusébio Ferreira e expressou o pensamento do movimento negro, de repúdio à postura policial que vê o negro como suspeito *a priori* (ZEZÉ..., 1990, p. 3).

Apesar desse fato, 1990 foi um ano rico para o movimento negro. A juventude negra começou a pensar na África também através do futebol, pois, com a eliminação do Brasil na Copa do Mundo, passou a torcer para o deslumbrante futebol da seleção de Camarões. Desenvolveu-se a campanha para a inclusão do item cor no Censo Demográfico brasileiro. Disseminou-se a "revolução cultural dos tambores", com a repercussão internacional do som do Olodum, pela gravação de um clip de Paul Simon com a banda do grupo.

Mas a efervescência política e cultural negra não atenuaria as dificuldades materiais de Mário Gusmão, que mais uma vez dependeria da família Fialho para sobreviver. Assim, por interferência de Sérgio e Ana Fialho, seria contratado, no final de outubro, por – também seu amigo – Osmar Sepúlveda, Diretor em exercício da FUNDESP, para exercer o cargo de provimento temporário, símbolo NI 5, como Coordenador Cultural do Ensino Supletivo, por um ano[158]. Falando sobre aquele período, segundo Sérgio Fialho,

> – [...] ele fez um trabalho espetacular naquela época, com uma peça de teatro que ele organizou com um grupo de servidores, a partir de textos dos próprios servidores. E, como sempre, era adorado por todas as pessoas que conviveram com ele. Então aí passamos a ter um período de convivência bem maior por conta desse trabalho. Nesse período, algumas vezes ele ia lá para casa e ficava muito tempo, algumas semanas, aí de repente saía e sumia meses a fio. Depois retornava, aparecia de novo e era isso a relação com ele, sempre intermitente. Meus filhos todos se lembram de Mário, ele gostava da relação com as crianças e elas adoravam ele. Nesse momento, Mário já começava a apresentar alguns problemas de saúde que preocupavam a gente. Mas era muito difícil, porque, por exemplo, passava por questões de alimentação e passava por essa questão dele, ele queria fazer os desejos dele e era difícil enquadrar Mário numa coisa regular.

Mário evidentemente era um homem caseiro, criador de um casulo próprio, ao seu modo e semelhança[159]:

> – A casa onde morava era uma casa grande, muito grande para uma pessoa só, muitos objetos eram arrumados ao estilo do dono. Ocasionalmente mudava os móveis de posição ou aparecia alguma coisa que não tinha visto antes, uma foto,

um postal, um objeto diferente, coisas que mexiam com o imaginário. Até a maneira de colocar um objeto tinha significado para ele, Mário era ótimo para inventar essas situações. Era um homem literalmente simbólico com tudo, da arrumação da casa ao seu gestual, do movimento do corpo ao seu vestuário. (Ericivaldo Veiga)

Entretanto, muitas vezes ele preferia estar longe de sua casa, passando tempos em casas de amigos – como ocorria em relação à família Fialho –, uma vez que, além da distância do centro da cidade, um problema a mais afetava a questão da sua moradia: a violência urbana. O relato de Ericivaldo Veiga explicita o estado de espírito que Mário Gusmão vivenciava naquele momento:

– A violência urbana na Avenida Peixe, onde ele residia, deixava ele muito tenso e angustiado, por estar vivendo ali. Os anos 90 marcaram sensivelmente Mário, na sua vizinhança, com a presença de jovens de um grupo chamado de *Bebê a Bordo*[160]. Este grupo, com suas ações, ajudou a que a imprensa criasse para aquele local, para a Avenida Peixe, estereótipos terríveis, de lugar de alta periculosidade. A Polícia invadia as ruas, residências, homens encapuzados assassinavam jovens e Mário sofria muito com isso. Pessoas do grupo *Bebê a Bordo* destruíam o sistema de telefonia, de energia elétrica, como uma forma de reagir ao sistema. Tudo isso levava um pavor a Mário, sobretudo porque ele conhecia alguns jovens que faziam parte desse grupo.

Como descreve CARVALHO (2001), numa "cidade repartida" do ponto de vista da geografia social e racial, muitos jovens dos bairros pobres e periféricos, bloqueados em dois importantes canais de ascensão, ou seja, a educação e o trabalho, e sem acesso ao mercado de bens e símbolos de consumo cada vez mais "espetaculares", buscavam na transgressão uma resposta ao sistema social que os excluía. Assim, para obter os recursos de que necessitavam ou os objetos desejados, recorriam aos assaltos, com violências contra as pessoas e instituições. De anônimos, passavam a obter, às avessas, reconhecimento social. Tinham uma pronta e dura resposta do aparato policial e dos grupos de extermínios, formados por "justiceiros" (sendo, muitos policiais, outros tantos, contratados pelos comerciantes locais). E no meio desse turbilhão de violência, estavam cidadãos comuns, como Mário Gusmão, vitimizados pelos dois lados. Ele gostava, "curtia" a sua casa, mas a distância e o perigo, que o rondavam constantemente, conduziam-no sempre a pensar na almejada mudança – jamais ocorrida –, de preferência para local próximo à praia.

Diante das suas precárias condições de vida, os seus amigos – sobretudo Sérgio e Ana Fialho, e depois Ieda Machado – começaram a reunir a documentação de Mário, visando a sua aposentadoria. Entretanto, os documentos coletados esbarravam diante da "objetividade" da Previdência brasileira. Tentativas foram realizadas, inclusive visando sensibilizar políticos e burocratas para a concessão de uma aposentadoria "especial", estabelecida pelo Poder Legislativo, mas tudo foi em vão. Por motivos os mais variados, talvez inexplicáveis, jamais nenhuma ação efetiva, no âmbito político, foi desencadeada.

Foto Rejane Carneiro

Encenação da *Revolta dos Búzios*, na festa da Beleza Negra do Ilê Aiyê

No dia 6 de fevereiro de 1991, Mário Gusmão foi homenageado no XXXIII Baile das Atrizes, recebendo o título de "Príncipe do Baile", sendo dito, no convite a ele realizado, que tal se devia a "sua valiosa atuação no teatro e sua contribuição que enriqueceu as artes cênicas na Bahia". Nesse mesmo mês, Mário iria participar de uma intervenção teatral na Festa da Beleza Negra, em homenagem à Revolta dos Búzios.

Antônio Jorge dos Santos Godi, antropólogo, ator e diretor teatral, refletindo sua admiração por Mário, fala sobre a sua presença no espetáculo:

- O Ilê me chamou exatamente para na noite da Beleza Negra fazer uma intervenção sobre a Revolta dos Búzios, usando parte dos atores de lá – que eu fazia uma oficina – e outros atores profissionais. Assim, quando eu comecei a fazer este trabalho, a primeira pessoa em que eu pensei foi Mário. Foi legal trabalhar com Mário, um cara de uma geração na minha frente, com a capacidade de assimilar, de colocar "cacos" no texto. Isso chamou muito minha atenção. Quando eu fazia uma cena com ele, chamava minha atenção porque ele sempre colocava um "caquinho" no texto. Essa é uma característica do bom ator, que se apropria do texto e o texto se transforma. Já não é o mesmo texto, mas um texto com um novo sentido que o ator imprime.

Arany Santana, de forma enfática, reitera as considerações do seu amigo:

– Ali nós investimos muito na presença de Mário, acho que foi uma das coisas mais bonitas que eu vi na Beleza Negra. Godi dirigiu isso, foi um reencontro muito legal de duas gerações. Os meninos, que nunca tinham visto falar em Mário, ficaram encantados com a figura de Mário.

Seria também nesse mês, no dia 16, que Mário receberia um telegrama do Governador do Estado, Nilo Coelho, comunicando-lhe a concessão da Ordem do Mérito do Estado da Bahia, no grau de Cavalheiro. Decepcionado com a política cultural do "governo da mudança" – "eles prometeram muito e nada fizeram" – e abandonado por seus dirigentes, proferiu, embora em termos polidos, a sua peremptória recusa, em carta enviada ao Governador, em 26 de fevereiro de 1991:

– Considero digno e justo o reconhecimento de V. Exa. para o Título a mim concedido, mas sinto-me impossibilitado de recebê-lo, por ter em mãos inúmeros títulos e subseqüentemente responsabilidades e reconhecimentos dos trabalhos que venho desenvolvendo dentro da área cultural da nossa comunidade. Como posso, Senhor Governador, conduzir mais este título "Ordem do Mérito do Estado da Bahia", sem condições dignas (profissionais) de continuar desenvolvendo trabalhos a níveis culturais do nosso Estado?

Considerava um despropósito receber homenagens de um governo, já no seu final, que não o prestigiara, sobretudo diante das suas difíceis condições de sobrevivência. Embora vaidoso, ele não queria homenagens do mundo oficial público, mas sim ser tratado com dignidade. Continuaria aceitando, sim, e com muita humildade, alegria e orgulho, o reconhecimento do "seu povo". Assim, durante os festejos juninos de 1991, receberia homenagens do grupo Os Negões [161]:

– O Grupo Cultural Os Negões, ao colocar em sua camisa a estampa do rosto do ator, dançarino e autor baiano Mário Gusmão, que será usado pelos integrantes do sambão durante os festejos juninos, prestou uma merecida homenagem a um artista que, desde o final da década de 50, tem representado o negro numa posição de dignidade no teatro, televisão e cinema do país (A Tarde, 18/06/1991, 2º caderno, p. 13).

Nesse mesmo ano, em setembro, Mário seria lembrado mais uma vez pela TV Globo e participaria da minissérie *Teresa Batista*, uma adaptação da obra de Jorge Amado.

Em fevereiro de 1992, o Governador Antônio Carlos Magalhães submeteu à aprovação da Assembléia Legislativa os nomes que comporiam o

Conselho de Desenvolvimento da Comunidade Negra[162]. Entre eles, como titular, estava Mário Gusmão.

– Aprovado por unanimidade o seu nome, na instalação do CDCN, no Hotel da Bahia, após tantos anos de distanciamento, voltamos a nos encontrar. Era um saudável retorno ao passado, vê-lo, após tantos anos, e perceber que a sua afetividade, o seu carinho, o seu sentido paternal se mantinham. Acreditava, por nada saber de sua trajetória de vida, que era naquele momento um artista realizado e reconhecido e amplamente generoso por conceder-me a mesma atenção que sempre tivera no passado. Entretanto, nossos diálogos foram curtos, sobretudo porque, indignado com os discursos dos representantes governamentais, logo após a cerimônia preferi retirar-me do recinto. Posteriormente, na primeira atividade do Conselho convidaram-me a fazer uma palestra e voltei a encontrá-lo. O meu discurso foi enfatizando a luta do negro pela cidadania e sobre a importância da existência de autonomia política e financeira do CDCN, sob pena de tornar-se mais um organismo do governo e sem qualquer importância para o negro na Bahia. Os meus temores tinham fundamentação. Após o evento, conversamos um pouco sobre a minha palestra, mas, pela presença de outros interlocutores, tornou-se mais um encontro superficial. Voltamos a nos encontrar nas reuniões regulares do CDCN, creio que participei de três ou quatro, que eram realizadas no Centro de Estudos Afro-Orientais, com a sua sede então no Garcia. Creio que Mário foi a uma ou duas dessas reuniões, e pouco contato mantivemos. (O autor)

Foi exatamente nesse momento que o CDCN resolveu que as suas reuniões seriam na Secretaria de Justiça, no Centro Administrativo da Bahia. Evidentemente, pela distância do centro da cidade, muitos conselheiros deixaram de comparecer às reuniões, entre eles, eu e Mário. Recebi então uma carta descortês da Secretaria do CDCN – ocupada por burocratas brancas – ameaçando-me com a possibilidade de expulsão, caso não comparecesse às reuniões. Já insatisfeito com os rumos do Conselho, era a oportunidade, e não tive dúvidas: solicitei o meu desligamento. Porém, Mário Gusmão, inadvertidamente, permaneceu e sofreu a humilhação de, na sua presença, pedirem o seu afastamento, além de o ofenderem:

– As pessoas, que você conhece, não entendiam as necessidades do negro e assim achavam que Mário estava sobrando. Eu briguei muito, mas quem brigou mesmo, bonito, foi Aurisvaldina, uma advogada, que era a representante da Sociedade Protetora dos Desvalidos. Ela deu um show na defesa de Mário. Ele disse na época uma frase muito bonita: "Eu sou o fiel da minha própria balança." E depois teve uma funcionária do Conselho, que era funcionária da Secretaria da Justiça, que um dia resolveu tirar o nome de Mário da lista dos conselheiros. Eu protestei e deu um qüiproquó muito grande. Essa moça atendeu Mário de uma forma horrorosa. Ela disse a ele: "Aqui dentro desse Conselho você não é nada." Arany tremia que nem vara verde e dizia: "Ela não pode dizer isso a Mário Gusmão." E antes que eu abrisse a boca, o Presidente do CDCN olhou para mim e disse: "Eu não vou admitir discussão." Ele ficou muito magoado. E foi uma coisa que me marcou muito não ter respondido à altura naquela reunião, porque no dia em que Mário morreu eu acordei pensando nisso. (Ieda Machado)

Pobre Mário, além dos seus problemas, teve de suportar as frustrações de burocratas medíocres.

Últimos anos

Em setembro de 1992, contratado pela Madragoa Produção de Imagens Ltda., Mário participou de um vídeo promocional da Câmara de Vereadores de Salvador. Em outubro, convidado por Lia Robato, fez parte de um espetáculo de dança e teatro elaborado para a III *Cumbre* Ibero-Americana de Chefes de Estado, ocorrida em julho de 1993. Para a sua realização, toda a população teve de se adaptar às exigências de segurança dos convidados, além das obras nos locais onde ocorreriam os eventos ou por onde passariam os protagonistas da conferência internacional. Mendigos foram retirados das vias públicas, as ruas e praças foram "maquiadas" e fechadas para a passagem ou permanência dos visitantes, tendo a população que se adaptar às exigências do evento. E muito dinheiro foi gasto para mostrar a nossa "eficiência, cultura e civilização". De acordo com Silvio Robato,

- [...] quando houve aquela conferência, a *Cumbre*, eles chamaram Lia para montar um espetáculo e Mário trabalhou nesse espetáculo. Ele estava desempregado, já meio doente, mas ele deu um show, só a presença dele já bastava. Foi montado em praça pública, defronte do Elevador Lacerda. Era um espetáculo de dança e teatro, evocativo da formação da nossa cultura, e quem conduzia eram dois narradores – Mário e Arany – contando coisas de dança e teatro. Havia conjuntos de música popular, era uma coisa apoteótica. Supersegurança, havia até militares com metralhadoras em cima dos prédios.

Portanto, Mário, embora pobre e doente, mais uma vez estava no centro, no turbilhão de acontecimentos da sociedade de Salvador. Entretanto, acabado o evento, ele voltava, com a fome sempre rondando, à rotina da Avenida Peixe. Mas não deixava de receber homenagens, sendo agraciado, em 1992, com o diploma "Amigos das Artes", da Galeria XIII, em Salvador, e com o troféu "Cravo de Ouro", como uma das personalidades artísticas do estado da Bahia, em Valença.

No final de novembro do mesmo ano, um grupo de amigos se reuniu e realizou um show beneficente para Mário Gusmão:

- Eu não me lembro do nome do show, mas a gente fez um tributo a Mário Gusmão. E aí corri atrás. Falei com Gilson Nascimento e foi feito lá no Teatro

Gregório de Mattos, com Ilê Aiyê, Okan Bi, um afoxé de Jorge Papapá, lá do Engenho Velho de Brotas, Gilson Nascimento, Tonho Matéria e Carlinhos Brown, cantando com voz e violão. E tinha também um desfile com umas meninas. A gente fez um trabalho muito interessante, deu um público muito pequeno, mas o que deu no borderô a gente deu para Mário. (Valmir França)

O espetáculo gerou uma bela e romântica matéria do cronista das artes e da vida, Béu Machado, denominada *Tributo a Mário Gusmão*:

- Um dos primeiros atores negros da Bahia a ganhar destaque nacional através do cinema, Mário Gusmão, como tantos outros artistas, mesmo ganhando algum dinheiro não tem vocação para as espertezas capitalistas e foi-não-foi acaba sempre sem "nenhum". Arrebatados pela sensibilidade, eles estão sempre em estado de pura contemplação e não correm atrás do vil metal, como impõe duramente a nossa realidade, ainda mais enfrentando certos preconceitos. Mas não tem nada não. Mário Gusmão, um nome consagrado, desde o internacionalmente famoso *O Dragão da Maldade contra o Santo Guerreiro*, de Glauber Rocha, receberá a solidariedade de artistas e entidades baianas, no evento em sua homenagem, *Tributo a Mário Gusmão*, com a participação de Tonho Matéria, Negrizu, Carlinhos Brown, Banda do Ilê Aiyê, desfile de modas afro-baianas, da Ifã, e outras atrações artísticas, no Teatro Gregório de Mattos, hoje, às 20 horas (MACHADO, 1992, p. 2).

No dia do seu aniversário, em janeiro de 1993, os seus amigos se reuniram e fizeram uma festa em sua homenagem, com a presença de Carlinhos Brown e o Ballet Folclórico da Bahia. Com bela roupa africana, toda branca, com seus colares, lá estava feliz, sorridente, o nosso guerreiro negro. Entretanto, sem opções profissionais em Salvador, convidado por seu amigo e dançarino Firmino Pitanga, para trabalhar com seu grupo de dança Bata Koto, Mário Gusmão partiu, pouco depois, para São Paulo. Lamentavelmente, não tive condições de entrevistar Firmino Pitanga, o que me impede de detalhar as suas atividades em São Paulo. O que sei é que Mário não demoraria muito por lá e, na primeira oportunidade para o retorno, não vacilaria: chamado por Sérgio Machado para realizar o vídeo *Troca de Cabeça*[163], voltou para Salvador. Ieda Machado, mãe do futuro cineasta, relata que

- Perguntei a Sérgio se Mário Gusmão ia trabalhar nesse vídeo e ele não acreditava, porque um ator assim como Mário, que já tinha trabalhado com Glauber, que já tinha se projetado nas telas internacionais, iria trabalhar no vídeo de um estudante. E nos surpreendemos, eu e Sérgio, com a humildade de Mário. Não apenas com a generosidade dele, mas sim o ato de humildade, porque quando ele chegou, ele estava em São Paulo na época e a Fundação Gregório de Mattos pagou a vinda dele com a passagem e ele se hospedou em minha casa, por uma questão de economia e para a produção não ter de pagar hospedagem.

A "troca de cabeças" é uma formulação, presente em diversas culturas, que diz ser possível evitar a própria morte mandando uma pessoa em seu lugar. Este é o roteiro do vídeo: uma mulher gravemente enferma (Léa Garcia), já desenganada pelos médicos, faz um pacto com o diabo (Harildo Deda): troca a sua sobrevivência pela vida do primeiro filho que tiver. O filme se inicia no dia em que seu filho (Diogo Lopes Filho), já um adolescente, é acordado pela mãe e incumbido de pagar uma dívida a um suposto agiota, o Cobrador. No caminho interferem, entre outros, um pastor protestante (Mário Gusmão), uma baiana de acarajé (Zezé França) e uma espécie de anjo (Grande Otelo).

O jornal A Tarde publicou, em 21 de maio, uma matéria de quase meia página, denominada *Grande Otelo & Mário Gusmão. Aquele Abraço*, com a foto dos dois atores.

- Desde que o *Troca de Cabeça* começou a ser esboçado há alguns meses, Sérgio Machado e Roberta Sampaio faziam questão que ele tivesse nos papéis principais três grandes artistas negros de sua paixão: Otelo, Gusmão e Léa. Como a dupla de estudantes não admitia que eles e todos os outros atores não fossem remunerados em bases profissionais, a produção demorou um pouco, e até uma festa foi realizada, na véspera do plebiscito[164], para arrecadação de fundos (LOBO, 1993, p. 1).

O reencontro de Mário Gusmão e Grande Otelo foi cercado de muita emoção. Afinal, conheciam-se há muitos anos e, para Mário, o ator mineiro fora sempre um ídolo e exemplo a ser seguido. Trocaram lembranças boêmias e de amigos comuns, sonhos e afetos de irmãos. Em um filme a ser rodado no Rio de Janeiro, denominado *Elite Club*, sobre a famosa gafieira da Praça Tiradentes, de Roberto Moura, em que Otelo seria o ator principal e co-roteirista, não havia

- [...] nada certo sobre a participação de Gusmão, mas Otelo se prontificou a interceder junto a Moura no sentido de dar ao baiano um dos principais papéis. Bastou a lembrança do amigo para que Gusmão – um sentimental – se emocionasse às lágrimas (LOBO, 1993, p. 1).

Era uma gentileza do grande ator negro brasileiro que, infelizmente, não se concretizou, pois Grande Otelo morreu no dia 26 de novembro de 1993. Mas, sobre a participação de Mário Gusmão no *Troca de Cabeça*, quem fala é Ieda Machado:

- Ele veio com o papel todo pronto na cabeça. E quando ele recitou, Sérgio, que era um garoto, Sérgio ainda não tinha se formado, disse: "Não gostei, não é essa a interpretação que eu quero, você vai mudar completamente." E ele mudou tudo como Sérgio pediu. Você veja, na época Sérgio era um projeto de cineasta e ele um grande ator e famoso, e ele, com a sua humildade, aceitou tudo. E na época quando ele fez o filme, que ele fazia o papel de um crente, ele improvisou e as pessoas começaram a pensar que era um crente mesmo.

Entretanto, na verdade, a participação no vídeo dos dois grandes atores negros – Gusmão e Otelo –, embora importante, é pequena. Mário Gusmão aparece no Campo Grande, em frente ao monumento ao Dois de Julho, discursando e lendo a Bíblia para tentar deter o jovem na sua caminhada para o encontro com o agiota; enquanto Grande Otelo aparece – menos ainda que Gusmão – na escada do prédio onde o jovem iria encontrar o agiota, e também tenta impedir a sua chegada ao Cobrador.

Para justificar a passagem aérea de Mário Gusmão e o seu cachê, além de demonstrar a valorização do ator negro baiano, a Fundação Gregório de Mattos[165] realizou, juntamente com a Pró-Reitoria de Extensão da UFBA, na Casa do Benin, no dia 20/05/1993, o evento *Um encontro com Mário Gusmão*.

Após a alegria do filme, Mário voltou às suas dificuldades cotidianas e, para sobreviver, dependia dos amigos. Como bem diz Ieda Machado:

– Quando eu podia ajudar Mário eu ajudava, mas para ele isso era uma morte. Mário era uma pessoa muito altiva, muito orgulhosa. Tanto assim que eu acho que alguém deve ter dito que eu estava sustentando Mário e ele deixou de ir lá em casa. De alguma maneira isso deve ter chegado ao ouvido dele e ele cortou.

Foto Rejane Carneiro

Mário Gusmão e Grande Otelo no Largo do Pelourinho, 1993

Ele se sentia desrespeitado, vilipendiado, ultrajado, pois, após tantos anos de trabalho e contribuição à cultura baiana, tinha que depender dos amigos até para comer. Como ele próprio me dizia:

– O que detesto é o favor. Acho uma humilhação para mim. O pior é quando um amigo vem me sugerir que eu peça para mim. Acho vergonhoso.

– No ano de 1994, através de Ieda Machado, tomei conhecimento das sérias dificuldades financeiras que Mário atravessava. Vislumbramos realizar um curso sobre o teatro negro[166], com a sua participação; porém, de forma concomitante, com o apoio de Júlio Braga, pensei em realizar uma pesquisa sobre personagens do mundo negro, denominada *Memória do Povo Negro*, onde Mário seria o primeiro representante. Ieda Machado, como sempre entusiasmada em poder auxiliá-lo, fez o contato e logo estávamos juntos outra vez. A visão primeira que tive do meu querido amigo, em abril de 1994, assustou-me: velho, doente e deprimido. Seria um conjunto de entrevistas, onde ele de forma livre falaria sobre a sua vida e assim, através do projeto do CEAO na Fundação Ford, ele seria remunerado. Rendimentos parcos, é verdade, mas que ele considerou de grande valia. Acertamos tudo e ele, muito satisfeito, prometeu retornar no dia seguinte. Às 8 horas da manhã seguinte lá estava Mário, na sede do CEAO, no Garcia, com um cigarro aceso e meio sem disposição para a entrevista. Pedi a uma auxiliar para comprar um suco de laranja e um sanduíche de queijo e presunto e, após alimentar-se, ele dizia: "Agora, meu príncipe[167], eu estou novo". Na semana seguinte, eu repeti o repasto matinal, mas ele continuava muito nervoso e aborrecido. Após eu muito indagar, ele contou-me o motivo: a sua luz estava cortada e ele não tinha um liqüidificador para fazer suas vitaminas. Perguntou-me se o projeto não poderia adiantar-lhe uma parte da sua remuneração. Eu disse-lhe que sim e logo depois lhe dei o dinheiro, como se fosse do projeto. Nesse dia levei-o a minha casa para que meus filhos conhecessem o amigo de tantos anos de seu pai e para que ele reencontrasse Suzi, minha mulher, que não via desde os anos setenta. Ele cativou meu filho Cláudio, incentivando-o a continuar as suas aulas de violão. O que Cláudio não sabia é que seria a primeira e última vez que veria Mário Gusmão. Já na semana seguinte ele não apareceu, retornou na outra, enfim, era sempre o desaparecimento e, quando eu menos esperava, ele aparecia. Uma vez ele confessou-me que, muitas vezes, não aparecia porque não tinha dinheiro para o transporte. Só conseguimos, até julho, ter oito sessões, onde gravamos em torno de 12 horas, e outro tanto conversávamos sem gravação. O que eu percebia é que a sua situação se aguçava e ele muitas vezes, com raiva do "favor", preferia – como tantos outros sentiram – se afastar até mesmo dos seus amigos. Lembro-me que, em julho ou agosto, Ieda Machado apareceu no CEAO, muito aflita, para que eu e Júlio Braga – então Diretor do CEAO – arranjássemos um jeito de adiantar o pagamento de Mário, porque ele recebera um convite de Firmino Pitanga e iriam juntos apresentar um espetáculo em Seul, na Coréia do Sul. Afinal, Júlio Braga conseguiu a liberação dos recursos e, com a ajuda de Ieda Machado, através da Fundação

Gregório de Mattos, Mário Gusmão conseguiu realizar a viagem. Infelizmente, não mais voltei a encontrar Mário Gusmão nesse ano. (O autor)

Ainda em 1994, Mário participaria do júri do *Troféu Bahia Aplaude*, concurso patrocinado pelo COFIC – Comitê de Fomento à Indústria de Camaçari –, para a escolha dos melhores nomes do teatro baiano.

Foto Adenor Gondim

Mário Gusmão, Ieda Machado e Harildo Deda no Foyer do Teatro Castro Alves – *Bahia Aplaude*

No ano de 1995, Mário Gusmão participaria da adaptação livre para o cinema, do romance de Jorge Amado, *Tieta do Agreste*, dirigido por Cacá Diegues. Credito a sua participação no filme como uma exigência e forma de homenagem do escritor baiano e de vários amigos do ator baiano, e também uma forma de ajudá-lo financeiramente. Embora as filmagens, iniciadas no dia 31 de julho, tivessem durado cinco semanas, a presença de Mário, como o personagem Jubiabá (uma alusão a outro personagem e título de outro livro do romancista baiano) se restringiria a uma única tomada.

Logo após, a Câmara de Vereadores de Salvador, através do seu Presidente, João Carlos Bacelar Batista, organizou o I Encontro Nacional de Vereadores contra o Racismo[168], de 17 a 19 de agosto de 1995. Foi um evento da maior importância, na medida em que não apenas o órgão legislativo celebrava o tricentenário de morte do líder negro Zumbi dos Palmares, mas também "por ser a primeira vez que o poder público reconhece a existência do racismo no Brasil e a necessidade de sua superação na nossa sociedade" (*Carta de Salvador*, documento final do Encontro).

Foi estabelecido que a sessão de abertura no Plenário da Câmara, contaria com a presença de um chefe de cerimônias e, então, um dos membros da comissão de organização do evento convidou Mário Gusmão.

- Foi a possibilidade do nosso reencontro (participei do Encontro, representando o CEAO, como Assessor Técnico), mas também um momento de grande tristeza: achei-o alquebrado, envelhecido e muito triste. A altivez, combinada com sua bela bata africana, não impediram a demonstração de que claudicava na leitura de um texto muito simples. O público percebeu a sua indecisão em vários momentos; entretanto, as pequenas falhas não foram suficientes para apagar o respeito e a reverência que todos lhe dedicavam. (O autor)

No dia 30 de outubro, na Igreja do Rosário dos Pretos, a produção e o elenco da peça teatral *Os Estandartes* rezaram missa de Ação de Graças para homenagear personalidades que se destacaram na luta contra a discriminação social e racial, estando Mário Gusmão entre os homenageados.

Nesse mesmo ano, após o Bando de Teatro Olodum encenar, em Salvador e Londres, a montagem *Zumbi Está Vivo e Continua Lutando*, a Fundação Cultural do Estado da Bahia propôs a Márcio Meirelles – Diretor do Vila Velha e do Bando de Teatro Olodum – a realização do espetáculo nas ruas de Salvador, como parte de um ambicioso projeto que visava promover montagens da morte de Zumbi nas comunidades, a partir da interpretação local do evento (CATÁLOGO..., 1995, p. 44).

Porém, devido à falta de recursos, a solução foi efetivar uma adaptação à realidade, estabelecendo oficinas de criação coletiva em teatro, música e dança, nos bairros que possuíam organizações culturais afro-baianas e que já desenvolviam trabalhos com suas comunidades. Concluídas as oficinas, com a participação de 100 alunos de escolas públicas, o coral do Gantois, o grupo de dança do Malê Debalê, integrantes do Bando de Teatro Olodum e músicos das bandas do Ilê Aiyê, Ara Ketu, Malê Debalê, Olodum, Gantois e Apaches do Tororó, foi realizada a terceira versão de *Zumbi*, numa celebração festiva nas ruas e palcos montados especialmente para o espetáculo[169]. Mário Gusmão, fora dos grupos participantes, foi o único ator convidado, sendo, no catálogo do espetáculo, o primeiro nome do elenco. Segundo Márcio Meirelles,

- [...] o pessoal do Bando de Teatro Olodum tinha uma admiração ancestral por Mário. A gente teve a coragem de chamar Mário para o *Zumbi* porque a gente tinha um patrocínio para fazer o espetáculo, então eu tinha um cachê para oferecer à altura dele. Quando ele veio, foi um presente para todo mundo. Ele era o Ganga Zumba, e Zumbi era Lázaro[170], que na época tinha apenas dezessete anos. Foi maravilhoso assistir duas gerações de negros talentosos no palco, o passado e o presente se encontravam. E Mário era a grande referência para os jovens. Todo mundo ia lá reverenciar e aprender com ele, porque era um ator incrível, que tinha uma personalidade de palco muito forte, a marca dele no palco era uma coisa impressionante.

Jorge Washington, ator do Bando, confirma as suas palavras:

- Ele era o nosso guia, alguém que abriu os caminhos para que pudéssemos existir. Ele deu dignidade aos negros no palco e aprendíamos muito com a sua sabedoria.

Para Mário Gusmão, foi um grande momento que, com certeza, ultrapassava as suas aflições cotidianas, na medida em que via a presença de um número expressivo de atores negros com capacidade para brilhar nos palcos da Bahia. Era a realização dos seus sonhos:

- Eu sei que vai ser difícil eu ver um teatro negro, uma dramaturgia negra, mas eu penso que ficarei realizado se ver os meus "sobrinhos", muitos, fazendo bonito no teatro.

Se, por um lado, Márcio Meirelles, com o Bando de Teatro Olodum, não estabeleceu um teatro negro, o que não constava dos seus propósitos[171], por outro, tornou-se indubitável que ele foi o grande responsável pela formação e presença de um grande número de atores negros, de forma constante, no circuito dominante do teatro baiano. O teatro alternativo, popular, nas ruas e espaços específicos, com seus "artistas", sempre foi uma marca característica da população negra. Um teatro que compunha as correntes vivas do cotidiano, onde o corpo, a coreografia e a cenografia superavam o "discurso" do teatro ocidental, como se verificava na festa do Rosário, nos afoxés, nas capoeiras, no maculelê, no candomblé e tantas outras manifestações culturais afro-baianas. Entretanto, no plano artístico ocidental, o máximo que seus membros conseguiram foi estilizar as vivências das manifestações culturais, através dos grupos folclóricos. No entanto, foram sempre considerados, inclusive pelos próprios negros, como distantes dos circuitos artísticos dominantes e uma produção de segunda categoria. Mesmo os novos grupos culturais, embora procurassem distinguir-se dos grupos folclóricos, sempre buscaram no âmbito teatral manter-se com uma perspectiva alternativa, distante do teatro profissional, considerado dos brancos. Em nenhum momento se buscou ou se conseguiu repetir a experiência do Teatro Experimental do Negro, de Abdias Nascimento, seja por uma opção política, seja pela discriminação sofrida pelos negros no teatro.

Portanto, o trabalho de Márcio Meirelles representou uma "revolução" na formação de quadros e na presença de atores negros no teatro baiano. Como afirma o ator e professor da Escola de Teatro, Armindo Bião,

- [...] a matriz étnica não é dominante no teatro baiano, mas o Bando de Teatro Olodum está perfeitamente inserido no circuito profissional baiano.

Sem dúvida nenhuma, eu hoje estou com um processo de Tânia Toco, que é uma atriz que era do Bando e que hoje está fazendo um trabalho sobre a mulher; Marinho, que é um menino que era do Bando e hoje é aluno da Escola de Teatro; e o próprio Bando, Washington e o pessoal freqüentam os mesmos lugares que o resto da comunidade teatral freqüenta. O projeto que a gente concluiu agora na Escola, uma pesquisa sobre doze grupos de arte cênica na Bahia, um dos doze é o Bando e que tem uma especificidade muito grande, que gerou inclusive um outro projeto denominado a dramaturgia do Bando. Eu diria mesmo que hoje é um grupo mais do circuito profissional que da comunidade negra.

Assim, o Bando de Teatro Olodum proporcionou a realização do sonho de Mário Gusmão. E nesse ano, Mário ainda teria mais alegrias com os avanços da luta do povo negro. Zumbi foi transformado em herói nacional e, pela primeira vez no Brasil República, através do Presidente Fernando Henrique Cardoso, o Estado reconheceu a existência do racismo. Isso permitiu a transformação da questão da cidadania em um item da agenda governamental, com a criação do Grupo de Trabalho Interministerial para o Desenvolvimento de Políticas Públicas para a Valorização da População Negra. Orgulhoso também ficou Mário, porque do Grupo Interministerial faziam parte seus "sobrinhos": João Jorge Rodrigues, do Olodum, e Antônio Carlos Santos "Vovô", do Ilê Aiyê.

Desce o pano

Acabadas as comemorações – e também o dinheiro do espetáculo –, a vida de Mário Gusmão, sem brilho e sem conforto, retomava a sua trajetória. Começava o ano de 1996 e Mário permanecia na Avenida Peixe, cada vez mais solitário, infeliz e sem quaisquer perspectivas profissionais. Desnorteado, tinha como idéia fixa conseguir a sua aposentadoria.

- Mário queria se aposentar, só falava em se aposentar, não compreendia a burocracia da Previdência, e nada passava por sua cabeça. Os cálculos oficiais revelavam um tempo de contribuição insuficiente, mas ele não estava acostumado com os pareceres dos advogados e isso deixava ele desesperado (Ericivaldo Veiga).

Como ele próprio dizia:

- Eu não quero homenagens, nem quero favor, eu quero o que tenho direito.

Mário não entendia os absurdos da legislação brasileira. Como um cidadão, após mais de 25 anos como servidor público e, no mínimo, mais 25 anos de serviços prestados, de forma pública, à cultura brasileira, com mais de 60 anos de idade, não tinha direito a uma aposentadoria?

Pobre Gusmão, o benefício que o INSS lhe negava somente seria considerado procedente no ano 2000, e através do Poder Judiciário, que decidiu que uma pessoa com mais de 60 anos de idade poderia se aposentar se houvesse contribuído por no mínimo 5 anos, mesmo tendo ficado sem pagar a contribuição por muitos anos consecutivos (DIREITO..., 2000, p. 11).

Em 1996, Mário ainda participaria do vídeo *Umbigo do Mundo*, de Virgílio Neto, um documentário sobre Salvador que, segundo sua ficha técnica (JORNADA...,1996, p. 56), "procura mostrar suas contradições, sua multiplicidade e um pouco de seus segredos através de imagens captadas pelas ruas da cidade e de depoimentos de pessoas que a conhecem muito bem e a amam acima de tudo". Mário Gusmão participou do vídeo interpretando personagens malandros de Jorge Amado.

O que ele não sabia é que ali estaria tendo a sua última participação no mundo da arte. Foi só um pequeno intervalo no seu sofrimento. Desesperado, fumando cigarros por mais de 40 anos de forma ininterrupta, usando maconha por mais de 20 anos, com problemas de pressão, deprimido e muitas vezes sem se alimentar, a doença não demorou a chegar aos seus pulmões. Segundo Edilson Santana,

- [...] numa viagem para São Paulo, Mário pela primeira vez sentiu algo estranho no peito.

Um raio X preliminar acusou inchaço no coração. Com seu peculiar bom humor, Mário justificou assim o problema:

- Sempre soube que meu coração era grande. Aqui cabe todo mundo.

Mas, ao chegar em Salvador, ele precisou fazer mais exames. Segundo seu amigo Rasta, Mário bebia e fumava cada vez mais:

- Quando comecei a perceber que ele estava realmente mal, foi num dia em que ele perdeu a voz. Aí ficamos preocupados [...]. Enquanto esperava o resultado da tomografia computadorizada, Mário ficou apreensivo. Durante uma conversa com amigos, ele parou de falar e sentiu uma alfinetada aguda nas costas. Disse: "Espero que seja só uma tuberculose". Intimamente admitia que o mal seria bem maior. No dia em que ele chegou com o resultado dos exames, realizados primeiro no Santa Isabel e depois no Hospital Geral do Estado, todos sentiram o peso da notícia. Ele entrou na casa de Edilson, onde toda a família já estava reunida, sentou e afirmou que tinha câncer no pulmão. Ninguém chorou, mas todos se entreolharam com o coração apertado (SANTANA, 2002, p. 7).

Ericivaldo Veiga confirma a tragédia que cercava o ator:

- Um dos primeiros exames médicos que ele fez, ele foi levado pelos rapazes da família vizinha da Avenida Peixe. Mas, à proporção que aumentava a quantidade de exames médicos solicitados, ele percebia a gravidade do seu estado e se exasperava, perdendo a paciência com os próprios rapazes. Mas os amigos eram pessoas compreensivas, de bom caráter. Um dia, sentado na cama, ele me mostrou uma área das suas costas, uma mancha, já com aparência de fungo. Era um sinal visível da doença, do câncer de pulmão.

Não demorou e a doença progrediu, sendo ele compelido a realizar uma intervenção cirúrgica. Foi o mesmo Ericivaldo Veiga, um dos seus fiéis amigos dos últimos anos, quem acompanhou o seu internamento no Hospital Santa Isabel:

– Mário despertou a atenção dos funcionários e internos do hospital. Naquela área reservada aos pacientes carentes, atendidos pelo SUS, naquele hospital de construção antiga e compridos corredores, Mário marcou, com a sua elegância de gestos, as roupas, o cachecol colorido no pescoço, seu gorro, seu chinelo de couro cru, enfim, um dândi afro-brasileiro, uma pintura expressionista. A presença de Mário foi tão marcante naquele hospital, que no outro dia a mulher que fez a entrevista para a admissão, me disse até ter sonhado com ele e me perguntou assim baixinho, se ele era um homem ligado a candomblé, um babalorixá.

Porém, a sua figura singular desaparecia na sua entrada no hospital público do Sistema Único de Saúde, com a sua transformação em paciente:

– Ele se sentiu constrangido ao ser colocado num quarto coletivo, junto com dois homens de poucos recursos e com um nível cultural bem distante de Mário. No começo, ele me disse, procurou até se distanciar dos colegas de quarto, dormia mal, mas com a doença, com toda aquela situação, ficou pior ainda. E contou-me que, na primeira noite em que passou no hospital, ele foi acordado cedo pelo diálogo inoportuno dos companheiros de quarto. Aquilo o irritou muito e ele preparou uma cena, ele me contando, eram cinco horas da manhã ou menos disso e aquele vozeirão no quarto e ele deu um grito fingindo ter acordado assustado com a conversa no quarto. Ele acreditou que aquilo era uma lição, e surtiu efeito. (Ericivaldo Veiga)

Em agosto, o SATED – Sindicato dos Artistas e Técnicos de Diversões do Estado da Bahia – iniciou uma campanha, através dos meios de comunicação, denominada *Viva Mário Gusmão*, visando obter doações para o velho e doente ator negro[172]. Louvável e necessária a campanha: afinal, Mário precisava de dinheiro para a compra de remédios e para a sua manutenção. Entretanto, o pedido, o favor público, sobretudo a sua exposição na televisão, o abalaram inteiramente, deixando-o exasperado com o que considerava o cúmulo da humilhação. Pior, a campanha não foi capaz de solucionar os seus problemas. No entanto, ela expôs a sua situação aos seus amigos mais caros, sobretudo Ana e Sérgio Fialho. Foi então que, na surdina, sem qualquer divulgação, empreenderam uma nova campanha, abarcando um conjunto expressivo dos seus amigos com condições financeiras. Assim, com a colaboração desses amigos, Mário Gusmão se instalou no Hotel Vila Velha (na Vitória) e, logo após, por não haver gostado do local, foi transferido para um apart-hotel em Amaralina. Ali foram criadas as condições mínimas e dignas para a sua estadia, seja do ponto de vista material, seja do ponto de vista do apoio e acompanhamento que alguns dos seus amigos lhe concederam. Pena é que tenha sido tão tardia a mobilização dos seus amigos.

- Visitei-o por quatro vezes e foi sempre muito difícil: primeiro, pelo impacto das suas condições físicas, magro, alquebrado, nem de longe lembrava o antigo Apolo do mundo negro; segundo, pelo seu estado emocional, onde, não obstante a alegria da visita e do reencontro, percebia-se explicitamente a sua tristeza e melancolia, além do sensível abalo no seu sistema nervoso, visível nas suas constantes reclamações. E a cada visita, o que mais me incomodava era a certeza de que ele não melhorava, o que me conduzia, na saída, à sensação de que poderia não mais revê-lo. E não demorou para que isso acontecesse. Um dia, em novembro, Ieda Machado telefonou-me angustiada e declarou: "Mário foi internado às pressas, ele está muito mal." (O autor)

E, como disse Sérgio Fialho,

- O período final no hospital foi muito doloroso, porque nós tivemos de partilhar momentos que a gente sabia do seu sofrimento.

A sua dor terminaria no dia 20 de novembro, data nacional da consciência negra, no dia da morte de Zumbi. Morria o ator Mário Gusmão e nascia uma estrela negra nos céus da Bahia.

Foto Adenor Gondim

Jornal Bahia Hoje, 21/11/1996: morre Mário Gusmão

No seu enterro, no momento em que descia o caixão, no Jardim da Saudade, o seu primo, o antropólogo e sacerdote Júlio Braga, prestou-lhe uma última homenagem, entoando em iorubá uma cantiga de adeus. Segundo o próprio Júlio,

> - [...] uma cantiga que se canta quando o caixão está saindo, quando o indivíduo está indo para o Além. E acho que fui muito feliz em cantar naquela hora essa cantiga, e para mim valeu muito mais do que qualquer grande discurso que pudesse ter feito.

Gegé alodê
Kukuo aló
Gegé alodê
Kukuo aló
Gegé alodê
Obé yoman
Gegé alodê.

NOTAS

[143] As eleições de 1986 propiciaram a eleição dos governadores do PMDB em todos os estados, menos em Sergipe. Na Bahia, a vitória de Waldir Pires, representando as oposições, foi um marco na história política estadual.

[144] Segundo o jornalista Hamilton Vieira, autor da matéria, o etnólogo Pierre Verger denominava Mário Gusmão "O Príncipe", devido à sua postura elegante de nobre iorubá.

[145] Na realidade, somente quatro anos após a sua morte, em junho de 2000, seria criado, por um grupo de amigos, o Centro de Estudos e Pesquisas Mário Gusmão – CEMAG.

[146] A reivindicação de retirada dos instrumentos sagrados do candomblé do Museu Estácio de Lima – onde estavam misturados a peças de criminalística, evidenciando a visão dominante de que as crenças dos negros estariam associadas à patologia mental e ao crime – só foi atendida no final da década de 90 do século XX.

[147] Uma análise da criação do CDCN e da conjuntura local e nacional, além dos motivos da sua não-implementação no governo de Waldir Pires, pode ser vista em SANTOS (2000, pp. 222-241).

[148] Não tive acesso ao filme, provavelmente um curta-metragem.

[149] No encontro destacava-se a participação de Gilberto Gil, Milton Gonçalves, Mário Gusmão, Paulo Gil Soares, Abdias Nascimento e Jacira Silva. Um sumário do evento pode ser visto em TAVARES (1996, pp. 76-79)

[150] Segundo João Jorge, o *Nkossi Sikelê* é um hino criado por um pastor protestante, enquanto o *Aydeô* é uma música nigeriana dos iorubás, que fala das preces de uma mãe para que os deuses não deixem morrer seu filho.

[151] João Jorge considera que o trabalho de Mário Gusmão no bloco cultural foi o embrião da sua proposta para Márcio Meireles criar o Bando de Teatro Olodum. Mas, segundo me relatou Márcio Meireles, Mário Gusmão não teve influência na sua decisão: "Eu falava com João Jorge sobre a minha vontade de fazer um teatro a partir das raízes culturais afro-baianas. Ele dizia: 'Ah, então vamos fazer umas oficinas no Olodum, vamos juntar você com Mário.' Também tinha essa coisa de João Jorge, ele falava muito de Mário, é verdade. E aí finalmente, depois que eu saí do Castro Alves, eu fui para a Alemanha e voltei. Quando voltei, falei com

João Jorge e ele disse: 'Vamos fazer um grupo de teatro, dança.' E eu disse: 'Vamos.' Aí conversamos e eu já tinha o projeto todo pronto, porque a idéia era fazer o Bando ligado a um terreiro de candomblé, por causa dos elementos dramáticos que estão nos rituais. Mas, acho que o certo foi isso, chegar pelo carnaval, pela música, pela rua, pela cidade."

[152] Lázaro Ramos é considerado uma das grandes revelações do teatro baiano. Em 2002, ganhou o prêmio de melhor ator coadjuvante do teatro baiano. E ganhou destaque nacional sendo protagonista do filme do cineasta Karim Aïnouz, *Madame Satã*, lançado nesse mesmo ano.

[153] Uma foto da sua participação no carnaval do Ilê Aiyê foi publicada na Tribuna da Bahia, em 08/10/1989, 2ª Caderno, p. 4.

[154] As relações e a história dos "culturalistas" e "políticos" estão por merecer a atenção dos antropólogos e historiadores.

[155] Em 1989, a mobilização do movimento negro conduziu à inserção na Constituição Estadual de um capítulo específico sobre o negro. Sobre o assunto, ver RODRIGUES (1996, pp. 116-129).

[156] Informação obtida do contrato de prestação de serviço eventual, por 3 dias, no valor de C$ 40.000,00 (quarenta mil cruzeiros) da documentação de Mário Gusmão.

[157] Edilson Santana, morador da Avenida Peixe, *rastaman*, mereceu uma reportagem no Correio da Bahia (14/04/2002, Correio Repórter, p. 11), denominada *Mistérios de Rastaman*.

[158] Diário Oficial do Estado da Bahia, 31 de outubro de 1990, p. 10. Entretanto, segundo a sua documentação, ele só permaneceu no cargo por 5 meses e 19 dias. Acredito que, com a mudança de governo e a saída dos seus amigos da administração do FUNDESP, Mário foi compelido à demissão.

[159] Segundo CERTEAU (1996, pp. 203-204) "[...] cada um sabe que o mínimo apartamento ou moradia revela a personalidade do seu ocupante. Mesmo um quarto de hotel, anônimo, diz muito sobre seu hóspede de passagem no fim de algumas horas. Um lugar habitado pela mesma pessoa durante um certo tempo esboça um retrato semelhante, a partir dos objetos (presentes ou ausentes) e dos costumes que supõem. O jogo das exclusões e das preferências, a disposição do mobiliário, a escolha dos materiais, a gama de formas e de cores, as fontes de luz, o reflexo de um espelho, um livro aberto, um jornal pelo chão, uma raquete, cinzeiros, a ordem e a desordem, o visível e o invisível [...] tudo já compõe um 'relato de vida', mesmo antes que o dono da casa pronuncie a mínima palavra".

[160] Um belo poema sobre o Bebê a Bordo – referência a uma novela da época, na TV Globo – foi escrito por SILVA (2000, p. 64), dedicado às crianças do Curuzu:
"Que brilho é este negro?
É o brilho do sangue no asfalto
Dos bebês do Curuzu
Negras crianças insurgentes
Desesperadas, abandonadas.
Negra juventude transviada?
Seus frágeis corpos metralhados
Seguem a bordo do grito de justiça,
Espalhados pelos blocos afros e MNU"

[161] O grupo foi criado por Walmir França e amigos, em 1982, sendo formado exclusivamente por negros altos e fortes.

[162] Foram enviados os seguintes nomes como titulares: José Gabriel Góes (Mestre Gato), Mário do Nascimento, Euzébio Cardoso Ferreira, Valdina Oliveira Pinto, Walter Crispim dos Santos, Maria Alice Correia, Anorailton Silva, Nivaldo Silva, Arany Santana Neves Santos, Carmen Oliveira da Silva, Claudecir Hoffman, José Nascimento, Divaldisio Melo, Luiza Mercês, Valquíria Barbosa, Vivaldo da Costa Lima, Júlio Braga, Manoel Canário, Ieda

Machado e Anália Leite. Fui indicado como suplente do professor Vivaldo da Costa Lima, então Diretor do Instituto do Patrimônio Artístico e Cultural.

[163] O vídeo era um projeto de graduação do curso de Comunicação de Sérgio Machado e Roberta Sampaio, na UFBA, sob a orientação de Armindo Bião, com a produção conjunta da Fundação Gregório de Mattos, Fundação Cultural do Estado da Bahia, Sani Filmes e Truq Vídeos. Sérgio Machado tornar-se-ia um importante cineasta, sendo diretor do premiado filme sobre Mário Peixoto, *Onde a Terra Acaba*, além de ser o assistente de direção de Walter Sales em *Central do Brasil* e *Abril Despedaçado*. A ficha técnica do vídeo é a seguinte: Direção – Sérgio Machado; Produção – Roberta Sampaio; Atores principais: Grande Otelo, Harildo Deda, Léa Garcia (substituindo Ruth de Souza, por esta não gostar de viajar de avião), Diogo Lopes, Mário Gusmão; Elenco: Ana Carol Mendes, Cezar Augusto, Zezé França, Gilson Nascimento, Juca, Rogério Sampaio, Sara Maia e Ricardo Luedy.

[164] Referia-se ao plebiscito realizado para a escolha do sistema de governo do país, sendo referendada pela população a manutenção da República e do sistema presidencialista.

[165] O Presidente da Fundação Gregório de Matos era Cid Teixeasta, e sua Diretora, Ieda Machado. Ambos amigos de Mário, procuraram, enquanto ali estiveram, ajudá-lo de todas as formas possíveis.

[166] O curso sobre o teatro negro no Caribe, USA, África e Brasil, somente foi realizado em 1998, no CEAO, sob a Coordenação de Ieda Machado.

[167] Era uma alusão a um personagem que desempenhara no teatro, em uma peça infantil, nos finais da década de 1960.

[168] O Encontro teve a seguinte temática: "Cidadania e Pluralidade Étnica nas Instituições", O Significado da representação Negra no Legislativo", "Políticas Públicas Compensatórias" e "A Contribuição do Legislativo na Luta contra o Racismo".

[169] O espetáculo teve a Direção Geral de Márcio Meirelles; Chica Carelli, na Direção de Elenco; Cícero Antônio, na Direção Musical; o texto foi de Aninha Franco; a coreografia de Zebrinha e a Coordenação Geral de Ângela Andrade.

[170] Lázaro Ramos iniciou sua formação como ator no Bando de Teatro Olodum.

[171] Embora Márcio Meirelles tenha montado espetáculos como *Cabaré da Raça* e *Zumbi*, a sua perspectiva sempre foi da criação de um teatro popular, com raízes afro-brasileiras.

[172] Na campanha apontavam-se duas linhas telefônicas: para doar R$ 3,00 ligue 900-4033; e para doar R$ 5,00 o número é 900-4035. Sobre o assunto, ver a matéria *Viva Mário Gusmão*, JORNAL DO SATED, agosto de 1996, p. 6.

EPÍLOGO

Um sujeito plural

Neste capítulo, retomo os elementos essenciais que nortearam a trajetória de Mário Gusmão. Nele, demonstro a condição de sujeito plural que marcou a existência de Mário Gusmão, através da análise e síntese da sua condição como homem, artista e herói. Mostro a impropriedade das análises essencialistas e fixistas em torno das identidades dos indivíduos, sobretudo nas sociedades complexas, sendo as mesmas marcadas pelo dinamismo, fragmentação e heterogeneidade. Enfim, vivências em universos diferenciados perfazem o homem Mário Gusmão que existiu, a sua pluralidade e complexidade.

O negro Mário Gusmão

Pele negra, máscara branca

Mário Gusmão nasceu quase quarenta anos após a abolição da escravatura, numa cidade que fora um importante centro numa área escravista. Muito pouco tempo para que as relações herdadas do escravismo se tivessem dissolvido. As marcas do passado estavam ainda presentes e sedimentadas na marcante desigualdade entre os grupos sócio-raciais e na manutenção de privilégios e direitos para os grupos dominantes, os brancos da sociedade.

Pertencendo a uma família de negros pobres, Mário compartilhou condições econômicas, valores e padrões culturais atinentes ao seu estatuto social. Portanto, vivenciou, na sua infância, o estilo coletivo de vida dos negros pobres da cidade. Menino ainda, circulava pelas ruas e praças, nadava nos rios, admirava as festas populares, ia aos candomblés e à Irmandade da Boa Morte com sua família, adorava as "comidas fortes" e sofria com as constantes enchentes do rio Paraguaçu.

Porém, Mário fugiria à trajetória modal estabelecida para o seu grupo de jovens pobres e negros, pois seria "beneficiado" pela patronagem, pelo paternalismo, um dos mecanismos que, por um lado, representava o convite à assimilação e, por outro, reforçava na sociedade o racismo e o mito da democracia racial. A assimilação (BAUMAN, 1999, pp. 79-80) indicava que os melhores valores são praticados pelas "melhores" pessoas (os brancos), afirmando a superioridade de um grupo e sua benevolência, bem como a desqualificação do outro: a mãe de Mário oferecia trabalho e obediência; em troca, ele foi admitido no espaço, no mundo dos brancos.

Na escola, ao contrário da aprendizagem dos oficios e da transmissão realizada no contato social com a família e os amigos dos bairros populares, teve acesso à "cultura erudita", de raiz européia, o que implicava um conjunto de valores que estabelecia novas categorias de percepção, linguagem, pensamento e apreciação. Mário, ainda Nascimento, procurou estudar com afinco, deixou-se seduzir pelo catolicismo, aprendeu a importância de saber ouvir e aprimorou a sua capacidade de falar com pronúncia e entonação adequadas, incorporando a cultura implicada na língua "culta" (FANON, 1983, p. 33). Na extensão de suas relações sociais, "civilizou-se" ainda mais com o aprendizado da "cultura da mesa" das classes dominantes e sentiu, com força, o imperativo do "branqueamento" como valor social e estético absoluto[173].

Assim, Mário participou de dois mundos distintos, até conflitivos, mas complementares, pelo caráter hierarquizante da sociedade e pela natureza híbrida de sua cultura. Empurrado por forças e circunstâncias que era incapaz de transformar, Mário fez a sua escolha, abraçando a visão liberal e individualista que determinaria a sua inclusão entre os brancos e a emancipação do grupo dos negros. Vale lembrar, porém, que, como foi dito anteriormente, as escalas de valores de sua família e do "mundo dos brancos" em relação a Mário não eram antagônicas: ambas eram rígidas e direcionadas para a sua educação, a família escolhendo-o para promover a ascensão, e os dominantes visando a "domesticação" do "negrinho inteligente". Mário sabia que era negro e pobre; por isso, caminhava na busca da conversão, da aceitação individual no "mundo dos brancos", através da "dedicada emulação" das suas maneiras, como garantia da sua possível reclassificação como um deles. Buscava a sua afirmação individual, internalizando a "idéia de uma sociedade de indivíduos em que cada um se encerra em sua subjetividade, em que a riqueza é a do pensamento" (FANON, 1979, p. 35). Aprendeu que, para atingir os seus objetivos, a educação era o caminho para melhorar de vida e livrar-se dos estigmas de classe e raça.

Entretanto, diante da decadência da economia da cidade de Cachoeira, o seu espaço de movimentação social e as possibilidades de concretização de seus sonhos eram mínimos. Não demorou e a sua família partiu para o *locus* privilegiado de concentração da riqueza e do poder no estado, para a capital, para Salvador. Na "cidade da Bahia" muita coisa se parecia com Cachoeira, sobretudo a presença de muitos negros e a sua condição subordinada na estrutura social. Porém, havia muitas diferenças: era uma cidade muito maior, em termos espaciais e demográficos, e, ao contrário de Cachoeira, onde Mário "conhecia ou sabia quem era todo mundo", ali isso era difícil, pela distância física e pela variação dos relacionamentos sociais.

Na sua adaptação, teve como apoio o grupo de parentesco e, de certa forma, buscou inicialmente a "guetificação" dos seus relacionamentos com membros do mesmo grupo social e racial. Embora a sua família de origem mantivesse a perspectiva de sua ascensão através da educação, por ele incorporada, cedo percebeu que a concretização dos seus objetivos se daria através de outro personagem: o pai. Este tinha uma condição privilegiada, na medida em que possuía uma condição econômica estável e relativo prestígio social, além de ser casado com uma branca – o que, como diz FANON (1983, p. 62), parece eliminar qualquer outra barreira, dando acesso a uma completa igualdade com a raça dominadora. Assim, apesar de Mário não morar com o pai, este tornou-se modelo para os seus sonhos de mobilidade social, passando a constituir-se no indivíduo mais importante para a sua vida, a ponto de o filho assumir socialmente o seu sobrenome: Gusmão.

Através dele, Mário passou a conhecer uma nova realidade social e física nos caminhos que a realidade lhe permitia, e não demorou a obter, pelas relações do pai com o "mundo dos brancos", um emprego na administração pública, na Penitenciária do Estado da Bahia. Entretanto, embora trabalhando, Mário continuava os seus estudos, incentivado pelo pai, e, sobretudo como autodidata, passou a dominar a língua inglesa. Era uma marca do seu cosmopolitismo e mais uma forma de demonstrar o seu alheamento do mundo nativo.

Com a chegada do petróleo e com a Bahia entrando na "dança" do capitalismo moderno, o aprendizado do inglês e as relações do pai foram os seus trunfos para a integração às mudanças na realidade social e econômica. Assim, foi trabalhar numa companhia norte-americana, responsável pela montagem das torres da hidroelétrica de Paulo Afonso. Não tardou a ascender na empresa, passando das atividades do almoxarifado para a chefia de um setor de montagem das torres.

Na função de chefia, não mediu limites no exercício do individualismo na busca da sua melhoria social e econômica, "jogando duro" em cima dos seus pares de classe e raça. Era um "feitor" moderno, servindo com lealdade o "seu senhor" e obtendo as suas graças.

Provavelmente por findarem os trabalhos de montagem das torres, e também para não perder a segurança do emprego público – estava apenas afastado temporariamente –, Mário retornou mais tarde às suas atividades na Penitenciária. Voltava ao "ninho paterno": afinal, seu pai era um funcionário de nível intermediário, respeitado e com muitas relações no serviço público baiano.

Tudo parecia indicar que Mário estaria englobado na perspectiva de ascensão social dos negros pobres baianos, através da escolarização e dos favores e concessões dos dominantes da época. Entretanto, excetuando o intervalo de "exceção e glória" na empresa norte-americana, já com 30 anos de idade, não obstante o esforço para a assimilação, pouco conseguira no avanço de sua escolaridade, e os favores no máximo o conduziram à condição de servente diarista. Assim, se a vida dos homens e mulheres fosse marcada pela continuidade, os caminhos de Mário estariam definidos pela acomodação, com uma possível, mas limitada projeção no serviço público ou a integração, com a ascensão através de uma profissão liberal (atendendo ao desejo do pai, que o queria advogado) ou uma carreira como professor.

Mas Mário trilharia outros caminhos. Ele prosseguia na sua tentativa de aceitação no "mundo dos brancos", através da "cidade das letras", mas não dentro dos padrões escolhidos convencionalmente pelos negros baianos: tornar-se-ia um ator, uma profissão atípica naquele momento na Bahia.

A sua decisão respondia, de certa forma, a um conjunto de circunstâncias amplas que refletiam o clima de efervescência cultural em Salvador. Entretanto, vários seriam os motivos diretos que conduziriam Mário Gusmão ao teatro baiano, além de sua possível capacidade histriônica. Primeiro: era a possibilidade de estudar na Universidade da Bahia. Curso médio, é verdade, mas na prestigiosa Universidade baiana. Segundo: para um homossexual, que fazia questão de manter em segredo a sua condição, o teatro era um ambiente de mais liberalidade e abertura para o exercício de sua sexualidade e do seu comportamento narcísico. Vale salientar que, no teatro, ele encontraria um estilo de vida muito peculiar, onde a audácia e a transgressão, inclusive sexual, teriam uma acolhida muito mais compreensiva. Terceiro: tinha o apoio de um grupo de amigos que o ajudariam na inserção no meio teatral. Para um indivíduo que até então vivera sob o crivo da patronagem e do favor, além do auxílio dos parentes, o apoio dos novos amigos brancos era ainda uma continuidade dos antigos padrões de relações sociais. Quarto: ele já tinha trilhado vários caminhos; no entanto, em nenhum pudera exercer sua liberdade e criatividade, nem tampouco obtivera maior reconhecimento social. Com o teatro, ele estaria perfeitamente inserido no "mundo dos brancos", um mundo especial, mas ainda assim um "mundo dos brancos", e onde sentiria menos a discriminação racial e o estigma que cercava a homossexualidade na sociedade baiana.

No novo mercado artístico que se instaurava em Salvador, Mário Gusmão teria grandes chances, na medida em que ele era um dos poucos negros no teatro. Naquele momento, a singularidade da sua condição racial, aliada às suas qualificações, se constituía em uma vantagem para os seus propósitos de inserção e ascensão na carreira teatral. Embora não possa ser comprovada, não pode ser descartada a hipótese de que a sua aceitação na Escola de Teatro foi um reflexo da vigência da perspectiva anti-racialista.

Mário Gusmão integrou-se perfeitamente nessa "pequena sociedade" (dominada pelos brancos), com normas específicas de conduta, um peculiar estilo de vida e o comando de um líder, prestigiado a nível nacional e internacional. Continuava a estudar com afinco, obedecia aos mestres e interagia plenamente com seus colegas; enfim, era um negro "bem-comportado" e que "sabia o seu lugar". E isso ficou comprovado na luta no interior do campo teatral, na disputa pelo poder entre os grupos na Escola de Teatro, quando, de forma conveniente e prática, sem possibilidade de correr maiores riscos, Mário permaneceu com o "grupo estabelecido". Pobre, negro, cuidando de sua mãe já idosa, não poderia abdicar do título da Universidade, nem se afastar da "proteção" de Martim Gonçalves. E, como um mecanismo a mais para definir a sua aceitação no "mundo dos brancos", tornou-se professor particular de inglês, inclusive de membros da alta sociedade de Salvador.

Porém, quando se formou, sobretudo com a saída de Martim Gonçalves da Escola de Teatro, percebeu que a sua consagração no mundo artístico ainda estava bastante longe. Sem grandes aberturas no nascente mercado artístico, permaneceu por mais de dois anos em torno da Escola de Teatro, mas como um *free-lancer*, aproveitando as oportunidades que surgiam. Com perspicácia, percebeu que precisava no mundo artístico de uma estrutura sólida, mais permanente, um grupo com capital simbólico e econômico, reconhecido socialmente, onde corresse menos riscos e tivesse a proteção de um "senhor branco". Assim, após convite do Diretor João Augusto, Mário Gusmão passou a fazer parte do prestigiado Grupo dos Novos. Ali encontrou tudo que pretendia no mundo artístico: descobriu uma "nova família", onde tinha um papel de projeção, sob o manto de um "pai protetor", carinhoso e autoritário. Uma "nova família", na medida em que o campo teatral, naquele momento, tinha a vigência do coletivo, da perspectiva do grupo. E Mário, sob o "paternalismo esclarecido" de João Augusto, ganhava espaços, marcando a sua infiltração individual em um campo estabelecido como dos brancos. Isso possibilitou, cada vez mais, relações sociais com os membros das classes médias, participando de reuniões e festas, da vida boêmia do centro da cidade, além de alargar o seu círculo de alunos de inglês.

Mário Gusmão tornou-se um ator consagrado no meio artístico baiano: com uma trajetória ascendente, constituiu-se em um vencedor no "território dos brancos". Outros atores negros estiveram a seu lado, mas nenhum alcançou o seu prestígio e visibilidade no mundo artístico. "Aceito" e integrado, tornou-se um símbolo, por um lado, do mito da democracia racial, e, por outro, da demonstração da competência intelectual e qualificação artística de um indivíduo negro, singular, específico. Era a sua vitória individual, jamais a de seu grupo racial.

Até aquele momento, vale considerar, não obstante Mário Gusmão estivesse em um campo especial da sociedade, a sua trajetória seguira os padrões convencionais de muitos negros ascendentes brasileiros, ou seja, a infiltração individual para atingir o reconhecimento social no "mundo dos brancos". E, para isso, precisou de um "senhor branco" e de adotar normas comportamentais que o identificavam como um "negro diferente", educado, polido, cortês, "quase igual a um branco". Era um símbolo do "bom negro", identificado com a perspectiva universalista ocidental e com a democracia racial à brasileira no mundo artístico.

Mário apreendera os instrumentos da razão ocidental para a transformação do mundo. Entretanto, eles poderiam ser utilizados para a sua emancipação dos grilhões que o acorrentavam e desfiguravam? Mais: poderia usá-los para ajudar a emancipação do negro na sociedade?

Na boca da serpente

Mário Gusmão, quando atingiu o ápice no mundo artístico baiano, prestigiado e reconhecido, acreditou que poderia continuar a sua carreira e viver sob seu próprio domínio e vontade. Sentia-se ainda mais livre para arriscar, na medida em que sua mãe, que dependia dele diretamente, já havia morrido. Pensava que, dada a notoriedade que obtivera, poderia romper com um dos elementos básicos da sociedade, naquele momento, para os negros e para a sua vida: o paternalismo, mesmo que esclarecido, como era o caso de João Augusto. Acreditava que a sua ascensão e "aceitação", no "mundo dos brancos", devia-se, tão-somente aos seus méritos, à sua capacidade e talento. E assim saiu do Grupo dos Novos. O que ele não conseguiu perceber é que sua trajetória era também resultante de um componente muito importante para preservar o sistema, ou seja, a assimilação. Através da discriminação, restringia-se o campo de oportunidades para os "subversivos" e, com o convite à assimilação, eram selecionados uns poucos para participar do "mundo dos brancos", o que provava a sua benevolência e reafirmava a sua superioridade. E cada esforço do assimilado, para ser aceito como um igual, assegurava sua inferioridade, demonstrava o quanto era indesejável e o quanto seu modo de vida estava deslocado (BAUMAN, 1999, p. 81). Caso Mário quisesse manter-se nos limites aceitáveis, o seu caminho seria seguir no bojo da "proteção", de forma "bem-comportada" na sua carreira artística, como tantos outros negros no mundo cultural. Porém, desejando expressar o seu inconformismo, ele rompeu com as correntes dominantes da cultura baiana e vinculou-se a uma vanguarda artística e ao mundo das drogas.

Mário Gusmão pensava em um novo mundo de comunhão social e transformação pessoal, mantendo "em suspenso" a ditadura, a pobreza, o racismo, a luta pelo sucesso. Ele tornou-se o "ícone negro" dos grupos da contracultura e sedimentou as suas moradias como um "espaço pedagógico" e reduto de consumo de drogas. Foi além: rompeu todos os laços com o espaço convencional da arte e do trabalho. Mais uma vez num "mundo especial", acreditava estar sendo aceito e pensava no exercício ilimitado da sua vontade e liberdade. Pensando em um "sentimento de nós", na convivência fraternal e igualitária do grupo, sucumbiu à tentação de comprometer os caminhos separados estabelecidos para ele – negro – e os jovens rebeldes brancos. Arriscou sem limites e logo iria sentir, na alma e no coração, que a Lei no Brasil se aplicava mais a um negro e pobre, como conseqüência da reprodução do racismo e do classismo, como princípios subjacentes ao sistema judicial. Preso, humilhado, deprimido, sentiu brandir sobre a sua cabeça o punhal racista. Como afirma FERREIRA (2000, p. 76)[174], naquele momento tornou-se "[...] impossível negar a não aceitação por parte do 'mundo branco'. São experiências com um efeito de choque, que lhe fogem das mãos ou destroem a funcionalidade da identidade e visão de mundo presentes e, ao mesmo tempo, sugerem nova direção no sentido de uma transformação ou ressocialização. São circunstâncias que levam a pessoa a experimentar uma sensação de falência e suas referências não mais lhe permitem articular-se com segurança nas situações de vida. É um momento de espanto e vertigem."

Assim, quando Mário saiu da prisão, percebeu nitidamente que os espaços no "mundo dos brancos", pelos estigmas que o acompanhavam – negro, drogado, homossexual –, estavam fechados. Vivera a utopia (dos brancos) e agora estava só. O que fazer?

O encontro do abrigo

Mário Gusmão não se descobriu negro de repente. Afinal, a marca exterior, visível, diacrítica, estava estampada na sua pele preta. Mário Gusmão não descobriu o racismo na sua prisão, pois, desde cedo, vivenciou a ideologia do branqueamento e teve a percepção da posição subordinada dos negros na sociedade brasileira. Mário Gusmão não percebeu o significado da cultura afro-brasileira a partir daquele momento, na medida em que a sua participação no mundo artístico já revelara as potencialidades do mundo negro-africano.

Na verdade, Mário Gusmão já vislumbrara todos esses elementos; porém, a sua opção para escapar dos estigmas que marcavam o seu grupo racial fora a saída individual. Através da conversão individual, ele pensou que encontraria a escapatória, a emancipação. Acreditou que poderia superar a bastardia atribuída a seu grupo racial, buscando, através das suas qualidades pessoais, destruir a perturbadora distância que constituía a alteridade. Porém, "o seu mundo caiu" e ele ficou sem escapatória óbvia, nem saída definida. Tudo que havia construído até então entrava em colapso, e a confiança nas suas opções fora destruída. Findavam as suas fantasias e sonhos assimilatórios, com o descrédito nas crenças anteriormente aceitas de forma fixa e dogmática. O desespero de Mário Gusmão, gerado a partir do impacto desencadeado pela situação dramática singular, inicialmente o conduziu à reclusão, ao isolamento e, posteriormente, à tomada de consciência de que deveria encontrar novos caminhos. Mário "sabia que iria perder"[175] individualmente, mas não tinha grandes opções pessoais: a sua emancipação estaria contida em uma conversão para as suas "raízes", na assunção positiva da diferença recusada, para "tornar-se um negro"[176]. E a sua identificação se deu como um reflexo do desenvolvimento da nova movimentação política e cultural dos negros, quando eles, através da luta coletiva, subvertiam as relações simbólicas estabelecidas e passavam a ser percebidos como distintos, diferentes. A questão racial e étnica foi posta na realidade social, contribuindo para favorecer o acesso do grupo ao reconhecimento e, assim, à existência.

Portanto, ao assumir uma identidade negra, Mário Gusmão redefiniu o seu espaço social de atuação, redimensionou os seus valores e modificou as suas práticas, adaptando-as à nova identidade.

Negritude

Mário Gusmão que, até então, sobretudo pelo capital simbólico adquirido, vivia com e para o mundo dos brancos, começou, com o reconhecimento da pertença ao grupo negro, a promover mudanças no nível simbólico. Ao afirmar a sua negritude, incorporou as posições políticas, culturais e religiosas da comunidade negra (entendida como os indivíduos identificados com a cultura afro-baiana e os membros do ativismo político negro). Passou a denunciar a opressão racial e a assumir o racialismo negro (GUIMARÃES, 2002, pp. 48-64) como uma forma de diferenciação e identidade. Tornou-se progressivamente um pedagogo, formando consciências para o despertar da negritude. Porém, a sua intervenção básica se daria no campo da arte e da cultura, com a luta pela recuperação das tradições negro-africanas. Aprofundou a consciência de sua africanidade, tentando descobrir ao máximo as suas raízes. E, por sua vez, considerou fundamental a valorização das formas de expressão religiosa da cultura negra. Pensava no terreiro como um território essencial para a formação das novas gerações na cultura dos antepassados. Toda essa perspectiva foi reforçada com as suas viagens à África. Mais do que nunca, inclusive no "exílio" no interior do estado, através da cultura, ele "formou almas" nas escolas, nos grupos culturais, nos terreiros, nos palcos, e elas resplandeciam nos espetáculos e na vida. No entanto, a mudança comportamental em Mário não se deu apenas no plano simbólico, mas também no nível das práticas. Cada vez mais, no âmbito da sociabilidade e no campo profissional, ele descobria as hostes negras. Gerava novos amigos e novos parceiros profissionais, acreditando na solidariedade entre os irmãos negros como um caminho para a construção de um futuro individual e coletivo.

Se é verdade que Mário Gusmão tornou-se, sobretudo para a juventude negra baiana, um símbolo na luta contra o racismo e um dos protagonistas na afirmação positiva de uma identidade negra, na realidade ele nunca foi, no sentido apontado por CHOUVIER (1979, p. 252), um militante político da negritude, ou seja, o indivíduo conduzido à negação de si sob a forma de abnegação, de espírito de sacrifício ou do esquecimento de si mesmo pela Causa, aquele que encontra a sua razão de viver para e no grupo. Mário Gusmão, assim como jamais foi um militante de esquerda, tampouco transformou-se em um dos "guerreiros" da negritude. Deu, sim, como o fizera em relação à esquerda brasileira e seus partidos, apoio às manifestações políticas da negritude contra o racismo, esteve presente em várias reuniões e manifestações; contudo, nunca tornou o papel de militante o motivo essencial de sua vida. E isso se deveu a Mário Gusmão reagir às premissas do ressentimento, da "dor"[177], do conflito e do particularismo, como elementos permanentes, cotidianos, presentes de forma constante na conduta dos militantes da negritude. A postura de Mário, não obstante a sua luta contra o racismo e a necessidade de valorização da negritude, tinha como premissa uma sociedade democrática, onde negros e brancos fossem iguais e pudessem viver juntos. Ele pensava em um negro consciente e orgulhoso da sua cor, do seu passado e da sua cultura, alegre, contente consigo mesmo, mas sem a necessidade de uma "guerra" geral e cotidiana entre brancos e negros. E as suas práticas refletiam o seu pensamento, na medida em que, na formulação de sua sociabilidade, jamais se afastou dos seus amigos brancos. E nunca esposou qualquer tentativa de "guetificação" de pensamento ou de relações sociais. A sua identidade militante baseava-se na negociação, na argumentação conducente à superação dos impasses, não na sua exacerbação, não na violência verbal e comportamental, mas sim na sua fluidez, na sua "abertura à perturbação" (RIBEIRO, 2000, p. 43) oriunda da atmosfera racial.

Mário Gusmão, previamente à assunção da negritude, através da atividade artística, já reconhecia a importância da cultura negro-africana. Entretanto, somente com a mudança de direção é que ele viria a perceber essa cultura como indispensável à sua vida. Acreditava que, sem o reconhecimento de uma cultura própria, os negros se sentiriam desenraizados e vazios, sem uma base firme para a construção da auto-estima. Assim, passou a valorizar, na sua trajetória, a herança familiar materna, sobretudo os vínculos com as raízes africanas.

Paulatinamente, sobretudo no âmbito público, através da mídia, procurou destacar as relações da sua família em Cachoeira com a Irmandade da Boa Morte e com o povo-de-santo. E, com as suas viagens à Nigéria e a Angola, encontrou o alimento psicológico e filosófico para nutrir a sua "africanidade". Uma "africanidade" que valorizava na sua nova carreira artística, nos papéis que incorporava, nas roupas, nos objetos e no encontro com a religiosidade afro-brasileira. Entretanto, o seu desejo e prática na preservação identitária da cultura afro-brasileira não o levou a pensar na incomunicabilidade das culturas, nem tampouco no abandono da sua experiência com a cultura ocidental. Se, por um lado, inclusive como postura política, procurou valorizar a necessidade de afirmação da cultura afro-brasileira, por outro, jamais negou o significado e importância da cultura ocidental. Como bem disse Ieda Machado,

- [...] sem nenhum problema, Mário passava do samba-de-roda para Beethoven.

A sua identificação com a cultura afro-brasileira era a tentativa de buscar o reconhecimento social da cultura dos dominados, de romper com a hierarquização cultural prevalecente na sociedade brasileira, porém nunca aderiu ao maniqueísmo de ter a perspectiva de duas culturas em oposição. Ele circulava com facilidade nos dois mundos culturais: eles completavam a "nova personalidade" de Mário Gusmão.

Bem mais complexas foram as suas relações com a religiosidade afro-brasileira, com o candomblé. Na medida em que o valorizava, chegou a recorrer a algumas das suas práticas; no entanto, jamais se integrou a ele completamente. Ele tinha consciência da importância do candomblé como vetor essencial na história e cultura dos negros no Brasil, incentivou vários jovens a se integrarem na religião afro-brasileira, conhecia e tinha amizade com fiéis e sacerdotes, cultuava objetos da religião em sua casa, era identificado como religioso, porém jamais tornou-se um membro, um iniciado dos grupos de candomblé. Sabia, por seu estilo de vida, que não poderia assumir um compromisso tão vital no seu destino, pois não o poderia cumprir, e assim não se vinculou diretamente. Entretanto, o candomblé foi sempre um componente do seu mundo simbólico, da sua construção pessoal da negritude.

O homossexual Mário Gusmão

POLLAK (1985, p. 58), com pertinência, assinala que "não se nasce homossexual, aprende-se a sê-lo". Embora sem pretender discutir as bases para o surgimento do homossexualismo[178], concebo que o desejo pelos pares do mesmo sexo poderá estar presente em qualquer ser humano. Entretanto, o tornar-se homossexual será uma opção, um ato de vontade, derivado da história pessoal, particular, do indivíduo.

Cada um soluciona de forma própria as questões de sua sexualidade. O desejo homossexual não se apresenta como coisa, objeto exterior ao indivíduo e à sua história pessoal: ele é criado e desenvolvido num jogo de conflitos que inventam, postulam e estimulam esse desejo (DANIEL, 1983, p. 51).

Assim, a consecução desse desejo é um processo, que poderá envolver desde os primeiros sentimentos até a real assunção da orientação sexual. A definição plena da orientação sexual poderá levar vários anos e, como ressalta BADINTER (1993, p. 109), não depende da ocorrência de experiências homossexuais na juventude; somente quando ela é assumida "o homossexual entra no mercado de intercâmbios sexuais" (BADINTER, 1993, pp. 58-59). Difícil é precisar quando Mário Gusmão assumiu a sua orientação sexual. Embora em Cachoeira vivesse em uma família de mulheres, isso não afastou a rigidez da sua socialização, em termos de proibições e exigências, presente nas camadas populares. Vivendo numa sociedade marcada pelo machismo, onde preponderavam a hierarquia e assimetria entre homens e mulheres, evidentemente o homossexual quebrava os pressupostos básicos do sistema, sendo um desviante. Por sua vez, havia nessa sociedade uma crescente hostilidade e violência contra os homossexuais, considerados "pederastas", "bichas", "chibungos" e "viados"[179]. Eram execrados publicamente e, sem tolerância, facilmente agredidos, como um componente normal da sociedade em que viviam.

O caminho de Mário Gusmão, pressupondo-se que já houvesse assumido a sua orientação sexual, foi o anonimato em relação a sua homossexualidade, como mecanismo para atenuar as desvantagens da exclusão que já carregava, ou seja, a condição de pobre e negro. Era uma forma de se acomodar à situação e fugir a mais um componente discriminatório na sua existência. Uma das suas táticas para enfrentar a hostilidade em relação ao homossexualismo foi o investimento na educação, como mecanismo sublimador e compensatório da "vida dupla" que escondia – o que, no dizer de POLLAK (1985, p. 64), é uma estratégia usual entre homossexuais de camadas populares.

A vinda de Mário Gusmão para a "cidade grande" deve ter criado novas expectativas e aberturas para o exercício da sua sexualidade, porém elas foram suplantadas pela presença paterna, marcada por um rígido controle e autoritarismo, além do fascínio que o pai exerce sobre o filho "descoberto". Creio que a figura paterna, como modelo, pairou por toda a vida sobre Mário Gusmão, gerando sentimentos de culpa e ditando os rumos da sua homossexualidade.

Entretanto, a sua reclusão, o seu afastamento dos jogos fortemente sexualizados dos jovens das camadas populares (LAFONT, 1985, pp. 203-204) já indicavam a sua "diferença". Por exemplo, quando Mário estava sob a tutela do pai, o seu primo disse que ele, os irmãos e amigos não ousavam colocar em questão a sua virilidade, porém desconfiavam da sua conduta sexual por não participar dos jogos e brincadeiras do grupo. "Diferente", mas camuflado – deve ter sido bastante complexa e contraditória, pela repressão anti-homossexual, a vivência sexual de Mário Gusmão no seu grupo familiar paterno e no mundo do trabalho, seja na empresa americana, seja na Penitenciária.

A descoberta do mundo artístico, nos finais da década de 1950, seria o grande passo para a assunção de sua orientação sexual, pois ali a sua homossexualidade teria uma maior acolhida, sendo considerada uma conduta consonante com a lógica cultivada no meio sócio-profissional. No meio artístico, intelectual e boêmio de Salvador, marcado pela presença de uma elite excepcional, cosmopolita, aberta aos influxos liberalizantes e com muitos homossexuais proeminentes, a opressão começava a ceder. Embora no plano da sociedade mais ampla, o machismo e a discriminação contra os homossexuais se mantivesse, os membros da elite homossexual, pelo alto nível intelectual e categoria social, davam dignidade e tornavam-se modelo para a disseminação da homossexualidade.

As carreiras artísticas eram – e são – uma das áreas de concentração dos homossexuais – embora, como afirma POLLAK (1985, p. 65), isso nada tenha a ver com o mito "da sensibilidade natural, dos talentos artísticos inatos, de uma espécie de inteligência ou de brilhantismos particulares", mas seja uma situação criada pela lógica social. De qualquer forma, no teatro, Mário Gusmão encontraria pares com a sua mesma orientação sexual, de categorias sociais mais elevadas, o que lhe ofereceria maior segurança para o exercício da sua homossexualidade. Ali, sobretudo com exemplos marcantes, como Martim Gonçalves e posteriormente João Augusto, ele começaria a ver que o mundo masculino não se dividia entre homens másculos – machos – e homens efeminados – pederastas –, sendo aceita a possibilidade de relações sexuais-afetivas entre indivíduos semelhantes, sendo dramatizadas no ato sexual a simetria e a igualdade, tornando-se, tanto o ativo quanto o passivo, "entendidos", homossexuais (FRY, 1982, p. 94). Aparecia uma nova forma de homossexual, liberada da imagem de um "homem efeminado", com a aparição de um homossexual viril – não o "machão" "malhado", que iria aparecer na década de 1970, mas o que rejeita a definição usual do homossexual como efeminado, fraco e passivo –, que ao mesmo tempo cultivava a indiferenciação dos papéis masculino e feminino. Era um homossexual que se pensava "normal" como qualquer "homem", capaz de desempenhar qualquer papel na sociedade, sendo a orientação sexual apenas mais um componente na sua conduta. Indivíduos que não pensavam na sua homossexualidade como um elemento "anormal" ou patológico, nem em termos de "ativo" e "passivo", mas tampouco aderiam a uma identidade homossexual. Pensavam, sim, que a orientação sexual era um direito individual e que deveria ser exercida livremente. Mais: no exercício da sexualidade deveriam se distinguir das "bichas", sobretudo do seu lado efeminado e da sua conduta espalhafatosa, "fechativa", "aberrante", além da publicização da sua sexualidade. Glauber Rocha, que viveu esse momento na Bahia, falando sobre Martim Gonçalves, diz que seu "homossexualismo era interpretado pelas bichas loucas como puritano. Martim, por sua vez, não gostava da indisciplina das bichas e prestigiava os machos" (TREVISAN, 1996, p. 39).

Mário Gusmão aderiu a esse modelo de homossexualidade, o qual manteve por toda a vida, na medida em que o mesmo se coadunava inteiramente com a sua vivência. Primeiro, a reação de sua família à sua participação no mundo teatral – "coisa de bichas" – deveria ser compensada com a manutenção do seu comportamento "normal", camuflando a sua homossexualidade. Segundo, além de pobre, preto, adicionar à sua imagem pública o componente homossexual seria colocar mais um elemento estigmatizador na sua trajetória. Vale ainda salientar um componente, ou seja, o aspecto físico privilegiado de Mário Gusmão: alto, forte, ombros rijos, braços e pernas longilíneas, um verdadeiro Apolo negro. Complementando o seu caráter atlético, segundo seu primo, era "superdotado"[180]. Enfim, a sua distinção física, caracterizando-o como um "arquétipo da virilidade" negra – e que ele de certa forma cultivava –, era mais um complicador para que pensasse em tornar pública a sua homossexualidade.

Assim, sem negar a sua orientação sexual, tornou a sua homossexualidade um componente privado, pessoal, da sua conduta, jamais um elemento público ou uma marca da sua identidade. Por outro lado, a exposição das suas relações homossexuais, dos seus parceiros, sempre foi um assunto "tabu" para Mário Gusmão – e também para seus amigos – o que explica a inexistência, de uma forma geral, do assunto em todo este trabalho. Em toda a nossa convivência, embora falássemos muitas vezes sobre sexualidade, nunca ele se dispôs a revelar os sujeitos de sua afetividade. Mesmo os nossos amigos comuns mantiveram a mesma postura em relação aos seus parceiros; apenas um revelou o nome – seu desafeto – do que dizia ter sido "o grande caso" de Mário. Aliás, neste aspecto, parecia-me que ele gostava mais de camuflar e confundir que de esclarecer: assim, por exemplo, ele chamava a vários de seus jovens amigos de "meus sobrinhos".

Mesmo com todas as transformações que advieram da década de 1960 do século passado em diante – da contracultura ao movimento feminista –, inclusive com a criação, no Brasil, nos finais da década de 1970, de grupos organizados homossexuais[181], Mário Gusmão não modificou as suas posições e a sua conduta em relação à homossexualidade. Muito pelo contrário, acredito que, com a emergência do movimento negro, ele reafirmou ainda mais a sua postura de não conceber a sua classificação social como homossexual ou *gay*.

- Lembro-me que uma vez, conversando com Mário sobre Luiz Mott, antropólogo e Presidente do Grupo *Gay* da Bahia, ele apenas disse-me em tom *blasé*: "Ele é muito combativo, acho ele importante" e mudou de assunto. (O autor)

Mário manteve a sua "homossexualidade discreta", sem publicização e, por outro lado, nunca "guetificou" os seus relacionamentos sociais. Ainda, nunca fez proselitismo com a homossexualidade e, em muitas ocasiões, ajudou a formação de muitos casais heterossexuais. Por sua vez, fez uma opção política pela negritude. Esta, de forma pública, tornou-se a sua bandeira e o principal objeto de sua luta na sociedade. O fundamental para Mário Gusmão era a transformação da sociedade como um todo, com o respeito às diferenças e a existência de mais prazer em tudo que se fizesse. Pensamento e ação libertários, onde o sexo era, conforme o próprio Mário Gusmão dizia, "a beleza da própria vida, a própria criação" (Tribuna da Bahia, 04/09/1987, p. 6).

O homem da contracultura

Nos finais da década de 1960, no momento em que a contracultura tornou-se vigente no mundo artístico baiano, Mário Gusmão começou a envolver-se com as drogas. Quando estávamos no espetáculo sobre o candomblé, montado por João Augusto, ele já era um usuário. Tempo em que fazer arte e usar drogas pareciam sinônimos, sobretudo no Teatro Vila Velha, com a constituição de um mundo à parte, plasmado na experiência comunal, compartilhada. Mundo em que os "caretas" sentiam-se "marginalizados" por não partilhar das experiências dos grupos usuários de drogas.

Mário Gusmão progressivamente foi abandonando as suas atividades regulares no campo profissional. Desligou-se do Grupo dos Novos, foi se afastando do teatro convencional, foi deixando suas aulas de inglês e abandonou o emprego na Secretaria de Justiça. Paulatinamente foi se isolando dos apelos do mundo exterior, abrigando-se entre aqueles que compreendiam as suas "viagens", o seu novo gênero de vida. Tornou-se uma personagem singular no mundo da contracultura, um verdadeiro "guru" para muitos jovens, sendo o ponto central de uma ampla rede de usuários, tendo como "base" a sua casa na Federação.

Fazia cada vez mais uma arte identificada com a sua nova forma de vida, sendo o seu ápice a realização do filme *O Anjo Negro*, em 1972. Para a conclusão do filme, com a montagem, Mário deslocou-se para São Paulo, acompanhando o diretor José Umberto. Diante da nova realidade social e artística, marcada pela dura competição e a emergência do individualismo, não resistiu, entrou em depressão e passou a refugiar-se no uso contínuo das drogas. Quando retornou para Salvador, já não permaneceu na Federação, transferindo-se para o bairro da Boca do Rio, local praieiro, tranqüilo, provinciano. Passou a habitar uma pequena casa no alto das dunas, com uma visão paradisíaca do amplo areal e da praia, um espaço adequado, sobretudo por sua privacidade, para a reunião de grupos de jovens relacionados às drogas. Foi ali, no ano de 1973, que iria entrar em sua vida um cineasta carioca, filho de um general do Exército. Começaram a fazer um filme – *A Sombra da Serpente* – pautado na entrega mística, com apoio em muito LSD e maconha. O seu isolamento e anonimato não durariam muito, terminando com a realização de um grande *happening*, com gambiarras, guitarras elétricas, potentes amplificadores, danças loucas e muita droga. Não demorou a deixar a Boca do Rio, passando a morar na Avenida Paralela, na casa do cineasta Roberto Pires. Sob o peso do AI-5, foi exatamente ali que Mário Gusmão, juntamente com seus parceiros de droga, foi preso como usuário e traficante. Doente, arrasado física e psicologicamente, enquanto todos os seus companheiros foram logo soltos, permaneceu preso por longos 56 dias. Ali aprendeu que a Lei no Brasil aplicava-se mais a um negro e pobre, como princípio subjacente ao nosso sistema judicial.

Rotulado como "drogado" – traficante e usuário –, tentou retornar ao mundo do teatro convencional; entretanto, não apenas o campo se modificara, mas também ele se sentia "impuro", "marginal". Imputando-se a vergonha, tornou-se desconfiado, ansioso, confuso e o seu recurso foi o auto-isolamento, mantendo o uso das drogas. A maconha tornou-se – e permaneceria por todo o restante de sua vida – uma atividade prazerosa e o seu refúgio espiritual. Mas a droga era mais um instrumento de discriminação, associada aos negros por estudos e práticas racistas (RAMOS, 2001, pp. 158-165; RODRIGUES, 1986, pp. 19-38; ADIALA, 1986).

Quando retornou ao mundo artístico, no campo paralelo, em 1975, a sua inserção se deu majoritariamente em espetáculos de dança, com preponderância do movimento em detrimento da fala. Coincidência ou não, para ele era muito mais fácil motivar-se para a dança que se envolver com o exaustivo trabalho de decorar os textos das montagens teatrais convencionais, exigentes de concentração e memória.

Nesse período, embora não abandonasse a maconha, Mário procurou manter o seu uso em segredo, como uma forma de fugir ao rótulo estabelecido. Procurava mostrar, assim, que permanecia "normal" e integrado na vida social. Entretanto, sentindo-se fortalecido no meio artístico paralelo, participando de vários espetáculos, Mário Gusmão não demorou a ter uma "recaída", ao encontrar no Rio de Janeiro parceiros para a "roda de fumo". Os reflexos foram sentidos diretamente no espetáculo de que participava, com as ausências dos ensaios e os esquecimentos do texto. Essa dificuldade foi atribuída às drogas, com efeitos conhecidos sobre as funções mentais (MacRae & SIMÕES, 2000, pp. 93-94). Assim, quando o espetáculo voltou a Salvador, ele foi retirado da montagem.

Porém, a maconha não se afastou de sua vida, entendida por ele como um hábito prazeroso – mesmo de forma solitária – e que considerava inócuo para a sua vida social e profissional. Um fator constante na sua existência, a partir desse período, seria a "síndrome amotivacional", ou seja, "uma maneira de alheamento existencial", impedindo ou compelindo-o a abandonar a sua participação em eventos e compromissos profissionais. Entretanto, uma pergunta fica sem resposta: apenas a maconha seria responsável por tal "síndrome"? Ou seria um elemento adicional aos seus desencantos?

> – A droga o prejudicou muito. Isso fazia com que ele perdesse um tempo enorme da existência, porque ele ficava pesadão, e isso eu via. Assim, eu ia na casa dele, como uma forma de proteção, e quando eu chegava lá, como eu era uma figura grave, ia saindo um a um. E aí eu ficava com ele. E como o movimento artístico era sinônimo da gente que gostava da droga, isso acabou com o movimento naquela época. (Rui Póvoas)

Com a viagem do seu amigo e parceiro profissional Clyde Morgan para os Estados Unidos, sem chances no teatro baiano, com a etiqueta de "drogado" e morando em um bairro de periferia, Mário encontrou abrigo entre os grupos culturais negros. Prestigiado pela movimentação cultural dos negros em Salvador, mas sem os mínimos recursos para a sua sobrevivência, o caminho encontrado foi o exílio no Sul da Bahia, em 1981. Ali, em Ilhéus e Itabuna, descobriu um novo campo para disseminar o seu conhecimento e criatividade artística, sendo sobretudo um pedagogo, no seu sentido literal. Produziu, criou, abriu espaços para a descoberta da negritude, formou toda uma geração, porém, continuava usuário de maconha. Embora "não desse bandeira" (mantivesse segredo), como se afirmava na época da contracultura, continuava fumando solitariamente e ainda tinha o incentivo das "rodas de fumo".

Retornou para Salvador, em 1987, já quase um sexagenário, para integrar-se à Fundação Gregório de Mattos, tendo grande participação na efervescência da mobilização negra. Quando chegaram os anos noventa do século passado, envelhecido, sem oportunidades profissionais e sem recursos materiais, buscou o isolamento na sua casa no Pero Vaz, tendo na maconha o antídoto contra suas desventuras. Passando a viver do apoio dos seus poucos amigos, seja para a sobrevivência no seu senso estrito, seja para a participação profissional, o que lhe causava profundo desgosto, cada vez expressava com mais constância a lassidão e a "síndrome amotivacional", o que o levava a "desaparecer" em muitos momentos. "Fugia" de sua casa, "sumia" dos eventuais trabalhos, esquivava-se dos contatos profissionais e dos amigos. Não demorou e, em 1996, o câncer chegou a seus pulmões, o que o conduziu à morte.

Muitas são as questões e dúvidas advindas do uso contumaz de drogas por Mário Gusmão. Primeiro, ele se iniciou nas drogas durante a contracultura, quando elas assumiam uma forma de contestação ao sistema político vigente, e se manteve posteriormente, quando elas se difundiram e foram adaptadas a inumeráveis situações convencionais, sobretudo a maconha, que tornou-se menos "marginal" e estigmatizada (MacRae & SIMÕES, 2000, pp. 71-72; 76). Enquanto os seus antigos parceiros de drogas (excetuados os que haviam morrido, como Edinizio) já as entendiam como "coisas da juventude", ele continuava um "fumante à moda antiga". E isso se devia a Mário considerar-se, com sua vaidade e narcisismo, uma pessoa especial, diferente: assim como os músicos de *jazz* de BECKER (1985, p. 115), um artista criativo que deveria ser liberado de todos os controles exteriores, das convenções sociais. Ele continuava também a ver a droga como uma forma de transgressão e resposta ao sistema, que não concedia ao "grande artista" o tratamento e a consagração merecidos, oprimindo-o e excluindo-o. Mais: considerava uma das poucas formas de prazer que podia manter individualmente, sem depender dos amigos ou sociedade mais ampla.

Segundo, teóricos da "sociologia do desvio", como Howard BECKER (1985), estabelecem que o "rótulo", a estigmatização sobre o "desviante", torna mais difícil para ele prosseguir as suas atividades normais na vida cotidiana, e essas dificuldades o incitam ao desenvolvimento de ações "anormais", sobretudo aqueles que passaram por um processo judicial. Entretanto, o próprio BECKER (1985, p. 203) adverte que o grau das conseqüências desses atos será definido por cada caso, verificado empiricamente, e não por um decreto teórico. No caso de Mário Gusmão, embora salientando o impacto do estigma de "drogado" sobre a sua carreira artística e a sua continuidade como usuário, torna-se difícil, pela presença de outras variáveis determinantes – pobre e negro –, avaliar o nível das suas conseqüências.

Quão diferente teria sido a sua carreira artística, sobretudo do ponto de vista econômico, se ele não fosse um usuário de drogas? Teria mais chances profissionais? Quantos artistas brasileiros, em especial negros – mas também brancos –, não-usuários de drogas, morreram pobres e esquecidos? Teria sido estigmatizado, se não fosse pobre, negro e "velho"?

Terceiro, a droga prejudicou em muitos sentidos a saúde física e psicológica de Mário Gusmão. Entretanto, fica uma dúvida: quem o prejudicou mais, a droga permitida – o cigarro –, ou a ilícita, a maconha? Mais: qual a preponderância da ausência de alimentação – fome – na sua debilitação?

Portanto, sem fazer qualquer apologia ao uso das drogas, tenho a concepção de que elas, sobretudo a maconha, foram, para o homem Mário Gusmão, um elemento complementar, uma formulação adicional estigmatizante, mas também prazerosa, na sua existência multifacetada e complexa.

O ator Mário Gusmão

Mário iniciou a sua carreira, no nascente mundo teatral baiano, tardiamente, já com 30 anos, fazendo o curso de Interpretação Teatral na Escola de Teatro da Universidade da Bahia. Sob a tutela de renomados mestres, aprendeu as regras do ofício e cedo começou a ser incorporado, em pequenos papéis, às produções da Escola de Teatro. Sem maior capital simbólico e econômico, foi um aluno aplicado e bem-comportado, distante dos conflitos de poder que se estabeleceram na Escola de Teatro. Quando concluiu o seu curso, já era visto como um ator talentoso e de futuro no cenário artístico baiano. Teve início então um período de transição, onde participou de algumas peças e teve a sua primeira aparição no cinema, no filme *O Caipora*.

Começou, então, em 1964, o seu grande momento no teatro baiano com a participação no Grupo dos Novos, dirigido por João Augusto. Foi uma trajetória ascendente, por mais de sete anos, de *Eles Não Usam Blacktie*, em 1964, até a *Suite dos Orixás*, em 1971. Com uma presença constante nos palcos – uma média de mais de dois espetáculos por ano –, tornou-se um dos grandes nomes do teatro baiano. Um teatro renovador, porém, definido a partir da visão do diretor "todo-poderoso", cabendo ao ator acatá-lo e penetrar nas suas idéias, e através da carpintaria teatral desenvolver sua técnica e emoção na elaboração dos personagens no palco. A participação no filme de Glauber Rocha, *O Dragão da Maldade contra o*

Santo Guerreiro, concedeu-lhe ainda maior prestígio no circuito artístico. Sob a proteção do "Senhor Branco" (João Augusto), fiel e integrado, atingiu o ápice no teatro baiano.

Uma característica já presente na Escola de Teatro se mantinha no Grupo dos Novos, ou seja, o ofício teatral como "sacerdócio", uma "arte desinteressada", distante do teatro burguês e comercial, em que o ator era transformado em mercadoria, em função do dinheiro, do agenciamento da mídia e do consumo.

Mário Gusmão, até então, se mantivera em grande parte com os rendimentos do serviço público e das suas aulas de inglês. Por outro lado, continuava na sua trajetória ascendente no mundo artístico. Foi exatamente quando alcançou uma posição estabelecida no circuito dominante do teatro baiano que resolveu "arriscar", saindo do Grupo dos Novos e incorporando-se a uma nova geração, inclusive etária, que rompia as normas de produção vigentes e formulava inovadoras concepções artísticas e existenciais. Movimento pautado em grande parte na agressão, ritualizando para o público o papel que cada um exerce na vida cotidiana. O Mário que já descobrira a "beleza" do seu corpo na *Suite dos Orixás* soltava-se ainda mais no palco ou nos *happenings* da vida.

Teve início, então, a segunda fase de sua carreira, com a inserção nessa vanguarda artística, fundada no desprezo pelo sucesso convencional, no desinteresse pelo dinheiro e na primazia da condição marginal do artista. Entretanto, ao contrário da maioria dos participantes, que possuíam capital econômico e social, Mário, seduzido pelas propostas da vanguarda artística e existencial, deixou o emprego público e abandonou as aulas de inglês, a base de sua subsistência. Afastou-se progressivamente das formas dominantes do teatro, investindo nos empreendimentos experimentais, no teatro e no cinema. Foi exatamente nesse período que protagonizou *O Anjo Negro*, fazendo um personagem inovador e polêmico. Longe dos palcos, envolvido com drogas, com a sua prisão, findavam os seus sonhos na vanguarda artística. Ainda tentou o retorno ao mundo do teatro, mas já era tarde, pois, na realidade, distanciado, envelhecido, já não tinha chances no circuito artístico dominante na Bahia.

Deslocado, excluído do mundo da arte "legítima", tendo perdido as posições que visara, percebeu sua diferença e direcionou-se para o "popular" (BOURDIEU, 1996, pp. 296-298), na descoberta das suas "raízes". Sob a orientação de um artista afro-americano, afirmou os seus vínculos com a cultura afro-brasileira e sua negritude. Descobriu as reais potencialidades do seu corpo, através das modernas técnicas ocidentais e da linguagem do teatro total, em bases africanas. Cantos, danças, música, oralidade, a oferecer uma indicação fecunda de uma forma de definição estética. Obras que refletiam uma visão de mundo específica, com um sistema de valores morais, sociais e estéticos a anunciar a história de um povo. Patrimônio cultural ao qual se incorporavam os signos revitalizadores da modernização.

Mário Gusmão afastou-se da mimese realista, almejando no seu desempenho transformar-se em um sentimento coletivo, em um intérprete de um mundo. Criava nas suas interpretações um personagem com uma aura mítica, mística, um moderno *griot*[182], sábio e profético. Com a sua qualidade e longo treino como ator, evidentemente os seus personagens apresentavam variações, porém a linha de encenação revelava semelhanças básicas, que traduziam a sua proposta de mundo. Tenho a impressão de que os resultados apresentados em sua participação no filme *O Dragão da Maldade* se constituíram em um parâmetro inicial para a construção dos seus personagens na sua fase de encontro com o mundo afro-brasileiro. E a elaboração cristalizada desse personagem – que se confundia com o próprio Mário Gusmão – pode ser vista nos filmes *Chico Rei* e *A Idade da Terra*. Mesmo em um filme de costumes, como é o caso de *Dona Flor e seus Dois Maridos*, a sua presença no enterro de Vadinho indica a personalidade enigmática que Mário impôs a seus papéis. O fantástico, o místico, o profeta, o sábio seriam a partir de então uma característica dos personagens de Mário Gusmão. Este apresentava-se para se constituir numa referência para o povo negro da Bahia.

Entretanto, se o circuito dominante do teatro baiano (branco) não tinha estrutura econômica para o ator viver exclusivamente da arte, imagine-se o circuito paralelo artístico do mundo negro. Pior: com a viagem do dançarino afro-americano para os Estados Unidos, Mário perdeu seu "protetor e produtor", ficando sem trabalho e sem condições de sobrevivência.

O recurso foi o exílio nas "terras do sem fim", nas cidades de Ilhéus e Itabuna e, como disse COPFERMANN (1971, p. 33), "Na província morre-se, como Madame Bovary, de um lento tédio ou arranja-se fortuna como o tio Grandet". Se Mário Gusmão nem morreu de tédio nem fez fortuna, ele sabia que ali não encontraria um teatro profissional. A sua tática para não se afastar inteiramente do mundo artístico foi tornar-se autor e diretor de produções amadorísticas, que sedimentavam a sua orientação para as raízes populares e a cultura afro-brasileira. Pedagogo e demagogo, no seu sentido literal, ele ensinava arte e o real sentido do viver para uma nova geração entusiasmada e ávida por seus conhecimentos. Nesse período, participou de um filme de Nelson Pereira dos Santos, de uma minissérie e de uma novela na televisão. Pequenos papéis, mas que indicavam que não estava "morto". Entretanto, ele sabia que somente o seu retorno para a capital poderia propiciar o seu "ressurgimento".

Porém, a sua volta para a capital já era tardia para a continuidade da carreira artística: envelhecera socialmente e ficara afastado por muitos anos do meio teatral, tornando-se, para as novas gerações, uma "referência histórica". Nos seus últimos anos, participaria de filmes, de atividades na televisão, vídeos experimentais, espetáculos nas ruas, performances com os grupos culturais negros. Entretanto, jamais voltaria aos palcos, embora o seu nome fosse sempre lembrado como o de um grande ator do teatro baiano.

Mário morreu pobre, como a maioria dos negros brasileiros. E os motivos foram explícitos. Primeiro, Mário foi o ator "santificado" de GROTOWSKI (1971, pp. 18-19), bem distante do "ator-cortesão", ou seja, aquele que se prostitui em busca do sucesso e dos lucros fáceis. Mário Gusmão, em todas as suas fases, foi o "servidor exclusivo da arte, preocupado em realizar sua própria concepção dramática, o primeiro sacrificado, e que apostou sobre sua vocação e desdenhou o proveito comercial ou econômico" (DUVIGNAUD, 1966, p. 181). Vale a pena considerar que, em todos os movimentos artísticos de que ele participou, o pressuposto marcante foi o "desinteresse", a recusa ao sucesso comercial e a rejeição às sujeições do mercado[183]. E o próprio Mário sempre foi um refratário a qualquer regra de acumulação, sendo, mesmo nos poucos momentos em que obtinha rendimentos, perdulário ou extremamente generoso com seus amigos.

Segundo, Mário Gusmão foi sobretudo um ator de teatro. Devido à complexidade e rigidez da sua organização de trabalho, o teatro não se apresenta como um grande negócio no sistema capitalista. Com raras exceções, como, por exemplo, na *Broadway*, em todas as sociedades ocidentais o teatro para sobreviver depende dos subsídios e do apoio estatal. Uma peça de teatro, considerada em sua expressão estética, não se realiza, sobretudo por sua transitoriedade, como mercadoria na forma e intensidade de filmes, programas de televisão, carros e geladeiras. Assim, evidentemente, na Bahia, uma área periférica do circuito artístico, o teatro jamais se firmou como uma atividade lucrativa permanente, capaz de propiciar a manutenção dos atores exclusivamente da arte. Nenhum dos atores contemporâneos de Mário Gusmão que se mantiveram na Bahia conseguiu sobreviver do ofício teatral[184], sem uma atividade subsidiária ou sem capital econômico familiar. No caso de Mário Gusmão, ele ficou sem a primeira alternativa, de forma permanente, e jamais possuiu a segunda, daí a constância da pobreza em sua vida.

Mário Gusmão participou de vários filmes e teve presença também na televisão. Entretanto, o tipo de cinema em que se inseriu tinha características artísticas, diria bastante artesanais, distante da hegemonia totalizante da grande indústria capitalista de fabricação de imagens, ídolos e simulacros. Excetuando *Dona Flor e seus Dois Maridos*, nenhum dos filmes em que participou teve maior sucesso de bilheteria. Por sua vez, os filmes em que teve personagens significativos – *O Caipora*, *O Anjo Negro* e *Chico Rei* – foram regionais ou de distribuição limitada. Vale ainda considerar, segundo a minha percepção, que, não obstante os seu esforços para "enquadrar-se", não chegou a dominar a linguagem cinematográfica, com as suas concepções ditadas em grande parte pela tecnologia, permanecendo como um ator de teatro no cinema. Assim, jamais construiu uma carreira cinematográfica. Ao contrário, por exemplo, de Antônio Pitanga que, ao definir-se por uma carreira no cinema, abandonou a Escola de Teatro e transferiu-se para o centro da cinematografia brasileira na época – o Rio de Janeiro –, Mário Gusmão permaneceu na Bahia. Distante do meio cinematográfico – dos produtores, diretores, atores –, a sua presença nas telas brasileiras não foi marcada pela continuidade que lhe proporcionaria maior visibilidade no cenário nacional.

Ainda mais esporádica e menos significativa foi a sua participação na televisão brasileira. Nas duas novelas, os seus papéis foram tão insignificantes que, em uma, o seu nome não constou da ficha técnica e, na outra, gravou em apenas um dia; de resto, participou, em pequenos papéis, em duas minisséries, além de aparecer em programas de natureza local, regional. É evidente que o racismo na televisão (ARAÚJO, 1999; depoimentos de Eduardo Silva e Zezé Mota, em MACEDO, 2000, pp. 125-145, 175-209), atribuindo aos negros papéis estereotipados e sem maior significado, se constituiu em um forte óbice para a maior presença de Mário Gusmão na televisão. Mas não só: as redes nacionais de televisão estavam sediadas no Sudeste e já existia uma forte concorrência no mercado de trabalho televisivo[185]. Segundo ORTIZ e RAMOS (1989, p. 172), existiam pelo menos três grupos de atores na televisão: a) os que se formaram com a televisão; b) os jovens atores que entraram na carreira com o gênero já estruturado; c) os que vieram do teatro. Othon Bastos, um dos atores contemporâneos de Mário Gusmão no teatro baiano, pressentindo que teria maiores oportunidades na sua carreira teatral no circuito artístico dominante brasileiro, transferiu-se para São Paulo ainda nos finais da década de 1960. Respeitado no meio teatral, conhecido, tem, ainda hoje, grandes participações na televisão brasileira[186]. Já Mário Gusmão, quando tentou a televisão, vivia em Salvador, tinha mais de 50 anos e era um "estranho", ou mesmo um desconhecido nos meios artísticos do Sudeste. Seja por não se submeter à feroz concorrência na área hegemônica da arte brasileira, seja por racismo, Mário ficou à margem da televisão brasileira.

Mário Gusmão, portanto, caracterizou-se basicamente como um ator regional. Entretanto, essa condição, antes que minimizar, consolida a sua importância, sobretudo por revelar que a questão do artista negro se articula com várias dimensões do poder no tempo e no espaço.

O herói da raça negra

Mário Gusmão, durante a sua vida, recebeu inúmeras homenagens da sociedade baiana e das organizações negras. Recebeu vários prêmios na sua vida artística, inclusive o de melhor ator baiano[187]. Tornou-se em 1984, através da Câmara Municipal de Salvador, um dos primeiros negros a receber, com o apoio da militância política negra, o título de cidadão soteropolitano. Em 1988, a sua figura, em retrato de corpo inteiro, compunha o cartaz comemorativo da Abolição. Recusou ao Governador, em 1991, a Ordem do Mérito do Estado da Bahia, no grau de Cavalheiro. Recebeu homenagens das principais organizações negras baianas. Após a sua morte, através da Lei municipal nº 5.626, de 30 de dezembro de 1996, tornou-se nome de rua no Loteamento Praia do Flamengo, em Itapuã. Em 1997, Mário, entre outros personagens, apareceu no Caderno de Educação do Ilê Aiyê, volume V, como uma das *Pérolas Negras do Saber*. Teve o seu nome dado ao Anexo da Escola do Olodum, no ano de 1999. Ainda em 1999, com a presença de lideranças de várias organizações negras, o Grupo de Capoeira Angola Pelourinho, promoveu a XI Oficina de Capoeira Angola, com um Seminário, tendo como tema *Mário Gusmão – O Anjo Negro contra os Dragões da Maldade*. No ano seguinte, teve início um antigo sonho de Mário Gusmão, ou seja, a criação do Centro de Estudos e Pesquisas Mário Gusmão. Com grande receptividade na mídia, sobretudo impressa, e de público, a sua inauguração foi realizada na Casa de Angola, no dia 29 de junho de 2000[188]. O jornal Correio da Bahia, através de Jussilene Santana, dedicou, em 14 de abril de 2002, o caderno Correio Repórter a Mário Gusmão, *Protagonista da Raça*.

Portanto, Mário Gusmão, em vida e após a morte, apareceu como um negro singular, sobretudo por sua carreira artística, de grande visibilidade, seja através do reconhecimento dos círculos oficiais da sociedade, seja por intermédio da mídia. Entretanto, além disso, Mário Gusmão tornou-se um referencial, um ícone, um herói[189] da comunidade negra baiana.

Isso induz, inicialmente, a pensar nos motivos que conduziram à criação de personagens sociais, representativos da comunidade negra. Com a constituição de movimentos organizados, a partir da década de 1970, os negros perceberam, na sua luta contra o racismo e na formulação de uma identidade negra, que, além de dominados socialmente, eram também subalternos no campo da produção simbólica[190]. Entendiam que os dominantes impunham princípios de classificação social legítimos, pautados em valores, que, embora não fossem universais, consagravam universalmente uma concepção e modo de vida particular. Portanto, compreenderam que o processo de luta social dos negros deveria envolver também uma reação à produção simbólica vigente e a legitimação de uma nova pauta de valores, com a reinterpretação da história do grupo e de sua presença na sociedade mais ampla. E, para isso, tornava-se indispensável, entre outros aspectos, a construção de um novo panteão de heróis, para além dos sujeitos históricos e sociais consagrados, que respaldavam inclusive a identidade nacional. Evidentemente, as dificuldades para a construção desse panteão seriam enormes, sobremodo diante da perspectiva historiográfica até então vigente que, de uma forma geral, apenas considerava o negro coletivamente — como escravo e trabalhador — e "invisibilizava" a sua presença individual na constituição da sociedade. Por um lado, com Zumbi dos Palmares, por sua presença destacada na historiografia[191], foi possível construir um "grande herói", por seus feitos guerreiros na luta contra a opressão colonial e por seu caráter de "semideus" (referendado pela narrativa mítica de sua vida, sobretudo o seu desaparecimento após a morte). Por outro lado, conforme ressalta SILVA JÚNIOR (1998, p. 129), "o herói é tanto mais forte quanto maiores são as informações sobre sua personalidade"; e, sobretudo nos vários âmbitos regionais, pela debilidade historiográfica, verificou-se a dificuldade de construir "grandes heróis", diante da carência de informações, que, no máximo, revelavam personagens planos, sem maior profundidade, que poderiam não atender aos pressupostos político-ideológicos da "heroificação".

Um dos recursos encontrados, enquanto se esperava a lenta revisão historiográfica acadêmica e nativa, foi a tentativa de consagração de personagens temporal e espacialmente próximos, muitos deles ainda vivos. Em um primeiro momento, de abertura da luta social e simbólica, a "radicalidade" do movimento implicou a adoção de critérios restritivos para a assunção dos sujeitos sociais, ou seja, aqueles que se comprometiam com a "missão histórica" de luta contra a opressão e o racismo. Entretanto, à proporção que o movimento se consolidava, sobretudo com a importância concedida à intervenção na educação, tornou-se indispensável a criação de imagens sociais, de "figuras-modelos" de negros, para as novas gerações. Isso determinou a flexibilização dos critérios, com a assunção também de sujeitos sociais, identificados como negros e que tiveram algum destaque na comunidade negra ou na sociedade mais ampla, no plano cultural, educacional, científico, social e político[192]. Assim, sobretudo por pairar no imaginário da comunidade negra a figura de Zumbi como modelo ideal de herói, amainou a perspectiva de "heroificação", preponderando um panteão de "homens e mulheres ilustres", distinguidos por suas qualidades consideradas dignas de louvor.

Mário, entretanto, antes que um "homem ilustre", transformou-se em um herói para a comunidade negra baiana. Um primeiro elemento que desperta atenção, no que tange às narrativas sobre a vida de Mário Gusmão, através das lideranças e intelectuais negros, é a existência de um consenso[193] da sua importância – em algum aspecto da sua conduta – para a história contemporânea do negro na Bahia. Serão eles os responsáveis pela disseminação da narrativa heróica – histórica e mítica – em torno da conduta de Mário Gusmão.

Evidentemente, Mário foi um grande ator do teatro baiano, o que o tornaria apenas um membro ilustre entre os negros baianos. Entretanto, outros elementos se adicionariam à sua "carreira artística". Primeiro, ele foi considerado um desbravador, um "abridor de caminhos" para legitimar a presença do negro no teatro baiano.

- No meu tempo, todo mundo se referia muito mais a Mário que a Pitanga. Pra gente era a grande referência, tipo assim: se Mário chegou lá naquela época, com toda a dificuldade, com o teatro branco naquela época, se Mário conseguiu, acho que a gente tem de trilhar pelo caminho de Mário. Na persistência, no saber, no estudar, no trabalhar a voz, se aperfeiçoar, todo mundo tinha nele uma referência. E era um ator fantástico. (Araní Santana)

- Eu conheci Mário Gusmão nos palcos. Eu era menino ainda e ia assistir os espetáculos de Mário. Ele chamava a atenção porque era um dos poucos atores negros naquela época. A outra coisa que me chamou a atenção era o fato de que, quando eu via Mário, era um homem que dançava, que cantava, que mexia com percussão, enfim, era um artista completo. Chamava muito a minha atenção, e toda minha geração de atores negros tinha uma fascinação incrível pelo carisma de Mário. Ele acabou legitimando a possibilidade do negro fazer teatro. (Godi)

Foram a sua luta e o seu talento, nos primeiros momentos do teatro baiano, que permitiram o florescimento da presença negra nos palcos baianos:

- [...] os atores do Bando [de Teatro Olodum] tem a maior admiração por ele, quando ele veio fazer *Zumbi* foi o maior presente para todo mundo. Todo mundo ia lá reverenciar o grande ancestral. (Márcio Meirelles)

O segundo aspecto importante é que sua trajetória artística tornou-se um modelo de como deve portar-se um ator negro. Mário Gusmão foi alçado à condição de intérprete do mundo negro por interpretar papéis dramáticos, que mostravam a seriedade, a altivez, a elegância, a forma como usava o corpo – ereto, firme, cabeça levantada –, a voz grave e forte. Ele se transformou, nos palcos e no cinema, a serviço da coletividade, em um personagem que conferia dignidade aos negros na arte.

- A imagem que eu tenho dele é a dos filmes de Glauber Rocha. Ali ele era uma coisa enigmática, ele tinha uma coisa misteriosa, e o Glauber se aproveitava muito bem disso dele. No *Dragão da Maldade contra o Santo Guerreiro*, Glauber soube tirar isso dele de forma magistral. Ele aparecia mais por sua força de expressão, pela sua nobreza no fazer artístico, do que pelos grandes papéis do ponto de vista de texto, de presença nas telas. Ele poderia aparecer cinco minutos e parecia que estava no filme inteiro. O que é o inverso do Grande Otelo. O Grande Otelo era magistral de outra forma. Você não podia pegar o Grande Otelo e botar para fazer ponta, não dava, tinha que ter um grande papel para desempenhar ao longo do filme, na maioria das vezes caricato. Era um grande ator, mas foi muito subaproveitado, aparecendo muito como caricatura, como palhaço. O Mário não, sempre foi aproveitado em coisas dramáticas. (Zulu)

- O que eu vi de Mário, tanto no cinema de Glauber, como em outros filmes, como o de José Umberto, foi o fato dele trazer para a tela um personagem negro com aquela desenvoltura. Nós não estávamos a ver no cinema nacional o negro atuando como Mário representava. Ele incorporou certa maneira de representar e de mostrar o artista negro que antes não se via no cinema. Depois de Mário, muito dificilmente vai aparecer um artista negro como ele. E isso pelo fato de sua genialidade. Assim como não existe outro Glauber ou outro Pelé, não vai existir outro Mário Gusmão. (Jônatas Conceição da Silva)

- Acho que Mário Gusmão é um ícone da cultura negra na Bahia e no Brasil. Foi um cara que teve durante a sua existência uma preocupação explícita em se definir como um ator negro, enquanto uma pessoa que se envolvia com isso porque representava a negritude. Ele é um símbolo positivo da nossa raça, do nosso povo. (Valdélio Santos Silva)

O terceiro ponto a destacar é que, ainda na sua carreira artística, Mário já apresenta o caráter de renunciador[194], na medida em que, de acordo com a versão de sua vida construída em grande parte pela mídia e o próprio Mário Gusmão, este abandonou a possibilidade de fama e riqueza no Sudeste, sobretudo na televisão, para permanecer com seu povo. Abdicou do sucesso fácil, da propensão comercial, para permanecer na Bahia disseminando arte e criatividade.

- Morreu pobre por opção, do ponto de vista político de sua vida. Com as oportunidades que ele teve, no auge da fama dele, isso ele contou para mim antes de morrer, a Globo deu para ele um daqueles contratos que dão para os grandes atores e ele não quis, porque queria continuar morando na Bahia. Ele disse: "Eu não podia viver longe da minha terra, eu não podia viver longe dos meus sobrinhos." (Zulu)

- Se ele quisesse, ele teria um padrão de vida melhor, ele podia ficar no Rio de Janeiro, porque ele tinha contatos com Herval Rossano [Diretor da Rede Globo], mas isso implicaria em se submeter a trabalhar em shows humorísticos, como negro palhaço. Mas Mário jamais se submeteria a isso, ele tinha coerência. Mário preferia morar na casinha dele, no Pero Vaz, a morar na zona sul carioca e perder a sua dignidade. (Hamilton Vieira)

Mas, além de um artista excepcional, Mário Gusmão foi um sábio, um "homem iluminado" que passava os seus conhecimentos para o seu povo.

- Quando eu via Mário Gusmão na Liberdade, ele nunca me pareceu um negro comum, ele sempre me pareceu, não por sua estatura, uma pessoa de olhar acima, e isso era diferente. Isso o diferenciava, e ele não precisava dizer: "Eu sou o grande militante, eu sou o ator." Ele, ao se aproximar, tinha essa dignidade. Quando ele falava, ele semeava todo o seu conhecimento, era uma espécie de guru nas ruas. O grande efeito dele no Olodum é que Mário imantava, ele juntava pessoas em torno dele, fazia com que essas pessoas se tornassem positivas, levantassem e crescessem. (João Jorge Rodrigues)

Um homem que, com total desprendimento, de forma terna, paciente, justa, formou "almas negras" para lutar e ter prazer no mundo. Constituiu-se em um elo entre as gerações, sendo considerado, por seu carisma (WEBER, 1979, pp. 134-141), um *griot*, um guru, um sacerdote, um profeta dos tempos modernos. Visto, por sua excepcionalidade e sabedoria, como uma figura que transcendia as querelas e divisões que marcavam os grupos e indivíduos que compunham a comunidade negra.

- Mário Gusmão guarda para nós uma riqueza, uma sabedoria, e aqueles que tiveram a felicidade de conhecê-lo ganharam uma fortuna de idéias, de visão, de culturas. Uma pessoa humana, íntegra, de sabedoria milenar, mas eu acho que um dia o Brasil ainda vai descobrir Mário Gusmão, como descobriu Lima Barreto, como agora está descobrindo o Solano Trindade. Mário Gusmão jamais morrerá, porque suas idéias estão vivas. (Antônio Pitanga)

- Mário sabia chegar aos jovens, ele tinha a linguagem dos jovens. Da mesma maneira que ele conversava com gente da geração dele, com gente madura, ele tinha um jeito especial de saber atingir a criança, o jovem. A empatia, o carisma, tudo isso era próprio dele. (Valdina Pinto)

- Ele era um guru, nosso conselheiro, como ele não gostava de sair, nós íamos à casa dele para aprender sobre o mundo, sobre a vida. (Vovô)

- O primeiro contato foi como se fosse uma coisa de pai para filho, eu me senti como se fosse seu filho, era bem novo nessa época. Eu com aquele entusiasmo, com aquela angústia, eu disse: "Mário, eu sou uma pessoa negra, quero trabalhar para ver o negro pra cima, pra ver o negro ser respeitado." Ele então disse: "Meu filho, tenha calma, é preciso ter paciência como nossos antepassados, vieram como escravos e veja como esse povo sofreu, e veja a força deles, se inspire neles que vamos conduzir. Agora tudo tem de partir de um processo, de uma luta, a conquista vai ser lenta, mas chegaremos lá." Daí eu tive vários contatos com Mário Gusmão, eu via aqueles rapazes, aquelas senhoras chamando "seu Mário", ele parecia um príncipe, eu ia lá para aprender, era como se fosse um sacerdote. Como eu sou católico, parecia até que ia confessar os meus pecados com Mário. Ele me orientava nas minhas angústias, sempre ele dava uma parada para que eu não desesperasse. Então, era esse o tipo de relação que eu tive com Mário a vida toda, ele sempre me orientando [...] Mário era iluminado, ele não tinha idade. Mário era um jovem porque tinha esperança de lutar para ver um mundo melhor. Ele acreditava que, da mudança interior, isso se tornaria visível e teria efeitos dentro da sociedade. [...] Mário era acima da militância, ele era um guru para nós negros, ele era acima da militância. Mário ensinou que nós negros devíamos lutar por nossos ideais, que devíamos dedicar nosso conhecimento, nossa sabedoria, nossa capacidade intelectual, sobretudo nós que tivemos acesso à Universidade, para o crescimento da comunidade negra. Isso era militância muito forte, mas não era aquela coisa raivosa, era algo alegre que nos transmitia sabedoria. Um amigo nosso de MNU, Jônatas Conceição, uma vez disse que Mário era guia de todos nós, porque todos os militantes, artistas, tiveram a bênção de Deus de ter estado com Mário Gusmão, porque ele era um guru, um grande babalorixá. (Hamilton Vieira)

– Ele era uma pessoa querida por todas as entidades do movimento negro, ao mesmo tempo que não se submetia a nenhuma dessas lógicas mesquinhas e menores que a militância tradicional termina enquadrando as figuras. E era um autêntico militante. Para ele, a melhor forma de contribuir era não entrar em nenhuma entidade, isso fez com que ele terminasse não sendo o militante tradicional, mas sim o nosso Nelson Mandela, ele era o cara que unia, ele unia todos os segmentos do movimento negro. Nenhum dos chamados líderes do movimento negro ousava desrespeitá-lo, mesmo quando se equivocava era respeitado. Isso é uma carência muito grande no movimento negro brasileiro e baiano. Não temos líderes amplos, grandiosos, só Mário Gusmão e Menininha do Gantois. (Zulu)

Porém, antes que tudo, é a condição de mártir que estabelecerá a *heroificação* de Mário Gusmão para o povo negro. Primeiro, um negro pobre, de raízes africanas, que superou todos os obstáculos e tornou-se, de forma solitária[195], um vencedor no mundo dos brancos. Ali poderia ter permanecido, mas ele optou por um retorno ao seu meio original, ao mundo negro. Consagrou-se, assim, como um renunciador que abdicava à sua ascensão e glória pessoal, para se dedicar à causa histórica coletiva de luta contra o racismo e valorização da negritude.

- Quando eu lembro de um menino do Ilê na peça da Revolta dos Búzios dizendo: "Somos herdeiros da dignidade de Mário Gusmão", foi uma das coisas mais bonitas que eu já vi. Isso virou *slogan* no Ilê. Todos nós queremos ser herdeiros da dignidade de Mário Gusmão. Para nós, do Ilê, ele é um esteio de dignidade, ele não se corrompeu, não se prostituiu, ele não vendeu a alma ao demônio, ele sempre foi aquela figura. Ele só queria uma coisa, trabalhar, participar, oferecer a sua arte ao seu povo, ao povo negro. (Arani Santana)

- Mário era uma pessoa com um engajamento especial. O seu era estar sempre à disposição, mesmo em condições precárias, para ser solidário com o crescimento da organização negra. Em nenhum momento da vida de Mário, eu o vi se negar a trabalhar conosco e, além de tudo, pedia pequenas coisas à produção. Ele era tão engajado que sabia as nossas condições de produção. Ele foi engajado à nossa luta e não é à toa que a sua figura, sua memória, os seus trabalhos vão ser sempre lembrados pelas organizações negras. (Jônatas Conceição)

- [...] ele me encontrou lá quando eu fazia campanha e eu já tinha encontrado gente dizendo que ele estava aconselhando o meu nome. Quer dizer, ele fazia isso não era pelo partido que eu pertencia, ele fazia isso em cima da compreensão que ele tinha que a questão racial era fundamental em sua vida e de outras pessoas. Então ele fazia essa militância independente de partidos. Isso foi mais interessante porque até aquele momento eu não tinha tido contato pessoal com ele. (Luiz Alberto)

Como segundo aspecto do mártir, a prisão, o exílio no interior do estado, a pobreza, a denotar uma vida marcada pelo sofrimento. A dificuldade, a abnegação, a sua ausência de riquezas, distante do bem-estar e das recompensas, o tornam um homem injustiçado, digno e puro. Representam o sentimento coletivo de um povo escravizado e oprimido: a imagem de sacrifício[196] do negro na sociedade brasileira. Terceiro, a sua morte foi acrescida de um significado que lhe confere simbolicamente excepcionalidade, na medida em que faleceu no mesmo dia de Zumbi dos Palmares.

- Eu vou lhe dizer o que Mário representa: eu posso dizer que ele entregou o corpo e a alma dele ao sacrifício, para que a gente entendesse qual a função do negro na sociedade em que a gente vive. Talento tinha. Respeitado por todo mundo era. Na hora em que ele precisou de ajuda, contou? Não. Morreu de que forma? O mito se consagra no dia em que ele morre no dia de Zumbi, no dia da consciência negra. E aí dá um nó na cabeça de nós negros, dá um nó. E nós, negros, precisamos de mitos. Ele cumpriu um papel importante. Ele representou a transição de uma negritude ainda pouco consciente para uma negritude mais consciente. Ele se constrói mito pela própria vida dele de sacrifício, eu acho até de autoflagelação. Teve um momento, eu acho, que Mário disse: "Vou mostrar como é que se sofre, para que ninguém mais sofra." Então há toda razão para ele ser um mito. (Jaime Sodré)

Morreu no dia 20 de novembro de 1996, aniversário da morte do herói nacional e, em 1997, na mesma data, as organizações negras saíram às ruas de Salvador com a sua face impressa nas camisetas. Era como se dissessem: Mário Gusmão permanece vivo em nossas memórias e corações.

Entretanto, uma consideração final deve ser estabelecida: a mídia e o próprio Mário Gusmão tiveram papel substancial na sua *heroificação*. No primeiro caso, sobretudo através da imprensa, Mário Gusmão recebeu grande destaque quantitativo – número de aparições e tamanho das matérias – e, por outro lado, os jornalistas foram grandes responsáveis pela disseminação de versões como seu passado com raízes religiosas afro-brasileiras, o fato de ser o ator preferido de Glauber Rocha, não ser "corrompido" pelo sucesso na televisão brasileira, sobretudo pela Rede Globo de Televisão, a injustiça de não ter uma vida digna e de não lhe ser concedida a aposentadoria, o seu sofrimento e a sua integridade e dedicação às causas do povo negro.

Por sua vez, Mário Gusmão, sobretudo a partir do seu retorno para Salvador após a permanência no sul do estado, passou a ritualizar publicamente a sua vida, criando uma imagem que favorecia a idealização da sua conduta na juventude negra[197]. Várias são as pistas que constatam tal aspecto: o "apagamento" de vários elementos constantes da sua trajetória existencial e artística, como, por exemplo, omitir o significado da participação "branca" na sua história de vida, bem como "esquecer" alguns papéis que representou no teatro e na televisão; a construção do "mito da oralidade", como uma forma de não permitir o julgamento da sua trajetória existencial e condição intelectual através dos seus escritos, permitindo que ele construísse as interpretações sobre a sua conduta e a forma como queria ser lembrado; o silêncio em torno das versões estabelecidas pela imprensa; a imagem do negro pobre, injustiçado – as derrotas beneficiaram ainda mais a sua imagem[198] –, mas que não se deixava render diante das iniquidades, mantendo a sua integridade e dignidade.

Esses elementos, antes que minimizar a sua presença no mundo, realçam ainda mais a importância e o significado de Mário Gusmão para a comunidade negra e a sociedade baiana.

Considerações finais

Uma biografia, sobretudo do ponto de vista antropológico, revela, no mínimo, uma perspectiva, ou seja, a idealização do autor de que ele possibilitou o conhecimento da vida de alguém. Porém, "gorda ou magra", ela se mostra sempre parcial, não obstante o impulso inicial de conhecer o outro plenamente, pois, além das lacunas, hiatos, silêncios, dos momentos e situações da vida de um homem ou mulher, há sempre um processo de seleção das fontes desenvolvido pelo autor. No meu caso, não foi diferente. O privilégio concedido à sua condição racial – um negro – e à sua situação profissional – um artista –, marcando uma interdependência entre ambos universos, apresenta-se de forma inequívoca na narrativa da trajetória de Mário Gusmão.

Entretanto, havia outras questões ainda mais sensíveis, concernentes às "vidas secretas" do meu personagem, subjacentes na narrativa, mas que marcaram de forma decisiva a maneira como vivenciou a sua pluralidade nos diversos contextos sociais. A sua "reserva", o seu "comedimento" consciente, o seu horror em revelar a sua "nudez" publicamente – seguido e respeitado pelos informantes –, constituiu-se em grande óbice. Pior: tentei distanciar-me da amizade, do fascínio, da familiaridade, da proximidade temporal e espacial, para encontrar no estranhamento o "verdadeiro" Mário Gusmão. O problema maior foi que ele não me "largava", sempre aparecia para conversarmos, darmos longos passeios pela praia, onde me aconselhava e, por vezes, resmungava, dizendo que eu queria saber demais e que todos temos nossos segredos, menores e maiores. Evidentemente não o agrado de todo, trazendo à tona, nestas conclusões, as suas práticas em universos diferentes daqueles em que gostaria de ser lembrado. Enfim, as suas vivências em universos diferenciados perfazem o Mário Gusmão que "existiu", a sua pluralidade e complexidade, daí a sua importância e conseqüente trajetória. "Não fique triste, nem zangado comigo", lhe direi, na medida em que levará consigo a forma como vivenciou internamente essa pluralidade, bem como guardará – e vice-versa – os seus parceiros das drogas e do amor.

A trajetória de vida de Mário Gusmão indica que ele não foi um negro comum, entre os negros ascendentes ou artistas negros brasileiros. Mário Gusmão não se afirmou como um sujeito "globalizante" (GOFF, 1999, p. 21), ou seja, alguém capaz de cristalizar em torno de si o conjunto do seu meio histórico; porém, isso não o impediu de ser um negro singular, diria mesmo excepcional. E essa condição excepcional se revelou não apenas em ter acompanhado e participado de configurações históricas expressivas, mas, sobretudo, por sua capacidade de adaptação e criatividade, por ser o criador de um elo entre gerações sociais e etárias de negros.

Assim, ele foi capaz de construir a sua liberdade e grandeza. Primeiro: antes que desenvolver o individualismo narcísico e utilitarista tão presente nos membros afluentes das sociedades modernas, Mário Gusmão vinculou sua vida aos movimentos sociais, marcando o caráter conflitivo da existência em sociedade, seja no mundo dos brancos, seja no mundo dos negros. Segundo: distanciou-se da concepção clássica do personagem definido por seus papéis, não se submetendo às pressões dos grupos, fugindo à lógica da identidade fixa e reificadora, rebelando-se contra a integração. E assim ele resistiu aos poderes, afirmando a sua vontade e condição pessoal.

Foi sempre um transgressor, um rebelde às convenções estabelecidas, que procurou manter os seus desejos e sua liberdade pessoal sem refutar o engajamento coletivo. Sem agressões, sem violência, foi um subversivo, um *Príncipe Negro na Terra dos Dragões da Maldade*.

NOTAS

[173] "A pele, como o significante chave da diferença cultural e racial no estereótipo, é o mais visível dos fetiches, reconhecido como conhecimento geral em uma série de discursos culturais, políticos e históricos, e representa um papel público no drama racial que é encenado todos os dias nas sociedades coloniais" (BHABHA, 2001, p. 121).

[174] Embora a abordagem de FERREIRA (2000) seja instigante e inovadora e, no caso acima, possa ser aplicada a Mário Gusmão, rejeito a linearidade – apesar dele o negar – que marca a construção do indivíduo negro através de estágios definidos. Por exemplo, a discriminação explícita poderá conduzir ou não à emergência de uma identidade negra. E, por outro lado, o contexto é minimizado na construção das identidades.

[175] "Se você faz algo, perde, se não faz nada, eles vencem" (BAUMAN, 1999, p. 83).

[176] Sob a perspectiva relacional da etnicidade, deve ser considerado que "esta nova identificação assumida retoma por sua conta o critério globalizante imposto pela exodefinição [...] mas o retoma sob a forma de uma endodefinição [...], mas invertendo o valor atribuído à cor" (POUTIGNAT; STREIFF-FENART, 1998, p. 146).

[177] Embora não concorde com a argumentação geral de RIBEIRO (2000, pp. 40-44) sobre o politicamente correto, considero perfeitamente aplicável à militância – no sentido estabelecido acima – da negritude, o postulado da "identidade pela dor".

[178] As teorias preconizando a base genética do homossexualismo estão tendo nos últimos tempos grande vigência.

[179] "Podemos perceber que as representações das relações sexuais-afetivas entre 'homens' e 'bichas' e entre 'homens' e 'mulheres' falam fundamentalmente sobre dominação e submissão e não sobre 'homossexualidade' em si. Isso fica claro quando lembrarmos que o 'homem' nesse sistema cultural pode manter relações sexuais com pessoas do mesmo sexo (isto é, relações homossexuais) sem com isso perder seu status de 'homem' na medida em que assume o papel de 'ativo' na relação" (FRY, 1982, p. 90).

[180] Segundo seu primo, o antropólogo Júlio Braga, em uma colônia de nudismo na África, a sua "grandiosidade" deixou os homens envergonhados e as mulheres estupefatas.

[181] Sobre o movimento homossexual no Brasil, ver ZANATTA (1996-1997, pp. 193-220); MacRae (1982, pp. 99-111); GREEN (2000, pp. 391-436); FRY (1982, pp. 87-115). Embora influenciados pelo ativismo internacional, os grupos organizados homossexuais no Brasil criaram um modelo próprio de ação, consonante com o preconceito difuso e escorregadio presente nas classes médias e altas brasileiras em relação à homossexualidade. Assim, a militância enfatizou a busca de uma "identidade homossexual" e a necessidade de que os indivíduos que mantivessem relações sexuais com pessoas do mesmo sexo assumissem publi-

camente a sua condição estigmatizada. Na inauguração do Centro de Estudos e Pesquisas Mário Gusmão, por exemplo, o Grupo *Gay* da Bahia aproveitou a ocasião para fazer do desaparecimento do ator um ato político de afirmação homossexual. Imprimiu um cartão-postal, exibindo de um lado o corpo de um negro nu, com o rosto escondido, e do outro o seguinte texto: "MÁRIO GUSMÃO: ANJO NEGRO & QUIMBANDA GAY. No dia que é inaugurado o Centro de Estudos e Pesquisas Mário Gusmão, na Casa de Angola, o Quimbanda-Dudu, Grupo Gay Negro da Bahia/Brasil, conclama a todos os admiradores do 'Anjo Negro' que respeitem a integralidade de sua pessoa: além de negro, ator e bailarino, Mário Gusmão foi homossexual. Negar, esconder, omitir tal faceta fundamental de sua biografia é racismo sexual, HOMOFOBIA. Nós do Quimbanda-Dudu temos orgulho de seguir a mesma corrente dos 'feiticeiros sodomitas' do antigo reino de Angola, presentes na Bahia desde 1591, como o homossexual Francisco Manicongo e perpetuado até hoje, através de Mário Gusmão e dos milhares de gays-negros que dizem um basta a esta conspiração do silêncio que ainda hoje quer esconder a homossexualidade de nossos verdadeiros heróis. Somos CHIBUNGOS, sim, com o poder dos Inquices e Orixás. Somos Quimbandas e Adés, sim, e a Lei Municipal de Salvador Nº 5.275/97 pune quem nos discriminar. Viva Mário Gusmão, Negro e Gay. Dai aos gays o que é dos gays" (MOTT, 2002, p. 9). Muitos eram – e ainda são – os aspectos positivos das políticas desenvolvidas pelos grupos organizados, na afirmação pública da homossexualidade e na sua luta contra o machismo e a homofobia. O Grupo *Gay* da Bahia é um dos grupos mais ativos do Brasil, pois, além da sua luta contra o sexismo, desenvolve extenso trabalho na construção da cidadania, sobretudo em relação às questões de saúde. Entretanto, bastante discutíveis são as premissas que norteiam as políticas do movimento, sobretudo a questão da identidade, seja para muitos homossexuais, seja para teóricos da homossexualidade (Sobre as críticas à questão da identidade homossexual ver HOCQUENGHEM, 1980, pp. 119-126; MÍCCOLIS, 1983, pp. 69-133; FRY, 1982; MacRae, 1982).

[182] *Griot*, nas culturas mandes da África ocidental (Senegal, Guiné e países próximos), é o contador de histórias ("artesão das palavras") que preserva e transmite a sabedoria e a história do povo. A palavra *griot* é francesa; o termo nas línguas locais é *djeli* ou *djali*.

[183] "A predisposição a falar mal do mercado leva a uma espécie de exorcismo quase compulsório de que se lança mão para reafirmar orientações de conduta pretensamente desinteressadas de ganho econômico pessoal e/ou de distinção social" (DURAND, 1989, p. 228).

[184] FARIA (1997, p. 121), analisando o teatro baiano, após o sucesso de *A Bofetada*, diz que "viver das montagens que apresentam-se exclusivamente em teatros e que dependem do público da cidade, de uma forma geral, continua sendo algo arriscado e difícil".

[185] E neste mercado a discriminação contra os nordestinos sempre foi marcante. Depoimentos de atores como Jurema Penna, Jackson Costa, Lázaro Ramos, José Dumont e Luiz Carlos Vasconcelos reiteram tal perspectiva. Sobre o assunto ver o artigo de Bucci (*Sotaques Desterrados*) e a reportagem de Fernanda Dannemann (*Nordestinos brilham no cinema e somem da TV*), na TV Folha (pp. 2 e 8-9).

[186] Na telenovela *Esperança*, apresentada em 2002, no "horário nobre" da Rede Globo de Televisão, Othon Bastos tem um dos papéis principais do elenco.

[187] Somente em 2001 um ator negro voltaria a ganhar um prêmio no teatro baiano, através de Lázaro Ramos, do Bando de Teatro Olodum, como ator coadjuvante.

[188] A presença do professor Luiz Mott e de membros do Grupo *Gay* da Bahia, reivindicando a condição homossexual de Mário Gusmão, gerou constrangimento e protestos por parte dos militantes negros presentes. Porém, o que eu quero ressaltar é a importância atribuída pela militância negra e homossexual à figura de Mário Gusmão.

[189] Segundo FERREIRA (1988, p. 339), a palavra herói apresenta quatro significados: "1. Homem extraordinário por seus feitos guerreiros, seu valor e sua magnanimidade. 2. Pessoa que por qualquer motivo é centro de atenções. 3. Protagonista de uma obra literária. 4. Mito/Semideus". Ver também o clássico de CARLYLE (19-).

[190] "Os que ocupam as posições dominadas no espaço social estão também em posições dominadas no campo de produção simbólica e não se vê de onde lhes poderiam vir os instrumentos de produção simbólica de que necessitam para exprimirem o seu próprio ponto de vista sobre o social, se a lógica própria do campo de produção cultural e os interesses específicos que aí se geram não produzissem o efeito de predispor uma fração dos profissionais envolvidos neste campo a oferecer aos dominados, na base de uma homologia de posição, os instrumentos de ruptura com as representações que se geram na cumplicidade imediata das estruturas sociais e das estruturas mentais e que tendem a garantir a reprodução continuada da distribuição do capital simbólico" (BOURDIEU, 1989, p. 152).

[191] A bibliografia sobre Zumbi e o Quilombo dos Palmares é ampla e constante, desde RODRIGUES (1977), as "revisões" de MOURA (1972) e FREITAS (1973), até os recentes estudiosos sobre o tema. Ver REIS e GOMES (1996).

[192] Isso pode ser visto na literatura nativa e para-acadêmica brasileira e baiana. Podem ser citados, entre outros: COSTA (1982); BARBOSA (1988); CUTI (1992); ALMADA (1995); CASTRO (1996); MACEDO e FAUSTINO (2000); ASSOCIAÇÃO... (1997); ASSOCIAÇÃO... ([199?]); SANTOS (1997); ABREU (1999); SANTOS e NÓBREGA (2000); SODRÉ (2001).

[193] Atente-se para o dissenso reinante na comunidade negra nas tentativas de construção de heróis e mesmo figuras ilustres, sendo muitos deles legitimados tão-somente entre os grupos criadores. Embora eu relativize o consenso em torno de Mário Gusmão, ressalto que as principais lideranças e intelectuais negros da Bahia concedem um caráter excepcional à sua conduta. Sobre as disputas simbólicas em relação aos heróis republicanos, ver CARVALHO (1990).

[194] "O renunciador tem que se haver com suas vaidades e seu orgulho; deve abandonar o mundo material, com suas riquezas e explorações; deve ser altamente consistente, não podendo mais gozar do privilégio da inconsistência entre o ser, o falar e o viver. Tem ainda que viver para seu grupo, deixando de lado seus interesses egoístas, criando – ao contrário – um imenso espaço externo, onde deverá implementar as regras que inventa" (MATTA, 1979, p. 207).

[195] Solitário por ter sido um desbravador, mas também por não contar com o apoio familiar, fundamental na sociedade brasileira. Segundo MATTA (1979, p. 2000): "De qualquer modo, as provas e obstáculos revelam que a vida e o mundo são duros e cruéis, e como, em geral, os heróis estão sem família e sós neste mundo, vivem de fato uma existência isolada, onde têm que demonstrar toda a sua enorme e inabalável fortaleza diante dos obstáculos."

[196] "O sacrifício tem aqui uma função real, e o problema da substituição coloca-se no nível de toda comunidade. A vítima não substitui tal ou qual indivíduo particularmente ameaçado e não é oferecida a tal ou qual indivíduo particularmente sanguinário. Ela simultaneamente substitui e é oferecida a todos os membros da sociedade, por todos os membros da sociedade. É a comunidade inteira que o sacrifício protege de sua própria violência, é a comunidade inteira que se encontra assim direcionada para vítimas exteriores. O sacrifício polariza sobre a vítima os germens de desavença espalhados por toda parte, dissipando-os ao propor-lhes uma saciação parcial." (GIRARD, 1990, pp. 20-21).

[197] Quem deu a sugestão sobre a importância da "teologia da saudade", ou seja, o diálogo com a saudade que o sujeito queria deixar, como ele queria ser lembrado, foi o historiador José Carlos Sebe, da USP.

[198] A "teoria da vitimização" corrente entre os grupos negros, inclusive os militantes, corroboraram ainda mais essa imagem.

Referências bibliográficas

"A abolição na história e no embuste". *A Tarde*, Salvador, p. 4, 12 maio 1988.
ABEL, Lionel. *Metateatro: uma visão nova da forma dramática*. Rio de Janeiro: Zahar, 1968.
ABREU, Frederico José de. *Bimba é bamba. A capoeira no ringue*. Salvador: Instituto Jair Moura, 1999.
ADIALA, Júlio César. *O problema da maconha no Brasil: Ensaio sobre racismo e drogas*. Rio de Janeiro: IUPERJ, 1986. Série estudos.
AGIER, Michel. As mães pretas do Ilê Aiyê: Notas sobre o espaço mediano da cultura. *Afro-Ásia*, Salvador, nº 18, pp.189-203, 1996.
_____. *Anthropologie du Carnaval. La Ville, la Fête et l'Afrique à Bahia*. Marseille: Éditions Parenthéses, Institut de Recherche pou le Développment, 2000.
AGUIAR, Ronaldo Conde. *O rebelde esquecido: Tempo, vida e obra de Manoel Bomfim*. Rio de Janeiro: Topbooks, 2000.
ALBUQUERQUE, Wlamyra R. de Santos. Deuses e heróis nas ruas da Bahia: Identidade cultural na Primeira República. *Afro-Ásia*, Salvador, nº 18, pp. 103-124, 1996.
ALMADA, Sandra (org). *Damas negras*. Rio de Janeiro: Mauad, 1995.
ALMEIDA, Angela Mendes de. *Pensando a família no Brasil: da colônia à modernidade*. Rio de Janeiro: Espaço e Tempo, 1987.
ALMEIDA, Guilherme. "Tradução e Notas". *In*: SARTRE, Jean Paul. *Entre quatro paredes*. São Paulo: Abril, 1977.
ANDRADE, Mário. *Macunaíma*. São Paulo: Martins, 1970.
ANDRADE, Oswald. *O rei da vela*. São Paulo: Abril, 1976.
ANDREWS, George Reid. *Blacks and Whites in São Paulo Brazil 1888-1988*. Wisconsin: University of Wisconsin Press, 1991.
"ANJO calunga está falando no Boca Livre do Rio". *Tribuna da Bahia*, Salvador, p.11, 22 jan 1973.
"ANJO negro descalço barrado no cinema". *Jornal da Bahia*, Salvador, p. 9, 21 fev 1973.

"ANTROPÓLOGA carioca fala da situação do negro no Brasil". *Tribuna da Bahia*, Salvador, p. 7, 3 maio 1978.

"APLICAÇÃO da Lei Afonso Arinos". *Diário de Notícias*, Salvador, p. 1, 28 set 1958.

ARAGÃO, Luiz Tarlei de. *Em nome da mãe: posição estrutural e disposições sociais que envolvem a categoria mãe na civilização mediterrânea e na sociedade brasileira*. Perspectivas antropológicas da mulher, 3. Rio de Janeiro: Zahar, 1983.

ARAÚJO, Emanuel. "Teatro III: Guarnieri e black-tie". *Jornal da Bahia*, Salvador, p. 7, 15 dez 1964.

ARAÚJO, Joelzito Almeida de. *A negação do Brasil: Identidade racial e estereótipos sobre o negro na história da telenovela brasileira*. 1999. Tese (Doutorado) – Escola de Comunicação e Artes da USP, São Paulo.

ARAÚJO, Nelson de. *História do teatro*. Salvador: Empresa Gráfica da Bahia, 1991.

_____. *Pequenos mundos: um panorama da cultura popular da Bahia: O Recôncavo*. Salvador: UFBA; Fundação Casa de Jorge Amado, 1986. Tomo 1.

ARAÚJO, Nola. *Os caretas*. Salvador: Sulamita, 1997.

ARAÚJO, Tatiana Brito. *Os engenhos centrais e a produção açucareira no Recôncavo Baiano*. 1983. Dissertação (Mestrado em História) – Faculdade de Filosofia e Ciências Humanas da UFBA, Salvador.

ARNIZÁU, José Joaquim de Almeida e. *Memória topográfica, histórica, comercial e política da Vila da Cachoeira da Província da Bahia*. Salvador: Tradição, 1998.

ARRABAL, José. "Entrevista com José Celso Martinez Corrêa". In: Silveira, Ênio et al. *Encontros com a Civilização Brasileira*. Rio de Janeiro: Civilização Brasileira, 1979.

"ARTE na Bahia 1956 a 1961: Teatro Universidade". São Paulo: Corrupio; Salvador: Empresa Gráfica da Bahia, 1990.

ASSOCIAÇÃO Cultural Bloco Carnavalesco Ilê Aiyê. *Mãe Hilda: a história de minha vida*. Salvador: EGBA, [199?].

_____. "Pérolas negras do saber". Salvador, 1997. *Caderno de Educação do Ilê Aiyê*, v. 5

"ATOR baiano envolvido na quadrilha". *A Tarde*. Salvador, p.18, 16 mar 1973.

AUGUSTO, João. "Folheto faz por onde". *Jornal da Bahia*, Salvador, 19 jul 1966. Caderno 2, p.3.

AVELAR, José Carlos. "O cinema colorido". *Filme Cultura*, Rio de Janeiro, ano 15, n° 40, ago/out 1982.

_____. "O sentimento do Nada". *Filme Cultura*, Rio de Janeiro, ano 14, n°s 38 39, ago/nov 1981.

AZEVEDO, Artur. "A Almanjarra". In: Azevedo, Artur. *Teatro de Artur Azevedo*. Rio de Janeiro: INACEN, 1987. Tomo 3.

AZEVEDO, Elciene. *Orfeu de Carapinha: A trajetória de Luiz Gama na Imperial Cidade de São Paulo*. Campinas, SP: Unicamp, Centro de Pesquisa em História Social da Cultura, 1999.

AZEVEDO, Thales de. "O advento da Petrobrás no Recôncavo". In: Brandão, Maria de Azevedo (org). *Recôncavo da Bahia: Sociedade e economia em transição*. Salvador: Fundação Casa de Jorge Amado; Academia de Letras da Bahia; Universidade Federal da Bahia, 1998.

_____. *Cultura e situação racial no Brasil*. Rio de Janeiro: Civilização Brasileira, 1966.

_____. *As elites de cor numa cidade brasileira: Um estudo de ascensão social & classes sociais e grupos de prestígio*. 2. ed. Salvador: EDUFBA; EGBA, 1996.

BACELAR, Jeferson. *Gingas e nós: o jogo do lazer na Bahia*. Salvador: Fundação Casa de Jorge Amado, 1991.

_____. *A hierarquia das raças: Negros e brancos em Salvador*. Rio de Janeiro: Pallas, 2001.

_____. *O santo guerreiro contra o dragão da maldade.* Afro-Ásia, Salvador. nº 19-20, pp. 257 – 277, 1997.
BADINTER, Elisabeth. *Sobre a identidade masculina.* Rio de Janeiro: Nova Fronteira, 1993.
BAIRROS, Luiza. "Lembrando Lélia Gonzalez (1935-1994)". *Afro-Ásia,* Salvador, nº 23, 2000.
_____. "Orfeu e poder: uma perspectiva afro-americana sobre a políticar racial no Brasil". *Afro-Ásia,* Salvador, nº 17, 1996.
BALDWIN, James. *E pelas praças não terá nome.* São Paulo: Brasiliense, 1972.
BANES, Sally. *Greenwich Village 1963: Avant-Garde, performance e o corpo efervescente.* Rio de Janeiro: Rocco, 1999.
BARBOSA, Irene Maria Ferreira. *Enfrentando preconceitos: um estudo da escola como estratégia de superação de desigualdades.* Campinas, SP: Centro de Memória-Unicamp, 1997.
BARBOSA, Marcio (org). *Frente Negra Brasileira: Depoimentos.* São Paulo: Quilomhoje, 1988.
BARICKMAN, B. J. "Até a véspera: O trabalho escravo e a produção de açúcar nos engenhos do Recôncavo Baiano (1850-1881)". *Afro-Ásia,* Salvador, nºˢ 21-22, 1998-1999.
BASBAUM, Leôncio. *História sincera da República.* São Paulo: Alfa-Ômega, 1976.
BASTIDE, Roger. *O candomblé da Bahia.* São Paulo Editora Nacional; Brasília: INL, 1978.
_____. "Sociologia do teatro negro brasileiro". In: Queiroz, Maria Isaura Pereira (org.). *Roger Bastide.* São Paulo: Ática, 1983.
BAUMAN, Zygmunt. *Modernidade e ambivalência.* Rio de Janeiro: Zahar, 1999.
BECKER, Howard S. *Outsiders: Études de Sociologie de la Déviance.* Paris: Éditions A M Métailié, 1985.
BENTLEY, Eric. *O teatro engajado.* Rio de Janeiro: Zahar, 1969.
BHABHA, Homi K. *Local da cultura.* Belo Horizonte: Editora UFMG, 2001.
BOAL, Augusto. *Hamlet e o filho do padeiro: Memórias imaginadas.* Rio de Janeiro: Record, [199?].
BORBA, Silza Fraga Costa. *Industrialização e exportação de fumo na Bahia, 1870-1930.* 1975. Dissertação (Mestrado em Ciências Humanas) – Faculdade de Filosofia e Ciências Humanas da UFBA, Salvador.
BORGES, Paulo Alexandre Esteves. *Agostinho Silva: Dispersos.* Lisboa: Instituto de Cultura e Língua Portuguesa, 1988.
BOTTON, Alain de. *Nos mínimos detalhes.* Rio de Janeiro: Rocco, 2000.
BOURDIEU, Pierre. *O poder simbólico.* Rio de Janeiro: Bertrand Brasil, 1989.
_____. *As regras da arte: Gênese e estrutura do campo literário.* São Paulo: Companhia das Letras, 1996.
BOXER, C. R. *O império colonial português.* Lisboa: Edições 70, 1969.
BRAGA, Júlio. *Fuxico de Candomblé.* Feira de Santana: UEFS, 1998.
_____. *Na gamela do feitiço: Repressão e resistência nos candomblés da Bahia.* Salvador: EDUFBA, 1995.
BRODSKI, Josef. "O escritor na prisão". *Folha de São Paulo,* São Paulo, 16 fev 1997.
BRANDÃO, Maria de Azevedo (org.). *Recôncavo da Bahia: Sociedade e economia em transição.* Salvador: Fundação Casa de Jorge Amado; Academia de Letras da Bahia; Universidade Federal da Bahia, 1998.
_____. "Introdução: Cidade e Recôncavo da Bahia". In:_____. *Recôncavo da Bahia. Sociedade e economia em transição.* Salvador: Fundação Casa de Jorge Amado; Academia de Letras da Bahia; Universidade Federal da Bahia, 1998.
BRECHT, Bertold. "Notas sobre *A ópera dos três vinténs*". In: Maciel, Luiz Carlos (Seleção e Introdução). *Teatro dialético.* Rio de Janeiro: Civilização Brasileira, 1967.

_____. "A ópera dos três vinténs". In: _____. *Teatro Completo*. Rio de Janeiro: Paz e Terra, 1988, v. 11.
BROWN, Judith K. *Cross-Cultural Perspectives on Middle-Aged Women*. Current Anthropology, Chicago, n° 23, Apr 1982.
BUTLER, Kim D. *Freedoms Given, Freedoms Won: Afro-Brazilians in Post-Abolition São Paulo and Salvador*. New Brunswick, NJ: Rutgers University Press, 1998.
CALMON, Jorge. *Manuel Querino: o jornalista e o político*. Salvador: CEAO, 1980. (Ensaios e Pesquisas).
"CALUNGADAS na galáxia do sabbat carnavalesco". *Jornal da Bahia*, Salvador, pp.7, 28-29 jan 1973.
CAMPBELL, Joseph. *O poder do mito*. São Paulo: Palas Athena, 1990.
"CARDEAL toma defesa do candomblé". *Correio da Bahia*, Salvador, p. 3, 2 set 1989.
CARDOSO, Fernando Henrique. *O modelo político brasileiro e outros ensaios*. 3. ed. Rio de Janeiro: DIFEL, 1977.
CARLYLE, Thomas. *Os heróis e o culto dos heróis*. São Paulo: Cultura Moderna, [19-].
CARNEIRO, Edison. *Ursa Maior*. Salvador: Centro Editorial e Didático da UFBA, 1980.
CARNEIRO, Edison, FERRAZ, Aydano do Couto. "Introdução". In: *Congresso Afro-Brasileiro da Bahia 2*. 1937, [Salvador]. Anais... [S.l. : s.n°, 193-].
CARVALHO, Inaiá Maria Moreira de. *Operários e sociedade industrial na Bahia*. Salvador: Universidade Federal da Bahia, 1971. Estudos baianos, n° 4.
CARVALHO, Jehová. *A cidade que não dorme*. Salvador: Fundação Cultural do Estado da Bahia, 1994.
CARVALHO, José Antônio de. *Salvador, Cidade repartida: Violência, diagnóstico e o fortalecimento da cidadania*. Salvador: Gráfica do Sindicato dos Bancários, 2001.
CARVALHO, José Murilo de. *Os bestializados. O Rio de Janeiro e a República que não foi*. São Paulo: Companhia das Letras, 1987.
_____. *Cidadania no Brasil: o longo caminho*. Rio de Janeiro: Civilização Brasileira, 2001.
_____. *A formação das almas: o imaginário da República no Brasil*. São Paulo: Companhia das Letras, 1990.
CARVALHO, Maria do Socorro Silva. *A ideologia em* Barravento: *Estudo de roteiro*. Salvador: Universidade Federal da Bahia, 1990. Centro de Estudos Baianos, n° 141.
_____. *Imagens de um tempo em movimento: Cinema e cultura na Bahia nos anos JK (1956-1961)*. Salvador: EDUFBA, 1999.
CASCUDO, Luís da Câmara. *Dicionário do folclore brasileiro*. Belo Horizonte: Itatiaia, 1984.
CASTRO, José Guilherme da Cunha (org.). *Miguel Santana*. Salvador: EDUFBA, 1996.
CASTRO, Yeda Pessoa de. *A experiência do CEAO*. [Salvador: s. n°, 19-]. (datilografado).
_____. *Falares africanos na Bahia: Um vocabulário afro-brasileiro*. Rio de Janeiro: Academia Brasileira de Letras; Topbooks, 2001.
CATÁLOGO Zumbi está vivo e continua lutando. Salvador: [s.n°], 1995, p. 44.
CERTEAU, Michel de. *Invenção do cotidiano: Artes de fazer*. Petrópolis (RJ): Vozes, 1996.
_____. *Invenção do cotidiano: 2, Morar, cozinhar*. Petrópolis (RJ): Vozes, 1996.
CESAIRE, Aimé. "Negritude". In: Santos, Ieda Machado R. dos; Bittencourt, Eliane Cerqueira (org.). *Três poetas da negritude*. Salvador: CEAO, 1981.
CHARTIER, Roger. *A história cultural: Entre práticas e representações*. Lisboa: Difel, 1988.
CHAUVEAU, Agnès, Tétart, Philippe (org.). *Questões para a história do presente*. Bauru, SP: EDUSC, 1999.
CHOUVIER, Bernard. "Le Paradoxe de l'Identité Militant". In: Tap, Pierre (ed). *Identités Collectives et Changements Sociaux*. Toulouse: Privat, 1979.
CLAUDEL, Paul. *A história de Tobias e Sara*. Petrópolis: Vozes, 1965.

"CLYDE Morgan e o grupo de dança contemporânea da UFBA". *Jornal da Bahia*, Salvador, 21-22 maio 1972. Suplemento de Domingo, p. 3.
COELHO, Heliogábalo Pinto. *O histórico da estiva. Um relato de 1912 até os dias atuais.* Salvador: Sindicato dos Estivadores e dos Trabalhadores em Estiva de Minérios de Salvador e Simões Filho, 1986.
"COISA nova no Vila Velha". *Jornal da Bahia*, Salvador, 19-20 jun 1966. Caderno 3, p. 5.
"CONCURSO foi das mais grandiosas festas que Salvador já viu". *Jornal da Bahia*, Salvador, p. 10. 4-5 dez 1966.
CONGRESSO afro-brasileiro da Bahia, 2. 1937. Anais... Salvador, [s. n.], 1937.
COPFERMAN, Emile. *O teatro popular por quê?* Porto: Portucalense Editora, 1971.
CORCUFF, Philippe. "Le Collectif au Défi du Singular: en Partant de l'Habitus". In: LAHIRE, Bernard (dir.). *La Travail Sociologique de Pierre Bourdieu*. Paris: Éditions La Découvert, 1999.
COSTA, Haroldo. *Fala, crioulo: Depoimentos.* Rio de Janeiro: Record, 1982.
"CRIADO NCA para estudar cultura negra". *Diário de Notícias*, Salvador, p. 7, 1 ago 1974.
CUNHA, Manuela Carneiro da. *Negros, estrangeiros: Os escravos libertos e sua volta à África.* São Paulo: Brasiliense, 1985.
CUTI (org.). *E disse o velho militante José Correia Leite: Depoimentos e artigos.* São Paulo: Secretaria Municipal de Cultura, 1992.
D'ADESKY, Jacques. *Pluralismo étnico e multiculturismo: Racismo e anti-racismo no Brasil.* Rio de Janeiro: Pallas, 2001.
DANIEL, Herbert. "Os anjos do sexo". In: MICCOLIS, Leila e DANIEL, Herbert. *Jacarés e Lobisomens: Dois ensaios sobre a homossexualidade.* Rio de Janeiro: Achiamé, 1983.
DANTAS, Beatriz Góis. *Vovó nagô e papai branco: Usos e abusos da África no Brasil.* Rio de Janeiro: Graal, 1988.
DAVIS, Angela. *With my Mind on Freedom: an Autobiography.* New York: Bantam Books, 1974.
DIAGNE, Pathé. "Renascimento e problemas culturais em África". In: SOW, I. Alpha *et al.* *Introdução à cultura africana.* Lisboa: Edições 70, 1980.
DIONYSOS. Brasília: Minc, Fundacen, 28, 1988. Teatro Experimental do Negro.
"DIREITO à aposentadoria por idade". *Tribuna da Bahia*, Salvador, p. 11. 29 ago 2000.
DOUGLAS, Mary. *Pureza e perigo.* São Paulo: Perspectiva, 1976.
DOUXAMI, Christine. *Teatro Negro: a realidade de um sonho sem sono.* Afro-Ásia, Salvador, n°s 25-26, pp. 313-363, 2001.
DRUCK, Maria da Graça. *Terceirização: (des) Fordizando a fábrica, um estudo do complexo petroquímico.* Salvador: EDUFBA. São Paulo: Boi Tempo Editorial, 1999.
DUARTE, Luiz Fernando D. *Da vida nervosa nas classes trabalhadoras urbanas.* Rio de Janeiro: Zahar ; Brasília: CNPQ, 1986.
DUMONT, Louis. *Homo Hierarquicus.* Londres: Paladin, 1972.
_____. *Individualismo: Uma perspectiva antropológica da ideologia moderna.* Rio de Janeiro: Rocco, 1985.
DUNNING, Eric. "Le Sport, Fief de la Virilitá: Remarques sur les Origines Sociales et les Transformations de l'Identité Masculine". In: ELIAS, Norbert e DUNNING, Eric. *Sport et Civilisation. La Violence Maîtrisée.* France: Fayard, 1994.
DURAND, José Carlos. *Arte, privilégio e distinção: artes plásticas, arquitetura e classe dirigente no Brasil, 1885/1995.* São Paulo: Editora Perspectiva; Editora da Universidade de São Paulo, 1989.
DUVIGNAUD, Jean. *El Actor.* Madrid: Taurus, 1966.
ELIAS, Norbert. "Introdução: ensaio teórico sobre as relações entre estabelecidos e outsiders". In: ELIAS, Norbert; SCOTSON, John L. *Os estabelecidos e os outsiders.* Rio de Janeiro: Zahar , 2000.

_____. *Mozart. Sociologia de um gênio*. Rio de Janeiro: Zahar, 1995.
_____. *O processo civilizador: Uma história dos costumes*. Rio de Janeiro: Zahar, 1990.
_____. *A sociedade dos indivíduos*. Rio de Janeiro: Zahar, 1994.
ELIOT, T. S. East Coker. In: _____. *Quatro quartetos*. Rio de Janeiro: Civilização Brasileira, 1967.
ENCICLOPÉDIA dos municípios brasileiros. Rio de Janeiro: IBGE, 1958. v. 20.
ESSLIN, Martin. *O teatro do absurdo*. Rio de Janeiro: Zahar, 1986.
"ESTÓRIAS de Gil Vicente". *Diário de Notícias*, Salvador, 10 fev. 1966. Caderno 2, p. 3.
FALCK, Carlos. "Jornal do teatro". *Jornal da Bahia*, Salvador, p. 9, 24 set 1963.
_____. "Teatro de equipe (ii)". *Jornal da Bahia*, Salvador, PP. 4-5 abr, 1962, Caderno 3, p. 1.
_____. *Os condenados da terra*. Rio de Janeiro: Civilização Brasileira, 1979.
FANON, Frantz. *Pele negra, máscaras brancas*. Rio de Janeiro: Fator, 1983.
FARIA, Karina A. da Silva. Patifes, profissionais e persistentes: Papel da peça "A bofetada" no processo de profissionalização e comercialização do teatro baiano. Salvador, 1997. Dissertação (Mestrado em Administração) – Escola de Administração, UFBA.
FARIAS, Edson. Paulo da Portela: mediador entre dois mundos. Caxambu, 1998. Paper apresentado na ANPOCS.
FAUSTO, Bóris. *História concisa do Brasil*. São Paulo: Editora da Universidade de São Paulo, 2001.
_____. *Trabalho urbano e conflito social (1890-1920)*. Rio de Janeiro: DIFEL, 1977.
FÁVERO, Osmar (org.). *Cultura popular e educação popular: Memória dos anos 60*. Rio de Janeiro: Graal, 1983.
FÉLIX, Anísio; NERY, Moacir. *Bahia, carnaval*. Salvador: [s. n.], 1993.
FELZEMBURG, Eliane; SANTANA, Luciana. *Vida Vila Velha: A história de um teatro*. [S.l.: s. nº 198?].
FENTRESS, James; WICKHAM, Cris. *Memória social: Novas perspectivas sobre o passado*. Lisboa: Teorema, 1992.
FERNANDES, Florestan. *Circuito fechado: Quatro ensaios sobre o poder "institucional"*. São Paulo: Hucitec, 1979.
_____. *A integração do negro na sociedade de classes*. São Paulo: Ática, 1987. v. 2.
FERREIRA, Aurélio Buarque de Hollanda. *Dicionário escolar da língua portuguesa*. Rio de Janeiro: Nova Fronteira, 1988.
FERREIRA, Jerusa Pires. *Cavalaria em cordel. O passo das águas mortas*. São Paulo: Hucitec, 1979.
FERREIRA, Jurandir. "Orin orixá: primeiro espetáculo 71". *Jornal da Bahia*, Salvador, 3 jan 1971. Caderno 2, p. 3.
FERREIRA, Ricardo Franklin. *Afro-descendente: Identidade em construção*. São Paulo: EDUC; Rio de Janeiro: Pallas, 2000.
FERREIRA FILHO, Alberto Heráclito. Desafricanizar as ruas: Elites letradas, mulheres pobres e cultura popular em Salvador (1890-1937). *Afro-Ásia*, Salvador, nos 21-22, 1998-1999.
FIGUEIRA, Sérvulo. *O contexto social da psicanálise*. Rio de Janeiro: Francisco Alves, 1981.
"FILMAGENS de *O caipora*". *Jornal da Bahia*, Salvador, p. 7, 5 jan 1963.
"FOI a maior derrubada: 766 grafites de LSD enrustidas em latas de filmes". *A Tarde*, Salvador, p. 25, 17 mar 1973.
FONSECA, Luís Anselmo da. *A escravidão, o clero e o abolicionismo*. Recife: Massangana, 1988.
FONSECA, Raimundo Nonato da Silva. *"Fazendo fita": Cinematógrafos, cotidiano e imaginário em Salvador, 1897-1930*. Salvador: EDUFBA; Centro de Estudos Baianos, 2002.

FONTES, José Raimundo. *Manifestações operárias na Bahia: O movimento grevista 1888-1930*. Salvador, 1982. Dissertação (Mestrado em Ciências Sociais) – Faculdade de Filosofia e Ciências Sociais, UFBA.
"A FORÇA da liberdade na festa da abolição". *A Tarde*, Salvador, p. 2. 18 jan 1988.
FRANCO, Aninha. *O teatro na Bahia através da imprensa: Século XX*. Salvador: FCJA; COFIC; FCEBA; 1994.
FREITAS, Antônio Fernando Guerreiro de; PARAÍSO, Maria Hilda Baqueiro. *Caminhos ao encontro do mundo: A capitania, os frutos de ouro e a princesa do sul: Ilhéus 1534-1940*. Ilhéus: Editus, 2001.
FREITAS, Décio. *Palmares: a guerra de escravos*. Porto Alegre: Movimento, 1973.
FRY, Peter. "Da hierarquia à igualdade: A construção histórica da homossexualidade no Brasil". In: _____. *Para inglês ver. Identidade e política na cultura brasileira*. Rio de Janeiro: Zahar, 1982.
FRY, Peter; CARRARA, Sérgio; MARTINS-COSTA, Ana Luiza. "Negros e brancos no carnaval da Velha República". In: REIS, João José (org). *Escravidão & invenção da liberdade: Estudos sobre o negro no Brasil*. São Paulo: Brasiliense; Brasília: CNPQ, 1988.
GALVÃO, Luiz. *Anos 70: Novos e baianos*. São Paulo: Editora 34, 1997.
"GANG do LSD ouvida no forum: Cleber está preso em Amaralina". *Jornal da Bahia*, Salvador, p. 6, 29 mar 1973.
GARCIA, José Horácio de. *A quinta-coluna na Bahia*. Salvador, 1990. Paper apresentado no Mestrado em História da Faculdade de Filosofia e Ciências Humanas.
GEERTZ, Clifford. *Nova luz sobre a antropologia*. Rio de Janeiro: Zahar, 2001.
GENET, Jean. *Diário de um ladrão*. Rio de Janeiro: Record, 1968.
GENTIL, Sostrates. "Stopen, Stopen – conclusão". *Jornal da Bahia*, Salvador, 1 jun 1968, Caderno 2, p. 5.
_____. "Teatro: os novos com o noviço". *Jornal da Bahia*, Salvador, p. 7, 6 jul 1965.
_____. "Teatro de cordel II". *Jornal da Bahia*, Salvador, 19 jul 1966. Caderno 2, p. 3.
GERBER, Raquel. "Glauber, Exu implode na Idade da Terra". *Filme Cultura*, Rio de Janeiro, ano 14, n°s 38/39, ago/nov 1981.
GIRARD, René. *A violência e o sagrado*. São Paulo: Editora Universidade Estadual Paulista, 1999.
GODI, Antônio Jorge Victor dos Santos. "Música afro-carnavalesca: das multidões para o sucesso das massas elétricas". In: SANSONE, Lívio; SANTOS, Jocélio Teles dos (org.). *Ritmos em trânsito: Sócio-antropologia da música baiana*. São Paulo: Dynamis; Salvador, BA: Programa A Cor da Bahia, Projeto SAMBA, 1997.
GÓES, F. de. *O país do carnaval elétrico*. Salvador: Corrupio, 1982.
GOFF, Jacques Le. *São Luís: Biografia*. Rio de Janeiro: Record, 1999.
GOFFMAN, Erving. *Manicômios, prisões e conventos*. São Paulo: Perspectiva, 1974.
_____. *Estigma: Notas sobre a manipulação da identidade deteriorada*. Rio de Janeiro: Guanabara Koogan, 1988.
GOMES, Angela Maria de Castro. *Burguesia e trabalho: Política e legislação social no Brasil, 1917-1937*. Rio de Janeiro: Campus, 1979.
GOMES, João Carlos Teixeira. *Glauber Rocha, esse vulcão*. Rio de Janeiro: Nova Fronteira, 1997.
GONZALEZ, Lélia. "O movimento negro na última década". In: GONZALEZ, Lélia; HASENBALG, Carlos. *Lugar de negro*. Rio de Janeiro: Marco Zero, 1982.
GOTTFRIED, Martin. *Teatro dividido: a cena americana no pós-guerra*. Rio de Janeiro: Bloch, 1970.
GRAHAM, Sandra Lauderdale. *Proteção e obediência: Criadas e seus patrões no Rio de Janeiro 1860-1910*. São Paulo: Companhia das Letras, 1992.

GREEN, James N. *Além do carnaval: A homossexualidade masculina no Brasil do século XX*. São Paulo: Editora UNESP, 2000.
GROTOWSKI, Jerzy. *Em busca de um teatro pobre*. Rio de Janeiro: Civilização Brasileira, 1971.
GUARNIERI, Gianfrancesco. *Eles não usam black-tie*. Rio de Janeiro: Civilização Brasileira, 1997.
GUERRA, Guido. "Até outro dia feliz como este". In: _____. *As aparições do Dr. Salu e outras histórias*. Rio de Janeiro: Civilização Brasileira, 1981.
GUERREIRO, Goli. *A trama dos tambores: a música afro-pop de Salvador*. São Paulo: Editora 34, 2000.
GUIMARÃES, Antônio Sérgio Alfredo. *Classes, raças e democracia*. São Paulo: Fundação de Apoio à Universidade de São Paulo, Editora 34, 2002.
_____. *Preconceito e discriminação: Queixas de ofensas e tratamento desigual dos negros no Brasil*. Salvador: Novos Toques, 1998. Publicação do Programa A Cor da Bahia, Mestrado em Sociologia da Faculdade de Filosofia e Ciências Humanas da UFBA.
_____. "Raça, racismo e grupos de cor no Brasil". *Estudos Afro-Asiáticos*, Rio de Janeiro, n° 27, abril de 1995.
_____. *Racismo e anti-racismo no Brasil*. São Paulo: Editora 34, 1999.
_____. *Um sonho de classe: Trabalhadores e formação de classe na Bahia dos anos oitenta*. São Paulo: Hucitec, 1998.
HARVEY, David. *Condição pós-moderna*. São Paulo: Edições Loyola, 1992.
HASENBALG, Carlos Alfredo. *Discriminação e desigualdades raciais no Brasil*. Rio de Janeiro: Graal, 1979.
HILTON, Stanley E. *Suástica sobre o Brasil: A história da espionagem alemã no Brasil*. Rio de Janeiro: Civilização Brasileira, 1977.
"HIPPIES prostituíam menores com os coroas motorizados". *A Tarde*, Salvador, p. 18, 15 mar 1973.
HOCQUENGHEM, Guy. *A contestação homossexual*. São Paulo: Brasiliense, 1980.
HOLLANDA, Heloisa B.; GONÇALVES, Marcos A. *Cultura e participação nos anos 60*. São Paulo: Brasiliense, 1982.
HOLY, Ladislav ; STUCHLIK, Milan. *Actions, Norms and Representations: Foundations of Anthropological Inquiry*. London: University Press, Cambridge, 1983.
"HOMENAGEM à mulata nacional". *Jornal da Bahia*, Salvador, p. 3. 25 ago 1966.
HOOKS, Bell. *Ain't a Woman. Black Women and Feminism*. Boston: South End Press, 1981.
HUGHES, Langston; MELTZER, Milton. *Black Magic: a Pictorial History of the African-American in the Performing Arts*. USA: Da Capo Press, 1990.
"ILÊ mostra a alma e a graça do negro em noite de baile e arte". *A Tarde*, Salvador, p. 2. 13 fev 1981.
"A INAUGURAÇÃO solene do serviço de luz elétrica". *A Ordem*, Cachoeira, p. 1, 15 fev 1930.
JELIN, Elisabeth. *Formas de organização da atividade econômica e estrutura ocupacional: O caso de Salvador, Estado da Bahia-Brasil*. Estudos Cebrap, São Paulo, 2, jul/set 1974.
JORNADA Internacional de Cinema da Bahia 23., 1996. Catálogo da.... [S.l.: s.n°], 1996.
JOSÉ, Emiliano. *Galeria F: Lembranças do mar cinzento*. São Paulo: Casa Amarela, 2000.
_____. *Carlos Marighella: O inimigo número um da ditadura militar*. São Paulo: Sol & Chuva, 1997.
"JUIZ nega liberdade para os traficantes". *Jornal da Bahia*, Salvador, p. 6, 20 mar 1973.
LAFONT, Hubert. "As turmas de jovens". In: ARIÈS, Philippe; BÉJIN, André (org.). *Sexualidades ocidentais: Contribuições para a história e para a sociologia da sexualidade*. São Paulo: Brasiliense, 1985.

LAHIRE, Bernard. "Champs, Hors-champ, Contrechamp". In: LAHIRE, Bernard (dir.). *Le Travail Sociologique de Pierre Bourdieu*. Paris: Éditions La Découvert, 1999.

_____. "De la Théorie de l'Habitus à une Sociologie Psychologique". In: _____. *Le Travail Sociologique de Pierre Bourdieu*. Paris: Éditions La Découvert, 1999.

LANDES, Ruth. *A cidade das mulheres*. Rio de Janeiro: Civilização Brasileira, 1967.

LEENHARDT, Maurice. *Do Kamo: la Persona y el Mito en el Mundo Melanesio*. Caracas: Universidad Central de Venezuela, Ediciones de la Biblioteca, 1978.

LEITE, Sebastião Uchoa. *Cultura popular: Esboço de uma resenha crítica*. In: FÁVERO, Osmar (org.). *Cultura popular e educação popular: Memória dos anos 60*. Rio de Janeiro: Gral, 1983. p. 247 a 269.

LIENHARD, Martin. *O mar e o mato: Histórias da escravidão (Congo – Angola, Brasil, Caribe)*. Salvador: EDUFBA / CEAO, 1998.

LIMA JÚNIOR, Valter. "O negro no cinema brasileiro". Filme Cultura, Rio de Janeiro, ano 15, nº 40, ago/out 1982.

LIMA, Vivaldo da Costa. "As dietas africanas no sistema alimentar brasileiro". In: CAROSO, Carlos; BACELAR, Jeferson (org.). *Faces da tradição afro-brasileira*. Rio de Janeiro: Pallas; Salvador: CEAO, 1999.

_____. *A família-de-santo nos candomblés jêje-nagôs da Bahia*. Salvador, 1977. Dissertação (Mestrado em Ciências Sociais) – Faculdade de Filosofia e Ciências Humanas, UFBA.

"LOBÃO: um depoimento que é também defesa". *Jornal da Bahia*, Salvador, p. 6, 12 maio 1973.

LOBO, Clodoaldo. "A serra da Barriga Vazia". *A Tarde*, Salvador, pp. 6-7. 27 nov 1981.

LOBO, Júlio César. "Aquele abraço!" *A Tarde*, Salvador, 21 maio 1993. Caderno 2, p. 1.

MACEDO, Aroldo; FAUSTINO, Osvaldo. *A cor do sucesso: Sete razões de orgulho para a comunidade negra*. São Paulo: Editora Gente, 2000.

MACHADO, Béu. "Sensível e solidário". *A Tarde*, Salvador, 6 jan 1989. Caderno 2, p. 4.

_____. "Tributo a Mário Gusmão". A Tarde, Salvador, 24 nov. 1992. Caderno 2, p. 2.

MACIEL, Luiz Carlos (Seleção e Introdução). *Teatro dialético*. Rio de Janeiro: Civilização Brasileira, 1967.

_____. *O Pasquim*, Rio de Janeiro, nº 80, 1971.

_____. *As quatro estações*. Rio de Janeiro: Record, 2001.

MacRae, Edward. *Os respeitáveis militantes e as bichas loucas*. In: EULALIO, Alexandre *et al.* *Caminhos cruzados: Linguagem, antropologia e ciências naturais*. São Paulo: Brasiliense, 1982.

_____. SIMÕES, Júlio Assis. *Rodas de fumo: o uso da maconha entre as camadas médias urbanas*. Salvador: EDUFBA; CETAD; UFBA, 2000.

"MACBETH: o delírio da província". *Diário de Notícias,* Salvador, 28 mar. 1971. Caderno 3, p. 5.

MAIA, João Domingues. "Gil Vicente, 1502: nasce um rei e um teatro". In: VICENTE, Gil. *Auto da barca do inferno, Farsa de Inês Pereira, Auto da Índia*. São Paulo: Ática, 1998.

MAIA, Vasconcelos. "Dia sim dia não". *Jornal da Bahia*. Salvador, p. 5, 26 set 1962.

MARAUX, Amélia Tereza Santa Rosa. *Mar negro: Um estudo sobre os estivadores do Porto de Salvador – 1930-1950*. Salvador, 1993. (Monografia conclusão de curso de Ciências Sociais).

MARCELIN, Louis Herns. *L'Invention de la Famille Afro-americaine: Famille, Parenté et Domesticité Parmi les Noirs du Recôncavo da Bahia, Brésil*. Rio de Janeiro. 1996. Tese (Doutorado) – Programa de Pós-Graduação em Antropologia Social do Museu Nacional –UFRJ.

MÁRIO Gusmão: "Não desisto, tenho que lutar até o fim". *Tribuna da Bahia*, Salvador, p. 9. 21 set 1975.

MARQUES, Xavier. *O feiticeiro*. São Paulo: GRD; Brasília: INL, 1975.

_____. *As voltas da estrada*. Salvador: Secretaria de Cultura e Turismo, Conselho Estadual de Cultura; Academia de Letras da Bahia, 1998.

MARTINS, Ieda Maria. *A cena em sombras*. São Paulo: Perspectiva, 1995.

MASCARENHAS, Eduardo. "Glauber – o sobre determinado – e o amor". *Filme Cultura*, Rio de Janeiro, ano 14, n°s 38 - 39, ago/nov 1981.

MATTA, Roberto da. *Carnavais, malandros e heróis: Para uma sociologia do dilema brasileiro*. Rio de Janeiro: Zahar, 1979.

MATTEDI, Maria Raquel Mattoso. *As invasões em Salvador: uma alternativa habitacional*. Salvador, 1979. Dissertação (Mestrado em Ciências Sociais) – UFBA.

MATTOSO, Katia M. de Queirós. *Bahia século XIX: Uma província no Império*. Rio de Janeiro: Nova Fronteira, 1992.

MAZZOLENI, Gilberto. *Planeta cultural*. São Paulo: EDUSP; Instituto Italiano di Cultura di San Paolo e Instituto Ítalo-Brasileiro, 1992.

MEIHY, José Carlos Sebe Bom; LEVINE, Robert M. *Cinderela negra: A saga de Carolina de Jesus*. Rio de Janeiro: Editora UFRJ, 1994.

_____. *Manual de história oral*. São Paulo: Edições Loyola, 2000.

MENDES, Miriam Garcia. *O negro e o teatro brasileiro*. São Paulo: Hucitec, 1993.

MÍCCOLIS, Leila. "Prazer, gênero de primeira necessidade". In: MÍCCOLIS, Leila; DANIEL, Herbert. *Jacarés e Lobisomens: Dois ensaios sobre a homossexualidade*. Rio de Janeiro: Achiamé, 1983.

"MILLÔR sem aquário". *Jornal da Bahia*, Salvador, 13 jun 1970. Caderno 2, p. 3.

"MISS Bahia chocou-se com vaias mas afasta idéia de discriminação". *Jornal da Bahia*, Salvador, p. 2, 15-16 jun 1969.

MORGAN, Clyde Wesley. *Danças e ritmos negros no Brasil*. Cultura, Brasília, ano 6, n° 23, out/dez 1976.

MOTT, Luiz. *Os enrustidos*. Boletim do Grupo Gay da Bahia, Salvador, n° 39, out. 2002.

_____. *Rosa Egipcíaca: uma santa africana no Brasil*. Rio de Janeiro: Bertrand Brasil, 1993.

MOURA, Clóvis. *Rebeliões da senzala: Quilombos, insurreições, guerrilhas*. Rio de Janeiro: Conquista, 1972.

MOURA, Roberto. *Grande Otelo: um artista genial*. Rio de Janeiro: Relume-Dumará, 1996.

"NAS telas, um rei-escravo e a luta pela liberdade". *Correio da Bahia*, Salvador, p. 11, 26 ago 1988.

NASCIMENTO, Abdias. *O genocídio do negro brasileiro: Processo de um racismo mascarado*. Rio de Janeiro: Paz e Terra, 1978.

_____. "Sitiado em Lagos". In: _____. *O Brasil na mira do pan-africanismo*. Salvador: EDUFBA; CEAO, 2002.

_____. *Sortilégio II: Mistério negro de Zumbi redivivo*. Rio de Janeiro: Paz e Terra, 1979.

NASCIMENTO, Angelina Bulcão. *Trajetórias da juventude brasileira: dos anos 50 ao final do século*. Salvador: Secretaria de Cultura e Turismo; EDUFBA, 1999.

NASCIMENTO, Elisa Larkin. *Pan-africanismo na América do Sul: emergência de uma rebelião*. Petrópolis: Vozes, 1981.

NASCIMENTO, Luís Cláudio Dias. *Candomblé e Irmandade da Boa Morte*. Cachoeira: Fundação Maria América da Cruz, 1999.

_____. *A Capela d'Ajuda já deu o sinal: Relações de poder e religiosidade em Cachoeira*. [Salvador]: CEAO-UFBA, 1995.

"NAVIO negreiro: um monólogo de Irinaldo que enaltece o negro". *A Tarde*, Salvador, 17 maio 1978, Caderno 2, p. 3.

"NEGRO brasileiro, tema de semana de debates". *Diário de Notícias*, Salvador, p. 3, 24 mar 1976.
"NO FILME 'Besouro capoeirista', Mário Gusmão mostra sua vivência". *Jornal da Bahia*, Salvador, p. 7, 7 dez 1977.
NOGUEIRA, Oracy. *Negro político, político negro*. São Paulo: EDUSP, 1992.
"NOTICIAS do CPC". *Jornal da Bahia*, Salvador, p. 7, 28 ago 1963.
"NOVOS encenarão Gil Vicente em Itabuna antes de Aracaju". *Jornal da Bahia*, Salvador, 6-7 mar 1966. Caderno 2, p. 1.
"NÚCLEO cultural deseja conscientizar o negro". *Tribuna da Bahia*, Salvador, p. 3, 15 dez 1975.
OLIVEIRA, Armando. "Tá vendo Paul?" *Jornal da Bahia*, Salvador, p. 13, 11 ago. 1990.
OLIVEIRA, Francisco de. *O elo perdido: Classe e identidade de classe*. São Paulo: Brasiliense, 1987.
OLIVEIRA, Waldir Freitas. "George Agostinho Baptista da Silva (1906-1994): O fundador do CEAO". *Afro-Ásia*, Salvador, nº 18, 1996.
"OLODUM protesta e exige justiça". *Jornal da Bahia*, Salvador, p. 3, 18 jul 1990.
ONAWALE, Landê. "Phoenix". In: *Cadernos Negros Poemas Afro-Brasileiros*. São Paulo: Quilombhoje, 2000, v. 23.
ORTIZ, Renato. *Cultura brasileira & identidade nacional*. São Paulo: Brasiliense, 1985.
──────. *Cultura em modernidade*. São Paulo: Brasiliense, 1991.
──────. "A evolução histórica da telenovela". In: ORTIZ, Renato et al. *Telenovela história e produção*. São Paulo: Brasiliense, 1989.
ORTIZ, Renato; RAMOS, José Maria Ortiz. "A produção industrial e cultural da telenovela". In: ORTIZ, Renato et al. *Telenovela – história e produção*. São Paulo: Brasiliense, 1989.
OSCAR, Henrique. "Introdução". In: SUASSUNA, Ariano. *Auto da Compadecida*. Rio de Janeiro: Agir, 1993.
PATRIOTA, Rosangela. *Vianinha: um dramaturgo no coração de seu tempo*. São Paulo: Hucitec, 1999.
PEACOCK, Ronald. *Formas da literatura dramática*. Rio de Janeiro: Zahar, 1968.
PEDRÃO, Fernando Cardoso. "Novos rumos, novos personagens". In: BRANDÃO, Maria de Azevedo (org.). *Recôncavo da Bahia. Sociedade e economia em transição*. Salvador: Fundação Casa de Jorge Amado; Academia de Letras da Bahia; Universidade Federal da Bahia, 1998.
PEIXOTO, Fernando. *Teatro em movimento*. São Paulo: Hucitec, 1989.
PENA, Martins. *O noviço*. Porto Alegre: L&PM, 1999.
PEREIRA, Edimilson; GOMES, Núbia Pereira de Magalhães. *Ardis da imagem: Exclusão étnica e violência nos discursos da cultura brasileira*. Belo Horizonte: Mazza; PUC Minas, 2001.
PEREIRA, João Baptista Borges. "Diversidade, racismo e educação". In: OLIVEIRA, Iolanda de (org.). *Relações raciais e educação: A produção de saberes e práticas pedagógicas*. Niterói, RJ: EDUFF, 2001.
PEREIRA, Manoel Passos. *História do Bairro de Nazaré: Uma experiência participativa em Salvador*. Salvador: Fundação Cultural do Estado da Bahia; Faculdade de Turismo da Bahia, 1994.
PEREYFITTE, Roger. *Os americanos*. Lisboa: Bertrand, 1968.
PIERSON, Donald Pierson. *Brancos e pretos na Bahia: Estudos de contacto racial*. 2. ed. São Paulo: Nacional, 1971.
PIGNATARI, Decio. *Informação, linguagem, comunicação*. São Paulo: Perspectiva, 1969.

PINTO, L.A.Costa. "Recôncavo: Laboratório de uma experiência humana". In: BRANDÃO, Maria de Azevedo (org.). *Recôncavo da Bahia: Sociedade e economia em transição*. Salvador: Fundação Casa de Jorge Amado, 1998.

_____. *O negro no Rio de Janeiro: Relações de raça numa sociedade em mudança*, 2ª ed. Rio de Janeiro: Editora UFRJ, 1998.

POLLAK, Michael. "A homossexualidade masculina ou: A felicidade do gueto?". In: ARIÈS, Philippe; BÉJIN, André (orgs.) *Sexualidades ocidentais: Contribuições para a história e para a sociologia da sexualidade*. São Paulo: Brasiliense, 1985.

POUTIGNAT, Philippe; STREIFF-FENART, Jocelyn. *Teorias da etnicidade: Seguido de grupos étnicos e suas fronteiras de Fredrik Barth*. São Paulo: Fundação da Editora UNESP, 1998.

POPPINO, Rollie E. *Feira de Santana*. Bahia: Editora Itapuã, 1968.

PRADO, Décio de Almeida. *História concisa do teatro brasileiro*. São Paulo: EDUSP, 1999.

_____. *O teatro brasileiro moderno*. São Paulo: Perspectiva, 1996.

PRADO JÚNIOR, Caio. *A revolução brasileira*. São Paulo: Brasiliense, 1966.

PRANDI, José Reginaldo. *O trabalhador por conta própria sob o capital*. São Paulo: Edições Símbolo, 1978.

PRIORE, Mary del. *Ao Sul do Corpo: Condição feminina, maternidades e mentalidades no Brasil colônia*. Rio de Janeiro: José Olympio; Brasília, DF: Ednub, 1993.

"PRISÃO provoca neurose no ator Mário Gusmão". *A Tarde*, Salvador, p. 24, 28 abr 1973.

"PROTESTO leva 5 mil negros à rua". *Jornal da Bahia*, Salvador, p. 3. 13 maio 1988.

QUERINO, Manuel. *A raça africana e seus costumes no Brasil*. Salvador: Progresso, 1955.

"RAÇA: a dor e a delícia de ser o que é". *Jornal da Bahia*, Salvador, p. 13. 18 jul 1990.

RAMOS, Arthur. *O negro brasileiro*. Rio de Janeiro: Editora Graphia, 2001.

RATTO, Gianni. "A mochila do Mascate". São Paulo: Hucitec, 1996.

"RAUL Chaves diz que é ilegal a prisão de Kleber". *A Tarde*, Salvador, p. 22, 20 mar 1973.

REIS, João José. "A Greve Negra de 1857". *Revista USP*, São Paulo, nº 39, jun/jul/ago 1993. Dossiê Brasil/África.

_____. *Rebelião escrava no Brasil: A história do levante dos malês, 1835*. São Paulo: Brasiliense, 1986.

REIS, João José; GOMES, Flávio dos Santos (org.). *Liberdade por um fio: História dos quilombos no Brasil*. São Paulo: Companhia das Letras, 1996.

RIBARD, Franck. *Le Carnaval Noir de Bahia: Ethnicité, Identité, Fête Afro à Salvador*. Paris: L'Harmattan, 1999.

RIBEIRO, Carlos Antônio Costa. *Cor e criminalidade: Estudo e análise da justiça no Rio de Janeiro (1900-1930)*. Rio de Janeiro: Editora UFRJ, 1995.

RIBEIRO, Fernando Rosa. "Ideologia nacional, antropologia e a questão racial". *Estudos Afro-Asiáticos*, Rio de Janeiro, nº 31, out 1997.

RIBEIRO, Renato Janine. *A sociedade contra o social: O alto custo da vida pública no Brasil: Ensaios*. São Paulo: Companhia das Letras, 2000.

RICOEUR, Paul. *O si-mesmo como um outro*. Campinas, SP: Papirus, 1991.

RISÉRIO, Antônio. *Avant-garde na Bahia*. São Paulo: Instituto Lina Bo; P.M. Bardi, 1995.

_____. "Bahia com H: uma leitura da cultura baiana". In: REIS, João José (org.). *Escravidão & invenção da liberdade: Estudos sobre o negro no Brasil*. São Paulo: Brasiliense; Brasília: CNPQ, 1988.

_____. *Carnaval Ijexá*. Salvador: Corrupio, 1981.

_____. *Caymmi: uma utopia de lugar*. São Paulo: Perspectiva; Salvador: Copene, 1993.

_____. (org.) *Gilberto Gil: Expresso 2222*. São Paulo: Corrupio, 1982.

———. *Uma história da cidade da Bahia*. Salvador: Omar G., 2000.
ROCHA, Glauber. *Revolução do cinema novo*. Rio de Janeiro: Alhambra, Embrafilme, 1981.
———. "O ator e o novo realismo no cinema". In: COSTA, Flávio Moreira da. *Cinema moderno cinema novo*. Rio de Janeiro: José Alvaro, Editor, 1966.
RODRIGUES, Dória. "Os fumadores de maconha: Efeitos e males do vício". In: HENMAN, Anthony; PESSOA Jr. Oswaldo. *Diamba. Sarambamba: Coletânea de textos sobre maconha*. São Paulo: Ground, 1986.
RODRIGUES, João Jorge Santos. *Olodum: Estrada da paixão*. Salvador: FCJA; Grupo Cultural Olodum, 1996.
RODRIGUES, José Carlos. *O negro brasileiro e o cinema*. Rio de Janeiro: Pallas, 2001.
RODRIGUES, Nina. *Os africanos no Brasil*. São Paulo: Nacional, 1977.
ROSENFELD, Anatol. *Prismas do teatro*. São Paulo: Perspectiva, 2000.
———. *Texto/Contexto: Ensaios*. São Paulo: Perspectiva, 1969.
ROUANET, Sergio Paulo. *Mal-estar na modernidade*. São Paulo: Companhia das Letras, 1993.
ROZSSAK, Theodor. *A contracultura*. Petropólis: Vozes, 1972.
RUBIM, Antônio Albino Canelas. "Movimentos sociais e meios de comunicação – Bahia. 1917-1921". *Caderno do CEAS*. Salvador, maio/jun 1979.
"SABACK (versus) Moreira". *A ordem*, Cachoeira, p. 1, 12 nov 1913.
SÁ-CARNEIRO, Mário de. *Poesias*. Lisboa: Edições Ática, 1973.
SADER, Eder; PAOLI, Maria Célia. "Sobre 'Classes Populares' no pensamento sociológico brasileiro". In: DURHAN, Eunice R. et al. *A aventura antropológica: teoria e pesquisa*. Rio de Janeiro: Paz e Terra, 1986.
"SAMBAPAPELÔ e a dança negra no Teatro Gregório de Mattos". *Tribuna da Bahia*, Salvador, p. 2, 18 nov 1978.
SAMPAIO, Consuelo Novais. *Poder & representação: O legislativo da Bahia na Segunda República (1930-1937)*. Salvador: Assembléia Legislativa, 1992.
SAMPAIO, João Carlos. "E a Bahia respirou cinema". *Revista da Bahia*, v. 32, n° 25, dez 1997.
SANSONE, Lívio. "As relações raciais em *Casa-grande & senzala* revisitadas à luz do processo de institucionalização e globalização". In: MAIO, Marcos Chor; SANTOS, Ricardo Ventura (org.). *Raça, ciência e sociedade*. Rio de Janeiro: FIOCRUZ; CCBB, 1996.
SANTANA, Jussilene. "Mestre de rua: Acolhido na Liberdade, Gusmão se tornou o grande professor da Avenida Peixe". *Correio da Bahia*, Salvador, 14 abr 2002. Repórter, p. 7.
SANTOS, Deóscoredes; SANTOS, Juana Elbein dos; SENNA, Orlando. *Ajaká: iniciação para a liberdade*. Salvador: SECNEB, 1990.
SANTOS, Joaquim Ferreira dos. *Feliz 1958: O ano que não devia terminar*. 5ª ed. Rio de Janeiro: Record, 1998.
SANTOS, Jocélio Teles dos. *O poder da cultura e a cultura no poder: A construção da disputa simbólica da herança cultural negra no Brasil*. São Paulo. 2000. Tese (Doutorado) – FFLCH/USP.
SANTOS, José Félix dos; NÓBREGA, Cida da. *Maria Bibiana do Espírito Santo: Mãe Senhora: Saudade e memória*. Salvador: Corrupio, 2000.
SANTOS, Juana Elbein (org.). *Ancestralidade africana no Brasil: Mestre Didi 80 anos*. Salvador: SECNEB, 1997.
SANTOS, Milton. *O centro da cidade do Salvador: Estudo de geografia urbana*. Salvador: Universidade da Bahia, 1959.

_____. "A rede urbana do Recôncavo". In: BRANDÃO, Maria de Azevedo (org). *Recôncavo da Bahia: Sociedade e economia em transição*. Salvador: Casa de Jorge Amado, 1998.
SARACENI, Paulo Cezar. "A Idade da Terra: um filme em questão". *Filme Cultura*, Rio de Janeiro, ano 14, nºˢ 38-39, ago/nov 1981.
SARTRE, Jean-Paul. "La P..... Respetuosa". In: SARTRE, Jean-Paul. *Teatro de Jean-Paul Sartre*. Madrid: Aguilar, 1974.
_____. *Entre quatro paredes*. São Paulo: Abril, 1977.
_____. "Kean". In: _____. *Teatro de Jean-Paul Sartre*. Madrid: Aguilar, 1974.
"SARTRE e Strindberg no Vila Velha". *Jornal da Bahia*, Salvador, p. 7, 24 nov 1966.
SCHWARCZ, Lilia Moritz. *As barbas do Imperador. D. Pedro II, um monarca nos trópicos*. São Paulo: Companhia das Letras, 1998.
_____. *O espetáculo das raças: Cientistas, instituições e questão racial no Brasil 1870-1930*. São Paulo: Companhia das Letras, 1993.
SCHWARTZ, Stuart B. *Segredos internos: Engenhos e escravos na sociedade colonial, 1550-1835*. São Paulo: Companhia das Letras, 1988.
SCHWARZ, Roberto. *Ao vencedor as batatas*. São Paulo: Duas Cidades; Editora 34, 2000.
SERRA, Ordep. *Águas do rei*. Petrópolis: Vozes; Rio de Janeiro: Koinonia, 1995.
_____. "Atrás do trio elétrico". In: _____. *Rumores de festa: O sagrado e o profano na Bahia*. Salvador: EDUFBA, 2000, p. 34.
SETARO, André. "Bahia Cinema 65-71: Nascimento do surto contracultural". *Revista da Bahia*, Salvador, v. 32, nº 25, dez 1996.
_____. "Negro como um anjo... Tornou-se freira". *Tribuna da Bahia*, Salvador, p. 9, 10 abr 1987.
SILVA, Ana Célia da. "Bebê a bordo". In: CONCEIÇÃO, Jônatas; BARBOSA, Lindinalva (org.). *Quilombo de palavras: A literatura dos afro-descendentes*. Salvador: CEAO, UFBA, 2000.
SILVA, Francisco Pereira da. *O vaso suspirado*. Rio de Janeiro: Serviço Nacional de Teatro, 1973.
SILVA, Jônatas C. da. "História de lutas negras: Memórias do surgimento do movimento negro na Bahia". In: REIS, João José (org.). *Escravidão & invenção da liberdade: Estudos sobre o negro no Brasil*. São Paulo: Brasiliense; Brasília: CNPQ, 1988.
SILVA, L. A. Machado. "Violência e sociabilidade: Tendências da atual conjuntura urbana no Brasil". In: RIBEIRO, Luiz César de Queiroz; SANTOS JÚNIOR, Orlando Alves (org.). *Globalização, fragmentação e reforma urbana: O futuro das cidades brasileiras na crise*. Rio de Janeiro: Civilização Brasileira, 1994.
SILVA, Pedro Celestino da. "Datas e tradições cachoeiranas". *Revista do Arquivo do Estado da Bahia*, Salvador, v. 32, 1952.
SILVA JÚNIOR, Adhemar Lourenço da. "O herói no movimento operário". In: FÉLIX, Loiva Otero; ELMIR, Cláudio P. (org.). *Mitos e heróis: Construção de imaginários*. Porto Alegre: Editora da UFRGS, 1998.
SILVEIRA, Renato. "O jovem Glauber e a ira do orixá". *Revista USP*, São Paulo, nº 39, set/out/nov 1998.
SODRÉ, Jaime. *Manuel Querino. Um herói da raça e classe*. Salvador: Ed. do Autor, 2001.
SODRÉ, Muniz. *Claros e escuros: Identidade, povo e mídia no Brasil*. Petrópolis: Vozes, 2000.
SOUSA JÚNIOR, Vilson Caetano de. "A cozinha e os truques: Usos e abusos das mulheres de saia e do povo de azeite". In: CAROSO, Carlos; BACELAR, Jeferson (org.). *Faces da tradição afro-brasileira*. Rio de Janeiro: Pallas; Salvador: CEAO, 1999.
SOUZA, Angela Gordilho. *Limites do habitar: Segregação e exclusão na configuração urbana contemporânea de Salvador e perspectivas no final do século XX*. Salvador: EDUFBA, 2000.

SOUZA, Carneiro. *Os mitos africanos no Brasil*. Rio de Janeiro: Nacional, 1937.
STRINDBERG, August. "El Pelicano". In: _____. *Teatro Contemporaneo II*. Barcelona: Editorial Bruguera, 1983.
SUASSUNA, Ariano. *Auto da Compadecida*. Rio de Janeiro: Agir, 1993.
SUSSEKIND, Flora. *O negro como arlequim: Teatro & Discriminação*. Rio de Janeiro: Achimé, 1982.
TAVARES, Ildásio. *Nossos colonizadores africanos: Presença e tradição negra na Bahia*. Salvador: EDUFBA, 1996.
TAVARES, Luís Henrique Dias. *História da Bahia*. São Paulo: Ática, 1987.
"TEATRO baiano. Viver Bahia". Salvador, ano 6, nº 47, jul/set 1979, pp. 17-35.
"TEATRO cena ousada". *A Tarde*, Salvador, 31 ago 1996. *A Tarde Cultural*.
TEIXEIRA, Cid. "As oligarquias na política baiana". In: LINS, Wilson et. al. *Coronéis e oligarquias*. Salvador: UFBA; Ianamá, 1988.
TELLES, Vera da Silva. "Anos 70: Experiências, práticas e espaços políticos". In: ANT, Clara et. al. *As lutas sociais e a cidade: São Paulo, passado e presente*. Rio de Janeiro: Paz e Terra, 1988.
THOMPSON, Edward P. *Costumes em comum: Estudos sobre a cultura popular tradicional*. São Paulo: Companhia das Letras, 1998.
_____. *Tradición, Revuelta y Consciencia de Clase: Estudios Sobre la Crisis de la Sociedad Preindustrial*. Barcelona: Editorial Crítica, 1979.
TOURAINE, Alain. *Crítica da modernidade*. Petrópolis: Vozes, 1999.
_____. *El Movimiento de Mayo o el Comunismo Utopico*. Buenos Aires: Ediciones Signos, 1970.
TREVISAN, João Silvério. "Deus e o diabo na terra do sol: Uma epopéia da crise masculina". *Revista de Arte*, Rio de Janeiro, nº 4, nov 1996. Item-4 Sexualidade.
TURNER, Victor W. *O processo ritual: Estrutura e anti-estrutura*. Petrópolis: Vozes, 1974.
"VAI ver que pensam". *Jornal da Bahia*, Salvador, p. 1, 4 nov 1969.
VELHO, Gilberto. *Individualismo e cultura: Notas para uma antropologia da sociedade contemporânea*. Rio de Janeiro: Zahar, 1981.
_____. *Nobres & anjos: Um estudo de tóxicos e hierarquia*. Rio de Janeiro: Fundação Getúlio Vargas, 1998.
_____. Projeto e metamorfose: Antropologia das sociedades complexas. Rio de Janeiro: Zahar, 1994.
VELOSO, Caetano. *Verdade tropical*. São Paulo: Companhia das Letras, 1997.
VERGER, Pierre. *Flux et Reflux de la Traite des Négres entre le Golfe de Benin et Bahia de Todos os Santos: du XVII au XIX Siécle*. Paris: Mouton, 1968.
_____. *Retratos da Bahia, 1946 a 1952*. Salvador: Corrupio, 1980.
VIANNA, J. J. Oliveira. "O povo brasileiro e sua evolução". In: BRASIL. *Ministério da Agricultura. Recenseamento do Brasil 1920*. [Rio de Janeiro]: Typ. da Estatística do Ministério da Agricultura, Indústria e Comércio, 1922.
VIANNA, Leticia C. R. *Bezerra da Silva: produto do morro*. Rio de Janeiro: Zahar, 1998.
VIANNA FILHO, Oduvaldo. "Chapetuba Futebol Clube". In: MICHALSKI, Yan (org.). *Teatro de Oduvaldo Vianna Filho*. Rio de Janeiro: Ilha, 1981, v. 1.
_____. "Quatro instantes do teatro no Brasil". In: PEIXOTO Fernando (org.). *Vianinha*. São Paulo: Brasiliense, 1983.
VICENTE, Gil. *Auto da barca do inferno, Farsa de Inês Pereira, Auto da Índia*. São Paulo: Ática, 1998.
VILAS BOAS, Sérgio. *Biografias & biógrafos: Jornalismo sobre personagens*. São Paulo: Summus, 2002.

VILHENA, Luís dos Santos. *A Bahia no século XVIII*. Rio de Janeiro: Nova Fronteira, 1969. v. 2.
WEBER, Max. "Os três tipos puros de dominação legítima". In: COHN, Gabriel (org.). *Max Weber: sociologia*. São Paulo: Ática, 1979.
WILLET, John. *O teatro de Brecht*. Rio de Janeiro: Zahar, 1967.
WILLIAMS, Tennessee. *Um bonde chamado desejo*. São Paulo: Abril, 1976.
WIMBERLY, Fayette. "The Afro-Brazilian and the Bahian Liberto: the Revival of Traditional Religious Practices in Nineteenth-century". In: *HISTORICAL Association*, 108th, 1994, San Francisco: American Historical Association, 1994.
WOORTMANN, Klaas. *A família das mulheres*. Rio de Janeiro: Tempo Brasileiro; Brasília: CNPQ, 1987.
XAVIER, Ismail. Evangelho, terceiro mundo e as irradiações do planalto. *Filme Cultura*, Rio de Janeiro, ano 14, n°s 38-39, ago/nov 1981.
ZALUAR, Alba. *A máquina e a revolta: As organizações populares e o significado da pobreza*. São Paulo: Brasiliense, 1985.
ZANATTA, Elaine Marques. "Documento e identidade: O movimento homossexual no Brasil na década de 80". *Cadernos AEL*, São Paulo, n° 5-6, 1996-1997.
"ZEZÉ Mota visita diretor do Olodum que foi baleado". *A Tarde*, Salvador, p. 3, 22 jul 1990.
"ZUMBI de carnaval, Um". *A Tarde*, Salvador, p. 5, 23 maio 1984.

Apêndice:
Cronologia de Mário Gusmão

1928
– Nasce Mário do Nascimento, no dia 28 de janeiro, na cidade de Cachoeira.

1948
– Chega a Salvador, a capital do estado da Bahia.

1958
– Ingressa na Escola de Teatro da Universidade da Bahia.
– Participa da peça teatral *A Almanjarra*, de Artur Azevedo, no Grupo A Barca, sob a direção de Martim Gonçalves.
– Participa do espetáculo *Graça e Desgraça na Casa do Engole Cobra*, adaptação do folheto de Manoel Camilo dos Santos, adaptado por Francisco Pereira da Silva, montado pelo Grupo A Barca, com direção de Martim Gonçalves.

1959
– Participa como o Cristo, na peça *Auto da Compadecida*, montado pelo Grupo A Barca, sob a direção de Martim Gonçalves.
– Participa da equipe de cenografia da montagem de *Um Bonde Chamado Desejo*, de Tennessee Williams, montado pelo Grupo A Barca, sob a direção de Martim Gonçalves.

1960
– Já conhecido no meio artístico como Mário Gusmão, conclui o curso de Interpretação Teatral da Universidade da Bahia.
– Participa da peça teatral de Artur Azevedo, *Uma Véspera de Reis*, sob a direção de Martim Gonçalves.
– Participa da peça teatral de Paul Claudel, *A História de Tobias e Sara*, sob a direção de Martim Gonçalves.
– Participa da *Ópera dos Três Vinténs*, de Bertold Brecht, sob a direção de Martim Gonçalves.

1962
– Participa do Tele Teatro da TV Itapoan, sob a coordenação de Ioná Magalhães.

1963
– Mário Gusmão faz a sua estréia no cinema como um capanga, no filme *O Caipora*, sob a direção de Oscar Santana.
– Participa como o negro, na peça de Jean-Paul Sartre, *A Prostituta Respeitosa*, uma montagem da Companhia Baiana de Comédias.

1964
– Ingressa no elenco do Grupo dos Novos.
– Participa de *Eles Não Usam Black-tie*, de Gianfrancesco Guarnieri, sob a direção de João Augusto, na primeira peça teatral encenada no recém-inaugurado Teatro Vila Velha. Faz o papel de Bráulio.

1965
– Faz o papel de mestre dos noviços, na peça de Martins Pena, *O Noviço*, sob a direção de Othon Bastos.

1966
– Participa do espetáculo *Estórias de Gil Vicente*, montagem do Grupo dos Novos.
– Participa do espetáculo *O Romanceiro da Paixão*, montagem do Grupo dos Novos, com compilação e direção de João Augusto.
– Participa em vários papéis no espetáculo *Teatro de Cordel*, sob a direção múltipla de João Augusto, Othon Bastos, Haroldo Cardoso e Péricles Luís, montado pelo Grupo dos Novos.
– Participa das peças teatrais *Huis Clos* (Jean-Paul Sartre) e *O Pelicano* (August Strindberg), fazendo o papel de dois diferentes criados, sob a direção de João Augusto, no Grupo dos Novos.

– Foi considerado o melhor ator do ano, pelo conjunto de suas interpretações.

1967

– Participa da peça teatral *O Vaso Suspirado*, de Chico Pereira da Silva, como o Bispo, sob a direção de João Augusto.
– Participa do espetáculo *O Consertador de Brinquedos*, montagem do Grupo dos Novos.
– Participa do espetáculo do Grupo dos Novos: *Conhecimento de Natal*.
– Participa do espetáculo *Catimbó*, produção de Yumara Rodrigues.

1968

– Fazendo vários papéis, participa do espetáculo *Stopem, Stopem*, montagem do Grupo dos Novos.
– Participa do Recital da Jovem Poesia Baiana.

1969

– Participa do espetáculo musical *Dum Dum Opus Um*, com roteiro e direção de João Augusto.
– Participa do espetáculo infantil *O Lobo na Cartola*, montagem do Grupo dos Novos.
– Participa da montagem de *O Banquete dos Mendigos ou A Morte de Carmen Miranda*, sob a direção de João Augusto.
– Participa do espetáculo infantil *As Três Marrecas*, sob a direção de João Augusto.
– Recebe o título de melhor ator do ano, por sua participação no *O Banquete dos Mendigos*.
– Mário Gusmão faz o papel do cego Antão no filme de Glauber Rocha, *O Dragão da Maldade contra o Santo Guerreiro*.

1970

– Participa como sonoplasta da peça *O Homem do Princípio ao Fim*, de Millôr Fernandes, sob a direção de Sóstrates Gentil.
– Participa da peça infantil *A Ilha do Tesouro*, sob a direção de João Augusto e Manoel Lopes Pontes.

1971

– Participa como ator, dançarino e produtor da montagem do Grupo dos Novos, *A Suíte dos Orixás*, sob a direção de João Augusto. Foi o seu último espetáculo no Grupo dos Novos.
– Participa da revista musical *Nosso Céu Tem Mais Estrelas*, sob a direção de Deolindo Checcucci.

– Participa do filme *Underground Akpalô*, sob a direção de José Frazão e Deolindo Checcucci.
– Lançamento do filme *Pindorama*, de Arnaldo Jabor, onde Mário faz o papel de um dos chefes do quilombo.
– Inicia as filmagens, como protagonista, de *O Anjo Negro*, com argumento, roteiro, direção e produção de José Umberto.

1972
– Participa do espetáculo de dança/teatro *Udigrudi*, sob a direção de Roberto Santana.
– Permanece parte do ano em São Paulo para a montagem do filme *O Anjo Negro*.
– Retorna a Salvador e vai morar no bairro da Boca do Rio, onde conhece o cineasta carioca Kleber dos Santos.

1973
– Lançamento de *O Anjo Negro*, de José Umberto.
– Inicia as filmagens de *Na Sombra da Serpente*, sob a direção de Kleber dos Santos.
– Presos no dia 15 de março, sob a acusação de porte e tráfico de drogas, Mário Gusmão e Kleber dos Santos, entre outros, na Avenida Paralela.
– Mário Gusmão foi o único a permanecer preso até 11 de maio.
– Participa da peça teatral *Negro Amor de Rendas Brancas*, da autoria de Jurema Penna.

1975
– Mário Gusmão participa, no Instituto Cultural Brasil-Alemanha, de um solo com poesia alemã contemporânea.
– Inicia a sua parceria com o dançarino afro-americano Clyde Morgan e desenvolve trabalhos em associação com a Oficina Baiafro e o Núcleo Cultural Afro-Brasileiro.

1976
– Participa do espetáculo *Ajaká*, texto de Deoscóredes dos Santos, Juana Elbein e Orlando Sena, com produção do SECNEB.
– Participa do filme de Bruno Barreto, *Dona Flor e seus Dois Maridos*. Faz o personagem Arigofe, amigo de Vadinho.

1977
– Participa do Segundo Festival Mundial de Artes e Cultura Negras, realizado em Lagos, na Nigéria. Faz o papel de Ifá, no espetáculo dirigido por Clyde Morgan.
– Participa como protagonista da peça teatral *Chico Rei*, de Walmir Ayala, sob a direção de Atenodoro Ribeiro.

1978
– Protagoniza o filme *Besouro Capoeirista*, de Tato Laborda.
– Participa do filme *Chico Rei*, de Walter Lima Júnior, no papel de Kinderé. O filme tem proibido o seu lançamento comercial.
– Faz parte do elenco da telenovela *Maria, Maria*, sob a direção de Manoel Carlos, na rede Globo, no papel de um africano.
– Participa do espetáculo *Sambapapelô*, de Clyde Morgan.

1979
– Passa a morar na Avenida Peixe, no bairro do Pero Vaz, e começa a envolver-se com as organizações político-culturais negras da Liberdade.

1980
– Participa do filme *A Idade da Terra*, de Glauber Rocha, no papel de São João Batista.

1981
– Mário Gusmão faz parte do corpo de jurados, na Noite da Beleza Negra, do grupo Ilê Aiyê.
– Participa da organização do afoxé Olorum Baba Mi.
– Transfere-se para a cidade de Ilhéus, no sul da Bahia, desenvolvendo inúmeras atividades culturais, ali permanecendo nos anos de 1981 e 1982.

1983
– É contratado pela Prefeitura de Itabuna para prosseguir os trabalhos iniciados na cidade vizinha do sul da Bahia. Permanecerá em Itabuna até 1987, desenvolvendo espetáculos e formando uma geração de artistas e negros.

1984
– Recebe o título de Cidadão de Salvador.

1985
– Participa do filme de Nelson Pereira dos Santos, *Jubiabá*, fazendo o personagem Henrique.
– Participa da minissérie da Rede Globo *Tenda dos Milagres*, no papel de Pai João.

1986
– Participa da telenovela *Dona Beija*, da Rede Manchete, fazendo o papel de um chefe religioso.

1987

– Retorna a Salvador, para participar da Fundação Gregório de Mattos.

– Participação na minissérie da Rede Globo, *O Pagador de Promessas*, dirigida por Tizuca Yamazaki, no papel de Mestre Coca.

1988

– Viaja para Angola, com comitiva baiana.

– Realiza cursos no Olodum.

– Participa, em televisão local, de um especial de Natal, com Lázaro Ramos, denominado *O Menino e o Velho*.

1989

– É demitido da Fundação Gregório de Mattos.

– Tem participação variada na televisão local.

– Presta serviços na FUNDESP.

1990

– Participa da minissérie da Rede Manchete, *Lenda dos Orixás*, como o "velho".

– Desenvolve atividades culturais na FUNDESP, como Coordenador Cultural do Ensino Supletivo.

1991

– Recebe o título de "Príncipe do Baile", no XXXIII Baile das Atrizes da Bahia.

– Participa de uma intervenção teatral na Festa da Beleza Negra, em homenagem à Revolta dos Búzios.

– Recusa a concessão da Ordem do Mérito do Estado da Bahia, no grau de Cavalheiro, oferecida pelo Governador do Estado.

– Tem a sua face estampada na camisa do grupo cultural Os Negões, durante os festejos juninos.

– Participa da minissérie da rede Globo, *Teresa Batista*.

1992

– Passa a compor o Conselho de Desenvolvimento da Comunidade Negra do Estado da Bahia.

– Participa de vídeo promocional da Câmara Municipal de Vereadores.

– Participa do Encontro Ibero-Americano, em espetáculo de dança e teatro, sob a direção de Lia Robato.

– Recebe o diploma de "Amigos da Arte", da Galeria XIII, em Salvador, e o troféu "Cravo de Ouro", em Valença.
– Amigos realizam show beneficente para Mário Gusmão.

1993
– Vai para São Paulo trabalhar com Firmino Pitanga no grupo de dança Bata Koto.
– Retorna a Salvador e realiza o vídeo *Troca de Cabeças*, de Sérgio Machado.
– Participa na Casa do Benin do evento *Um Encontro com Mário Gusmão*.

1994
– Mário Gusmão oferece depoimento para o programa de pesquisas do CEAO, *Memória do Povo Negro*.
– Viaja para espetáculo de dança em Seul, na Coréia do Sul.
– Participa do júri do troféu "Bahia Aplaude".

1995
– Aparece no filme *Tieta do Agreste*, de Cacá Diegues.
– Participa como apresentador do I Encontro Nacional de Vereadores contra o Racismo.
– Participa do espetáculo *Zumbi Está Vivo e Continua Lutando*, sob a direção de Márcio Meirelles.

1996
– Participa do vídeo *Umbigo do Mundo*, de Virgílio Neto.
– Morre no dia 20 de novembro.

Mapa de Salvador

BAÍA DE TODOS OS SANTOS

Bairros identificados:
- ANTONIO
- BARBA
- COMÉRCIO
- PELOURINHO
- SAÚDE
- NAZARÉ
- BARROQUINHA
- BARRIS
- POLITEAMA
- TORORÓ
- DIQUE DO TORORÓ
- ENGENHO VELHO DE BROTAS
- VILA AMÉRICA
- CAMPO GRANDE
- VITÓRIA
- GARCIA
- CANELA
- ALTO DO SOBRADINHO
- FEDERAÇÃO
- PQ. S. BRÁS
- ENGENHO VELHO DA FEDERAÇÃO
- GRAÇA
- CALABAR
- CAMPUS UFBA
- ALTO DAS POMBAS
- BARRA AVENIDA
- SÃO LÁZARO
- PORTO DA BARRA
- FAROL DA BARRA
- BARRA
- MORRO DO CRISTO
- ONDINA
- RIO VERMELHO

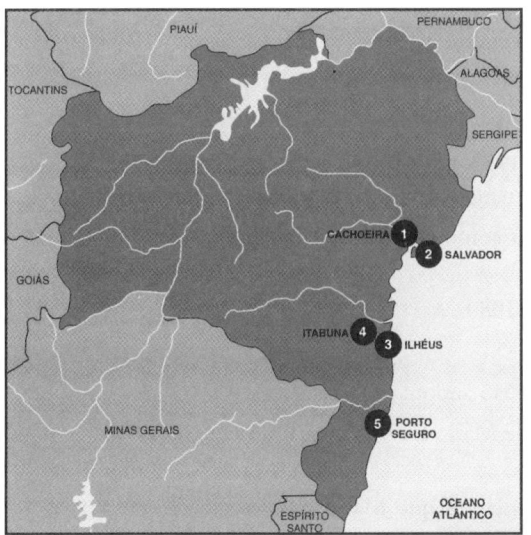

Caminhos de Mário Gusmão

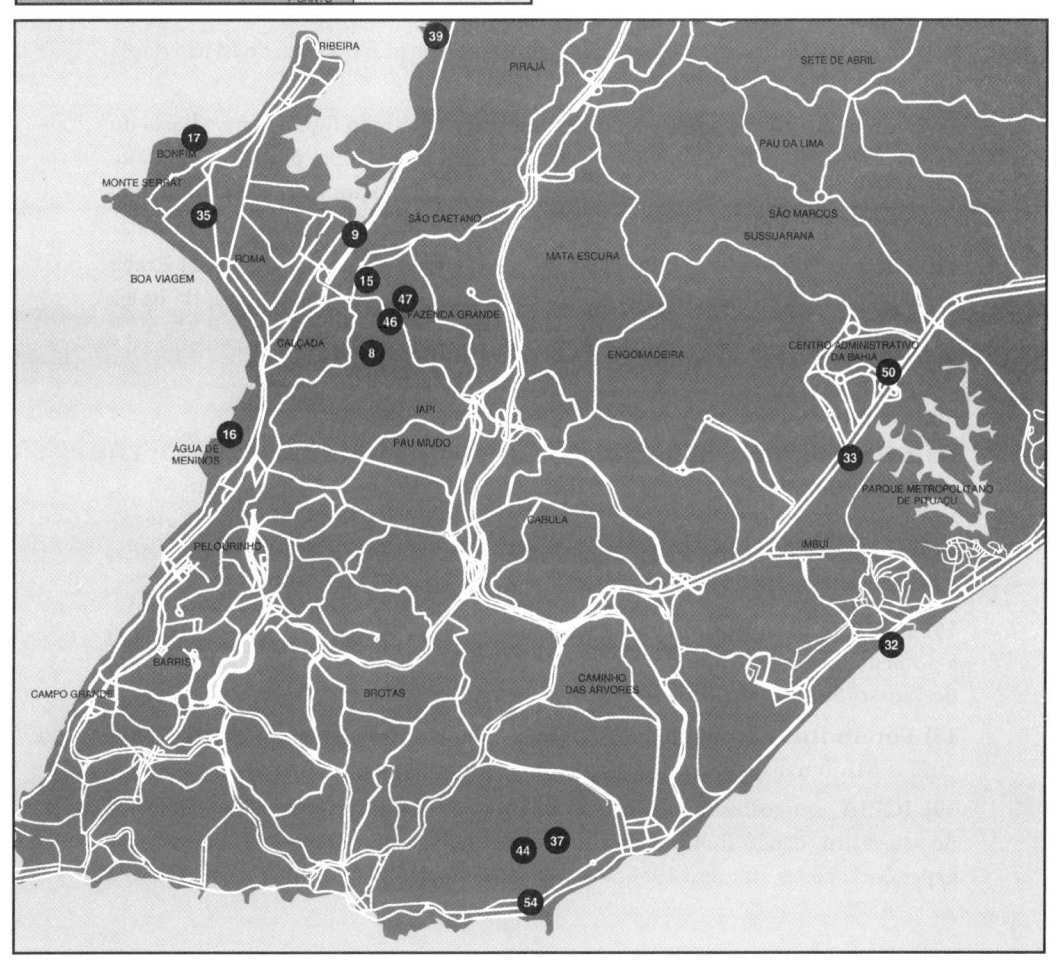

Cidades da Bahia por onde Mário Gusmão andou:

1) Cachoeira, onde Mário nasceu em 1928.

2) Salvador, onde Mário foi viver a partir de 1948.

3) Ilhéus, onde Mário viveu entre 1981 e 1983, trabalhando como professor de ensino médio, dando aulas de inglês e coordenando atividades culturais da prefeitura.

4) Itabuna, onde Mário viveu e trabalhou como chefe do Departamento de Cultura de 1983 a 1987.

5) Porto Seguro, onde Mário esteve em 1989.

Lugares em Salvador por onde Mário Gusmão andou:

6) Rua do Alvo, no bairro da Saúde, onde Mário foi morar quando chegou a Salvador, na casa da tia materna Júlia.

7) Bairro de Nazaré, onde ficava a escola em que Mário estudou ao chegar a Salvador.

8) Ladeira do Curuzu, no bairro da Liberdade, onde morava o pai de Mário (nessa rua foi fundado o Ilê Aiyê).

9) Penitenciária antiga, na avenida Afrânio Peixoto, dando fundos para a Baixa do Fiscal, no bairro do Engenho da Conceição: aí trabalhava o pai de Mário, e aí este teve seu primeiro emprego, como servente; no local funciona hoje o Hospital de Custódia e Tratamento (antigo Manicômio Judiciário).

10) Praça da Sé, no centro histórico da cidade: continuação do lado sul da **11) Praça Quinze de Novembro**, também chamada Terreiro de Jesus, por causa da Igreja dos Jesuítas (atual Catedral Basílica).

Itinerário seguido por Mário para ir de casa ao trabalho do pai:

12) Baixa dos Sapateiros, nome popular de um trecho da rua J. J. Seabra; **13) Largo do Pelourinho**, encontro das ruas Alfredo de Brito e Gregório de Matos, onde começa a Ladeira do Carmo; plano inclinado na **14) Praça da Sé** ou **elevador da ladeira do Taboão**, em Santo Antônio, com acesso pela Ladeira da Matriz; daí, de bonde, ao **15) Largo do Tanque**, próximo à Baixa do Fiscal.

16) Água de Meninos, onde Mário praticava remo; aí foi estabelecida, em 1870, a primeira linha regular de bondes para a Baixa do Bonfim, onde fica a **17) Igreja de Nosso Senhor do Bonfim**.

18) Fórum Rui Barbosa, no lado norte do Campo da Pólvora, no bairro de Nazaré: aí Mário trabalhou como servente no Cartório de Execuções Criminais.

19) ICEIA: antigo Instituto Normal, na praça do Barbalho (bairro do Barbalho); no seu teatro, dando frente para a rua Thales de Freitas, Mário teve sua primeira experiência como ator, em 1956.

20) Campus da UFBA, no bairro de Ondina; também pertencem à UFBA o **21) Instituto de Música** e a **22) Escola de Belas Artes**, no Canela.

23) CEAO: desde a sua criação em 1959, funcionou no Garcia, na Avenida Leovigildo Filgueiras; em 1995 foi para o Terreiro de Jesus.

24) Teatro Santo Antônio, da Escola de Teatro da UFBA, onde Mário estudou entre 1958 e 1960.

25) Museu de Arte Moderna: na avenida do Contorno, ao lado do Solar do Unhão, prédio histórico, sede de um antigo engenho, que se tornou espaço cultural turístico.

26) Centro Cultural e Recreativo Espanhol: nas décadas de 1950 e 1960 ficava no corredor da Vitória, próximo ao ICBA; um dos espaços onde os grupos de teatro se apresentavam nessa época.

27) Clube Fantoches da Euterpe, na rua Democrata, no Largo Dois de Julho (Campo Grande): outro espaço de apresentação dos grupos teatrais de Salvador, onde foi realizada a Noite da Beleza Negra (1981) de que Mário participou.

28) Rua Padre Feijó, perto da Escola de Teatro: uma das moradias de Mário nos anos 1950 e 1960.

29) TV Itapoan, na Federação, onde Mário fez teleteatro em 1962 e 1963.

30) Ladeira do Campo Santo, junto ao viaduto que leva à Avenida Centenário e ao Cemitério Campo Santo, próximo ao Campus da UFBA; Mário aí morou, numa transversal em frente ao Hospital Santo Amaro, desde meados dos anos 1960 até 1972; fica próxima à rua Caetano de Moura, conhecida como Alto do Gantois, onde fica o Ilê Iyá Omin Axé Iyá Massê, o **31) Terreiro do Gantois**.

32) Rua Gustavo dos Santos, no bairro da Boca do Rio: Mário foi morar aí em 1972, após ter-se envolvido com membros da contracultura.

33) Avenida Paralela, onde Mário foi morar no início de 1973, e onde foi preso.

34) Forte de Santo Antônio além do Carmo, onde funcionava a Casa de Detenção, na qual Mário ficou preso inicialmente.

35) Quartel da Polícia Militar, na Avenida Dendezeiros, na Baixa do Bonfim, para onde Mário foi transferido e onde cumpriu o restante do período de prisão.

36) Rua Boulevard Suíço, próxima ao Campo da Pólvora, perto do Fórum: Mário aí foi morar em 1973, após ser libertado.

37) Nordeste de Amaralina, onde Mário foi morar a seguir, por algum tempo.

38) Igreja de Nossa Senhora do Rosário dos Pretos, bem no meio do Pelourinho, no início da Ladeira do Carmo: em 1974, Mário morou em uma casa em frente a ela, como hóspede de um amigo; em 1995, foi palco de uma homenagem a Mário.

39) **Avenida Suburbana**, nome popular da Avenida Afrânio Peixoto: começando nas proximidades da penitenciária antiga, onde o pai de Mário trabalhou, segue para o norte do município; Mário morou aí, em 1974, no sítio de um amigo, de frente para o mar.

40) **Instituto Cultural Brasil-Alemanha — ICBA**, no Corredor da Vitória, próximo ao Campo Grande: seu teatro funciona no mesmo local, e nele funcionou também o Núcleo Cultural Afro-Brasileiro.

41) **Apaches do Tororó**: a quadra do bloco fica na Avenida Vasco da Gama (que contorna o lado leste do Dique do Tororó), na parte diante do dique, onde ficam as estátuas dos orixás.

42) **Corredor da Vitória**: nome popular da Avenida Sete de Setembro, que acompanha o litoral no bairro da Vitória; em 1975, Mário foi morar em uma pensão localizada em frente ao museu Carlos Costa Pinto.

43) **Praça Tomé de Sousa**: também chamada Praça da Parada ou Municipal, fica de frente para o porto, diante do elevador Lacerda, na Cidade Alta; nela se destacam três prédios: ao sul, o antigo palácio do governo, que hoje é um museu; a leste, a Câmara dos Vereadores; e ao norte, o Palácio Municipal (o "Cemitério de Sucupira").

44) **Sociedade de Estudos da Cultura Negra no Brasil — SECNEB**, situada na rua Bambochê, no Nordeste de Amaralina.

45) **Biblioteca Central**, na rua General Labatut, no bairro de Barris: nela funciona a Sala Walter da Silveira, onde foram apresentadas as peças Ajaká (1976) e Chico Rei (1978).

46) **Avenida Peixe**, no bairro de Pero Vaz, distrito da Liberdade: aí Mário comprou, em 1979, a casa em que morou até o fim da vida, sempre que esteve em Salvador.

47) **Afoxé Olorum Baba Mi**: sua sede está situada na rua Guaíba (transversal à avenida Peixe), no bairro da Caixa d'Água; Mário ajudou a organizá-lo em 1980.

48) **Fundação Gregório de Matos**, na rua Chile, perto da Praça Castro Alves: Mário voltou para Salvador, em 1987, para trabalhar nela.

49) **Bando de Teatro Olodum**: sua sede fica na rua das Laranjeiras, no Pelourinho.

50) **Centro Administrativo da Bahia**: fica em Pituaçu, na Avenida Paralela; nele funcionou o Conselho de Desenvolvimento da Comunidade Negra, criado em 1992.

51) **Elevador Lacerda**: liga a Praça Municipal, na Cidade Alta, à Praça Cayru, na Cidade Baixa, onde fica o Mercado Modelo, e que está localizada diante do terminal marítimo turístico da cidade; em 1992, Mário participou de um espetáculo diante do elevador, para a Cumbre Ibero-Americana.

52) **Hospital Santa Isabel**, na Praça Conselheiro Almeida Couto, no bairro de Nazaré: Mário ficou internado nele em 1996, já com o diagnóstico de câncer.

53) Hotel Vila Velha, no meio do Corredor da Vitória: Mário ficou hospedado nele logo depois de sair do hospital.

54) Amaralina, bairro balneário na orla sul: aí Mário ficou vivendo, hospedado em um apart-hotel, durante seus últimos dias de vida.

55) Teatro Vila Velha, no Passeio Público, próximo ao Campo Grande.

markgraph

Rua Aguiar Moreira, 386 - Bonsucesso
Tel.: (21) 3868-5802   Fax: (21) 2270-9656
e-mail: markgraph@domain.com.br
Rio de Janeiro - RJ